TINHA QUE SER VOCÊ

TÍTULO ORIGINAL *It had to be you*
Copyright © 2021 by Georgia Clark, Inc.
All rights reserved including the rights of reproduction in whole or in part in any form. Todos os direitos reservados, incluindo a reprodução em todo ou parte, em qualquer suporte.
© 2021 VR Editora S.A.

DIREÇÃO EDITORIAL Marco Garcia
EDIÇÃO Thaíse Costa Macêdo
PREPARAÇÃO Fabiane Zorn
REVISÃO Alessandra Miranda de Sá e Juliana Bormio de Sousa
DIAGRAMAÇÃO Gabrielly Alice da Silva e Pamella Destefi
ILUSTRAÇÃO DE CAPA Vikky Chu

**Dados Internacionais de Catalogação na Publicação (CIP)**
**(Câmara Brasileira do Livro, SP, Brasil)**

Clark, Georgia
Tinha que ser você / Georgia Clark ; tradução Lígia Azevedo. — Cotia : VR Editora, 2021.

Título original: *It had to be you*
ISBN 978-65-86070-61-3

1. Romance norte-americano I. Título.

21-77078 CDD-813

**Índices para catálogo sistemático:**
1. Romances : Literatura norte-america 813

Eliete Marques da Silva – Bibliotecária – CRB-8/9380

Todos os direitos desta edição reservados à
**VR EDITORA S.A.**
Via das Magnólias, 327 – Sala 01 | Jardim Colibri
CEP 06713-270 | Cotia | SP
Tel.| Fax: (+55 11) 4702-9148
vreditoras.com.br | editoras@vreditoras.com.br

# TINHA QUE SER VOCÊ

## GEORGIA CLARK

**TRADUÇÃO**
Lígia Azevedo

*Para Lindsay, de novo, e para os românticos de toda parte*

*Os amantes não acabam finalmente se encontrando.
Eles sempre estiveram um no outro.*
RUMI

# PRÓLOGO

Liv Goldenhorn olhou para a gaiola cheia de pássaros eriçados e tentou não entrar em pânico.

Como toda assessora de casamento, ela sabia que a tradição e o ritual não vinham de uma experiência universal de amor e compromisso. Rituais eram reinventados e reinterpretados o tempo todo. A ideia de que uma aliança de noivado deveria custar três meses de salário teve origem na campanha de *marketing* de uma fabricante de diamantes durante a Depressão. As madrinhas se vestiam igual para confundir os espíritos malignos na Roma Antiga. Os véus eram consequência dos casamentos arranjados, quando as famílias não queriam que o noivo visse a futura esposa chegando e pensasse "não, obrigado", e escapasse pela porta dos fundos.

Nada simbolizava tão bem o amor quanto pombinhas, mas ninguém soltava pombinhas num casamento, e sim pombos-correios brancos. Diferente de suas primas delicadas, que se perderiam e seriam comidas por falcões, os pombos-correios brancos nasciam com um Google Maps interno e eram idênticos à encantadora criatura alada que tanto agradava Afrodite e as noivas modernas.

Mas aquela gaiola continha pombos cinza da cidade.

— Argh! — Ralph Gorman, seu florista e melhor amigo, fez uma careta e recuou um passo. — O que esses bichos estão fazendo aqui?

Os pássaros arrulharam, soltando penas dentro da pesada gaiola de metal que estava à entrada de serviço da cozinha. Liv cruzou os braços.

— Estão se preparando para ser uma metáfora alada do amor eterno.

Um pombo soltou um jato de cocô branco para fora da gaiola.

Liv pegou um papel-toalha, grata pelo fato de o pessoal do bufê estar ocupado dispondo os pratos de queijo no salão. Era culpa de Eliot. O marido dela coordenava todas as entregas de animais vivos, de pôneis a pavões. Onde ele estava? O voo de volta do trabalho extra de consultoria que ele fazia tinha pousado havia mais de uma hora, e ele prometera vir direto do aeroporto. Os minutos passavam como uma chuva de confetes. Os convidados chegariam em menos de uma hora.

Gorman — que odiava seu nome de verdade e só atendia pelo sobrenome — se aproximou, passando os dedos pelo lenço estampado de seda que tinha amarrado no pescoço.

— Eles deveriam estar aqui na cozinha?

— Ah, sim — disse Liv, pegando o celular. — Tenho certeza de que falei para o entregador por favor deixar a gaiola de ratos alados no mesmo lugar onde estão preparando comida para duzentas pessoas.

A ligação para a Pássaros Pássaros Pássaros caiu direto na caixa postal. Era o fim de semana do feriado de Ação de Graças. Liv xingou e desligou.

— Não posso acreditar que um idiota simplesmente deixou os pombos aqui! Eliot deve ter contratado a empresa de aluguel de pássaros mais barata de Long Island. — Ela chutou a gaiola de metal, que nem se moveu. — Acha que conseguimos tirá-los daqui?

— Querida, eu cuido das flores. Não faço trabalho braçal. Falando nisso... — O olhar de Gorman era significativo. — Temos um problema.

A julgar pela expressão dele, as não pombas teriam que esperar.

Liv cobriu a gaiola com uma toalha de mesa, depois seguiu com Gorman pela propriedade exageradamente suntuosa. Os dois saíram e pegaram o caminho sinuoso que levava ao local da cerimônia: uma casa de barcos com vista para um pitoresco lago congelado. Gorman explicou que as lavandas em que a noiva tinha insistido, desesperada para evocar o último verão na região provençal, estavam atraindo convidados indesejados.

— Convidados? — Liv repetiu, e seu hálito condensou no ar frio de novembro. — Como assim? Algum namorado que curte jardinagem apareceu?

Gorman espantou alguma coisa do cabelo preto ondulado na altura do queixo de Liv.

— Abelhas.

Por causa do inverno, uma colmeia tinha se transferido para uma viga na entrada da casa de barcos. Gorman e seu companheiro, Henry, tinham sugerido flores sem aroma e com pouco pólen. A noiva não quisera saber. A lavanda, em conjunto com os aquecedores que haviam sido instalados ali, claramente tinham feito as abelhas acreditarem que o verão havia chegado mais cedo.

— Bem, é um casamento no campo. — Liv passou os olhos por uma lista de tarefas que rapidamente estava se transformando de uma não ficção séria em uma farsa burlesca. Onde estava Eliot? Metade dos itens na lista era responsabilidade dele. — Não podemos pedir que a natureza seja menos natural durante o... *Ai!* — Ela sentiu uma dor aguda no braço. — Uma abelha me picou!

Gorman olhou para ela como quem dizia "Não falei?".

— Henry comprou adrenalina autoinjetável.

— Estou bem.

Ignorando a urticária que já se formava em seu braço, Liv abriu as portas da casa de barcos. Ela esperava ver as duzentas cadeiras brancas forradas com cetim francês e mil velinhas artificiais acesas. Só não esperava ver, sob o caramanchão triangular — de madeira recuperada da casa de infância da noiva —, o DJ se pegando com uma madrinha. Ela já tinha enfiado as mãos dentro da calça dele.

— Zach! — Liv disse, ofegante.

— Merda!

Zach Livingstone se afastou, assustado. Sua calça caiu até os tornozelos. Ele tropeçou e se segurou no delicado caramanchão. Tanto ele quanto a estrutura tombaram ao chão.

O pânico tomou conta de Liv.

O caramanchão não era mais um caramanchão. Havia dois pedaços de madeira, separados por um metro e meio de distância, como que se recusando a falar um com o outro. E Eliot não estava ali para consertar.

— Liv, sinto muito. — Zach falava com um sotaque da alta classe londrina. — Eu só estava mostrando à moça o tamanho do, hum, lago.

A madrinha soltou uma risadinha levemente embriagada.

Henry Chu entrou correndo, com dois maços de lavandas frescas.

— O que aconteceu?

— O caramanchão — Liv disse, com um suspiro. — Zach.

— Oi, Henry — Zach o cumprimentou, pondo-se de pé e subindo a calça.

— Ah, oi, Zach. — Henry, que adorava cachorros, sempre enviava cartões de aniversário e era um *designer* sereno, dedicado a tudo o que envolvia flores, fugiu de uma abelha que circulava sua cabeça. Então perguntou a Gorman: — Você já contou pra ela? Está piorando.

Mas os olhos de Gorman estavam fixos no jovem e atraente inglês que fechava a braguilha.

Liv estalou os dedos na cara dele.

— Gor! Vamos tentar consertar o caramanchão. Zach, abotoa essa camisa, não estamos no Carnaval.

Zia Ruiz chegou, com taças de vinho na mão.

— Hum, Liv — ela disse, dirigindo-se ao bar ao fundo —, parece que tem uns pombos soltos na cozinha.

Liv apertou o ponto entre as sobrancelhas, tentando recordar se havia conferido a tranca da gaiola. Aparentemente, não.

— Você é boa em pegar pássaros?

Zia riu:

— Não muito.

Mesmo de blusa branca e calça preta, Zia mantinha um ar de mochileira despreocupada e boêmia. Talvez fosse o óleo essencial de ilangue-ilangue que usava no lugar do desodorante. Se Liv não confiasse totalmente nela, poderia achar que Zia era do tipo que soltava pássaros das gaiolas.

Casamentos estavam relacionados com tradição e, mais ainda, com como as tradições mudavam. Liv tradicionalmente gerenciava uma empresa respeitável e profissional com o marido, e agia depressa em momentos de crise. Ela já havia salvado centenas de eventos, sempre fora capaz de impedir que cavalos desembestados desviassem do penhasco no último momento. Mas, naquele instante, não conseguia encontrar as rédeas. Liv pegou os dois pedaços do caramanchão e olhou em volta, em busca de algo que pudesse fazer as vezes de martelo.

Então Darlene Mitchell, a cantora da banda, entrou com um microfone sem fio. Seu tom era tão empertigado quanto seu visual. Ela usava um vestido de seda creme que destacava sua pele escura.

— Zach. Precisamos fazer o teste de som.

Zach passou uma das mãos pelo cabelo bagunçado.

— Já vou, amor.

A boca manchada de batom da madrinha se abriu na mesma hora.

— *Amor?!* Ela é sua *namorada*?

Ele riu.

— Não exatamente.

Darlene estremeceu com a ideia.

— Nem um pouco.

Satisfeita, a madrinha continuou encantada com Zach, jogando ligeiramente o corpo contra o dele.

E, embora Liv devesse estar apressando a cantora e o DJ, embora devesse estar consertando o caramanchão e encontrando uma solução para os pombos fugidos e as abelhas atiçadas, o pensamento que lhe ocorreu, tão claro como água, foi: fazia meses que Eliot não a tocava assim. Talvez até anos.

— Que porra é essa?

Todo mundo ficou imóvel.

Liv deu meia-volta.

A noiva estava à porta.

Liv sentiu o estômago gelar, como a água do lago mais adiante.

A noiva, não! *Qualquer um*, menos a noiva. Naquele dia, a noiva era a presidenta e a primeira-ministra, a diretora-executiva, a própria Deusa. As coisas podiam correr de mal a pior nos bastidores. A sogra podia bater no padre, o padrinho podia perder as alianças em uma aposta envolvendo *hot dogs* — tudo aquilo já tinha acontecido. Mas a noiva só devia presenciar uma onda de transcendência física e emocional. Era o dia dela, um dia perfeito. Só que não, naquele momento.

— Nossa, você está *maravilhosa* — Liv disse.

A noiva a ignorou e se dirigiu à madrinha:

— Você devia estar me ajudando a me arrumar, e não pegando o garçom!

— DJ — Zach corrigiu, colocando a camisa para dentro da calça e dando uma piscadela para ela. — E mestre de cerimônias. Também sou músico. Sou bastante versátil.

— Desculpa, eu me distraí. — A madrinha passou um braço pelo pescoço de Zach. — É um casamento.

Os olhos da noiva descobriram os pedaços de madeira nas mãos de Liv.

— O que aconteceu com o caramanchão?

Gorman, Henry, Zach, Darlene e Zia olharam para Liv, que disse:

— Está tudo sob controle.

Dois pombos passaram voando por cima da cabeça da noiva. Ela ergueu um dedo.

— É verdade que *essas* são as pombinhas? — Ela foi para cima de Liv, arrastando um tule branco atrás de si, grande o bastante para cobrir um campo de futebol. — Vou *me casar*. Deveria ser o *meu* dia.

Eliot usaria sua magia, seu charme tranquilo, para acalmar aquela mulher, mudando o foco para o brinde com as madrinhas.

— E é! — Liv disse. — Vai ser *maravilhoso*. Agora vamos todos voltar ao que estavam fazendo e...

A noiva gritou. Como alguém que tivesse acabado de encontrar um cadáver na banheira.

Zia derrubou uma taça. O microfone de Darlene chiou. Henry, Gorman e Liv fizeram "Quê?", enquanto Zach dizia:

— Ih. Tá feio isso, hein?

O lábio inferior da noiva tinha inchado na hora e parecia uma framboesa madura.

— Tevei uma ticada na toca.

— As abelhas — Gorman sussurrou.

— Atelhas? — Os cílios postiços da noiva se arregalaram. — *Atelhas*? Sou alérgica a atelhas!

O celular de Liv vibrou. *Ligação de Eliot Goldenhorn (Maridão)*. Finalmente, um bote salva-vidas.

— Eliot! Estou morrendo aqui! Onde é que você está?

Mas não era Eliot do outro lado da linha. Era uma garota. Sua voz tinha um leve sotaque sulista. Ela estava fora de controle.

— Desculpa, acabaram de descobrir ele assim... Peguei seu número no celular dele, sei que a gente não se conhece... eu não sabia pra quem mais ligar!

Tudo — a casa de barcos, a noiva, as *atelhas* — desapareceu. Um novo tipo de horror irrompeu no peito de Liv.

— Quem está falando? — ela perguntou. — O que está acontecendo?

A garota inspirou de uma forma profunda e trêmula.

— É o Eliot — ela disse, chorando. — *Ele morreu.*

Eliot estava morto.

Era impossível. E, no entanto, não era.

Infarto do miocárdio: ataque cardíaco. Eliot tinha 49. A mesma idade de Liv. Sua saúde era perfeita. Agora ele estava em um caixão fechado. Liv tocou a lateral dele. A madeira era lisa e muito fria.

Fazia um dia gelado no cemitério de Salem Fields, no Brooklyn. O céu estava da cor do filtro da secadora.

Ben se mantinha agarrado à cintura dela. Liv só conseguia ver o topo da cabecinha do filho. Ele deveria estar de cachecol. Liv não lembrava se estava ou não. Não conseguia se lembrar de terem se arrumado.

Liv sabia que deveria se juntar aos outros no gramado. Ela mandou seus pés irem para lá. Mas seus pés não foram. Não conseguia deixar o caixão. Assim, as pessoas começaram a se aproximar dela. A falar com ela. Liv reconheceu algumas, respondeu a algumas. Mas não conseguia ouvir nada. Era como se estivesse atrás de uma barreira transparente e rígida, como vidro à prova de balas. De trás do vidro, tinha uma ideia do que as pessoas achavam que viam. Liv Goldenhorn: uma mulher resiliente e impressionante, do tipo que gostariam de ter ao lado em um jantar. Ela havia lixado o piso da própria casa, conseguido colocar o filho em uma boa escola pública e uma vez brigara com um assaltante, batendo nele com sua sacola da *New Yorker* e gritando que tinha sífilis (o que não era verdade). Até mesmo o funeral do marido que a traía era algo que Liv Goldenhorn estava determinada a encarar.

Mas, de pé ao lado do caixão de Eliot, ela se dava conta de que Liv Goldenhorn era só a ideia de uma pessoa. E ideias de pessoas podiam mudar.

Mais palavras foram ditas. O caixão desceu. Punhados de terra foram jogados sobre a madeira lustrada. E, simples assim, acabou. As pessoas começaram a ir embora. Havia certa leveza em sua voz e em seus ombros. Seu contato com a mortalidade tinha acabado, e a vida voltava ao normal. O mundo todo de Liv havia sido destruído em apenas uma semana: sua rotina, seu sentimento de segurança, seu sustento, tudo tinha sido arrancado dela. Não havia mais normal.

Ela envolveu o filho com os dois braços, segurando-o firme até que ele finalmente cedesse e chorasse. Ben tinha 8 anos, só que parecia mais novo. Seus traços eram tão finos que lembravam um aparelho de jantar de porcelana atrás de uma vitrine.

— Estou aqui, filho — ela sussurrou repetidamente. — Estou aqui. Sempre vou estar.

Era o tipo de mentira que se contava por bem.

Ela continuou abraçando seu único filho até que ele ficasse quieto, tirando o cabelo escuro de seu rosto quente. Era seu pequeno milagre. O menino que havia contrariado todas as expectativas. Conceber Ben supostamente havia sido o grande desafio de sua vida. A coisa mais difícil do mundo. Então Eliot morrera, e quatro anos de fertilização *in vitro* passaram a parecer fichinha.

A mãe de Liv devia ter notado algo em sua expressão, porque pegou a mão do neto, disse algo sobre ir esperar no carro — *Vamos, Benny, vamos deixar a mamãe um pouco sozinha* — e foi embora com ele.

Liv ficou no portão do cemitério, imaginando se o choro viria, mas sentindo apenas uma ausência infinita de tudo. Uma sensação de estar sem chão.

Não sabia onde pôr as mãos. Que horas eram. O que havia acabado de acontecer.

Uma semana antes, ela era casada.

Uma semana antes, tudo era previsível.

Para o bem e para o mal.

Oito dias depois, Liv estava tirando do porta-malas do carro uma sacola com as compras que fizera sem muita atenção no mercado quando alguém atrás dela chamou seu nome, hesitante.

Seu primeiro instinto foi ignorar. Ela não precisava de outra lasanha feita para ela por pena. Mas a segurança de sua casa estava a meio quarteirão de distância.

Era uma jovem que estava na calçada. Ela parecia ao mesmo tempo constrangida e estranhamente otimista.

Liv apertou os olhos para os cachos loiros impecáveis da jovem, que pareciam de uma boneca, e por um momento ficou fascinada. Ela mesma não lavava a cabeça fazia mais de uma semana.

A jovem falava com ela. Primeiro apontou para o muro, onde Liv presumiu que estivera esperando, depois dissera algo sobre sentir muito pela perda dela. A jovem usava tanta maquiagem que parecia um bolo com cobertura de glacê. Através das camadas de *gloss*, ela pronunciou as sílabas escorregadias de seu nome. Com um sotaque sulista.

A constatação de quem ela era atingiu a mente de Liv tão rápido que ela quase derrubou as compras. Era como se tivesse se dado conta de que uma forma escura na água não era uma pedra, e sim um tubarão.

O coração de Liv acelerou, fazendo com que o sangue corresse até suas orelhas.

Agora ela falava algo sobre *e-mails*.

— ... não respondeu meus *e-mails* ou minhas mensagens de voz. É a segunda vez que venho.

Entre as duas, havia um envelope branco e grosso. A mão da jovem o estendia com firmeza. Ela usava esmalte rosa translúcido.

Liv deixou as compras caírem na calçada. Seus dedos pareciam grossos como salsichas quando ela rasgou o envelope, tirou um maço de papéis de gramatura alta e os desdobrou.

Era uma cópia do testamento de Eliot. Os dois tinham feito testamentos depois que o filho nascera. Liv não havia retornado as ligações recentes do escritório de advocacia, porque sabia que Eliot havia deixado tudo de importante para ela e para Ben. Mas aquela parecia ser uma versão atualizada.

Três semanas antes. Liv passou os olhos pelas letrinhas pretas. Encontrou seu nome. O nome de Eliot. E outro nome, com sílabas escorregadias.

Ela voltou a se concentrar na jovem. Ela tinha uma espinha perto da boca, que escondera bem com base.

— O que isso quer dizer? — Liv perguntou.

Os lábios cheios de *gloss* de Savannah Shipley se abriram em um sorriso.

— Quer dizer que... bom, sra. Goldenhorn, acho que está olhando para sua nova sócia.

Aquilo era tão ridículo que Liv nem conseguia acreditar. O sorriso da jovem parecia esperançoso. Ela parecia não ter poros, sua pele lembrava uma bexiga. Liv imaginou que a estourava. Imaginou como ela ricochetearia pelo ar, murchando, antes de aterrissar no concreto em uma pilha flácida e desgastada.

— Isso é impossível. — Liv lhe devolveu o testamento. — A Amor em Nova York fechou.

Os olhos da jovem se arregalaram. Eram da cor do mar Mediterrâneo. *Claro que sim.*

— Mas o testamento diz que...

Liv pegou as compras do chão e bateu o porta-malas, ignorando a outra. Ela atravessou a rua e subiu os degraus correndo, recolhendo-se à segurança de sua casa e à porta da frente trancada.

Suas mãos estavam trêmulas quando se serviu de vinho branco, esperando, assim, poder apagar os últimos minutos de sua memória. Rezando para que nunca mais tivesse que ver ou ouvir falar daquela jovem de novo.

# PARTE UM

## AMOR EM CATSKILLS

# PARTE UM

1

## TRÊS MESES DEPOIS

O primeiro dia da nova vida de Savannah Shipley amanheceu sem nuvens, como se não houvesse absolutamente nada em seu caminho. O sol aberto de março que iluminava as ruas frias do Brooklyn parecia corajoso e pronto para o trabalho.

A princípio, Savannah ficou surpresa que Eliot Goldenhorn tivesse lhe deixado metade de sua empresa. Sim, ela tinha estagiado por dois anos na Um Evento Bom Demais para Esquecer, a empresa de planejamento de eventos mais popular de Lexington. Havia conhecido Eliot seis meses antes da morte dele, quando se voluntariara para fazer um *tour* com o consultor de Nova York. Sabendo da linha de trabalho dele, ela havia irrompido a falar sobre como adorava casamentos: o modo como aproximavam as pessoas, a importância da tradição. Eliot não era o homem mais atraente que já havia conhecido, mas seu corpo parecia emanar uma energia mágica da cidade grande. Os dois começaram a conversar no escritório, depois foram jantar fora e terminaram na cama. O sexo parecia experimental de ambas as partes. Ele era "recém-divorciado" (o que ela agora sabia que era mentira), e Savannah era uma jovem adulta curiosa. O poder que um momento de contato visual intencional tinha de alterar uma relação parecia ao mesmo tempo estimulante e assustador.

Quando o choque da morte dele passou, ela começou a sentir que era o destino. Eliot era um cara esperto: devia ter seus motivos, ainda que não estivessem claros. E Savannah tinha uma fé inabalável no universo e no Deus que o criara. Aquilo obviamente estava escrito nas estrelas.

Ela chegou à casa de Liv, em Prospect Heights, quarenta e cinco minutos antes. A Nova York que Savannah tinha visto nos filmes desde pequena remetia a fileiras de casas clássicas, todas idênticas, chamando a atenção como uma banda marcial bem ensaiada. Na verdade, cada construção de arenito castanho-avermelhado da rua de Liv tinha um tom ligeiramente diferente da outra. Uma era de um mogno ousado, outra, de um sépia nostálgico, a seguinte, de um caramelo elegante. A fachada dos Goldenhorn estava desgastada e desbotada. No jardinzinho da frente, havia uma placa velha com O AMOR VENCEU escrito, fincada em um ângulo estranho sobre a última ilha de neve suja. A maior parte das pessoas da cidadezinha de Savannah tinha votado contra a vitória do amor. Ela mesma não se interessava por política, mas talvez discordar do *status quo* no âmbito particular a tivesse levado até ali, Nova York, uma cidade que era igual e diferente daquela em sua imaginação.

Ela tirou uma *selfie* diante da casa de Liv, botou um filtro para melhorar a cor do arenito e postou no Instagram, @Savannah_Ships. Tinha lido em uma revista de viagem que a última pedreira americana a fornecer aquele tipo de pedra ficava em Portland e tinha fechado anos antes. Na verdade, era uma pedra comum. Tão suave que aquilo a deixava vulnerável. Uma estranha escolha para revestir uma cidade onde a resiliência parecia ser a chave. Mas Nova York também oferecia beleza, Savannah pensou, sorrindo para uma mulher que passeava com dois lulus-da-pomerânia bem peludos. A mulher sorriu de volta, e por que não sorriria? A beleza era algo poderoso também.

Às dez horas, Savannah pegou o vaso de orquídea que havia comprado de presente e subiu os degraus largos da entrada. Ela sabia que não seria fácil. Sabia, em alguma medida, que era uma loucura total. Mas não tinha do que se envergonhar (ela realmente não sabia que Eliot ainda estava com Liv), estava dentro de seus direitos (por causa do testamento de Eliot) e, o mais importante, acreditava piamente que aquela era a coisa certa a fazer. Não só por ela mesma, mas por Liv. De acordo com uma busca na internet, a Amor em Nova York estava fora de operação, depois de uma crítica contundente intitulada POMBOS E ABELHAS ARRUINARAM MEU CASAMENTO!, a qual meio que tinha viralizado e ido parar em todos os *sites* que avaliavam assessorias de casamentos. A reclamação era de um casamento ocorrido em novembro. No dia em que Eliot morrera.

Savannah podia imaginar o que Liv pensava: que ela devia ser uma interesseira e cabeça-oca, que Eliot estava em meio a uma crise de meia-idade, e algumas palavras do tipo que as pessoas escreviam na porta de banheiros públicos. Mas aquilo era um equívoco. Savannah estava determinada a se provar para a esposa de Eliot e ajudar a reerguer uma empresa que fazia o que havia de mais nobre no mundo: celebrava o amor das pessoas umas pelas outras.

Porque Savannah Shipley estava sempre pronta para um desafio.

Ela abriu o maior sorriso de que foi capaz e tocou a campainha.

Nada. Suas bochechas começaram a doer.

Ela tocou a campainha de novo. E de novo.

Então ouviu uma voz lá dentro.

— Afe, já estou indo!

A porta da frente se entreabriu. Liv usava um roupão velho. Segurava um cigarro aceso. Seu cabelo preto curto emaranhado parecia ter sobrevivido a um incêndio.

— O que é que você está fazendo aqui?

Três meses haviam se passado desde o dia em que tinham se encontrado do outro lado da rua. Savannah presumira que três meses eram o bastante para ficar arrasada, viver o luto e começar a se reerguer. Claramente, estava errada. Na verdade, ela havia mandado um *e-mail* avisando — muitos *e-mails*.

— Bom dia, sra. Goldenhorn. Vim para nossa primeira reunião. Com os novos clientes.

— O que você está fazendo *em Nova York*?

Savannah começou a ficar preocupada.

— Como eu disse nos *e-mails*, me mudei pra cá. Por causa do trabalho.

— Você não pode estar falando sério.

— Mas estou, sim, sra. Goldenhorn. — Savannah passou o vaso de um braço para o outro, sem interromper o contato visual. — Vim de Lexington para administrar a Amor em Nova York. Com você.

A risada de Liv pareceu mais um latido seco. Ela fechou mais o roupão e estreitou os olhos.

— Como você fez meu marido mudar o testamento?

Savannah não estava acostumada a ser acusada. Ela sentiu o pescoço esquentar.

— Não fiz isso. Como expliquei nos meus *e-mails*, eu não tinha ideia do que ele havia feito até o escritório de advocacia me ligar. E eu não sabia que vocês ainda eram casados. Ele me disse que estavam separados.

Liv bateu o cigarro. As cinzas caíram nos sapatos de Savannah.

— Você sabe o que significa a expressão "coação moral"?

O sorriso de Savannah se desfez. Ela o recompôs logo em seguida.

— Sim. E sei que não se aplica ao meu caso. Não exerci qualquer influência sobre Eliot. Sinceramente, sra. Goldenhorn, estou aqui para ajudar. Mandei um dossiê para você. Plano de negócios, estratégia de redes sociais, divisão de papéis e...

— Não consegui abrir. — Liv a cortou, com um gesto de mão brusco. Ela não usava mais aliança. — Não tenho Key-sei-lá-o-quê.

— Keynote. — Era um programa que dava para baixar de graça. — Bom, peguei um avião, arranjei uma casa e nossos primeiros clientes... nossa primeira reunião é hoje.

— Reunião? — As olheiras de Liv eram do tamanho de figos, e tinham a mesma cor. — A Amor em Nova York está paralisada desde que... bom, desde a última vez que te vi. — Liv apontou com o cigarro para a orquídea.

— Espero que não seja pra mim. Tudo morre nas minhas mãos.

O otimismo descomunal de Savannah finalmente se abalou.

— Escrevi a respeito umas dez vezes. Ela é uma celebridade do Instagram, ele é um agente de talentos. Kamile Thomas e Dave Seal...

— Ela o quê? — O nariz de Liv se franziu. — Uma celebridade... do Instagram?

— Isso! O apoio dela vai ajudar a empresa a se recuperar. Boas críticas devem ser nossa prioridade agora.

— *Nossa?*

A palavra saiu carregada de desprezo.

Lágrimas se acumularam nos olhos de Savannah. Ela já tinha feito tudo aquilo. Aquela era sua chance.

— Mas Dave e Kamile...

— Savannah?

Atrás dela, estava um casal jovem e bonito que não pareceria deslocado em um comercial de seguro de locatários.

— ... chegaram cedo — ela concluiu. Dave e Kamile estavam ali.

Savannah seguiu Liv casa adentro, como se não fosse a primeira vez que o fizesse. Por dentro, a casa era impressionante: o pé-direito era alto, o piso de madeira era robusto. Havia quadros pendurados nas paredes — arte de verdade, do tipo que não fazia sentido. De algum lugar, talvez do andar de cima, vinha o som vago de música clássica. Savannah chutou sem querer uma garrafa de vinho vazia, uma de muitas alinhadas junto à parede. Não havia como Dave e Kamile não notarem aquilo. Ela nem ousou virar para conferir.

Liv parou diante da primeira porta à direita. Se a pesquisa de Savannah estava correta, ali ficava o escritório da Amor em Nova York. A mão de

Liv se demorou um longo momento na maçaneta. Savannah fez uma prece rápida enquanto Liv a girava e os deixava entrar.

Savannah conseguia ver por que aquela sala espaçosa dava um ótimo escritório. Uma janela tipo *bay window*, com um vidro central e dois laterais, dava para a rua tranquila e ensolarada. Havia uma mesa branca comprida e duas cadeiras de couro marrom do outro lado, e quatro cadeiras menores diante delas. Na mesa, via-se o logo em preto e cor-de-rosa da Amor em Nova York com um *design* oval que parecia datado, na opinião de Savannah. Havia um sofá e uma mesinha lateral à parede mais distante, perto de uma estante alta cheia de livros sobre casamento e álbuns de fotografias. Nas paredes, havia meia dúzia de reportagens de revistas e jornais enquadrados, incluindo uma primeira página da seção de Estilo do *New York Times*. CONHEÇA A ASSESSORIA DE CASAMENTOS DA MODA NO BROOKLYN, convidava a linha fina, acompanhada de uma foto de Liv e Eliot muito mais novos, descansando casualmente na *bay window*. De todas as fotos de divulgação de Liv que Savannah havia encontrado na internet, aquela era sua preferida. Aquela mulher jovem de cabelo escuro parecia descolada, confiante e totalmente no controle. *Hashtag* elaéocara. Savannah tentara replicar aquela expressão facial em umas mil *selfies*, mas sempre parecia menos uma diretora-executiva e mais uma herdeira arrogante que tinha cachorros demais. O artigo sugeria que o fato de ser composta de um casal feliz cujo escritório ficava em sua invejável casa dava uma vantagem única à Amor em Nova York. Casais de noivos se viam encantados tanto pelo lugar quanto pelo charme e pela classe dos dois: "Este pode ser seu futuro, casados e morando em uma maravilhosa casa de arenito castanho-avermelhado em uma região arborizada". O artigo casualmente apontava a clientela composta de celebridades, que incluíam Jesse Tyler Ferguson e Maggie Gyllenhaal — esta última ainda era descrita como "muito inteligente, com uma ideia clara do que queria em seu grande dia". Savannah conseguiria visualizar uma reunião produtiva e positiva naquele espaço, que terminaria com todo mundo trocando abraços em vez de apertos de mão.

Se o lugar não estivesse uma zona.

No chão da sala, havia um conjunto de tacos de golfe, que aparentemente haviam pegado fogo. Quatro malas grandes estavam jogadas por perto, além de algumas caixas de livros e discos, e cerca de duas dúzias de camisas e calças masculinas, ainda nos cabides. Também havia um conjunto emoldurado de cartões de beisebol, com o vidro quebrado. O mais chocante de tudo era uma dezena de vasos com flores mortas. Muito provavelmente, flores da época do funeral, três meses antes. Era delas que vinha o cheiro. O fedor de morte.

Savannah conseguiu se forçar a sorrir tranquilamente e se virou para o casal.

— Desculpem pela bagunça. Estamos em reforma. Venham, podem se sentar.

Dois círculos de suor marcavam sua blusa cor de pêssego, na região das axilas. Seu coração, que estivera acelerado de ansiedade a manhã toda, agora batia no ritmo do tambor de um carrasco.

Dave deu uma olhada na bagunça do quarto, com uma expressão de ligeira confusão. Com sua calça chino de aparência cara e sua camisa xadrez azul, lembrava um Kennedy — alguém que tinha um instinto para o estilo. Kamile usava *jeans* branco justo e uma camisa de seda com estampa de florzinhas. O diamante em sua aliança era do tamanho de um rinque de patinação. Quando Savannah estava no segundo ano da universidade, Kamile tinha sido presidente da irmandade de que ambas faziam parte. Ela havia conquistado seu enorme número de seguidores (@AKamileReal, em todas as plataformas) explorando sua beleza natural e sua vida privada. A chance de ajudar a planejar o casamento daquela mulher de sucesso era a primeira grande oportunidade profissional de Savannah. Como estagiária, ela havia sido bem tratada, mas não respeitada. Nunca pudera comandar nada. Agora, afundava na cadeira de couro desgastado que Eliot havia lhe deixado em seu testamento. Era um pouco desconcertante notar os rastros dele: os pés dela não alcançavam o chão.

Em vez de se juntar a Savannah do outro lado da mesa, Liv se sentou no sofá branco, atrás do casal. Ela deu uma olhada indigesta para a sala, tragou o cigarro, depois o apagou em uma das almofadas do sofá.

Kamile nem notou. Ela apontava a câmera do celular para si mesma, tentando descobrir como a iluminação ficava melhor.

— Oi, gente! Dave e eu estamos na nossa primeira reunião com a assessoria de casamento. — Ela abriu um sorrisão e jogou o cabelo para trás. — Temos tanta coisa a resolver... Vou contar depois como foi. Torçam pela gente! — Kamile deixou o celular na mesa, com a tela para cima, e se dirigiu a Savannah. — Desculpa, que falta de educação. *Oi!* Quanto tempo faz que a gente não se vê?

— Tempo demais! — Savannah estava tão nervosa que nem conseguia lembrar. — É ótimo te ver de novo, e conhecer você, Dave. Você está ótima, e isso é... — ela ergueu as mãos para o alto e abriu um sorriso maníaco — ótimo.

— Você foi a melhor organizadora de eventos que a Delta Zeta Lambda já teve — Kamile disse. — Sei que vai ser uma assessora de casamentos incrível.

Savannah estava olhando para Liv, tão distraída com a falta de envolvimento da outra que quase perdeu a deixa para responder.

— Obrigada, sim, claro.

Silêncio. Dave e Kamile olharam um para o outro, depois para ela.

— Desculpa — Kamile disse. — Nunca fizemos isso, claro, então não sabemos como...

Savannah voltou a olhar para Liv, que ergueu as sobrancelhas devagar, como se dissesse "Fique à vontade".

Uma faisquinha no peito de Savannah começou a queimar.

A única coisa que havia à sua frente na mesa era uma caneta e um bloquinho com o logo da Amor em Nova York. Na primeira página, tinha sido rabiscada a palavra PORRA, e grifada três vezes. Savannah a jogou no cesto de lixo e pigarreou.

— É a maior honra da minha vida ajudar a planejar o casamento dos sonhos de vocês. Vamos misturar sofisticação e tradição de uma maneira que vai surpreender e encantar, criando lembranças que vão aquecer o coração de vocês por anos.

Kamile levou a mão ao peito e abriu um sorrisinho comovido para Savannah. Dave deu um beijo na bochecha da noiva.

Savannah sorriu; era exatamente a reação que queria.

— Bom, por que vocês não começam com o que já têm? E o que precisam, imagino.

Kamile assentiu e passou a mão pelos cabelos.

— Tá. Nossa. Bom, a gente vai casar em 15 de maio, daqui a dois meses, o que é uma loucura total, *eu sei*. Já temos o lugar, ainda bem, uma fazenda muito fofa em Catskills. Só precisamos de cadeiras, mesas e tal. Para as flores, eu estava pensando em lírio, íris, algo do tipo. Elegante, gracioso, meio, hum, barroco? Não rosas, não gosto de rosas, sei que é meio esquisito. E nada de mosquitinho, cravo, nada que pareça, bom, barato. — Ela falava muito rápido, e ganhava cada vez mais velocidade. — *Jazz* na recepção, nada cafona, meio sussurrado, *sexy*, tipo Norah Jones. Depois um DJ que sirva de mestre de cerimônias também. Acho que todos eles fazem os dois, né? Não quero parecer superficial, mas prefiro alguém bonito. Deve ser ilegal dizer esse tipo de coisa, mas paciência. Os drinques são importantes, a gente é meio metido quando se trata de drinques. Queremos alguém com certificado de mixologista de algum lugar legal, que use tudo fresco. Não quero que o pessoal fique bêbado tomando Long Island Iced Tea, esse tipo de coisa é meu pior pesadelo, apesar de que seria ainda pior se as pessoas não usassem a *hashtag*, que, como o sobrenome de Dave é Seal, vai ser, obviamente... — ela olhou para Savannah, como se as duas devessem falar juntas — "eladisseseal" — Kamile concluiu, enquanto Savannah chutava:

— "Kiss From a Rose"?

Kamile pareceu ligeiramente chocada.

— Fofo, mas não. E eu literalmente acabei de dizer que odeio rosas.
— Kamile começou a contar nos dedos. — Já tenho o vestido, Dave já tem o *smoking*. Preciso de cabelo e maquiagem, alguém que já tenha feito um milhão de noivas negras antes, claro. Não quero ninguém que fique tipo "Não tenho nenhuma base da sua cor!". Imagina o pesadelo. Pra fotografia, preciso de alguém que possa ir fazendo imagens pras redes sociais também, isso não é negociável. Tenho, tipo, 300 mil seguidores, é uma loucura. Conhece alguém que administre perfis e faça transmissão ao vivo? Estou planejando fazer uma quantidade razoável de publicidade paga, seria bom se um empregado seu intermediasse isso. Ou uma empregada, claro. Você sabe o que quero dizer. Ah, e o bufê tem que ser vegetariano, sem glúten, local, baseado em pequenos produtores, 100% orgânico e *delicinha*. — Ela respirou fundo. Sorriu para Dave. — Ufa! Pegou tudo?

Savannah olhou para o bloco de notas. *Cat Kills(?). Sem mosquitos. Norah Jones. MC barroco = gostoso. Delicinha.*

O silêncio se espalhou pela sala. Liv sorria, o que parecia absurdo. Ver sua expressão presunçosa de divertimento despertou a ira de Savannah. O sentimento era tão sem precedentes para ela, tão pouco familiar, que por um longo momento se esqueceu de quem era.

— Então... você já tem... o vestido.
— Isso.

Kamile confirmou com a cabeça.

— E Dave já tem... o *smoking*.
— Isso.

Dave confirmou com a cabeça.

Savannah fingiu anotar aquilo, mas na verdade só escreveu PORRA e sublinhou três vezes.

— E vocês estão pensando em uma transmissão ao vivo patrocinada?
— Não, algumas coisas vão ser patrocínio, mas quero que você organize a transmissão ao vivo. — Kamile inclinou a cabeça. Seu tom ficou um

pouco mais assertivo. — Não quero ser grosseira nem nada do tipo, mas é o nosso casamento, e meio que preciso que seja perfeito. Você consegue fazer isso, né, Savannah?

Savannah abriu a boca, pronta para rebater aquele questionamento tolo de sua competência. Ela era *Savannah Shipley*, líder do comitê do anuário, maior arrecadadora de fundos da escola, melhor organizadora de eventos da história da Delta Zeta Lambda!

Não conseguiu dizer nem uma palavra.

Ela olhou pra Liv. *Por favor, por favor, me ajuda. Preciso de você.*

Kamile e Dave se viraram para olhar para a mulher de ressaca e de roupão no sofá mais atrás.

Liv bufou, como quem dizia: *Tá bom.*

— Quanto pretendem gastar? Nossa taxa... — Liv começou a esclarecer, mas então se corrigiu. — *Minha* taxa para planejamento parcial é de 10% do orçamento, no mínimo 8 mil dólares.

Kamile trocou um olhar inquieto com Dave antes de se virar para Savannah.

— Achei que eu tivesse sido clara quanto a isso.

— Foi, sim — Savannah se ouviu dizer, baixinho. Ela se obrigou a repetir mais alto: — Foi, sim. Sra. Goldenhorn, eu disse que faríamos o casamento de graça. Em troca de algumas postagens nas redes sociais de Kamile.

Liv se levantou do sofá, com o roupão perigosamente perto de abrir, e se aproximou para apertar a mão de Kamile e depois de Dave.

— Muito prazer em conhecê-la. Muito prazer em conhecê-lo. Isso foi extremamente ridículo.

Ela saiu da sala enquanto todos a olhavam, estupefatos.

# 2

Ralph Gorman apertou a venda nos olhos de Henry e perguntou se ele conseguia ver alguma coisa.

— Nada. Estou totalmente no escuro.

Como sempre, Henry disse a verdade.

— Muito bem, aniversariante do dia. Está pronto?

A voz de barítono de Gorman vibrava de empolgação. Henry sempre achara aquilo *sexy* — sua voz de apresentador de rádio tocando músicas românticas durante a madrugada, dedicadas pelos ouvintes —, mas, naquela noite, estava com os nervos à flor da pele. *É agora. Está acontecendo.*

— Estou pronto. — Henry Chu estava pronto para se casar. Na noite de seu aniversário de 37 anos, ele estava certo de que aquele novo capítulo de sua vida estava prestes a começar, com um pedido e uma aliança de ouro.

Fazia apenas alguns meses que os dois estavam juntos quando Gorman informou a Henry que não tinha nenhuma intenção de se casar na vida: *sou de uma geração diferente. Não é para mim.* Henry tinha acabado de fazer 30. O próprio Henry sabia que estava apaixonado por um homem mais velho, erudito e cheio de estilo, mas não sabia o que queria. Estava satisfeito com o fato de serem companheiros quando abriram a Flower Power, Meu Bem!, em Carroll Gardens. Quando compraram juntos o apartamento em cima da loja, e ele se sentiu um adulto pela primeira vez. Quando comemoraram o aniversário de 50 anos de Gorman em Maiorca; quando foram a Flushing, no Queens, visitar a família de Henry e comer pasteizinhos chineses e *congee* caseiros; quando compravam lençóis ou café, ou quando brigavam sobre de quem era a vez de lavar os lençóis e fazer o café. Estavam comprometidos um com o outro. Qual era a diferença?

Mas, no ano anterior, a ambivalência de Henry começou a se transformar em urgência. Todos os casais que ele conhecia faziam pedidos de buquês de casamento, depois de flores para o chá de bebê. Gorman podia ser de outra geração, mas Henry era daquela. Tinha começado a dar dicas, primeiro microscópicas, depois visíveis a olho nu. Henry Chu queria fechar aquele relacionamento aberto e se casar.

Ralph Gorman era do tipo liso, que sempre se esquivava. Mas não tinha como se esquivar do fato de que era o aniversário de 37 anos de Henry, uma idade em que seu companheiro havia deixado implícito que queria estar noivo. Henry havia sentido certo abrandamento. Sabia que Gorman não queria perdê-lo. Os dois moravam juntos, tinham um negócio juntos, discutiam e faziam amor, mandavam mensagens do tipo "você compra leite? 🙏 te amo ♥". Qual era a diferença?

— Tá, segura minha mão.

Gorman conduziu Henry do quarto deles para o corredor, na direção da sala. Henry imaginou que sua estratégia envolveria flores. O que era legal, porque flores eram o lance deles. Os dois amavam flores, teatro e rainhas francesas mortas, e Henry não se importava se aquilo era um clichê. E não se importava que o fato de querer se casar também fosse.

Com a venda nos olhos, o corredor familiar se tornava um território totalmente novo. A desorientação era empolgante. Talvez eles encontrassem outro uso para a venda depois...

Quando entraram na sala, Henry segurou a mão de Gorman com mais força, transmitindo-lhe amor e confiança. *Você consegue!*

Gorman começou a tirar a venda dos olhos de Henry.

— Um... dois... três!

Henry piscou enquanto sua vista se adaptava, olhando em volta e procurando um cômodo repleto de rosas vermelhas, creme ou multicoloridas... mas não havia nenhuma ali. Nem velas. Nem champanhe, nem chocolate. Em vez disso, Gorman apontava para uma caixa grande na mesa de centro.

— É... um *mixer* — Henry disse.

— É! — Gorman deu alguns tapinhas na caixa, como se fosse um cachorro esperto. — Você disse que queria um.

Ele tinha mesmo dito? Talvez uma vez, de passagem.

Henry achou que tinha sido claro quanto ao fato de que queria uma aliança. Talvez tivesse interpretado a ambiguidade de Gorman como concordância. Ou pior ainda: talvez ele tivesse mesmo deixado seu desejo claro, e Gorman o ignorara.

— Gor... — Henry começou a falar, só para ser interrompido por uma voz seca de mulher do outro lado da sala.

— Não fica puto, Henry. Você sempre pode devolver e ficar com o dinheiro.

— Liv! — Agora Henry estava *realmente* surpreso. — Você está aqui.

Ela atravessou a sala para dar um beijo na bochecha dele e lhe passar uma taça de vinho.

— Feliz aniversário, Henry. Embora eu devesse dizer "sinto muito". Daí pra frente é ladeira abaixo, confia em mim.

Ela encheu sua própria taça, que era muito maior.

Henry reconheceu o vinho.

— Achei que estávamos guardando o Penfolds.

— Se os últimos meses me ensinaram alguma coisa — Liv disse —, foi a beber logo qualquer vinho. — Ela esvaziou a garrafa em sua taça e se dirigiu à cozinha. — Por que esperar? Eu poderia ser atropelada por um caminhão amanhã.

Henry olhou para Gorman.

— Ela simplesmente apareceu! — Gorman sussurrou. — Ben está com a avó. Ela disse que não queria ficar sozinha.

— Mas é meu aniversário.

Henry tinha a sensação de que seu dedo anelar estava nu. Não conseguia nem olhar para o *mixer*.

Gorman mexeu em seu lenço de seda, como se estivesse incerto entre apertar ou afrouxar aquele item que era sua marca registrada.

— Se quiser que eu peça que ela vá embora, eu peço.

A voz de Liv chegou da cozinha.

— Vocês não vão acreditar em quem apareceu na minha porta hoje. Aquela vagabunda. — Eles ouviram a porta da geladeira sendo aberta. — Tem azeitona, Gor? Estou com vontade de tomar um martíni. Ou sete.

A iluminação quente da sala refletia nos cabelos brancos e ondulados de Gorman. Ele dirigiu um sorrisinho de desculpas a Henry.

— Desculpa, Choo-Choo. Ela é minha melhor amiga.

Henry sabia o que "amizade" significava para Gorman. Não era uma palavra de cartões comemorativos. Era uma palavra shakespeariana. Um mito grego, um romance russo. Era uma compreensão profunda, depois de décadas, das falhas mais profundas de outro ser humano, era amá-lo por suas falhas, e não apesar delas. Gorman podia ser exagerado, mas era leal. E era mais leal a seus amigos que a maioria das pessoas aos cônjuges.

Henry jogou a venda de lado.

— Vou fazer um macarrão.

# 3

— É claro que é maluquice, a coisa toda. — Liv espetou sua terceira azeitona. — Aparecer assim. Como se pudesse simplesmente entrar na minha vida!

Cada célula de seu corpo extravasava raiva. Era um intervalo bem-vindo no silêncio frio e sufocante que pressionava seu coração e seus pulmões a maior parte dos dias. As pessoas expressavam suas condolências pela "dor" dela, *sites* falavam da "dor" da perda, todo mundo parecia pensar que o que Liv sentia era "dor". Mas o que costumava sentir era ausência. Um vazio. A confiança irritante e vigorosa de Savannah a reavivara, como gasolina sendo jogada no fogo. A sensação da raiva era boa: pura e revigorante.

Liv cravou os dentes na azeitona.

— Aquela empresa é o trabalho da minha vida. Não vou dividir com uma tonta de 23 anos.

— Talvez precise.

Gorman tirou os óculos e entregou a Liv um pedaço de papel com um número circulado diversas vezes. Ele cuidava da contabilidade da Flower Power, Meu Bem! desde que abrira, e estava familiarizado com demonstrativos financeiros. Enquanto comiam macarrão e tomavam martínis, Liv permitiu que ele avaliasse a situação financeira dela. Que não era nada boa.

Liv piscou para o número circulado.

— Com isso consigo chegar pelo menos até o fim do ano. É até mais do que eu estava pensando.

— Essa é a sua *dívida* — Gorman disse.

— Quê? — Liv se concentrou na hora. — E o seguro de vida?

— Vai te manter viva por um momento. Mas não é uma solução permanente. Eliot deixou uma dívida impressionante no cartão de crédito, e vocês ainda não tinham terminado de pagar a hipoteca da casa. Fora que vocês ficaram anos sem contribuir com o fundo para a faculdade de Ben. Você vai ter que...

— O quê? — Liv perguntou.

Gorman fingiu tomar um gole de martíni.

— Arranjar um emprego.

Liv ficou branca.

— Ninguém contrata mulheres de 49 anos, Gor. Só precisam da gente pra assustar os *millennials* e fazer com que usem protetor solar.

Henry passou as sobras de comida para um pote.

— Seria tão ruim assim ter uma sócia? O dossiê que ela te mandou parece bom.

— Você não é das melhores quando se trata de computadores — Gorman disse. — Se atrapalhar com anexos faz com que fique parecendo jurássica.

— Sou "geriássica", não jurássica — Liv o cortou, e Gorman riu.

Henry guardou as sobras na geladeira e fechou a porta com um pouco mais de força que o necessário.

— Só estou dizendo que Savannah parece muito entusiasmada. Organizada. Ávida.

— Que nem os nazistas! — Liv exclamou. — Fora que nem tenho mais fornecedores. Nenhum bufê quer trabalhar comigo, depois daquela merda toda com os pombos.

A noiva furiosa de Long Island fizera questão de mencionar os pombos que fugiram em sua avaliação de uma estrela, assim como a picada de abelha, o caramanchão destruído e o fato de que Liv fora embora uma hora antes da cerimônia.

— Você ainda tem a gente. — Henry tocou o ombro dela. — No precinho generoso de sempre.

— Obrigada — Liv murmurou, sem conseguir olhar nos olhos dele. Aquele não era seu forte.

Gorman deixou a papelada do banco e do cartão de crédito de lado.

— Você ainda acha que foi culpa dela? Ele ter mudado o testamento, digo.

Era uma teoria que Liv tinha alimentado nos últimos meses. Mas agora estava claro que Savannah Shipley era menos uma amante conspiradora e mais um conversível vermelho novinho.

— Não. A menos que seja uma sociopata, e ela não me parece tão interessante assim.

Gorman e Henry trocaram um olhar que sugeria que eles já acreditavam na inocência de Savannah.

— Como você está? — Gorman perguntou, gentil. — Falando sério.

Liv ergueu as mãos, confusa e esgotada.

— O que você quer que eu diga, Gor? Estou chocada. Triste. Com raiva, magoada, me sentindo humilhada, totalmente... *blé!* — Ela desabou sobre a mesa. — Ainda quero mesmo fazer isso? Ser assessora de casamentos? Você sabe que sou feminista, e de alguma forma terminei nessa indústria arcaica que força as mulheres a fazer ainda mais trabalho afetivo não remunerado enquanto se preocupam que estão gordas demais. O sistema todo foi criado para relacionar gastos com felicidade, fico enojada! Talvez eu devesse virar comunista e me mudar pras montanhas! Criar cabras. Elas são fáceis de criar, não são?

Henry e Gorman trocaram outro olhar. Liv, a criadora de cabras comunista, tinha aparecido em algumas outras conversas desde o enterro.

Henry falou primeiro:

— É claro que a indústria do casamento é uma máquina de dinheiro histérica projetada para manipular casais emocionalmente. Todos sabemos disso. Mas o modo como você organiza casamentos ajuda as pessoas a se darem conta do que realmente querem, fazendo um orçamento razoável antes de tudo e deixando todo o resto para depois. Você sempre cobrou os preços do mercado, nunca empurrou coisas de que os casais não precisassem.

Era verdade. Se os clientes quisessem que as toalhas de mesa combinassem com o buquê, ou chegar em cavalos brancos, Liv fazia aquilo acontecer. Mas ela também deixava claro, para os clientes preocupados com o padrão vigente de um evento de três dias, que uma festa de casamento representava o mesmo que uma festa de aniversário: ainda que não se realizasse, seria possível ter um ano fabuloso. Mais de uma vez, ela havia convencido casais a *não* a contratar, sabendo que o ressentimento e o pânico da parte deles na hora em que a conta chegasse não valeriam a pena. Liv também compreendia que muitos casais apaixonados de Nova York (e ainda mais no Brooklyn) não queriam um casamento normativo e tradicional: queriam uma festa divertida e de bom gosto, na qual por acaso a união de duas pessoas era oficializada em termos legais. Assim, a Amor em Nova York tinha construído sua reputação como melhor assessoria alternativa de casamento de toda a cidade.

— Você sempre planeja eventos que têm tudo a ver com o casal — Gorman disse. — Fora que as pessoas vão continuar se casando e contratando assessorias, pro bem e pro mal. Por que não contratar você, então?

Liv resmungou. Mas estava ouvindo.

— Além do mais, não quer voltar a trabalhar? — Gorman pescou uma azeitona do vidro. — Você adora. Mal tinham cortado o cordão umbilical de Benny e você já saiu para visitar um espaço.

— Pelo amor de Deus, ela era namorada do meu marido! — Liv bateu na mesa, derramando metade de uma taça de gim.

— Não quero ser duro, mas ele tecnicamente não é mais seu marido — Henry apontou, com delicadeza. — Não se continua casado com alguém que morreu há três meses.

— E ela não era namorada dele — Gorman disse. — Foi um caso! Você era a esposa dele. E, a julgar pelo que você me contou nesses últimos anos, ele só era seu marido no papel. As coisas não andavam muito bem, não é?

A expressão rabugenta de Liv parecia dizer: *não, não andavam.*

— Então seja superior a tudo isso — Gorman prosseguiu. — Não caia na besteira de ficar competindo com essa mulher.

— Fora que Eliot talvez soubesse de algo que você não sabe — Henry completou. — Ele devia ter seus motivos, por mais esquisito que pareça.

Liv tomou o resto do martíni, sentindo a bebida amarga na boca. A verdade era que ela queria mesmo trabalhar. Por mais ridícula que a reunião com Dave e Kamile tivesse sido, dera-lhe um gostinho de sua antiga vida. Ela sentia falta de ser ambiciosa. Daquele impulso invisível e poderoso que guiava, instigava e dava significado ao dia. Liv Goldenhorn não tinha ideia de como trazer de volta sua ânsia de viver.

Isso porque ainda não havia conhecido Sam.

# 4

Apertada em um vagão do metrô tão lotado que ela nem conseguia verificar o celular, Savannah Shipley estava começando a achar que havia cometido o maior erro da sua vida.

Ter largado tudo em Kentucky tinha sido a coisa mais difícil que já fizera. Sem mencionar o fato de que tinha basicamente — na verdade, *definitivamente* — mentido sobre as origens de seu novo "trabalho dos sonhos" para seus pais, Terry e Sherry, que a amavam e confiavam nela. A devoção dos dois pela filha única era tão constante quanto sua presença na igreja aos domingos. Se eles soubessem que a filha havia tido um caso com um nova-iorquino casado, teriam um ataque cardíaco simultâneo.

Em geral, os amigos de Savannah tinham ficado felizes por ela com a mudança para o Brooklyn, mas sua melhor amiga, Cricket, recebeu a notícia como uma traição. Savannah tentou fazer com que aquilo parecesse uma oportunidade empolgante para as duas no curto prazo — *Você pode ir me visitar! Não vai ser pra sempre!* —, mas ela não ficou surpresa ao ver algo desmoronando nos olhos de Cricket. Foi basicamente uma separação não sexual.

Seu estágio, sua melhor amiga e o apartamento que dividiam, sua proximidade do ar puro e de ruas largas, seu lugar no mundo — tudo isso estava perdido.

A princípio, parecera que valeria a pena. Como ficara claro no mural de Nova York que Savannah montara, seu futuro na cidade mais importante do mundo seria dos mais brilhantes, repleto de risos, táxis amarelos e drinques cor-de-rosa. As palavras que ela havia escrito de um modo vivaz — *Amor! Sucesso! Aventura! Romance!* — pareciam certezas. Assim como a imagem no meio do mural, a mais misteriosa e promissora: um homem maravilhoso de *smoking*. Com os olhos azuis penetrantes brilhando.

*Quem é você?*

*Onde posso te encontrar?*

Savannah Shipley não tinha se mudado apenas para trabalhar na Amor em Nova York. Tinha se mudado para encontrar aquela pessoa e, no meio-tempo, se apaixonar pela cidade.

Mas, até ali, não vinha sendo muito romântico.

A cidade era fria, escura e confusa. Agora ela morava em um cômodo minúsculo em um apartamento desagradável que dividia com três desconhecidos, em uma vizinhança em que ninguém se cumprimentava e tudo era três vezes mais caro do que deveria ser. Quando Savannah finalmente conseguiu sair aos empurrões da lata de sardinha que era o metrô para as ruas frias e úmidas do bairro de Bushwick, onde agora morava, pensamentos dolorosos lhe ocorreram. Estava no lugar certo?

Estava vivendo a vida certa?

Como se encontrava amor em uma cidade que não parecia acreditar nele?

Tremendo, ela virou uma esquina e se deparou com um 'Shwick Chick. Um restaurante despretensioso que vendia frango frito. A placa de neon animada do restaurante brilhava em meio à névoa e à chuva fria que envolviam a cidade. Ainda que ela estivesse sobrevivendo com base em suas economias e não pudesse gastar muito, Savannah abriu a porta. O calor e o aroma ao mesmo tempo doce e salgado quase a fizeram chorar.

Ela estava em casa.

Era noite de uma segunda-feira chuvosa, mas clientes ocupavam todas as doze mesas, decoradas com toalha xadrez em vermelho e branco e vasos com narcisos. Ela não se importou em esperar. A energia — dos clientes, do *hip-hop* tocando, dos quatro funcionários fazendo o trabalho de dez pessoas — melhorou seu humor sombrio. Finalmente, vagou um lugar no bar. Savannah salivou diante da perspectiva de seu prato preferido. Como Cricket sempre dizia: "Frango frito é como sexo. É bom mesmo quando é ruim". Savannah costumava rir em concordância, mas agora, enquanto avaliava o cardápio reduzido e escrito à mão, percebeu que não era verdade... quanto ao sexo. Em sua experiência, muitas vezes sexo era só ruim: desconfortável e desprovido de romance, menos mágico e mais mecânico. Mesmo Eliot era melhor no papo que na cama.

Uma atendente usando uma bandana fofa igual à de Rosie, a Rebitadora — a mulher do pôster "We can do it!" —, e camisa xadrez com as mangas arregaçadas surgiu na frente dela. Usava duas argolas douradas delicadas em cada orelha e tinha o cabelo castanho-escuro cortado estilo joãozinho. Sua pele estava cheia de sardas e de marcas de acne. Como todos os funcionários, parecia cansada, mas feliz.

— O que vai querer, meu bem?

O sotaque sulista dela foi tão reconfortante quanto uma bebida quente diante da lareira.

— O frango aqui é bom? — Savannah perguntou. — Espero que você responda que é bom pra caramba.

— É bom pra caramba, Kentucky! — Depois, diante do olhar de surpresa de Savannah por haver identificado seu sotaque com tamanha precisão, ela disse: — E aparentemente eu também sou.

Quinze minutos depois, Savannah estava comendo um prato que era *melhor* que sexo. O frango suculento e dourado-escuro estava crocante e sequinho por fora, molhadinho e macio por dentro. Cada pedaço estava embebido em um molho doce apimentado tão bom que ela pediu uma porção extra. Savannah resistiu à vontade de gemer enquanto comia, embora cada mordida saciasse um desejo desesperado e profundo. Em volta dela, os funcionários trabalhavam como uma máquina bem azeitada. A menina de cabelo joãozinho era a mais eficiente de todos, ao mesmo tempo simpática e competente. Fazia menos de dez segundos que Savannah havia comido quando ela apareceu para tirar seu prato, com um sorriso breve que revelava os dentes da frente separados.

— Acho que foi o melhor frango frito que já comi — Savannah se apressou a comentar. — Em geral prefiro sobrecoxa, mas o peito estava maravilhoso.

— O peito é o melhor pedaço, né? O frango frito ao mel é receita minha. Leva até meu nome. — A mulher apontou para a correntinha que usava no pescoço. *Honey,* dizia o pingente dourado, em letra cursiva.

— Você é a dona?

Honey jogou a cabeça para trás e riu.

— Bem que eu queria! Um dia... — Seus braços eram cheios de tatuagens: um cachorro salsicha, um triângulo, a palavra TODA-PODEROSA em letras maiúsculas. A única maquiagem que ela usava era batom vermelho. — E você, Kentucky? O que faz da vida?

— Sou assessora de casamentos. — Na melhor das hipóteses, soava como uma fantasia. Na pior, como uma mentira. Fazia quase uma semana desde a reunião com Kamile e Dave. Liv continuava não atendendo as ligações dela. — Mas não levo jeito pra coisa. Não consigo nem encontrar um bufê.

— Você mora aqui ou está de passagem?

— Moro aqui.

— Então espero te ver de novo — Honey disse, jogando os ossos do prato no lixo.

— Eu viraria cliente assídua de qualquer lugar que vendesse Pappy Van Winkle. — Savannah apontou para seu *bourbon* preferido. — É o melhor do mundo.

Honey arqueou uma sobrancelha, parecendo impressionada.

— Concordo. E somos o único restaurante de Bushwick que serve. — Ela pegou a garrafa. — Essa é por minha conta.

Honey serviu uma dose a ela, deu uma piscadela, depois foi atender os caras do outro lado do balcão. Savannah notou os olhos deles passando pelo corpo dela e demorando-se nos seios. Metade dos homens que iam naquele restaurante devia se apaixonar por ela.

Savannah nunca tinha sentido falta de atenção masculina, mas jamais sentira uma conexão com os caras do sul. Eles sempre pareciam familiares demais, superficiais demais. Não havia atração, era como se fossem seu irmão mais velho ou seu melhor amigo. Nova York já tinha lhe oferecido um amante. Com certeza ofereceria outro. Talvez aquele fosse o motivo pelo qual ela deixara sua antiga vida para trás e se mudara para uma nova cidade, onde não conhecia ninguém e sem dúvida era o menor dos peixes na maior lagoa do mundo. Porque, se o amor não estava em Nova York, onde poderia estar?

Savannah demorou para beber, porque não queria que a noite terminasse. Mas, quando os atendentes começaram a virar as cadeiras em cima das mesas, ela soube que era hora de encarar a realidade. Assim que saiu de sua banqueta, Honey saiu de trás do balcão e lhe entregou um guardanapo dobrado.

— Aqui.

Por um momento desconcertante, Savannah achou que ela estivesse lhe dando seu telefone. Mas ela tinha escrito "Sam Woods" antes dos números.

— É uma recomendação de bufê — Honey disse. — A gente costumava trabalhar juntos. É só dizer que foi indicação da Honey Calhoun.

Um arrepio quente percorreu o corpo de Savannah. O restaurante, a indicação, até a própria Honey pareciam o primeiro vislumbre daquela magia nova-iorquina de que tanto ouvira falar.

— Obrigada.

Savannah não conseguiu se conter: estendeu a mão e tocou o braço da outra. Para seu encanto, Honey a puxou em um abraço, e um abraço de verdade, caloroso e sincero.

— Beleza, Kentucky. — Honey a soltou. — Ainda que você não seja sulista *de verdade*, gostei de você. Então volta logo, tá?

Savannah assentiu.

— Meu nome é Savannah.

— Não, Kentucky. Não mais.

Honey inclinou a cabeça, impressionada ou talvez só achando graça. Ela virou a placa da porta de ABERTO para FECHADO.

— Boa noite, Savannah.

Savannah saiu para a rua fria, subiu o zíper da jaqueta e ousou se sentir esperançosa.

# 5

Sam Woods não costumava fazer provas na casa de clientes em potencial. Mas Savannah Shipley fora ao mesmo tempo insistente e encantadora, por isso lá estava ele, numa quarta-feira à tarde, diante de uma bela casa antiga de arenito castanho-avermelhado. Uma casa de família. Sam sentiu uma pontada de inveja que não lhe era familiar quando apertou a campainha.

Quem atendeu a porta foi uma mulher de calça de moletom e camiseta velha. Não sorria, mas tinha lá seus atrativos. Devia ser Liv Goldenhorn. Tinha mais ou menos a idade dele, talvez um pouquinho mais nova, o que era um alívio: clientes na casa dos 20 ou 30 tendiam a exigir demais e ser indecisos demais. Ela olhou para as sacolas de comida aos pés dele.

— Pode deixar na cozinha? É ao fim do corredor.

Ele tentou explicar que não era o entregador, e sim o *chef* do bufê, mas Liv já tinha desaparecido escada acima. Sam pegou as sacolas e seguiu as instruções dela. Seguiu pelo corredor cheio de obras de arte, passou pela escada de madeira e deu em uma cozinha aberta com sala de jantar. Era mesmo um lar aconchegante, com um charme artístico e familiar, uma geladeira repleta de trabalhos de escola, uma mesa de jantar forrada de livros e contas por abrir, uma fruteira com bananas e maçãs passadas. Mas também era uma bagunça. A pia estava lotada de louça por lavar. O lixo reciclável estava transbordando. Marie Kondo teria um chilique ali.

— O-oi? Liv?

Silêncio, a não ser pelo barulho vago do chuveiro. Savannah Shipley prometera que estaria ali. Ele deixou as sacolas no chão e seguiu para o quintal, para mandar uma mensagem para ela. Havia um jardim muito malcuidado, dominado por um chorão de quinze metros de altura que, infelizmente, estava nas últimas. Muitos de seus troncos grossos já estavam mortos. A coisa toda precisava ser cortada.

Sam mandou uma mensagem para Savannah, mas não teve confirmação do recebimento.

Sem saber o que fazer, começou a tirar os produtos das sacolas. Não havia muito espaço, por isso ele jogou no lixo as embalagens sujas de comida comprada, limpou a bancada, esvaziou a lava-louça e voltou a enchê-la. Depois de localizar um avental (novo e florido), passou a picar as cebolas.

Ah, a nobre cebola. Tão confiável e onipresente quanto um cão fiel. Cozinhar a cebola, na verdade, reduzia o sabor pungente dela, mas também aprimorava o do restante da comida, o que Sam considerava muita generosidade. Com dedos hábeis e metódicos, ele descascou a primeira cebola, cortou-a ao meio no sentido do comprimento e a apoiou no meio da tábua de cortar. Depois, com a faca inclinada, que ele percebeu estar um pouco sem fio, fez cinco cortes horizontais, até o fim, depois fatiou verticalmente. O resultado foi uma pequena pilha de cubos perfeitos de cebola. Cozinhar sempre o deixava relaxado, colocando seu corpo e cérebro em um estado meditativo. Quando as coisas ficavam ruins, e muitas vezes tinham ficado, a cozinha era um lugar onde se sentia seguro.

Ele picou o restante das cebolas e já tinha se esquecido do mal-entendido com Liv quando ela entrou na cozinha, amarrando um roupão. Tinha uma toalha enrolada no cabelo. Sua pele estava rosada e úmida do banho. Ela tinha um tom de pele lindo, alvo e luminoso.

Quando o viu, Liv parou na hora. Pareceu perder o ar e arfou, em pânico.

*Merda.*

— Ah — ele fez. — Não estou...

Ela olhou para as mãos de Sam.

Ele estava segurando a faca com que cortara as cebolas.

— Não, eu não...

Liv correu para a mesa de jantar, atrás de uma arma, que acabou sendo... uma banana.

— Fica longe, ou eu grito.

Ele soltou a faca na pia.

— Não, eu sou o Sam. Eu sou o Sam...

— Não quero saber quem você é! Vou te colocar na prisão, seu filho da puta!

— Liv, Liv, Liv, eu sou o Sam. Sam Woods...

— Como você sabe meu nome? — Liv brandia a banana, mas o gesto era mais uma indagação distraída, como se ela tentasse descobrir por que aquele homem estava usando um avental florido.

Sam falou devagar e claramente.

— Savannah Shipley, que acredito que tenha uma empresa de assessoria de casamentos com você, marcou um teste comigo. Sou o Sam. Do bufê.

A banana caiu na mesa.

— Você é o Sam.

— Isso! Sim, sou o Sam. — Ele apontou para a porta da frente. — Vi que você achou que eu era um entregador, mas depois subiu e...

— Certo, certo. Isso explica o avental. Pelo amor de Deus, você me assustou.

— Você também — Sam disse.

O susto passou com uma risada dos dois.

Liv tirou a toalha do cabelo molhado e a deixou sobre o espaldar da cadeira da mesa de jantar.

— Olha, agradeço por ter vindo bancar o Jamie Oliver na minha cozinha. Mas não acho que vai dar certo.

Foi como cortar um abacate que parecia perfeitamente maduro e descobrir que por dentro estava escuro e cheirando mal.

— Que pena.

A porta da frente se abriu.

— Mãe?

O rosto de Liv se iluminou.

— Aqui!

*Ela é bem bonita*, Sam se deu conta.

Ouviram-se passos atravessando o corredor. Um menino entrou e se jogou nos braços de Liv.

Ela retribuiu o abraço dele de uma maneira que só uma mãe poderia.

— Oi, filho. Como foi a escola?

— Boa — o menino respondeu. Parecia ter uns 7 ou 8 anos.

Liv perguntou alguma coisa sobre como tinha sido a carona — devia ter sido a vez de outro pai ou mãe buscar as crianças. Não havia nenhum sinal de um pai ali. A casa, o menino, a mulher — ele parecia faltar a todos, de alguma maneira. Tinham se divorciado? Estariam em vias de? Ou algo pior. O que explicaria a cozinha.

O menino continuou falando.

— Fizemos uma experiência com casca de ovo para ver como refrigerante mancha os dentes e desgasta o esmalte.

— Uau! — Liv cutucou a lateral da barriga dele. — Te fez perder a vontade de beber refrigerante?

— Não — ele falou, mas então notou Sam e pareceu tímido.

— Ben, este é o Sam. Um… amigo.

— Oi, Ben. — Sam se abaixou para ficar da altura de Ben. — Gostei dessa mochila. É do Homem-Aranha?

Ben confirmou com a cabeça, mas manteve os olhos no chão.

— Me fala uma coisa — Sam prosseguiu. — Quem ganharia numa luta, o Super-Homem ou o Homem-Aranha?

— O Super-Homem.

— Sério? — Sam pareceu intrigado. — Então por que sua mochila é do Homem-Aranha?

— Bom, o Super-Homem é mais forte, mas o Homem-Aranha é mais engraçado e mais... bom, mais normal. — Agora Ben estava olhando para Sam. — Ele é um menino normal.

— Parece que você sabe bem do que está falando — Sam disse.

— Sou um menino curioso — Ben respondeu.

Sam sorriu. Liv estava sorrindo também, orgulhosa, embora tentasse disfarçar.

Ben foi mais para dentro da cozinha, olhando para os produtos.

— O que você está fazendo?

Sam ficou de pé.

— Bom, você sabe que sua mãe organiza casamentos, não é?

Ben confirmou com a cabeça.

— Sou o cozinheiro. Faço comida pra casamentos. E vim aqui fazer um teste. Você sabe o que é um teste?

Ben fez que não com a cabeça. Um sorrisinho se insinuava em sua boca.

Ele era uma daquelas crianças que adoravam aprender. Como Dottie. Dottie também adorava aprender coisas novas.

— É tipo uma prova. Se sua mãe gostar da minha comida, vai me contratar.

Sam e Liv sorriram um para o outro.

Ben pareceu ansioso.

— E o que é que você vai fazer?

Sam olhou para Liv. Ela deu de ombros, depois assentiu. Permissão garantida.

— Lasanha de abobrinha, risoto de ervilha e alguns aperitivos — Sam disse. — Tudo vegetariano, sem glúten, 100% orgânico e delicinha. Quer me ajudar?

— Posso, mãe?

Uma expressão mínima de surpresa passou pelo rosto de Liv antes de ser substituída por algo mais neutro.

— Se não cortar os dedos fora...

— Não se preocupe, sou especialista em não cortar os dedos. — Fazia um tempo que Sam não conhecia ninguém que considerasse interessante. Liv era interessante. O fato de que ela o olhava deixou sua nuca ligeiramente quente. Talvez ela estivesse no mesmo tipo de situação que ele. — Então, beleza, Big Ben. Vou te ensinar a debulhar ervilhas.

# 6

Mais ou menos uma hora depois, Liv estava comendo o melhor risoto de ervilha da vida dela. Uma garfada e já viu brotos delicados surgirem, andorinhas saírem voando e as maravilhosas rosas vermelhas que desabrochavam ao longo da cerca de trás todo mês de maio, espontâneas e implacavelmente vivas. Aquele tinha sido um longo inverno. Logo estaria quente o bastante para comer no quintal, sob o velho chorão. Se ela conseguisse reunir forças para arrancar as ervas daninhas.

— Você gostou, mãe? — Ben pulava de empolgação. — Debulhei umas cem ervilhas.

O interesse dele na preparação da comida era novidade. A terapeuta dissera que seria uma maratona, não um pique. De certa maneira, Ben nunca superaria a perda do pai. A ruptura na unidade familiar marcaria toda a sua vida: seu apego, suas escolhas em relacionamentos, talvez até seu comportamento como pai. Os três meses anteriores tinham sido complicados; Ben não conseguia dormir sozinho ou com a luz apagada. Ficava ansioso e às vezes dava chiliques. *Fique atenta a qualquer coisa diferente*, a terapeuta havia dito. *A qualquer mudança.*

Cozinhar não era uma tradição naquela família. Tampouco era uma visão desagradável ter um *chef* bonitão ajudando Ben a mexer o risoto no fogo.

— Achei uma delícia — Liv disse ao filho. — Muito bem, querido — ela acrescentou, olhando sem querer para Sam, em vez de Ben.

— De nada, querida — Sam respondeu, inexpressivo.

Liv soltou uma gargalhada. Nem conseguia se lembrar da última vez que havia feito aquilo. Depois, viria a descobrir que Savannah tinha ficado presa no metrô lotado, com o celular sem sinal, em pânico. Naquele momento, nem se importava com onde ela estava.

Sam colocou a última tigela na lava-louça. Havia alguns fios brancos em meio a uma vasta cabeleira escura. Tinha mais de um metro e oitenta, mas sua postura era tão relaxada quanto a camiseta que usava. Se altura era poder, Sam não sentia necessidade de dominar. Eliot, com pouco mais de um e setenta, sempre mantinha a coluna o mais ereta possível e usava sapatos de sola grossa.

— Bom, a lasanha tem que ficar mais meia hora no forno. Os aperitivos estão aqui. — Sam apontou para uma travessa com molhinhos coloridos e petiscos. — E você tem risoto pro resto da semana.

— Vamos debulhar mais ervilhas? — Ben pediu, seguindo atrás dele na direção da porta.

— Não posso, campeão — ele disse. — Minha família está me esperando em casa.

A decepção foi como um soco quente e duro no estômago de Liv. Aquela era uma reação bastante constrangedora. Estava velha demais para se interessar por alguém, ou para que alguém se interessasse por ela. Além do mais, ele era casado. Claro que era. Sam era bonzinho e divertido. Ele ficava com rugas em torno dos olhos castanhos e calorosos quando ria, o que era uma graça.

— Sua esposa é uma mulher de sorte — Liv disse, quando chegaram à porta. — Meu, hum, ex era um péssimo cozinheiro. E eu não sou muito melhor.

Era estranho se referir a Eliot como seu "ex". Ela queria que Sam soubesse que estava solteira, mesmo que não entendesse o motivo.

— Ah, minha ex é uma ótima cozinheira. Só não é boa em monogamia mesmo.

Ela se surpreendeu ao soltar uma risadinha infantil. *Segura a onda, minha filha. Você é uma viúva de meia-idade com peito caído e um leve problema com bebida.*

— Somos só eu e minha filha Dottie. — Sam vestiu uma jaqueta de couro sobre os ombros largos. — Ela é um pouco mais nova que Ben. Não gosta tanto do Homem-Aranha.

— Rá! — O coração de Liv estava acelerado. Ela torcia para não estar vermelha. — Bom, obrigada pela comida, pela aula de gastronomia e por não ter invadido minha casa.

— Sem problema.

Ela coçou a testa, desfazendo as rugas que havia ali.

— Na verdade, tenho que ser sincera... as coisas meio que se complicaram no quesito trabalho no ano passado.

— Eu sei. Acho que li algo sobre pombos e abelhas.

*A internet é foda, sério.*

— Relaxa. — Ele sorriu para ela. Seus olhos eram cor de musse de caramelo, ou *brandy*, ou outras coisas deliciosas. — Acho que estou disposto a correr o risco.

— Obrigada. Eu te retorno.

— Ótimo. — O único *chef* de Nova York disposto a trabalhar com Liv desceu os degraus da frente da casa dela. — Boa noite, Liv.

O anoitecer estava incomumente ameno. O ar quase parecia seda em seus braços nus. Um punhado de estrelas brilhava no céu cor de lavanda, tão delicadas como joias finas.

— Boa noite, Sam.

Liv fechou a porta, passando o trinco com uma demora deliberada. A casa exalava um perfume de manteiga e cebola. Cheirava a um lar. Desfrutando do modo como o piso de madeira rangia sob seus pés, Liv voltou para a cozinha. Estava inacreditavelmente limpa.

# 7

Na manhã seguinte, Savannah foi despertada por Arj, uma das pessoas com quem dividia a casa. Ele era magro, trabalhava em um bar e parecia insatisfeito.

— Tem uma maluca lá embaixo que diz que conhece você. Eu trabalho à noite. Estava no sono ferrado.

Confusa, Savannah abriu a cortina e deu uma olhada na rua. Liv estava de pé na calçada, apertando a buzina de uma Subaru surrada. Savannah abriu a janela, preparada para o frio da manhã.

— Sra. Goldenhorn?

Liv usava óculos escuros enormes e o tipo de gorro *pink* com orelhas de gatinha que ganhou fama com a primeira Marcha das Mulheres.

— Anda, Shipley. Temos um monte de coisas pra fazer. — Ela entrou no carro e gritou pela janela: — Pelo amor de Deus, me chama de Liv!

Alguém ali perto gritou:

— Cala a boca, Liv!

Liv quase sorriu.

Savannah precisou de um longo momento para absorver aquilo. Então pulou da cama, vestiu uma roupa e voou escada abaixo. Quando se sentou ao lado da sra. Golden… de *Liv*, estava totalmente desconjuntada. Mas sua sócia não pareceu notar.

Depois de perder o teste do bufê por causa de um problema no metrô, Savannah imaginou que havia estragado tudo. Ela planejava comprar uma passagem de volta para casa naquela manhã. Agora, no entanto, estava no santuário de Liv. Ela notou os adesivos desbotados no porta-luvas. O olho grego pendurado no retrovisor.

— É assim que vai ser. — Liv colocou o cinto de segurança. — Regra número um: eu estou no comando. Regra número dois: eu estou no comando. Regra número três?

— Você está no comando.

— Exatamente.

Liv estava de batom. Ficava bem de batom, com uma aparência mais suave. Ela deu a partida, e Alanis Morissette começou a cantar: *A slap in the face, how quickly I was replaced, and are you thinking of me when you fu...* Liv tirou o CD e ficou resmungando alguma coisa sobre músicas de fim de relacionamento. Tateou o banco de trás para pegar outro CD entre os muitos que havia jogados ali. Savannah nunca havia comprado um CD.

Savannah tirara sua carteira aos 16 anos, louca para ter o tipo de liberdade e responsabilidade que um carro implicava. Ela só tinha dirigido em Kentucky, nunca em Nova York. Naquele momento, com Liv trocando de faixa, pisando no freio e buzinando ao mesmo tempo que trocava o CD e tomava café de uma garrafa térmica, Savannah pensou que nunca teria tal oportunidade. Seria um milagre se elas chegassem vivas aonde quer que estivessem indo.

— Assessoria de casamentos — Liv gritou por cima da barulheira do *rock* antigo — tem menos a ver com o que eles *dizem* que querem e mais com o que podem... *sai da minha pista, idiota!...* arcar. Todo mundo chega cheio de sonhos: o bolo, o vestido, o local. Mas... *o que é que você está fazendo?...* tudo isso tem um custo. Eles querem dobrar o orçamento ou querem pensar em soluções criativas? Pois, mesmo tendo contratado uma assessoria porque preferem perder dinheiro a tempo, é preciso... *aprende a dirigir, seu cretino!*

Nas três horas de viagem até Catskills, Savannah tentou absorver por alto os vinte e poucos anos de sabedoria da outra em assessoria de casamentos, enquanto Liv botava para tocar bandas de que ela nunca ouvira falar. Apesar da terrível reunião inicial na semana anterior, Kamile continuava aberta a trabalhar com a Amor em Nova York. Nenhuma outra assessoria estava disposta a trocar dois meses de trabalho não remunerado por divulgação em redes sociais, e Kamile não estava preparada para gastar 10 mil dólares nisso, nem para fazer tal trabalho pessoalmente.

O celeiro em Catskills era vermelho, rústico e enorme. Estava completamente vazio e era rodeado por macieiras. A seis metros de distância, um lago cintilava. A primeira coisa que Savannah disse ao pessoal do espaço foi:

— Adorei! É o lugar perfeito para um casamento romântico na primavera!

A primeira coisa que Liv disse foi:

— Preciso saber tudo sobre estacionamento, energia, seguro de responsabilidade civil, restrições a barulho, os fornecedores de preferência e o plano em caso de chuva.

Assim, elas começaram a trabalhar. O ritmo nunca desacelerava. A lista de tarefas era infinita: fazer o *site* do casamento, negociar contratos de fornecedores, falar com quem ia oficializar a cerimônia, marcar a prova do bolo. Era menos "misturar sofisticação e tradição de uma maneira que vai surpreender e encantar" e mais... mãos à obra. Orçamentos, datas, prazos. Decisões eram tomadas rapidamente e com frequência. Savannah tinha imaginado que assessoria de casamentos era uma questão de amor e logística. Na verdade, era muito mais sobre ansiedade e convicção. A ansiedade de Kamile. A convicção de Liv. Tudo bem os noivos não irem recebendo os convidados um a um, como os pais dela esperavam que fizessem? Claro que sim: filas daquele tipo estavam fora da moda, agora era tudo mais casual. O vestido do jantar do dia anterior era curto demais? Claro que não: pernas bonitas tinham que ficar à mostra! A ansiedade vinha do fato de que a primeira coisa que se esperava que os noivos fizessem era planejar um evento enorme e custoso para todo mundo que já havia significado alguma coisa para eles, que fosse ao mesmo tempo reunião familiar e viagem em grupo, e que expressasse sua identidade como casal, sem pirar ou ir à falência. Por isso, alguém precisava ter convicção de que aquilo podia ser feito. A tradição e o ritual vinham sendo reimaginados, ou revogados, todos os dias.

Depois de algumas semanas, as duas estavam trabalhando no escritório da casa de Liv, ainda rodeadas de pó e detritos. Savannah estava testando o novo formulário do *site* do casamento, e imaginava quantas pessoas entrariam em contato depois que aparecessem nos *posts* de Kamile. Cinco? Dez? Cinquenta? Liv olhou para ela por cima de seu *laptop* antigo.

— Vocês assinaram um contrato?

— Como assim?

— Você e Kamile. Quanto a toda — Liv fez um gesto amplo com sua taça de vinho branco das 13 horas na mão — exposição que você acha que vamos ter. Que *eu* vou ter.

Savannah abriu um sorriso indulgente para Liv.

— Kamile é minha amiga.

Liv deixou o vinho de lado, com uma precisão deliberada.

— Então, vamos trabalhar de graça por meses e, se por acaso Kamile decidir não postar a nosso respeito, não há nada que possamos fazer do ponto de vista jurídico. É isso?

— Liv! Kamile era da minha *irmandade*. Se ela diz que vai postar, é porque vai.

— Se você não se sente confortável em mandar um contrato para ela, eu mando.

— Um contrato vai sugerir que não confio nela. Como se eu estivesse esperando que me ferrasse! É tipo um acordo pré-nupcial. Por que faria um, a menos que já estivesse esperando que não desse certo?

— Porque muitas vezes não dá — Liv disse. — Mesmo quando não se espera.

Savannah sentiu o coração disparar e ficou ainda mais irritada.

— Não preciso de um contrato. Kamile vai postar a nosso respeito na manhã de domingo, depois do casamento, como prometeu.

— Mas e se não postar? E se esquecer? E se estiver tão acostumada a ter fadinhas grátis à sua disposição que acabe confundindo nosso trabalho árduo com algo que lhe é devido e for para a lua de mel sem nem pensar duas vezes a respeito?

— Eu garanto que isso não vai acontecer.

— Você não tem como garantir — Liv disse, e Savannah quis gritar. Liv não entendia nem um pouco. E ela não estava conseguindo se explicar.

Como Savannah disse a Honey, mais tarde naquela mesma noite, enquanto comia frango frito:

— É como se ela me mantivesse à distância para que eu só possa aprender alguma coisa caso fique de olho o tempo todo e por acaso a pegue fazendo algo.

Honey serviu mais Pappy Van Winkle no copo de Savannah. Ela já ouvira a história de Liv e Eliot, das muitas vezes em que Savannah se sentara ao balcão do restaurante.

— Tenha paciência, meu bem — disse Honey. — Não dá pra esperar que vocês virem melhores amigas da noite pro dia, né?

— Não. Somos pessoas muito diferentes. — Savannah mastigou a coxa de frango, reflexiva. — Acho que ela ainda está tentando descobrir se confia em mim.

— Isso leva tempo.

Honey cruzou os braços e inclinou a cabeça para Savannah.

— O que foi? — Savannah perguntou, preocupada. — Você não acha que sou de confiança?

Honey sorriu, balançando a cabeça como se dissesse "Não é isso", enquanto anotava o que outra pessoa queria beber. Com suas tatuagens e o cabelo curto, era difícil imaginar Honey em uma cidade pequena do Alabama. Sua falta de maquiagem havia inspirado Savannah a experimentar usar menos também. Agora, em vez de *primer*, base, corretivo, pó bronzeador, *blush*, *primer* de pálpebra, sombra, lápis de olho, rímel, lápis de sobrancelha, lápis de boca, batom, *gloss* e *spray* fixador, ela só usava *primer*, base, *blush*, rímel, lápis de sobrancelha e *gloss*. A sensação de não estar totalmente maquiada era boa. Libertadora.

— Quando você começou a se sentir em casa aqui? — Savannah perguntou quando Honey voltou. — Em Nova York, digo.

Honey serviu as cervejas do casal ao lado de Savannah enquanto pensava.

— É uma boa pergunta. Vou ter que pensar mais a respeito.

Savannah tomou um gole do *bourbon*. Ainda tinha gosto de esquenta, música *country* e longas noites de verão na varanda de alguém, ouvindo as corujas piarem.

— Você sente falta do Sul?

— Não. — Honey limpou o prato de Savannah, jogando os ossos no lixo. — Nem um pouco.

Ela não encarou Savannah ao dizer isso.

## 8

A primavera começou como um caso tímido e repentino. No primeiro dia que o termômetro marcou mais de quinze graus, os nova-iorquinos guardaram os casacos opressivos e saíram para a rua, só para ter que tirá-los do armário na semana seguinte, mal-humorados com a queda da temperatura para quatro graus. No entanto, a primavera persistia. Dia a dia, brotos surgiam nos galhos nus do chorão do quintal. As raízes, os tubérculos e os picles da feira foram substituídos por folhas verdes e a ousadia dos tomates. Finalmente, veio o sinal definitivo de que a estação havia mudado: os restaurantes da cidade removeram os vestíbulos montados para proteção do frio e passaram a montar mesas ao ar livre. A primavera chegara.

Embora a passagem do tempo devesse significar coisas boas, às vezes Liv queria que ele fosse mais devagar, ou parasse por completo.

Ainda havia um pedaço do *brie* de Eliot na geladeira. Cada dia mais, o cheiro de podridão tomava conta da cozinha, mas ela não conseguia jogá-lo fora. Ou mandar reciclar os cadernos de esportes empilhados ao lado do banheiro. Ou esvaziar sua gaveta de meias sem par. Ele as chamava de meias rebeldes. Aquilo costumava fazê-la rir.

As manhãs eram o pior momento do dia. Acordar sozinha, não ouvir seu canto desafinado no chuveiro, não sentir cheiro de torrada queimada. Só Liv, deitada em silêncio na cama, as lágrimas escorrendo pelo rosto enquanto pensava em tudo o que havia perdido.

Mas, ao se deixar arrastar pelo planejamento do casamento de Dave e Kamile, Liv se deu conta de que era bom ter um foco. Aquilo a tirava do lamaçal que era sua própria cabeça. Ela tinha que aprender partes novas do processo, de que Eliot costumava cuidar. O lado humano da negociação, como alugar banheiros, de quanta energia exatamente o salão precisava. Às vezes, uma hora inteira se passava com Liv tão envolvida em uma tarefa que ela nem pensava em Eliot.

Mas Savannah estava sempre ali. Fazendo perguntas. Sugerindo coisas. *Limpando*. Ela trocou o sofá com marcas de cigarro por um sofá rosa-claro (encontrado na Craigslist, porque Liv não podia pagar um novo) e levou as coisas de Eliot para o sótão. Deixou as paredes do escritório mais claras com uma pintura nova e pendurou pôsteres motivacionais (Liv vetou os que diziam SEJA SUA PRÓPRIA FONTE DE LUZ e TODAS AS MULHERES SÃO RAINHAS!, mas aceitou relutantemente o que dizia NÃO SONHE COM SUCESSO: TRABALHE POR ISSO).

— Não que ela esteja de fato ajudando com a assessoria em si — Liv reclamou para Henry e Gorman, na sala dos fundos da Flower Power, Meu Bem!

— Porque você não está deixando a garota participar dessa parte. — Henry acrescentou algumas anêmonas brancas bem delicadas a um arranjo. — Acha que Kamile gostaria de algo assim? É bem *wabi-sabi*, bem chique.

— Ela vai aprovar qualquer coisa que eu disser que é "extremamente instagramável" — Liv respondeu. — O que é ótimo pra mim.

Gorman tirou os olhos de seu exemplar de *Quem tem medo de Virginia Woolf?*, que ele estava lendo para sua aula de dramaturgia das segundas à noite.

— E quem te ensinou esse truque?

Liv bufou. A obsessão geral por *smartphones* era muito irritante, com todos aqueles jovens carregando seus celulares para lá e para cá como se fossem tanques de oxigênio em miniatura. Mas era verdade que Savannah compreendia aquele mundinho fútil.

— Ela é muito boa com aparências — Liv disse. — Das coisas. Dela mesma.

— Mas o que se passa dentro dela? — Henry acrescentou outra anêmona ao arranjo. — É isso que importa.

— Acho que não muita coisa — disse Liv.

— Então, o que Eliot viu nela? — Gorman fechou o livro. — Ele sempre foi do tipo paquerador, mas não achava que era do tipo que traía.

— E não que a gente *nunca* transasse — Liv disse. — Vira e mexe eu ficava bêbada e liberava.

— Que ótimo — Gorman disse.

— Dizem agora que não tem tanto a ver com o relacionamento anterior, nem com o novo relacionamento — Henry comentou. — Tem mais a ver com o relacionamento consigo mesmo. Eliot gostava de quem era quando estava com Savannah.

Alguém livre da identidade de marido e pai. Alguém vibrante e inteligente, inspirado, sem obrigações. Liv era capaz de imaginar aquilo, mesmo que não compreendesse por que havia deixado sua vida paralela destruir a dela.

— Mas, por essa lógica, Savannah poderia ser qualquer outra pessoa. Então, por que deixar a empresa para ela?

— É isso que ainda estou tentando descobrir — Henry disse.

Para Liv, Savannah era uma daquelas mulheres que escolhia desenvolver uma personalidade conformista para sobreviver. Estava disposta a admitir que a outra não era indigna de admiração e que não lhe faltava confiança: ela havia se mudado para Nova York com o entusiasmo de uma conquistadora e aprendia rápido, isso Liv tinha que reconhecer. Mas Liv estava certa de que Savannah seria vítima daquilo que derrubava a maior parte das jovens dos Estados Unidos: a crença de que ser bonita o bastante, inteligente o bastante e bondosa o bastante seria, em resumo, o bastante. Savannah Shipley seria bem-sucedida como aquele tipo de mulher. Não tinha potencial de verdade para ser interessante.

Na noite anterior ao casamento de Dave e Kamile, Liv e Savannah repassaram todos os detalhes pela terceira vez. Usando seus óculos de armação preta, Liv passou os olhos pelo *checklist* final.

— A banda vai passar o som...

— Às duas da tarde, enquanto eles tiram fotos com a família — Savannah completou. — Também vamos testar os microfones e o projeto.

— O pessoal de cabelo e maquiagem...

— Vai estar na casa alugada para as madrinhas às sete da manhã em ponto.

A intenção de Kamile era trocar os serviços de todos os fornecedores por *posts* nas redes sociais. Só alguns haviam concordado, incluindo o pessoal da maquiagem.

— Tem certeza de que não quer que eu abra um perfil no Instagram? — Savannah perguntou. — Seria bom se Kamile nos marcasse quando fizesse propaganda da gente.

*Nos* marcasse. Quando fizesse propaganda *da gente*. Savannah insistia em falar como se elas fossem uma equipe. Liv tirou os óculos.

— Quais são mesmo as regras um, dois e três?

Savannah deixou escapar um resmungo.

Liv ergueu uma sobrancelha.

A jovem se deu conta do que havia acabado de fazer e ficou vermelha.

— Desculpa. É só que...

— Você sentiu alguma coisa além de empolgação? Não precisa pedir desculpa por isso.

Liv fechou o *kit* de emergência, uma mala contendo tudo, desde grampos a ataduras, além de uma cópia dos votos dos noivos e uma lista das músicas que não podiam faltar. Elas tinham planos, planos de contingência e planos de contingência para os planos de contingência. A Amor em Nova York estava pronta. Ou tão pronta quanto poderia estar. Liv sentiu um nervosismo que lhe era incomum. Fazia tanto tempo que não organizava um casamento sem problemas. Uma parte autodestrutiva dela quase queria que tudo desse errado no dia seguinte. Talvez fosse melhor do que fazer tudo aquilo de novo com Savannah Shipley.

— Está tarde. Vai pra casa descansar.

Savannah se levantou, obediente.

— Liv...

— Vamos pular essa parte — Liv a cortou. — Você está muito grata pela oportunidade, mal pode esperar para celebrar a coisa maravilhosa que é o amor verdadeiro e blá-blá-blá.

— Eu só ia dizer que é melhor a gente levar desodorante. Dave sua muito.

— Ah — Liv disse. — Sim, claro. Bom, até amanhã.

Liv observou a jovem caminhar a passos largos pela rua escura, na direção do metrô. Era uma longa viagem de Prospect Heights até Bushwick. E complicada. Tinha que passar da linha 3 para a L? Da B para a M? Mas, nos dois meses em que trabalhavam juntas, a mocinha comportada nunca havia reclamado daquilo ou se atrasado para um compromisso (a não ser pelo dia do teste de Sam). Uma pontada de respeito brilhou silenciosamente na luz arroxeada do crepúsculo.

*Afe!* Liv afastou aquilo como se fosse um mosquito e bateu a porta da frente.

# 9

## kamile nia thomas
## &
## david anthony seal

convidam você a participar da celebração de seu amor

| Sábado, 15 de maio | Fazenda Robertson |
| Às quatro da tarde | North Branch |
|  | Catskills, Nova York |

Recepção na sequência
(por favor, use a hashtag #eladisseseal)

— Então ali estou eu, no meio da selva no sudeste asiático, sem celular, sem mapa, totalmente perdida... e já começava a escurecer.

Na manhã seguinte, no Queens, Zia Ruiz desfrutava da visão encantadora de seus sobrinhos em transe, com a boca aberta em admiração.

— E o que foi que você fez, tia Zia? — ceceou Lucy.

— Tinha monstros lá? — gritou o irmão mais velho dela, Mateo, que a rodeava mancando: sua perna esquerda estava engessada devido a uma queda enquanto ele brincava.

— O Camboja é conhecido por ter muitos animais perigosos — Zia falou, com uma voz assustadora. — Como cobras. E aranhas. E tigres enormes que comem gente!

As crianças gritaram quando a tia saltou para a frente e fez cócegas nelas, irrompendo em risadinhas.

— Ei, ei, ei. Baixo, pessoal — Layla gritou da cozinha lotada. — Ou vou mandar esses tigres pra cima de vocês.

Zia e Layla tinham certa semelhança física, tendo herdado a pele não branca do pai e os cachos da mãe. Mas Layla parecia mais velha que seus 35 anos: estava mais para 40. Ela era solteira e mãe de duas crianças, o que justificava as olheiras escuras sob seus olhos. Já Zia parecia um pouco mais nova que seus 27 anos, com seu sorriso pleno e despreocupado, e olhos verdes impressionantes que inspiravam artistas e cantadas ruins.

— O que aconteceu? — Lucy perguntou à tia.

— Passei a noite acordada e encontrei o caminho de volta na manhã seguinte — Zia respondeu, beijando a testa de Lucy. — Os mosquitos me comeram viva. Mas a selva ao nascer do sol... nossa, é inesquecível. Uma sinfonia cheia de vida.

— Só mais um dia na vida de Zia Ruiz, a viajante — Layla comentou, secando as mãos em um pano de prato, com um sorriso irônico.

Zia abraçou a irmã mais velha, sentindo-se como sempre se sentia quando falava de seu trabalho no exterior: insuportavelmente culpada.

— Você tem que vir comigo um dia desses. Vai adorar.

— Tá bom. — Layla deu de ombros e se dirigiu aos filhos: — Vocês já estão velhos o bastante para ficar em casa sozinhos por alguns meses, né?

— *Claro que sim!* — os dois responderam, em coro.

As irmãs trocaram um sorriso.

— Imaginei. Bom, se sairmos em cinco minutos, vocês podem assistir *Patrulha Canina* hoje à noite — Layla disse. — De novo.

Aquilo fez Lucy sair correndo e Mateo ir atrás dela, com o gesso batendo forte contra o chão.

Layla vestiu o colete da CVS. Trabalhava na farmácia desde que expulsara o inútil do pai das crianças da casa com um único quarto em que eles viviam, anos antes.

— Estava com muita saudade de você. Você ficou fora por tanto tempo!

— Só quatro meses — Zia corrigiu. Quatro meses incríveis, ajudando a construir uma escola rural no Camboja. Zia trabalhava como coordenadora da Global Care, uma ONG internacional dedicada a causas humanitárias e ambientais. Ela fazia parte da equipe do escritório local da ONG e pretendia ficar ali enquanto precisassem dela. Às vezes, um desastre representava um influxo de interesse que precisava ser gerenciado; às vezes, ela só cobria a licença-maternidade de alguém ou supervisionava um projeto de construção. Antes de encontrar um trabalho que realmente a interessasse, Zia havia trabalhado como garçonete de um bufê em Nova York e passado um tempo com a irmã.

O trabalho na Global Care não parecia trabalho de verdade. Ela havia prometido a si mesma que sempre poderia arrumar as malas e partir de um dia para o outro. Era uma liberdade a que ainda estava se reacostumando. Por motivos em que não gostava de pensar.

Layla prendeu o cabelo em um rabo de cavalo.

— Só me prometa que não vai largar a gente de novo tão cedo.

Zia sentiu a garganta se fechar. Ela já estava procurando por outro trabalho no exterior.

— Não larguei vocês. Só estou vivendo a vida.

— Eu sei. — Layla suspirou. — É inveja. Queria poder trocar de lugar com você, pra sempre. — Ela massageou os nós dos dedos, fazendo uma careta. Tinha artrite reumatoide, e mesmo tomando remédios sentia dores. — Tem certeza de que não pode ficar de babá? Espaços de brincar são tão caros...

— Desculpa. Vou trabalhar em um casamento fora da cidade, para Liv Goldenhorn.

— O marido dela não bateu as botas?

— Layla! Ele não "bateu as botas". Ele faleceu. — Zia trabalhava para Liv esporadicamente desde os 17 anos. A morte de Eliot a havia deixado mais determinada a levar a vida nos próprios termos. — Tenho que ir. Vou de carona com Darlene, e ela odeia quando me atraso.

— Antes que você fuja de novo... — Layla passou uma caixa de tamanho médio para a irmã.

Zia viu o que era.

— É um colchão de ar.

— Pois é. A menos que você queira continuar dividindo a cama comigo. — Layla sorriu para ela. — Que nem quando era pequena.

Zia deixou a caixa de lado e teve uma sensação claustrofóbica de que tudo estava se fechando.

— Obrigada, mas talvez eu durma na Darlene hoje.

Layla não disse nada por um momento.

— É um colchão superbom.

— Fiquei aqui todos os dias desde que voltei — Zia disse, descompromissada. — E Darlene tem um sofá-cama.

— O médico quer ver Mateo um milhão de vezes por causa da perna. — Layla empilhou a louça na pia já cheia. — Não tenho ideia de como vou conseguir pagar. E preciso muito de uma lava-louça. Juro por Deus, passo todo o tempo livre que não tenho até o pescoço em louça suja. Seria ótimo se eu tivesse uma irmã mais nova tranquilona que pudesse terminar aqui antes de desaparecer de novo.

— Não posso. Vou me atrasar.

Zia enfiou a blusa com que dormia e sua escova de dentes dentro da mochila, enquanto tentava ignorar o instinto de fugir.

— Tá bom. — Layla passou uma água na louça. — Divirta-se.

— Não vou me divertir, vou trabalhar.

Layla abriu a boca. Pensou melhor. Voltou a fechá-la. Então puxou a irmã num abraço.

— Te amo — disse, como se fosse um lembrete.

— Também te amo. — Zia seguiu para a porta da frente. — E você pode ficar com minhas gorjetas de hoje à noite. Mas tenho mesmo que ir. — Ela se despediu das crianças: — Tchau, macaquinhos! Divirtam-se brincando!

Lá fora, na rua, Zia inspirou o ar fresco, deixando que a tensão da manhã se dissipasse. Fazia um lindo dia em Astoria. As coisas iam se resolver com a irmã. Ainda que tivesse inveja, Layla queria o melhor para ela. Nunca ficaria em seu caminho.

Zia respirou uma, duas vezes, então saiu de bicicleta pela rua larga e ensolarada. *Você é livre*, disse a si mesma, tentando acreditar naquilo.

# 10

Era uma manhã linda e ensolarada no SoHo — do tipo que faz a cidade parecer o pano de fundo de um filme em que todo mundo consegue o que quer no final. O sol batia contra os táxis amarelos e os arranha-céus brilhantes. Por que alguém moraria em qualquer outro lugar?

O atendente entregou a Darlene Mitchell o pedido dela.

— Dezoito dólares.

*Ai* — por causa disso. Darlene tentava ser econômica, mas ser econômica em Nova York era como se manter sóbrio em um casamento. Apesar disso, ela gostou que o valor final fosse um número par. O volume do carro, o aquecedor e o despertador de Darlene estavam todos programados em números pares. Só para ter alguma simetria em um mundo tão desigual.

Ela cantarolava baixo enquanto procurava uma nota de vinte dólares na carteira. Nota que definitivamente não estava lá. Não, tinha que estar. Ela estava certa de que tinha uma nota de vinte. A nota de vinte… que gastara no táxi na noite anterior. Esperara três horas por cinco minutos de microfone aberto em Sunset Park. Quando chamaram o nome dela, eram duas da manhã, e o público tinha se reduzido a caras brancos e bêbados que ficavam secando os peitos dela. Um táxi parecera prudente. Agora, o leve pânico que lhe era familiar, relacionado ao fato de que era uma musicista profissional sem grana, fez com que aquilo parecesse uma indulgência tola. Darlene estendeu o cartão de crédito, tentando não pensar no empréstimo estudantil e no aluguel astronômicos que pagava. Deixou uma boa gorjeta — como também dependia de gorjetas, não conseguia não deixar — e foi embora.

Alguns minutos depois do combinado, Zia apareceu, descendo da bicicleta com a facilidade de alguém afeito à atividade física.

— Oi! Desculpa o atraso, peguei o caminho mais bonito. Está um dia lindo!

— Oi! — Darlene a abraçou apertado. — É tão bom ver você!

As duas se conheceram quando foram no mesmo carro trabalhar em um casamento da Amor em Nova York, anos antes. Costumavam falar tanto que Darlene teve que se lembrar de que não podia exagerar, porque ia cantar aquela noite.

— Como foi no Camboja?

Zia pôs a trava na bicicleta.

— Incrível. A comida, as crianças... Já quero voltar.

— Me leva com você — Darlene resmungou. — A maior aventura que vivi desde a última vez que te vi foi ir ao Sunset Park.

Zia riu.

— Cadê o Zach?

Eram 10h35.

— Cinco minutos atrasado. Mas, se aparecesse agora, estaria quinze minutos adiantado, nos horários dele.

Elas entraram no carro alugado estacionado diante do prédio cheio de aço e cromo em que Zach morava. Ele alugava o apartamento dos pais, provavelmente por menos do que Darlene pagava pelo cubículo em que morava em East Williamsburg. As duas começaram a tomar café: um *bagel* com *cream cheese* para Zia, que tinha um metabolismo impressionante, e um suco verde grande para Darlene.

— Minha nossa! — Zia gemeu. — Que delícia! Eu casaria com esse *bagel*.

— Uma porção de homens vai ficar triste de te perder para um pão.

Zia ironizou:

— Ah, tá.

Ela sempre lidava com o fato de que era atraente com um distanciamento neutro, até um leve constrangimento, que Darlene ao mesmo tempo admirava e invejava um pouco.

— E você? — Zia perguntou. — Ainda está namorando aquele comentarista político? Charles?

— A gente terminou faz uns meses. — Darlene virou o retrovisor para si e ajeitou a peruca que costumava usar quando trabalhava em casamentos. Os cachos pretos e brilhantes fizeram cócegas em sua pele. — Minha vida amorosa está oficialmente paralisada até eu gravar um EP.

— Legal. — Zia lambeu o *cream cheese* do dedinho. — E a música, como anda?

Era uma pergunta educada e sincera. Todo mundo se interessava pela vida de artista, se animava com o sucesso, era solidário com os contratempos. Com a crença firme de que, para quem era bom, tenacidade e talento sempre recompensavam. Mas o que Darlene não antecipara quando abrira mão de um emprego estável das nove às cinco em nome de um sonho nebuloso de trabalhar com música em tempo integral era com que frequência teria que ser a esforçada otimista. Ninguém queria ouvir que correr atrás dos sonhos podia ser cansativo, desmoralizante e financeiramente incapacitante. Não que ela quisesse dividir aquela verdade desconfortável. Embora Darlene Mitchell cantasse músicas com diferentes emoções, não era muito boa em expressá-las. Havia algo naquele tipo de vulnerabilidade que a fazia se sentir exposta. Ou pior: digna de pena. Por isso, quando alguém perguntava como ia sua "carreira" musical, ela em geral colocava um sorriso no rosto e dizia: *Ótima! Estou cantando praticamente todo fim de semana!* (Em noites de microfone aberto ou cantando músicas de outras pessoas em casas de *jazz*, sem receber por isso, mas ainda assim era verdade.) Só que Darlene não precisava fingir com Zia. Ela bufou, soltando o ar exasperada.

— Tenho 29 anos. Preciso sair do circuito de festas de casamento e entrar num estúdio de verdade. Gravar minhas próprias músicas.

— Com Zach?

Darlene riu daquilo.

— Não.

— Por que não? Você sempre diz que ele é supertalentoso.

— Ele é mesmo. Mas tem outras... prioridades.

Como se esperasse sua deixa, um porteiro de uniforme abriu a porta do prédio para Zach e uma loira de minissaia. Era Lauren (ou Laura?), uma representante farmacêutica. Os dois tinham se conhecido num casamento em que ela era madrinha. Estavam saindo fazia seis semanas. Zach saía com bastante gente por seis semanas.

Lauren (ou Laura?) enlaçou o pescoço de Zach. Ele se inclinou para beijá-la, o que rapidamente evoluiu para pegação.

Uma onda escaldante de raiva que só Zach poderia inspirar explodiu no estômago de Darlene. Ele não podia ficar um mês sem tirar a calça de uma garota que poderia estar no programa *The Bachelorette?* E ele sempre tinha que ficar se pegando com alguém na frente dela? Ela enfiou a mão na buzina. O som separou o casal com um pulo, com o que Darlene ficou bastante satisfeita. Zach sorriu para ela como quem pede desculpas, o tipo de sorriso caloroso e convincente capaz de conseguir perdão para quase tudo. Depois de outro beijo de revirar o estômago, ele seguiu em direção ao carro... mas parou para deixar uma pessoa passar. Depois um cara passeando com cachorros. Logo Zach estava correndo meio quarteirão para devolver a luva que o cara com os cachorros havia derrubado. Isso porque eles já estavam atrasados. Finalmente, Zach abriu o porta-malas para guardar a guitarra, cujo estojo era cheio de adesivos de bandeirinhas do Reino Unido e os dizeres NÃO HÁ NINGUÉM COMO OS BRITÂNICOS.

— Bom dia, Mitchell. — Ele sentou no banco de trás. — Oi, Zia, quanto tempo. Hum, esse cheirinho é de *bagel*?

Os três não trabalhavam juntos em um casamento desde novembro, quase seis meses antes. Aquele em Long Island, em que um bando de pombos se soltara na cozinha e Liv descobrira que o pobre Eliot estava morto. A última vez que Darlene vira Liv fora no enterro. Ela ficara surpresa quando a chamaram de lá. A Amor em Nova York continuava viva.

— E aí, Zach? — Zia se virou no banco. — Loirinha bonita. Previsível, mas bonita.

— Não se apega muito. — Zach arqueou as costas, como um gato satisfeito. — Acho que nosso tempo juntos está chegando perto do fim.

Aquilo era algo em que se podia confiar. Darlene partiu com o carro.

Zach olhou para o *bagel* na mão de Zia e fez cócegas no pescoço de Darlene.

— Fala pra mim que você comprou café pro Zach também, Darlene, sua linda.

Ela afastou a mão dele.

— Você não respondeu meu *e-mail* sobre o novo arranjo de "At Last".

Ele procurou os olhos dela no retrovisor, com as sobrancelhas erguidas.

— O que você me mandou à meia-noite?

— "At Last" é a primeira dança — ela prosseguiu. — É especial.

— Eu sei, eu sei. Bom, podemos falar disso agora. Temos uma viagem de três horas pela frente. — Zach passou a mão pelo cabelo e bocejou. — Deixa só eu tirar uma soneca rápida. Não preguei o olho esta noite.

— Você não é nada profissional — Darlene resmungou, mudando de pista.

— Vão colocar isso na minha lápide. *Aqui jaz Zach. Ele não foi nada profissional.*

Era verdade. Ele levava uma vida pródiga, sem arrependimentos. Zach era bonitinho, com cabelo castanho-claro, um corpo razoável e um sorriso inacreditavelmente eficaz. Menos irresistível que acessível. Muito, muito acessível. Por isso, Zach Livingstone não era nada profissional. Às vezes, não era nada profissional duas vezes na mesma noite. Ele fixou seus olhos azuis desconcertantes nos de Darlene, pelo retrovisor.

— *Bagel?*

Darlene suspirou e pegou a embalagem que tinha entre as pernas.

— Com gergelim, *cream cheese* e cebolinha.

— Meu preferido!

Zach o pegou e deu um beijo na bochecha de Darlene. Ela sentiu a barba por fazer, os lábios quentes e macios. O ponto em que a beijara latejou, fazendo um falso alarme disparar por seu corpo. Atrapalhada, ela quase deixou o carro entrar na pista ao lado.

— Cuidado — ela resmungou, quando o carro ao lado deles buzinou. — Ou essa lápide logo vai se tornar realidade.

— Relaxa, Mitchell. Eu também trouxe uma coisinha.

Zach se inclinou para a frente e ficou entre elas, apontando um punho fechado para cada uma. Zia bateu no que estava mais próximo. Ele o abriu, revelando um baseado gordo. Na outra mão, tinha um isqueiro.

Zia riu e bateu na mão dele em cumprimento.

— Vocês não vão fumar isso aqui dentro — Darlene disse.

— Dã. A gente vai ficar chapado em uma parada e comprar um monte de comida péssima. É por minha conta. — Zach agarrou o cabo auxiliar do carro e o conectou no celular. O som dançante e desafiador de Salt-N-Pepa preencheu o veículo. — *Shoop shoop ba-doop shoop ba-doop, shoop ba-doop ba-doop.*

Zach aumentou o volume e ficou dançando no assento, em sincronia com Zia, virando para a esquerda, para a direita, para a esquerda e para a direita de novo.

— *Here I go, here I go, here I go again...*

Darlene não podia esperar nada de Zach Livingstone, o Festeiro. Era sempre divertido ouvi-lo cantando com sotaque americano. Ela desistiu e se juntou a eles, já entrando na West Side Highway:

— *Girls, what's my weakness? Men!*

Pouco mais de três horas depois, o trio parou no estacionamento do local onde Dave e Kamile iam se casar. Era um dia glorioso de maio em Catskills. Uma brisa morna chacoalhava as macieiras floridas, fazendo pétalas brancas voarem no ar puro do campo. Darlene ainda estava saindo do banco do motorista quando uma loira muito entusiasmada apareceu do nada e se apresentou como "a Savannah Shipley dos *e-mails*". Uma *miss* de cidade pequena que não chegava a ser bonita em nível estadual, ela entregou a Darlene um formulário.

— É um acordo de confidencialidade. Vamos ter uma celebridade no casamento de hoje.

Darlene passou os olhos pelo contrato e assinou ao final. Ela já tinha se apresentado em vários casamentos com convidados importantes. Aquilo não a afetava a não ser pelo fato de que outros convidados prestavam mais atenção na celebridade do que nela, a pessoa no palco.

Savannah entregou um contrato para Zia também, sorrindo.

— Você é garçonete, né? Então vai ficar pertinho da celebridade! — Ela dava pulinhos no lugar. — É Clay Russo!

O nome era vagamente familiar, mas Zia não conseguia relacioná-lo a um rosto.

— Jogador de futebol americano?

O queixo de Savannah caiu.

— Estrela do cinema!

Zia não acompanhava muito a cultura popular. A ideia de ficar sentada em uma sala escura por horas, olhando para uma tela, parecia um pouco opressiva. Ela preferia ficar ao ar livre, com seu corpo livre. Assinou o contrato e o devolveu a Savannah.

— Vou ficar de olho nele.

— É melhor *não* ficar de olho nele — Savannah a corrigiu. — Na verdade, é um cara bastante reservado e, de acordo com os tabloides, está passando por uma separação, então deveríamos todos... Ah. Oi.

Zach saiu do banco de trás, bocejando.

— Nossa, tive um sonho incrível. — Ele olhou nos olhos de Savannah. — Será que ainda não terminou?

Darlene estremeceu. Zach conseguia a maior parte de seus trabalhos dando em cima de assessoras de casamento ou ficando amigo dos caras que alugavam espaços de eventos. Ainda assim, ver o privilégio do homem branco em ação ainda era nojento.

— Essa é a nova sócia da Liv — Darlene disse, incisiva.

— Seja bem-vinda à família. — Zach sorriu. — Apesar de que sua presença aqui é um pouco injusta.

Os olhos da jovem se arregalaram em... alarme?

— Como assim?

Zach abriu um sorriso conspirador.

— A assessora não pode ser mais bonita que a noiva!

Darlene fez um gesto para Zia como se vomitasse e abriu o porta-malas.

— Temos que nos preparar.

Savannah se dirigiu a Zach:

— Você é o DJ, não é? Precisa de uma sala de descanso?

Darlene trocou um olhar de incredulidade com Zach. Não era a primeira vez que ele era tratado como um artista, enquanto ela era tratada como um membro qualquer da equipe.

— Não preciso, não. — Ele deu uma piscadela para Savannah. — Mas, da próxima vez, oferece uma pra Darlene também. É ela quem realmente tem talento aqui.

Os dois músicos carregaram o equipamento até um pequeno palco de madeira com vista para o gramado, onde tocariam durante o coquetel. Era um lugar bonito, típico daquela região, mas Darlene nem ligava para as árvores exuberantes e o lago próximo. A ideia de que Zach ia seduzir Savannah a deixava incomodada. Ele riu, como que lendo seus pensamentos.

— Relaxa. Ela não é meu tipo.

— Ela é o equivalente humano a um *cupcake* de baunilha. — Darlene ligou o amplificador. — É exatamente seu tipo.

Zach riu e posicionou o microfone no centro do palco.

— O que foi? Está com ciúme?

— Sair com você é meu pior pesadelo, tirando aqueles em que perco a voz ou acordo com patas de caranguejo no lugar das mãos.

— Bem pensado e bem argumentado. — Zach ligou o microfone na mesa e começou a ajustar os controles. — Como anda o seu EP?

Darlene olhou para ele, surpresa. Ela só tinha mencionado a Zach uma vez seu sonho de gravar um EP — uma versão mais curta de um álbum.

— Não esqueci. — Ele quase soava ofendido. — Fiquei empolgado por você. Você é genial, Mitchell, e logo todo mundo vai saber disso.

Aquele era o lance com Zach. Bem quando ela decidia que estava irritada com ele, Zach surpreendia sendo repugnantemente sincero.

— Ainda não tenho nenhuma música finalizada. Mas encontrei um produtor de quem gosto. Ele não é barato, mas é bom e me entende. Agora preciso de grana.

Ela posicionou o vidro das gorjetas na frente do pequeno palco.

— Por que não pede ao seu pai? Ele não escreveu um milhão de livros?

— Ele escreveu quatro. — O pai de Darlene era professor de estudos afro-americanos em Oberlin. Mas o lema da família Mitchell era basicamente: *Faça por conta própria.* — Nunca pedi nada a meu pai desde que saí de casa.

— Você está sendo autossuficiente demais. Deixa os outros te ajudarem. — Zach ligou a pedaleira à guitarra e testou. — Você sabe o que dizem. Atrás de cada mulher forte há um homem quase tão forte quanto ela.

— Não atrás de mim. Não quero que o sucesso me seja entregue de bandeja. Quero fazer por merecer.

— Isso é admirável. Você sabe que é minha heroína, Mitchell. — Zach afastou o cabelo dos olhos, observando-a estender a mão para mexer no som. — Acho que estou apaixonado por você.

A resposta de Darlene àquilo foi um sorriso fulminante.

— É melhor guardar isso pras madrinhas, Livingstone. Tudo o que preciso é que você aprenda a primeira dança em menos de trinta minutos.

— Sim, senhora.

Zach pegou a palheta do bolso e começou a tocar o novo arranjo de "At Last", de maneira impecável.

# 11

Uma das coisas que duas pessoas não se davam conta quando decidiam se casar era que seu trabalho não consistia em planejar uma cerimônia ou uma festa, e sim um espetáculo. Um espetáculo de alto risco, com muito drama, que só aconteceria uma vez na vida. Aquilo era uma das coisas de que Liv gostava — a visão de todo mundo correndo de um lado para o outro conforme a hora de abrir as cortinas se aproximava, aperfeiçoando o cenário para a chegada do elenco (os noivos e padrinhos) e do público (os convidados). Aquilo a lembrava da emoção de quando fora atriz em Nova York, aos 20 e poucos anos, com exceção de que agora o espetáculo era a vida real, e ela estava sendo paga.

Mas, naquele dia, Liv era uma atriz que tinha esquecido suas falas. Tinha a sensação de que algo estava faltando. Repetidas vezes, verificara o *checklist*, com a impressão de que havia uma omissão enorme. E sempre se recordava do que era. Ou melhor, de quem era. Eliot e casamentos estavam profundamente interconectados. Os dois haviam se conhecido no primeiro casamento que Liv havia assessorado.

Ela tinha 25 anos. Usava cabelo comprido e vestidos curtos. O sonho de se tornar a próxima Winona Ryder estava começando a ruir sob o peso dos testes que acabavam com sua confiança. Horrorizada com o quanto uma assessora esnobe de Manhattan ia cobrar de uma velha amiga por aulas de atuação, ela se oferecera para ajudar. Acabou sendo lindo, um evento descontraído ao fim do verão em Prospect Park, com um quarteto de *jazz* e jogos no gramado. O casal disse "sim" com as bochechas molhadas e o coração transbordando, e por um momento o mundo pareceu perfeito. O amor era real, as pessoas eram boas, havia esperança para toda a raça humana. Liv não sabia na época, mas aquele tipo de sentimento ia sustentá-la por muitos anos. Renovava sua paixão, fazendo com que superasse os aspectos menos divertidos (ou seja, totalmente merda) de trabalhar com assessoria de casamentos em tempo integral. Às vezes ela o encontrava quando o pai e a noiva dançavam, às vezes no brinde do padrinho, às vezes no modo como os recém-casados olhavam um para o outro, maravilhados. O mundo era governado por malucos e idiotas. Mas também era possível amar uns aos outros. Também era possível ser terno.

Quando o jantar daquele primeiro casamento estava terminando e as pessoas já se sentiam agradavelmente embriagadas, Liv havia prendido o cabelo atrás das orelhas e batido na própria taça para chamar a atenção dos convidados. Ela contou algumas piadas e uma história constrangedora, mas apropriada, sobre a noiva ter confundido um teste para uma propaganda de uvas-passas com um teste para uma peça e ter apresentado um monólogo teatral, o que motivou uma onda de risadas satisfeitas.

— Quero encerrar com um dos meus poemas preferidos, de Rainer Maria Rilke. Para mim, fala do quanto todos precisamos de amor. Até mesmo os solitários. Os que procuram. Os andarilhos. — Ela pigarreou e começou a declamar. — *Compreenda, vou esgueirar-me silenciosamente, para longe da multidão barulhenta, quando vir as estrelas brancas no céu, florescendo sobre os carvalhos. Vou buscar caminhos solitários, através dos prados pálidos ao crepúsculo, com nenhum sonho além deste: de que você venha também.*

O público murmurou em aprovação.

Liv ergueu a taça e se dirigiu aos recém-casados.

— Que vocês sempre andem lado a lado, buscando as estrelas e novos horizontes. Ao amor.

— Ao amor — ecoou a multidão.

Liv voltou a se sentar, um pouco tonta depois de falar. Só conseguiu voltar a se concentrar quando um dos amigos de faculdade do noivo pegou o microfone. Ele usava *smoking* e estava com a gravata-borboleta desamarrada. Tinha cabelo escuro e um nariz pronunciado — era judeu, como ela. Também era bonito, e seus olhos brilhavam. Liv se endireitou na cadeira.

Ele apontou para o noivo.

— Esse cara sempre foi um babaca.

Os convidados riram.

Ele voltou a falar, agora apontando para Liv.

— Tipo, quem é que faz o padrinho falar depois disso? De uma mulher linda falando coisas do coração?

Todos riram ainda mais. Liv sentiu as bochechas quentes. De repente, as 17 mil taças de vinho que tinha tomado fizeram efeito.

Eliot continuou falando, com o microfone meio solto na mão.

— Não importa o que eu faça, vou parecer um chimpanzé atirando o próprio cocô. O que me lembra da vez em que ficamos todos bêbados no zoológico.

Os colegas de faculdade do noivo vibraram, animados. Seguiu-se uma história de mau gosto, mas Liv não ouviu uma palavra. Aquele cara, quem quer que fosse, era fofo.

Mais tarde, Eliot encontrou Liv num canto da tenda, descansando depois de dançar. Ele tinha um cigarro apagado na boca.

— Tem isqueiro?

— Não me diga que você fuma.

— Não fumo. — Ele jogou o cigarro fora. — Não mais.

Ela quase sorriu, mas era bem durona naquela época. Só informou a Eliot que fumar era um hábito nojento e prejudicial à saúde.

Ele ouviu tudo, recostado a um mastro da tenda.

— Então por que continuo fumando? Qual é o meu problema?

— Porque você é autodestrutivo? Hedonista ao custo da própria saúde? Eliot levou a mão ao coração.

— É como se você me conhecesse a vida toda.

Com aquilo, ela teve que rir.

Encantado, Eliot parou com o papo furado.

— Você é a Olive, né? Que ajudou a planejar esse bacanal?

Na frente deles, todo mundo dançava ao som de "Brown Eyed Girl", música escolhida pelo DJ de calça larga.

— Sou, e ajudei — Liv respondeu.

— Impressionante. E seu discurso foi ótimo.

Liv olhou de lado para ele.

— O seu também.

— Gostei disso. — Eliot lhe passou uma taça de *prosecco* que ela nem o viu pegando. — Vamos sempre pensar o melhor um do outro. Assim vai funcionar.

Liv olhou direito no rosto dele pela primeira vez. Apesar da graça que fazia, seus olhos eram calorosos. Ela decidiu que iria para a cama com ele.

— Combinado.

— *Liv!*

Darlene estava diante dela agora, de braços cruzados.

— Desculpa, como? — Liv procurou se situar. Estava ao lado de um celeiro, e não de uma tenda, e a pessoa à sua frente era Darlene, que a olhava com cautela e preocupação.

— O *wi-fi* não está funcionando. — Parecia que não era a primeira vez que ela dizia aquilo. — Precisamos dele, a internet do celular não pega aqui.

— Certo. — Liv abriu uma pasta. Estava de cabeça para baixo. — A senha não estava no...

— Não está funcionando — Darlene repetiu, quase perdendo a paciência.

— O *wi-fi*? — Savannah apareceu ao seu lado, como uma menina de recados de sandália plataforma. — Acabei de reiniciar o roteador. Deve voltar em um minuto.

Darlene assentiu e voltou para o palco.

— Aqui estão os contratos de confidencialidade. — Ela os entregou para Liv. — Isso é tão legal!

Liv franziu a testa para a papelada, perguntando-se como Savannah já tinha conseguido que todos fossem assinados.

— Não vai pirar por causa de Clay Russo.

— Não vou — Savannah respondeu, como se aquela não fosse uma possibilidade. — Vou dar uma checagem nas flores.

Liv ficou olhando enquanto ela mostrava algo para Henry, o qual acrescentava uma centena de peônias brancas ao caramanchão que havia sido montado sob as macieiras.

Savannah estava sendo profissional ou Clay Russo não era seu tipo? Seria Eliot seu tipo? Teria Eliot realmente mentido para ela, e, caso fosse verdade, como Savannah se sentia em relação à traição dele? E por que Eliot havia forçado sua esposa a conhecer — não, a trabalhar com — a mulher com quem estava tendo um caso?

O *walkie-talkie* chiou. O *chef* queria vê-la.

Em meio ao balé frenético da cozinha, Sam cheirava o conteúdo de uma frigideira com a intensidade de quem resolvia um crime. O instinto de Liv foi tentar parecer tranquila e casual, como se tivesse topado com ele por acaso enquanto praticava jardinagem.

— Ah, oi — ela disse, interrompendo-se antes de perguntar *"as calêndulas não estão maravilhosas?"*.

— Liv. Exatamente quem eu precisava.

Ele pegou algo com uma colher de chá e ofereceu a ela.

Era o molho cremoso de tomate com manjericão, feito com castanha-de-caju e sem laticínios. Aveludado, salgado e doce, muito promissor. Tinha gosto de primavera. Era finalmente primavera.

— Divino. Mas chega de sal. Está no limite.

Ele sorriu, e a pele em volta de seus olhos castanhos se enrugou.

— Eu sabia que podia confiar em você.

— Também sinto que posso confiar em você — Liv disse, antes de perceber que estava sendo sincera demais e corar. Quão desesperada ela não devia soar? Gorman a chamou pelo rádio para que fosse aprovar os buquês, e ela foi mais seca. — E que vai estar tudo pronto às cinco, para o coquetel.

— Pode deixar, chefe. — Sam jogou a colher de chá na pia. — Ei, Liv — ele a chamou, então jogou uma maçã no ar e a pegou. — Isso é divertido, não é?

Sam sorria para ela, como se estivesse mesmo se divertindo.

Ela costumava se divertir nos casamentos. Costumava se divertir e ponto.

Liv se forçou a retribuir o sorriso de Sam, mesmo sabendo que só seria capaz de um sorriso vacilante e pobre, uma imitação.

— É melhor a gente voltar ao trabalho.

# 12

Clay Russo não estava se divertindo. Jogado na beira da cama luxuosa de hotel, não conseguia tirar os olhos da revista. A última *People*, com ele e Michelle na capa, ambos parecendo furiosos, sobre a manchete em letras amarelas que lhe dava pesadelos: CLAY TERMINA COM MICHELLE! E embaixo, em *pink*: O QUE SEPAROU OS DOIS E O QUE MICHELLE TEM PELA FRENTE.

— Toque-toque. — Dave entrou, com dois *shots* de uísque na mão, e fechou a porta atrás de si. Notou a revista nas mãos de Clay. — Cara. Para com isso.

— Eu sei. — Clay suspirou e jogou a revista longe. — Vou ignorar. Sério.

— A gente sabia que isso ia acontecer.

— O que não torna nada mais fácil. E agora você está aqui para dar mais notícias ruins.

Dave passou a bebida a ele.

— Não tem pressa.

— Não. — Clay se pôs de pé. — Manda. Quero ouvir antes dos outros duzentos convidados do casamento.

Dave o encarou.

— Michelle está escrevendo um livro. Alguém que conheço na editora me passou uma versão inicial. Tem alguns capítulos a seu respeito, sugerindo que gosta que… — Dave puxou o ar, mantendo o contato visual — … que mandem em você na cama.

— Quê? — Clay bateu o copo de *shot* contra a escrivaninha do hotel. Ouvir seu agente e melhor amigo falar de uma tara sua fez sua voz vibrar de constrangimento e raiva. — Isso é particular!

— Você pode assumir — Dave sugeriu. — Seria uma surpresa, mas está na moda ser autêntico.

— De jeito nenhum. Esse é o problema.

A ex-namorada dele sempre tinha extrapolado os limites entre a vida pública e a privada. Ela dizia que era uma questão de "autenticidade", mas Clay desconfiava de que era para alimentar seu ego viciado em respostas nas redes sociais. E agora ela ameaçava expor sua vida privada de uma maneira ainda mais íntima e reveladora.

— Não consigo acreditar. — Clay encontrou os olhos de Michelle na capa da revista e sentiu uma pontada quente de dor entre as costelas. — Eu confiei nela.

— Eu sei. É péssimo. Mas o livro nunca vai sair. Temos um exército de advogados implacáveis trabalhando nisso. Vai ser um banho de sangue, mas eles vão cobrar caro. — Dave suspirou. — Olha, obrigado por ter vindo. Sei que você preferiria estar em qualquer lugar que não aqui.

Clay olhou para ele, surpreso.

— Ei, eu não gostaria de estar em nenhum outro lugar. Você vai se casar, cara. E é um dos meus melhores amigos. Eu te amo.

Dave sorriu, esticando a leve cicatriz que tinha no lábio superior, de uma bandeja de Clay no basquete que dera errado, na época em que os dois não tinham nada a fazer além de jogar e tomar cerveja barata.

— Você é o melhor, Clay Russo. À amizade.

— À amizade. E ao amor.

O uísque penetrou a corrente sanguínea de Clay, fazendo parte da tensão que sentia nos ombros se dissipar. Ia ficar tudo bem. Ele comeria, depois iria embora antes de o DJ começar a tocar. Com sorte, nenhum convidado pediria uma *selfie*.

Dave checou o cabelo no grande espelho oval perto da porta. Tinha colocado Clay no melhor quarto, depois do dele.

— Um aviso: acho que Kamile te colocou na mesa dos solteiros.

— O que vai ser uma decepção para as solteiras, porque estou levando a vida de um monge.

— Começar Operação Monge. Entendido. — Dave bateu no ombro dele. — Certo. Agora vamos me casar.

— Você primeiro.

Clay pegou a revista, tentado a jogá-la na privada e puxar a descarga. Mas entupiria, e um pobre funcionário teria que consertar. Por isso, só a jogou no lixo. Ele olhou para os próprios olhos no espelho. O término havia tido um custo físico, mas provavelmente ninguém mais conseguiria ver aquilo: as rugas profundas na testa, as olheiras. Ele sabia que era bem bonito: tinha bons genes e um bom corte de cabelo. Mas ninguém naquele casamento veria o verdadeiro Clay.

Ele mudou sua expressão para a de sua pessoa pública e escondeu seu coração atrás de um muro de tijolos neutros e agradáveis aos olhos, então saiu do quarto atrás de Dave.

# 13

O coquetel era sempre um momento movimentado, e Zia sabia que consistia em um exercício de antecipação: de abraços inesperados, crianças correndo e gesticulação exagerada. Ia passar com a bandeja pela quarta vez, contornando o grupo de madrinhas cada vez mais embriagadas, quando o viu.

Muito embora não tivesse ideia de qual era a cara dele, soube, sem sombra de dúvida, que ele era a celebridade convidada. Porque aquele homem era radiante. Como os outros padrinhos, usava *smoking*. O que fazia com que parecesse estar em um anúncio de perfume ou relógio muito caro. Seus ombros largos preenchiam bem a camisa branca engomada. E seu rosto... Muitos caras eram bonitos. Mas Clay Russo era lindo. A barba escura por fazer ensombrecia um queixo tão quadrado que faria matemáticos chorarem. Sua pele era morena, mais precisamente dourada, e havia um toque mediterrâneo em suas sobrancelhas grossas que emprestava ao rosto uma autoridade masculina e robusta. Ele era um ser humano primoroso.

Zia exalou devagar, recuperando o controle. Era só um cara, não era mais especial que qualquer outra pessoa. Devia ser mulherengo. Ou pior: chato.

Clay estava em um pequeno grupo. Ninguém comia, e ele estava em seu ambiente. Ela abriu os ombros e se aproximou.

— Adorei você em *Adam Atlantis*. Aquela cena de perseguição em Roma... Foi épica. — Um convidado, um cara que parecia ser do mercado financeiro, pegou o celular. — Posso tirar uma *selfie*?

— Sanduichinhos de tempê com molho *sriracha*?

O grupo fez que não, mas Clay disse:

— Eu aceito.

De repente, todo mundo queria sanduichinhos de tempê com molho *sriracha*.

— Como eu estava dizendo — o cara do mercado financeiro continuava falando, segurando um sanduichinho que claramente não pretendia comer —, posso...

— O que é isso? — Clay perguntou, olhando para Zia. Seus olhos eram cor de avelã, quase dourados. Para sua surpresa, ela sentiu um arrepio.

— Sanduichinho de tempê com molho *sriracha* — Zia respondeu, com um sorriso.

Os cantos da boca de Clay se ergueram. Seus lábios eram rosa-escuros e pareciam macios.

— Sanduichinho...

— De tempê com molho *sriracha* — ela completou, parecendo achar graça. Ficar repetindo aquilo era engraçado. Clay abriu um sorriso para ela. Não havia nada de esnobe ou mal-intencionado em seus olhos. Na verdade, lhe pareciam apenas calorosos.

O cara do mercado financeiro estalou os dedos.

— E aquela *selfie*, cara?

Zia abriu um sorriso falso para o convidado.

— Posso tirar uma foto, se vocês quiserem.

Uma expressão de irritação passou pelo rosto de Clay. O olhar de Zia cruzou com o dele. Houve um entendimento tácito entre ambos.

Ela apoiou a bandeja vazia e pegou o celular do cara, então inverteu a câmera.

— Ah, assim está bom. — Ela fingiu que tirava uma foto do grupo, mas a única coisa que fotografou foram suas próprias narinas. Zia desligou o celular antes de devolvê-lo. — Prontinho. Sr. Russo, o pessoal da assessoria me pediu para avisar que o senhor recebeu uma ligação urgente.

Ele pareceu surpreso por apenas um segundo antes de compreender.

— Sei. Claro, estou esperando uma ligação da...

— Lavandeira — Zia improvisou.

A expressão de Clay estava séria.

— Tenho uma relação próxima com o pessoal da lavanderia. Nos falamos diariamente. Com licença.

Ele seguiu Zia, que se dirigia à cozinha pra reabastecer a bandeja, desviando dos convidados. Ela ria.

— Adorei essa história de que você fala diariamente com a lavanderia.

— É verdade. — Ele se colocou ao lado dela. — Gosto de estar atualizado quanto aos melhores sabões, as novas práticas de baixo impacto ambiental...

— Novas técnicas de dobrar — Zia sugeriu.

— Dobrar é nosso assunto preferido! — Clay exclamou. — É melhor a gente nem começar a falar de como dobrar lençol com elástico. — Ele riu teatralmente. — Porque depois não consigo parar.

Zia riu. Não se considerava engraçada, mas adorava gente que era. Talvez Clay fosse meio palhaço.

O sorriso dele oscilou entre satisfeito e envergonhado.

— Desculpe. Minhas piadas são sempre meio bobas.

Eles pararam em uma ligeira elevação de onde podiam ver a festa.

— Pra sua sorte, adoro piadas meio bobas.

Seu sorriso se consolidou como satisfeito.

— Ótimo.

Ela colocou a bandeja debaixo do braço e recolheu uma taça de champanhe da grama. Quando se virou, Clay estava olhando para os duzentos convidados, todos conversando, rindo, comendo e bebendo. O sol de fim de tarde batia nas árvores e nos arbustos e transformava o lago próximo em uma folha dourada. No palco, Darlene cantava "London Boy", acompanhada por Zach na guitarra.

— *You know I love a London boy, I enjoy walking Camden Market in the afternoon...*

Era tudo encantador. Romântico e feliz. Se a vida pudesse ser sempre assim...

Clay cutucou o ombro de Zia com o dele.

— Ei, obrigado por ter me salvado. Meu nome é Clay.

— De nada, Clay. — O rosto dele era tão perfeito que era quase desinteressante. O que o tornava atraente era o modo como seus pensamentos e sentimentos pareciam vir à tona e submergiam, rapidamente, como na água. Aquilo o fazia parecer inteligente. Zia se perguntou no que de fato pensava. — Meu nome é Zia.

— Zia. Que nome lindo.

Ela sorriu, não tanto pelo elogio quanto pelo fato de ter sido sincero.

— Significa "luz" em árabe.

— Combina com você. — Então Clay piscou, como se interrompendo conscientemente o momento íntimo demais. Ele recuou meio passo e se virou para a festa. Sua voz soou mais profunda e formal quando disse: — Com quem vou conversar? Não conheço ninguém muito bem, além do noivo.

Zia passou os olhos pela multidão.

— Evite as madrinhas. Estão todas bêbadas e vão atacar você.

— Rá. Não, definitivamente não estou pronto para isso.

Aparentemente, aquele cara era muito diferente de Zach Livingstone. Ou pelo menos queria ser naquele dia.

— É melhor evitar os tios tristes — ela prosseguiu. — Estão sempre falando da cirurgia que fizeram no joelho e se perguntando qual é o problema da nova geração.

— Isso acaba com qualquer festa — ele concordou.

— Os amigos de escola não param de tirar fotos, o que pelo jeito você não curte muito.

Clay baixou os olhos para os pés.

— É, sou meio reservado — ele disse, como se fosse uma falha. — Aliás, você inverteu a câmera naquela hora?

— Claro que sim.

Os dois fizeram um "toca aqui".

— Isso é legal. — Clay indicou a festa. — Você é boa, vá em frente.

— Ah, já sei. Senhoras estilosas, às onze horas.

Ela indicou um grupo de mulheres com roupas brilhantes na faixa dos 60, todas rindo e tomando vinho branco.

— Trabalham todas com arte, de alguma maneira. São inteligentes e divertidas, e não vão dar em cima de você. Acho.

— Perfeito.

Clay virou o pescoço para olhar para Zia.

A receptividade que ela tinha visto antes estava de volta.

— Só fico um pouco triste de não poder ficar aqui conversando com você — ele acrescentou.

Era possível que Clay estivesse dando em cima dela?

— E sobre o que conversaríamos?

Ele deu de ombros e virou o corpo na direção dela, mas não tentou tocar seu braço ou sua lombar: respeitou seus limites físicos.

— Você.

— O que tem eu?

— Sei seu nome, que você é inteligente e que fornece deliciosos sanduichinhos de tempê com molho *sriracha*. O que mais?

Fazia anos que ela não pensava na lembrança que lhe vinha à mente agora.

— Quando eu tinha uns 7 anos, criei um clube, o PCACAA.

— PCACAA?

— Prevenção contra a Crueldade aos Animais.

Clay se segurou para não rir.

Não foi o caso de Zia.

— Eu sei, não é a melhor das siglas. Arrecadamos 35 dólares vendendo doces e doamos para o abrigo animal local. Aí um menino da nossa turma começou a chamar a gente de Palhaças Caretas e Antígonas que Comem Amebas e Associadas. Depois disso, a coisa toda meio que foi por água abaixo.

— Mesmo assim, vocês tiveram impacto.

— É, meio que gosto dessas coisas. De ser uma boa pessoa. Ou de tentar ser — ela acrescentou.

— Também gosto dessas coisas — Clay disse. — Mas não criei nada como o PCACAA.

— Zia!

Liv marchava na direção dela, com uma expressão determinada no rosto. Quando notou a presença de Clay, sua cara mudou, transformada de reprovação em perplexidade.

— Sinto muito — Zia disse a Liv. — Eu já estava indo...

Liv não quis saber.

— Bem-vinda! É bom ver você.

De repente, Liv a abraçava. Zia a considerava uma amiga, tendo trabalhado para ela esporadicamente ao longo de dez anos, mas ficara mais próxima de Eliot, que era mais descontraído. Liv só estava sendo tão carinhosa por conta da companhia.

Clay se apresentou, e ele e Liv trocaram gentilezas. Depois Liv informou a Zia com muito tato que havia outra bandeja de sanduichinhos de tempê com molho *sriracha* esperando por ela, e foi embora.

— O dever me chama. — Zia apertou o braço de Clay. O toque iluminou ligeiramente o rosto dele. — Divirta-se na pista. O DJ é ótimo.

— Ah, eu vou embora logo depois do jantar. — Clay estendeu a mão para ela. — Mas foi bom te conhecer, Zia.

— Você também, Clay — ela disse, apertando a mão dele. Ele a segurou por apenas um microssegundo a mais, o bastante para que uma sensação diferente subisse pela espinha dela e se espalhasse pelo corpo. Zia podia sentir os olhos dele nela enquanto se afastava, feliz por ter se equivocado quanto àquela celebridade muito charmosa. Se ele estava só representando, ela nunca saberia. Provavelmente não voltaria a falar com Clay Russo.

# 14

Do coquetel, passaram ao jantar. Discursos foram feitos. Taças foram erguidas em um, dois, cinco brindes. Kamile dançou com o pai em seu vestido de renda francesa, chorando em seus braços. Depois que a música terminou, Dave e Kamile se abraçaram, e todo mundo os rodeou na pista de dança. Do lado de fora, os olhos de Savannah se encheram de lágrimas.

— Eles estão tão lindos. O amor é uma coisa tão linda.

Liv apagou o cigarro em um mastro da tenda e guardou a bituca na pochete.

— Acho que vai durar uns dez anos.

Savannah lhe lançou um olhar em reprovação.

— Como pode dizer isso? Olha só pra eles. São loucos um pelo outro.

— Claro que são — Liv disse. — São jovens lindos e saudáveis. Encontraram um melhor amigo, amante, confidente, parceiro de aventuras, uma musa e alguém com quem criar os filhos. Encontraram sua alma gêmea, e isso é *muita sorte*, porque nem todo mundo encontra. Mas, depois que a lua de mel literal e metafórica terminar, vão descobrir que ser um amante incrível, melhor amigo, pai ou mãe e cada uma das outras coisinhas na lista é pedir demais. E, depois de um tempo, ou talvez de repente, o modo como ela fala o que pensa não faz mais dela uma mulher forte, e sim uma vaca. E o fato de que ele abre garrafas caras de vinho toda noite não faz mais dele um homem fino, e sim um bêbado. — Liv não parecia brava. Só parecia resignada. — Ela vai ficar enrugada, ele vai ficar barrigudo, e os dois vão começar a investir muito tempo e dinheiro em evitar o envelhecimento. As brigas vão se entremear no tecido do relacionamento, até cobrir toda a casa. Os dois não vão ter mais nada de novo para conversar, nada de novo a descobrir. Até o sexo vai ser um saco, nada espontâneo ou apaixonado, mas planejado e entediante. Então, um dia, eles vão acordar e se dar conta de que não apenas se cansaram um do outro: não *suportam* a pessoa com quem se casaram. Que a pessoa deitada ao seu lado na cama está só fazendo uma imitação ruim e risível da pessoa que costumavam amar.

Na pista, Zach tocava "Brown Eyed Girl" e todo mundo dançava, cantando junto:

— *Sha la la la la la la la la, la te da, la te da.*

Savannah escolheu as palavras com cuidado.

— Isso não acontece com todo mundo, Liv.

— Não, não acontece com todo mundo. — Os olhos de Liv não deixavam o casal, que ria enquanto seus amigos e familiares dançavam em volta, derramando vinho orgânico na pista. — Mas metade dos casamentos que organizei nos últimos vinte anos terminou em divórcio. E todos foram exatamente assim.

Quando os olhos de Savannah encontraram os de Liv, ela esperava identificar neles uma presunção amarga ou uma satisfação fria: fim de jogo. Mas o que viu na verdade a surpreendeu. Os olhos de falcão de Liv, que nunca deixavam nada passar, estavam brandos, marcados pela tristeza.

— Vamos — Liv disse, virando-se. — Vamos começar com a lista de desmontagem.

# 15

A cozinha que antes estivera cheia agora se encontrava em silêncio. Zia jogava no lixo os restos do que devia ser o centésimo prato. Ela não se importava de fazer a limpeza, mas era deprimente que, enquanto quase um bilhão de pessoas sobrevivia com menos de dois dólares ao dia, ela estivesse ali, jogando fora montanhas de salada feita com produtos locais e risoto de ervilha. Ela encheu três potes para a irmã e os tampou com um estalo satisfeito.

— Oi?

Era Clay Russo. O ator tinha uma expressão ligeiramente constrangida no rosto e uma mancha gigantesca de vinho tinto na camisa. Os cantos de sua boca se ergueram em um sorriso satisfeito.

— Oi de novo.

— Oi. — Zia retribuiu o sorriso. — *Look* interessante pro pós-festa.

— Tive um acidente na pista. Com uma daquelas madrinhas sobre quem você tentou me avisar.

— Que perigo! Deixa eu ver se encontro club soda. — O coração dela disparou. — Achei que fosse embora depois do jantar.

— Você tinha razão, o DJ é ótimo. Faz um tempão que não danço assim. — Clay estava vermelho e alegrinho. Não bêbado, só um pouco menos cauteloso que antes. Seus olhos brilhantes estavam fixos em Zia de uma maneira ao mesmo tempo reconfortante e estranhamente excitante. — Não te vi durante o jantar.

— Eu não estava servindo, fiquei na limpeza. Como foi?

— Excelente. O risoto era fantástico. Quase lambi o prato.

Pelo menos Clay não estava entre os que tinham deixado sobras no prato para ela jogar fora. Zia lhe passou uma lata de club soda.

— Isto vai tirar a mancha.

Ela olhou para ele, em expectativa.

Clay olhou para baixo.

— É pra eu...

Zia gesticulou para a cozinha.

— Está todo mundo servindo bolo. Não tem mais ninguém aqui.

Ele abriu o primeiro botão da camisa.

— Espero que não seja encarado como assédio eu ficar seminu aqui.

Ela riu.

— Fui eu quem mandou.

— Não estou reclamando disso.

Em um movimento fluido, Clay tirou a camisa, revelando seu tronco.

Zia quase não conseguia acreditar. O corpo de Clay lembrava o de um guerreiro grego, lindo e brutal. Sua pele era lisa e morena. Os músculos da barriga eram visíveis. Seus braços eram grandes do jeito certo, os bíceps, volumosos e protuberantes. Ela sabia vagamente que Clay trabalhava em filmes de ação, e aquele era mesmo o corpo de um homem destinado a salvar o dia, e com a melhor aparência possível.

— Nossa. Seu corpo é lindo. — Ela pegou a camisa dele, muito prática. — Você deve ouvir isso o tempo todo.

Ele riu e — estaria corando?

— Não diretamente.

Zia passou um pouco de club soda na mancha.

— A vida é curta demais pra gente não dizer o que está pensando.

Ele ficou ao lado dela, diante da pia, parecendo ligeiramente desconfortável seminu na presença de Zia, o que ela achava bem fofo.

— Infelizmente, não tenho a oportunidade de fazer isso com muita frequência.

— Bom, no que você está pensando agora?

— Agora?

Ela se arrepiou. Estava dando em cima dele, mas fingia que não.

— É.

— Eu diria que... que você também tem um corpo bonito, Zia.

O sangue correu para suas bochechas. Ela focou na camisa.

— Sou bem ativa. Ando de bicicleta, escalo montanhas, surfo.

— Surfa? Que legal. Nunca tentei.

Ela torceu o tecido da camisa, com força. Sentia sua pele macia.

— É incrível. Dá uma sensação de liberdade total. Não tem nada igual no mundo.

— Sério?

Os olhos dele eram da mesma cor que os de um gato-da-selva. Seus lábios estavam entreabertos, o que deixava Zia muito consciente de sua própria boca. Aquele homem sentia atração por ela. Zia era sempre a última a perceber aquele tipo de coisa, mas estava certa daquilo. A ideia de beijá--lo lhe passou pela cabeça. Uma onda de calor percorreu seu corpo. Ela se aproximou alguns centímetros. Ele fez o mesmo.

*Minha nossa, relaxa aí.* Zia recuou um passo e soltou o ar.

— Agora vamos secar isso.

Clay retornou à realidade. Parecia tão confuso quanto ela.

— É, eu preciso ir.

O barulho surdo da secadora no banheiro de azulejos brancos tornava qualquer conversa impossível.

Zia olhou de soslaio para Clay e notou que ele a observava. Ele desviou os olhos. Ela não podia beijá-lo. Era um desconhecido, e Zia estava trabalhando. Fora que havia assinado um contrato por causa dele, e não o atacar provavelmente estava incluído nas letras miúdas.

Assim que a camisa estava usável, ela a passou a Clay e tratou de se ocupar lavando as mãos enquanto ele se vestia. Quando ela se virou, uma risadinha se insinuou em seus lábios. A camisa estava toda torta.

— Você pulou um botão.

Ele acompanhou os olhos dela e soltou um suspiro suave, achando graça.

Sem nem pensar, Zia se aproximou para abotoar a camisa direito. Assim de perto, ele era como uma estátua ganhando vida: espantosa, linda. Ela estava tão próxima de Clay que ele poderia pegá-la em seus braços. Tão próxima que ela poderia inclinar a cabeça para o alto e sentir a boca dele tocando a sua. A presença de Clay era como uma tempestade sacudindo-a por dentro. Zia sempre presumira que a capacidade de se sentir incontrolável e desvairadamente atraído por alguém era uma rara peculiaridade humana, como ter olhos de cores diferentes. Mas agora estava acontecendo com ela, e Zia não sabia o que fazer. Ela mal conseguia passar o botão preto pela casa da camisa. Estava despindo-o. Como se fossem para a cama. Como se fossem transar. O corpo dele sobre o dela, os dois se movendo juntos, em um ritmo quente e voraz.

Os dedos dela encontraram o peito dele e tocaram os músculos rígidos e lisos. Clay inspirou. Ela sentiu com a ponta dos dedos o peito dele subir. O cheiro almiscarado e masculino dele a deixava com água na boca. O corpo de Zia era uma confusão efervescente guiada pelo desejo. Desesperada por contato. Desesperada por aquele homem.

Ela ousou olhar para Clay. Os olhos dele, vidrados e semicerrados, perfuravam os dela. Sua voz saiu baixa e quase tensa.

— Zia...

Ela puxou a camisa dele para si.

— O problema dos casamentos hétero...

Antes que os lábios dos dois tivessem a chance de se encontrar, a voz de Henry soou, como um balde de água fria. Clay e Zia se separaram tão depressa quanto adolescentes se sentindo culpados quando Henry e Gorman entraram no banheiro.

— ... é que ninguém sabe dançar...

A frase morreu no ar. Henry e Gorman olharam para Clay. Depois para Zia. Depois de novo para Clay, como se acompanhassem uma partida de tênis. O rosto de Zia queimava. A camisa de Clay ainda não estava totalmente abotoada.

Gorman pigarreou, com os dedos pousados com leveza sobre o peito.

— Isso é porque os héteros se sentem muito culpados quando se trata de sexo. Não concorda, Zia?

Em geral, ela gostava do humor seco do florista. Naquele momento, no entanto, não podia nem olhar para ele. Ou para Henry. Ou para o homem que estivera prestes a beijar. Seu coração batia num ritmo constante: *Que? Porra? É? Essa?*

— Eu, hum... — A tentativa de Clay de dizer alguma coisa foi um fracasso. Ele olhou para Zia em despedida, com uma perplexidade muda, e foi embora.

Henry pareceu preocupado.

— Acabamos de interromper um momento #MeToo, Zia?

— Não! — Ela balançou a cabeça. — Não, isso foi... não sei o que foi. Mas eu estava gostando.

— Aposto que sim — murmurou Gorman.

Zia baixou os olhos para o chão. Havia um objeto quadrado de couro marrom-escuro a seus pés. Uma carteira. Antes mesmo de abri-la, ela já sabia a quem pertencia.

— Que bom — Henry disse. — E agora você sabe quem é Clay Russo.

# 16

Henry guardou os arranjos de mesa em caixas, tirando as flores delicadas de um campo de batalha de guardanapos usados, bebidas derramadas e cardápios descartados. Dave e Kamile não queriam ficar com os arranjos, de modo que o que quer que os outros convidados não tivessem levado seria doado a uma casa de repouso local. Na verdade, tratava-se de uma desculpa para ficar até o fim: ele e Gor queriam ficar de olho em Liv, principalmente considerando o fluxo incessante de bebidas alcoólicas. Mas o evento tinha sido quase perfeito. A parte em que a noiva mencionou a *hashtag* do casamento durante os votos talvez tivesse sido um pouco estranha, mas, de resto, fora tudo maravilhoso.

Henry fechou uma caixa e abriu outra.

Clay e Zia. Hum. Se os dois se casassem, talvez Henry pudesse fazer o discurso. *Zia e Clay são um casal muito apaixonado. Peguei os dois quando estavam prestes a dar seu primeiro beijo... no banheiro!* Henry havia feito uma dezena de discursos de casamento ao longo dos anos. Diziam que ele era bom naquilo. O que fazia era imaginar o tipo de discurso que gostaria de ouvir em seu próprio casamento.

Nas semanas que se seguiram a seu aniversário e ao infame *mixer*, Henry havia ficado mais e mais inseguro. Talvez tivesse sido sutil demais ao expressar seu desejo de se casar, talvez não. De qualquer forma, estava claro que Gorman não queria se casar com ele. Mas, em vez de abordar a questão como em geral faria, sua falta de confiança fizera com que se fechasse. Talvez devesse deixar aquela ideia para lá. Conseguiria convencer a si mesmo, caso precisasse, de que o casamento *gay* era uma ficção, uma performance de normatividade?

Parecia impossível. Doloroso. Perigoso. E por quê?

Porque, se seguisse o impulso até sua raiz lógica, ele queria um bebê.

A mão de Henry parou no ar. Ele nunca havia permitido que o desejo se formasse tão perfeitamente, de maneira tão assumida. Em vez disso, enterrava seu anseio por ser pai sob camadas de coisas práticas e medo, algo um tanto vergonhoso. Mesmo no Brooklyn progressista, ele e Gorman estavam longe de ser a família típica: eram um casal *gay* inter-racial, formado por duas gerações diferentes. Mas por quanto tempo mais Henry poderia continuar negando a delicada e preciosa verdade de que queria ser pai? Ele não queria apenas um pedido de casamento: queria abrigo para uma família. Queria uma indicação de que Gorman desejava o mesmo. O casamento representava a necessidade de um amor forte e recíproco o bastante para levar ao futuro sobre o qual ele morria de medo de conjecturar.

— Posso ficar com uma flor?

Atrás dele estava uma menininha que devia ter acabado de acordar, a julgar pelo rostinho vermelho e inchado.

O coração de Henry fraquejou.

— Claro que sim, querida.

Ele escolheu uma tulipa frisada branca. A menina a aceitou com solenidade, enquanto a mãe se aproximava por trás dela. As duas eram muito parecidas: tinham os mesmos olhos próximos um do outro e o mesmo nariz fino.

— Como é que se diz? — a mãe perguntou a ela.

— Obrigada — a menina respondeu de acordo, a que se seguiu um longo bocejo.

As duas foram embora. O sorriso deixou o rosto de Henry.

Quando se tratava de casais hétero, a notícia de que talvez não fossem capazes de conceber uma criança era devastadora, algo que provavelmente os motivaria a dispender milhares de dólares e anos de esforço a superar. Porque não havia conquista maior que gerar alguém com a pessoa que se ama. A expressão literal da união de um casal estava ali, em uma criança com os olhos da mãe e o senso de humor do pai. Pessoas hétero esperavam que o DNA compartilhado formasse uma família, e qualquer outra coisa representava menos. Mas menos era o que os casais *gays* tinham, e ninguém nunca dizia nada a respeito. A tragédia de que Henry não podia fazer um bebê com Gorman, ou mesmo abordar a ideia de um filho, era uma tristeza que ele precisava carregar sozinho.

Henry ergueu a caixa de arranjos e seguiu em direção ao carro.

# 17

Liv tinha acabado de guardar os últimos itens no porta-malas da Subaru quando notou alguém de canto de olho. Sam.

— Ah, oi. — Seu estômago se revirou, mas ela tentou ignorar. — O que está fazendo aqui ainda?

— Só queria deixar tudo redondinho. É a primeira vez que trabalho com vocês, preciso me certificar de que saiu tudo perfeito.

Ele sorriu para ela, formando rugas em torno dos olhos, como ela gostava.

— Você fez um ótimo trabalho. Todo mundo adorou a comida, e a execução foi perfeita, pontual. Essa costuma ser a parte mais difícil.

— Obrigado.

Liv bateu o porta-malas.

— Posso fazer uma pergunta?

— Claro.

— Por que aceitou o trabalho? Considerando tudo de horrível que viu sobre mim na internet?

Ele riu.

— Você não parece um... como é que era? Um demogorgon mal-humorado...

Liv fez uma careta.

— Uau.

— Fora que se divorciar sai caro. E fez com que eu percebesse que todo mundo merece uma segunda chance.

Ele voltou a sorrir para Liv, e daquela vez ela sorriu de volta, sem se preocupar com o fato de que provavelmente cheirasse a sobras e produtos de limpeza. Algo bem pequeno e terno surgiu entre eles. Alguns anos antes, Liv e Eliot haviam alugado uma casa no Maine por uma semana em janeiro. Uma noite, eles se depararam com um cervo numa clareira. Para duas pessoas que sempre tinham vivido na cidade, era como vislumbrar uma fada. Liv ficou paralisada, sem nem mesmo respirar, com medo de assustar o animal. Então o celular de Eliot tocara, o toque mais recente, "Love Shack", irrompendo no ar. O cervo fugira na hora.

Savannah se aproximava, carregando uma pilha de presentes de Dave e Kamile.

Sam quebrou o contato visual com Liv.

— Bom, é melhor eu ir. Boa noite, Liv.

— Boa noite, Sam.

Ele se atrapalhou ligeiramente com a chave no processo de abrir o carro. O que tinha acabado de acontecer? Ela queria que acontecesse de novo?

Liv e Savannah se acomodaram na Subaru.

— Não foi ruim. — Liv revirou os CDs soltos e escolheu um dos Pixies, uma banda formada mais de uma década antes de Savannah ser concebida. — Considerando que só tivemos dois meses. Como você está?

— Morrendo de fome. — Savannah suspirou. — Eu mataria por um frango frito.

— Tem comida pra você no banco de trás.

— Pra mim?

— Claro. Sempre peço para o bufê fazer um prato para quem não tem tempo de comer: os noivos e nós.

— Nossa. Obrigada, Liv. — Savannah abriu a marmita. — Ainda está quentinho!

O aroma delicioso do risoto de ervilha preencheu o carro. Na outra noite, Ben perguntara a ela se Sam não podia ir à casa deles de novo para que cozinhassem juntos. Liv dissera que não e explicara que Sam já havia conseguido o trabalho.

Quando Savannah terminou de comer, elas já estavam na estrada, a caminho de casa. O CD dos Pixies terminou. Por alguns momentos, elas ficaram em silêncio.

Savannah virou-se para Liv.

— Por que você trabalha com assessoria de casamentos?

— Sou velha demais para ser estagiária e nova demais para me aposentar.

— Não, falando sério. Se você é tão cínica quando se trata de amor, se é feminista — Savannah apontou para o gorro com orelhas de gatinha no banco de trás —, como acabou trabalhando com isso?

Liv deu de ombros.

— É um trabalho que as outras pessoas fazem muito mal.

Savannah não disse nada. Só esperou.

— Acho que nunca parei. É assim que algumas pessoas acabam fazendo carreira. Posso ter meus momentos de cinismo, mas não sou cínica. A maior parte dos casamentos que faço, mesmo que não durem, são... lindos. Uma reafirmação da vida. E ser uma assessora de casamentos feminista não é contraditório. A empresa toda estava baseada em fazer os homens participarem, para que o casamento não fosse "responsabilidade da mulher". Quando Eliot...

Estava vivo.

De canto de olho, ela viu Savannah assentir.

Elas seguiram em silêncio. O sucesso do casamento fizera Liv voltar a se sentir capaz, mas também bloqueara suas emoções, deixando-a tranquila e com a visão clara. Se não fizesse aquilo agora, talvez nunca fizesse.

— Como vocês se conheceram?

Savannah piscou, com sono.

— Quem? Honey?

— Era assim que você chamava ele?

— Ele?

Quando ela afinal entendeu, endireitou-se no assento e olhou para Liv, como se dissesse: *Vamos mesmo fazer isso?*

Elas iam, sim.

— No trabalho — Savannah respondeu, nervosa. — Mostrei o escritório a Eliot.

— A empresa de eventos. Você era a estagiária.

Savannah assentiu.

Liv engoliu em seco.

— O que achou dele? Quando se conheceram?

Savannah respondeu olhando para as próprias mãos.

— Muito... sofisticado, acho. Porque era velho... *mais* velho, digo. De Nova York. E inteligente. Ele sabia muitos fatos esquisitos sobre Kentucky.

— Ele sempre foi uma grande fonte de informações inúteis. — Liv se lembrou dos dois na cama, ela com um romance de Margaret Atwood ou Velma Wolff, ele com um exemplar de *Os fatos mais curiosos sobre bares no mundo*. — E imagino que tenha te chamado pra sair.

Savannah confirmou com a cabeça.

Aquilo doeu. Mas foi como tirar um caco de vidro do pé: doía, mas tinha cura.

— Vocês foram beber?

— Jantar.

— E como foi?

Savannah parecia ansiosa.

— Impressionante. Tipo, quando eu saía para jantar, comia churrasco em pratos de papelão e tomava margaritas em copos de plástico. Ele me levou a um lugar com toalha branca na mesa e manobrista.

A capacidade de Eliot de se desligar era maior do que Liv imaginara.

Porque de que outra maneira poderia desfrutar de um jantar com uma jovem enquanto sua esposa e seu filho estavam em casa, sem saber de nada?

— O que você achou dele? — Liv perguntou. — Da personalidade dele?

— Bom, ele era... grande.

— Charmoso.

— É.

— Talvez um pouco maníaco. Espaçoso.

— Isso.

— E ele fazia você se sentir a pessoa mais interessante que já havia conhecido.

Savannah soltou o ar, devagar.

— É.

Liv recebeu aquilo como um golpe.

— Então jantar e depois...

— Liv.

O nome dela saiu baixo, dirigido à janela do passageiro. Não foi o bastante nem para embaçar o vidro.

— Jantar e depois...

— Não dormi com ele depois do primeiro encontro, se é o que está sugerindo.

— Foi depois do segundo? Do terceiro?

Savannah exalou, brava.

— Do quinto, na verdade.

Do quinto. Bom...

— Dormi com Eliot na noite em que nos conhecemos.

Savannah olhou para ela. Um sorrisinho passou por seus lábios.

— Ah.

— Quantos... Digo, por quanto tempo... — Liv se preparou para a resposta. — Quantas vezes foram?

— Cinco. E meia.

Argh. Eliot fora para Kentucky dez vezes para dar consultoria à empresa de eventos em que Savannah trabalhava. O que provavelmente significava que eles tinham começado a sair na primeira ou segunda vez. Liv tentou recordar a voz dele quando ligava para falar com Ben. Era animada? Relaxada? Ela não notara. Estava ocupada demais desfrutando do fato de que tinha a casa só para si. Liv trocou de pista.

— Alguma vez ele... me mencionou? Ou Ben?

— Ele disse que tinha uma ex. Que vocês estavam separados e em meio ao processo de divórcio.

Aquele cretino. A dor da traição de Eliot tinha diminuído com a passagem do tempo. Mas ainda assim parecia cruel. Que ele os tivesse apagado de maneira tão arrogante de sua vida. Com sua morte, aquilo tinha sido mais possível. Liv pegara um avião para Kentucky no dia em que Eliot morrera. Sentara-se no banco do meio, não vira nenhum filme, tomara quatro garrafinhas de vinho e suportara as pessoas encarando, estupefatas. No pequeno hospital, com equipe reduzida, deram-lhe a carteira de Eliot, o dinheiro que ele tinha no bolso, o relógio que ela havia lhe dado em seu aniversário de 40 anos. Fora ela quem assinara todos os formulários, ligara para os pais de Eliot em Boston e levara seu corpo de volta a Nova York.

— Deveria ter sido comigo.

— Como?

— Ele devia ter... mesmo que estivesse... — em vez de dizer "dormindo", Liv só fez um movimento de mão — com você, ele deveria ter morrido com... Deveria ter sido comigo.

— Sim — Savannah disse, baixo. — Deveria mesmo.

As mãos de Liv seguraram o volante com mais força.

— E por que você saía com ele? Estava apaixonada?

Houve um silêncio breve e ruidoso. Liv podia ouvir Savannah respirando.

— Não. Eu não estava apaixonada por Eliot. Digo, talvez pudesse ter me apaixonado, se a coisa tivesse continuado, e eu gostava dele. Mas não. Não quando... quando acabou.

— Quando ele morreu — Liv disse. — No quarto de hotel em que vocês treparam.

— Pelo amor, Liv! O que você quer que eu diga? Eu não o amava! Estava dormindo com seu marido e nem o amava, essa é a verdade. Tenho 23 anos, ainda estou me encontrando!

A intensidade de Savannah alimentou a de Liv.

— Então do que se tratava? Se você não o amava, do que se tratava?

— Eu estava tentando!

— O quê?

— Me apaixonar! — Savannah gritou. — Mas não me apaixonei por Eliot, e nunca ia me apaixonar, mas agora estou aqui e com você, e talvez fosse para terminar assim mesmo. — Ela se virou para encarar Liv. — Eu sinto muito. Sinto muito que Eliot tenha mentido pra você e sinto muito que Eliot tenha mentido pra mim. Mas não sinto muito que Eliot tenha nos aproximado. Foi a única coisa que ele fez de bom. A única.

Liv mantinha os olhos na estrada, respirando forte pelo nariz. Depois de cerca de um minuto, o furacão dentro de si pareceu se acalmar, e ela conseguiu falar.

— Acredito em você. Acredito que você não sabia que não estávamos separados.

Savannah começou a chorar. Liv tirou uma mão do volante e se viu levando-a ao braço da jovem, com certo desconforto. Seus próprios olhos lacrimejavam.

Por meses, ela quisera odiar a pessoa a seu lado. Mas ela não passava de uma menina, que ficara lisonjeada com a atenção de um homem mais velho e carismático. Quando estava em seu melhor, Eliot era o próprio Sol. Se Liv via uma sociedade governada por políticos corruptos e corporações gananciosas, Eliot via um mundo cheio de maravilhas, cheio de exemplos de grandes realizações humanas. Ele amava as pessoas, as coincidências, os atos de bravura ou bondade. Seu otimismo abrandava o pessimismo dela. Aqueles seis meses sem ele tinham sido brutais e solitários, com ela sentada em casa sozinha, processando o mundo sombriamente.

No entanto, havia as oscilações de humor dele. A depressão. Os altos bem altos e os baixos bem baixos. Eliot odiava médicos e o sistema de saúde de modo geral, motivo pelo qual Liv mantinha suas teorias sobre a saúde mental dele para si mesma. Déficit de atenção, hiperatividade, talvez até bipolaridade: ela sempre suspeitara de que ele estivesse no limiar do diagnóstico. Mas, como continuava sendo capaz de tocar a empresa com ela, levar Ben a jogos de beisebol e fazê-la rir mais do que qualquer outra pessoa, Liv deixava aquilo passar e focava na parte boa. Ele era seu viajante indomável. Seu sonhador imprevisível.

Ele devia ter recuperado sua vivacidade com Savannah. Além da tristeza e da raiva, Liv também tinha inveja de que fora a jovem, e não ela, quem pudera desfrutar daquele Eliot nos últimos dias dele.

— E por que ele fez isso? — Liv enxugou uma lágrima com a mão cerrada em punho. — Por que mudou o testamento e deixou metade da empresa pra você?

Savannah demorou um longo momento para responder.

— Sempre penso nisso. E sempre chego à mesma resposta.

— Que é...?

Nova York apareceu no horizonte, brilhando contra o céu noturno. Dali, parecia silenciosa e monolítica, sem desmentir o arenito, o calor, o peso de cada rua da cidade. Cada esquina, seu próprio reino. Com os próprios segredos bem guardados.

— Não tenho a menor ideia.

# 18

— Como assim, você quase beijou a garçonete?

A incredulidade na voz de Dave reverberou pelos fones de ouvido de Clay. O cliente ao lado dele no movimentado Whole Foods o olhou desconfiado.

Clay abriu um sorriso tímido e foi para outro corredor.

— Foi isso mesmo.

— O que aconteceu com a Operação Monge?

A resposta era simples: Zia tinha acontecido. Clay conhecia muitas mulheres bonitas. Aquilo vinha com o trabalho. Mas ninguém o tinha impactado tanto e tão rápido quanto Zia, cujo sobrenome ele não sabia qual era. Não era só que ela fosse linda, cheirosa e talvez a melhor abotoadora do mundo. Zia também o tratava como um igual, e aquilo não acontecia muito com Clay Russo. A atitude relaxada dela fizera com que ele se sentisse uma década mais novo, com que voltasse a uma época em que precisava se esforçar para ter a atenção de uma mulher… e Clay gostava da ideia de viajar no tempo. Zia era autêntica e sincera de um modo que não era apenas atraente, mas também parecia *necessário*. Aquilo o tinha feito quebrar como *hashis* vagabundos. Clay avançou pelo corredor de suplementos, jogando coisas aleatoriamente na cestinha.

— Sei lá, cara. A operação foi temporariamente paralisada.

Dave suspirou.

— Me ajuda a te ajudar, Clay... Ainda bem que ela assinou o acordo de confidencialidade. E nenhuma das minhas fontes sinalizou nenhuma notícia.

Clay confiava em Zia. Mas também confiara em Michele, e olha no que tinha dado.

— E a minha carteira?

— Está com ela. A assessoria avisou. Você precisa mesmo da carteira? Todos os cartões já foram cancelados.

— Foi presente da minha mãe.

— Afe, Clay. Bom, vamos pedir que a garçonete envie para a sessão de fotos de hoje à tarde.

— Zia. O nome dela é Zia. — Era mesmo um nome lindo. E ela era mesmo uma mulher linda. Clay fez uma pausa, e os sons do mercado movimentado pareceram diminuir. — A não ser que...

Eles podiam se encontrar pessoalmente. Ir a um museu, beber alguma coisa. Talvez jantar. Tinha um restaurante italiano ótimo perto da casa dele. A ideia de rever aquele sorriso — grande, radiante e genuíno — fez seus pulmões se encherem de um ar renovado. As mulheres com quem Clay costumava sair eram da indústria. Mulheres astutas e ambiciosas, que sabiam o que uma foto com ele poderia fazer por sua carreira. No mundo dele, pessoas eram como ações, que poderiam ser negociadas a qualquer momento, e a cotação dele andava alta. Mas Clay não ficaria surpreso se Zia nunca tivesse ouvido falar dele.

— A não ser que... você sabe...

— Clay. Cara. Vou direto ao ponto, porque, primeiro, você é meu melhor amigo, e, segundo, sou recém-casado e tenho que voltar pra minha esposa. — A voz de Dave de repente ficou direta e inabalável. Era como se dissesse: *Me ouve, seu idiota.* — Se não quiser aparecer nos tabloides, não dê a essa gente nada que possa publicar. Você sair com uma garçonete que conheceu em um casamento vai virar notícia.

Era irritante, mas também era verdade.

— As pessoas deveriam estar preocupadas com a água e a mudança climática, e não com quem eu saio. Preciso ser livre para me encontrar com uma mulher.

— Desculpa, mas você não tem mais essa liberdade. Abriu mão dela quando fez *Adam Atlantis*. Eu te avisei, aliás.

Clay ficou indignado.

— Ter uma carreira pública não significa que minha vida é pública. Mereço ter privacidade, como qualquer outra pessoa.

— Olha, cara, agora não posso entrar nessa discussão sobre celebridades poderem ou não ter expectativas de privacidade. Mas basta dizer que, se acharem que seu nome vai ajudar a vender o livro de Michelle, vai ficar muito mais difícil pra gente impedir que ele seja publicado. E o livro vai fazer buchicho, pelo motivo que já discutimos. Se você quiser ser discreto, como vive insistindo comigo que quer, é melhor agradecer o fato de que a garçonete não contou nada a ninguém e deixar por isso mesmo.

— Mas...

— Vamos continuar focados na sua carreira. Você está bem, mas passar da ação para o drama é complicado. Seu próximo passo vai ser crucial: precisamos de um roteiro com potencial para o Oscar. Algo denso e atual. Talvez até inovador. Casos com garçonetes, ou com qualquer pessoa, não vão cair bem. Precisamos ter controle total sobre como te veem.

A irritação se transformou em raiva. Clay havia sido criado para ser leal. Era um de seis membros de uma família muito próxima, o que significava que sua busca por autonomia como ator era uma espécie de rebelião. E agora seu agente lhe dizia com quem ele podia e não podia sair.

— Não que eu seja a Oprah Winfrey! Não sou tão conhecido assim.

— Bom, acabei de receber um alerta do Google de que você está comprando cápsulas para limpeza do cólon no Whole Foods.

Clay olhou para os suplementos em sua cesta de compras, horrorizado.

Olhou em volta. Os curiosos se dispersaram, como animais assustados. Ele sentiu a pele queimando. Não se sentia só constrangido. Sentia-se invadido.

— Te ligo depois.

— Na verdade, estou em lua de mel, então...

— Odeio a internet.

Clay largou a cestinha e baixou a aba do boné. Três clientes filmaram sua saída do mercado, na cara dura. Era como se ele não fosse humano. Era como se fosse uma coisa.

Alguém como Zia não ia querer chegar perto daquele tipo de vida. Uma vida em que tudo, de suas compras a suas taras, era noticiado. Clay se sentia caçado, o que era exaustivo. Adorava o trabalho, mas também queria poder passar uma tarde passeando no Metropolitan com uma mulher bonita, flertar diante de obras de arte sem se preocupar se aquilo iria parar na *People*. Mas aquele dia havia provado que ele não tinha e não podia esperar ter qualquer privacidade. E privacidade era algo necessário para que um relacionamento evoluísse.

À sua volta, Nova York pulsava, implacável. As ruas o engoliram, até que ele voltou a ser apenas mais um rosto na multidão.

# 19

Tradicionalmente, Greenpoint era um bairro polonês, mas, em anos recentes, a porção mais movimentada havia sido dominada pelos *hipsters*, enquanto a porção mais industrial estava nas mãos de produtoras de cinema e televisão. Armazéns comuns abrigavam mundos secretos e passageiros — uma cena de crime sangrenta, o refeitório de uma escola animada, uma esquina dos anos 1950. E era de um desses armazéns que Zia se aproximava algumas horas depois.

Tinham lhe passado um endereço para que enviasse a carteira de Clay, com instruções de como pedir reembolso. Mas, quando ela ligou para agendar, ficou sabendo que teria que pagar cem dólares para a entrega no mesmo dia. Cem dólares, e o lugar ficava a uma curta viagem de bicicleta!

Ela não ia ver Clay. Tinha ficado sabendo de um projeto muito legal através da Global Care. Um trabalho de seis meses como coordenadora em um centro de apoio à mulher em Quelimane, Moçambique. O salário era modesto, mas aceitável. A julgar pela descrição do cargo, o centro ajudava a empoderar mulheres locais para que pudessem fazer qualquer coisa, desde começar seu próprio negócio até sair de relacionamentos abusivos. Aquilo a interessava. Se fosse chamada, e conseguisse criar coragem de dizer a Layla que já ia embora de Nova York de novo, partiria para outra missão. Com alguns cliques, mandara seu currículo e uma carta de interesse à pessoa responsável. E pronto. Agora ia deixar a carteira, depois voltaria para casa pela orla.

Simples.

Pessoas circulavam por uma área meio bagunçada, que parecia fazer as vezes de recepção, algumas ao celular, outras de boa. Parecia tudo muito casual, mas havia uma vibração no ar. Algo com que aquelas pessoas se importavam estava acontecendo. Sentindo a energia, Zia endireitou a coluna. Ela tirou a carteira de couro desgastado do bolso e procurou por um assistente.

Foi então que seus olhos encontraram os de Clay.

Bem, não exatamente os de Clay, mas os de uma foto de Clay, grudada à parede, com *Equipe C. Russo* escrito e uma flecha desenhada embaixo.

Aqueles olhos. Aquela boca. Zia se perguntou o que ele via quando se olhava no espelho.

Uma jovem de *headset* entrou, olhando em volta com desespero evidente. Zia ficou alarmada quando viu que ela seguiu em sua direção.

— Você é quem vai cuidar de cabelo e maquiagem?

— Não, sou Zia Ruiz. Só vim deixar...

— Estamos superatrasados. — A jovem voltou a olhar em volta. — Clay precisa fazer cabelo e maquiagem *agora*.

Então Zia fez algo que pegou de surpresa não só a assistente, mas ela mesma.

— Ah, *cabelo* e maquiagem? De Clay Russo? — Zia tentou parecer profissional. — Sou eu.

Atordoada, Zia seguiu a esgotada assistente por uma série de corredores tortuosos. Por que havia feito aquilo? Não era de mentir. Corria riscos, sim. Certamente era impulsiva. Mas não era de mentir. Algo simplesmente... tomara conta dela. E se aquilo assustasse Clay? Ele chamaria a segurança? Ela não tinha nem um *kit* de maquiagem. Mal sabia maquiar a si mesma. Talvez Clay estivesse com outra mulher. Aquilo era um erro. Um erro monumental. Eles tinham pedido que ela enviasse a carteira, e não que perseguisse seu dono.

— Desculpa — Zia disse para a assistente. — Na verdade, eu...

A jovem abriu uma porta e desapareceu lá dentro.

Zia olhou para a esquerda, depois para a direita. Não tinha ideia de como sair daquele lugar enorme.

— Bom, pelo menos vou ter uma história para contar — ela murmurou, seguindo a assistente.

Um espelho dominava a parede, com lâmpadas amarelas não muito fortes em volta. Havia algumas pessoas sentadas em um sofá comprido, trabalhando em *laptops*, enquanto outras conversavam em um canto. Sentado no outro extremo da sala, com um maço fino de folhas em uma mão e o celular na outra, estava Clay.

— Sr. Russo, hora de cabelo e maquiagem — a assistente anunciou.

Clay levantou a cabeça. A surpresa era visível em seus olhos.

Zia respirou fundo, com o coração batendo forte.

Um sorriso lento se espalhou pelo rosto de Clay, como a luz do sol aquecendo os cantos de uma sala escura. Todas as preocupações de Zia evaporaram. Ela sorriu de volta e deu um passo à frente.

— Oi, sr. Russo — disse, incorporando a proximidade fácil com que tinha visto cabeleireiros e maquiadores agirem em casamentos. — Muito prazer.

Clay se pôs de pé.

— Oi. — Os papéis que ele estava lendo caíram no chão. — Olá. Oi.

A assistente estreitou os olhos, sentindo certa inquietação ali. Ela olhou para a bolsa pendurada no ombro de Zia.

— Espera aí, cadê suas coisas?

Zia olhou para Clay.

— Clay, hum...

— Pedi cabelo e maquiagem naturais — ele disse.

Zia revirou a bolsa. Não tinha nada de maquiagem consigo, mas sempre carregava uma *necessaire* para emergências, com absorvente, um apito, uma cópia do passaporte. Pelos padrões da indústria, era microscópica.

— Tenho um estilo bem "vida real".

A assistente ainda parecia cética. Mas, depois de conferir que horas eram, informou Zia que ela tinha vinte minutos e foi embora. Ninguém mais ali prestava atenção neles.

— Espero que não esteja me achando esquisita — ela sussurrou. — Eu só queria ver você.

— Que bom que você veio. — Ele estava alerta. Totalmente focado nela. — De verdade. Também queria te ver de novo.

— E se a pessoa da maquiagem aparecer?

— Ela acabou de mandar mensagem. Teve uma emergência familiar.

— Mas não sei como...

Clay minimizou aquilo.

— Sinceramente, não é tão difícil assim. E, se eu não disser nada, ninguém mais vai dizer.

— Tá bom.

Zia passou discretamente a carteira para Clay. Quando ele a pegou, seus dedos se tocaram. E não foi por acidente.

Clay guardou a carteira.

— Acho que agora você sabe todos os meus segredos.

— Não olhei. Juro.

— Eu acredito.

Não era só que ele era lindo, com olhos dourados, sobrancelhas grossas e um tanquinho escondido sob a camiseta. Ele também a encarava, parecendo extasiado. Ela podia sentir aquilo, em tudo. O calor entre eles ameaçava fervilhar. O que não podia, não devia acontecer: os dois estavam em público, e Clay precisava trabalhar. Os dois piscaram e se afastaram um pouco, como se despertando ao mesmo tempo para a realidade.

— Muito bem, sr. Russo. Vamos lá.

Ela se pôs atrás dele, determinada a manter o controle. O espelho alto refletia um casal impressionante, perfeitamente passável. *Nada mau.* Ela apoiou as mãos no ombro dele. O calor de seus músculos rígidos irradiava através da camiseta de algodão fino.

— Começamos com o cabelo?

Clay parecia estar achando graça.

— Claro, vamos começar com o cabelo.

Zia correu as mãos pelo cabelo dele, aproveitando a chance de enfiar seus dedos entre as mechas escuras. As pálpebras de Clay estremeceram.

— Hum, isso... é muito bom.

Ele gemeu. Era um gemido grave, *sexy*. A ideia de dar prazer a Clay fez as entranhas dela se contraírem.

Uma das pessoas que estavam sentadas no sofá deu uma olhada para os dois, incomodada. Massagear o couro cabeludo dos artistas provavelmente não era comum entre cabeleireiros de Hollywood. Usando o único produto de cabelo que tinha na bolsa, um tubinho de óleo de argan, Zia começou a modelar. Ela, que cortava o cabelo de três a quatro vezes por ano, nunca havia arrumado o cabelo de um homem, mas fez o seu melhor para deixá-lo com uma aparência *sexy* de quem tinha acabado de sair da cama.

— Seu cabelo é ótimo — ela disse, mexendo nas pontas. — Grosso. Forte.

Clay sorriu. Ela não estava flertando.

— Herdei da minha mãe. Ela é italiana. E sua família, é de que origem?

— Porto-riquenha por parte do meu pai, mas não tenho contato com ele. Minha mãe é marroquina.

— Onde você cresceu?

— Nasci em Porto Rico, mas quando eu tinha três anos minha mãe se mudou comigo e com minha irmã mais velha para Astoria. Faz alguns anos que minha mãe voltou pro Marrocos, pra cuidar da mãe dela. E ficou por ali mesmo depois que *abuelita* morreu.

Ele assentiu.

— *¿Hablas español?*

— *Sí. ¿Y tú?*

— *Sí. Yo estudié en Barcelona en la universidad.*

— O que você estudou?

— Teatro. E você?

— Me formei em Administração e Serviços Humanos na Queensborough Community College. — Zia avaliou seu trabalho, agora terminado. Meio que parecia igual a antes de começar. — O que acha?

Ele manteve os olhos nela.

— *Hermosa* — murmurou. — *Hermoso*, digo. Meu cabelo. É muito, muito bonito. Sempre falo isso.

Ela riu e se sentou à frente dele para passar à maquiagem. Clay devia ter feito a barba naquele dia. Zia estendeu o braço e alisou as sobrancelhas grossas e rebeldes dele. Andava louca para fazer aquilo. Um sorriso surgiu nos lábios dele. Clay estava gostando. Ele gostava que ela o tocasse. Por um momento, Zia não fez nada além de admirar sua beleza. Os olhos dele continuaram fixos nela. Havia algo primitivo entre os dois, algo profundo. Um poço a cujo fundo ela queria chegar, a nado.

Os olhos de Clay baixaram para a boca dela.

— Cinco minutos!

A assistente bateu na porta atrás de si. O momento se estilhaçou em milhares de pedacinhos brilhantes.

— Maquiagem — Zia disse, reprimindo um sorriso.

A sessão de fotos se deu em um depósito. Sob as luzes brancas cegantes, contra um fundo também branco, Clay posou em uma série de roupas masculinas casuais — jaqueta de couro e *jeans* desgastado, camisa branca desabotoada com calça branca, alguns calções de banho muito lisonjeiros. Zia ficou bastante orgulhosa de sua maquiagem amadora feita a partir dos três produtos que encontrara no fundo da bolsa. Ela passara um pouquinho de *gloss* nos lábios dele, corretivo sob os olhos e rímel nas sobrancelhas escuras, para deixá-las mais regulares e impressionantes. Não teria se saído tão bem com uma mulher, mas esperava-se muito menos dos homens. E Clay já era lindo.

A sessão de fotos foi divertida. Zia conversou e brincou com os assistentes, encaixando-se na hora. Ela não tinha dificuldade de se virar em diferentes mundos, e até gostava. Ser uma camaleoa era seu superpoder. Não havia nada que gostasse mais que acabar no lugar mais improvável possível. Ela reluzia. E, a cada vez que Clay olhava em seus olhos, reluzia mais.

No fim da sessão, Clay a encontrou à mesa, colocando sobras de salmão e salada de atum em potes que havia conseguido com o pessoal do bufê. Ômega-3 era bom para Layla, que tinha artrite, mas aquele tipo de peixe não cabia no orçamento da irmã.

— Pensei em levar um pouco pra minha família.

— Ótima ideia. — Ele a ajudou a colocar tudo em uma sacola. — Sempre sobra muita comida.

— Vinte por cento dos aterros sanitários são ocupados por alimentos desperdiçados — Zia disse. — E metade disso vem de empresas.

— Tudo isso? Parece algo que eu já deveria saber. — Clay se dirigiu a um assistente que passava. — Ei, podemos fazer alguma coisa quanto a toda a comida que sobrou? Doar para um abrigo, ou pedir menos da próxima vez. Não deveríamos jogar tudo fora ao fim da sessão.

O assistente assentiu e anotou alguma coisa. Zia ficou impressionada e talvez com um pouco de inveja de que alguém como Clay pudesse proporcionar uma mudança com tamanha facilidade.

Ele voltou a falar com ela.

— Obrigado por isso. E por hoje. Gostei bastante do estilo "vida real".

— Imaginei que fosse gostar.

— Bom, então, tchau.

Ele abriu os braços. Ela se aproximou para um abraço. Seus corpos ficaram colados, quadril com quadril, os seios macios dela contra o peito rígido dele. Músculos sólidos e quentes a envolveram. Uma sensação de segurança completa a preencheu. Os olhos de Zia se fecharam, enquanto ela desfrutava da proximidade. A intimidade em sua vida era apenas platônica. Fazia muito tempo que ela não abraçava outra pessoa daquele jeito.

Alguém chamou Clay. Zia se afastou.

Ele colocou um pedaço de papel dobrado nas mãos dela.

— *Gracias, Zia. Por todo.*

Clay foi embora: era o centro de um circo itinerante que seguia para a próxima cidade. Zia se dirigiu para a saída, sentindo-se alguém que havia acabado de andar na corda bamba e chegava em segurança ao chão.

## 20

O Zinc Bar era uma casa de *jazz* de renome no West Village que em geral recebia um público respeitoso, composto de locais e turistas. Com exceção das noites de segunda-feira. As noites de segunda-feira eram diferentes.

Eram temerárias. Desvairadas. Completamente atordoantes. Isso porque Zach Livingstone comandava a casa, levando o público a um frenesi dionisíaco. Agora mesmo, ele estava diante do piano Steinway, com a camisa ensopada, o cabelo bagunçado, os dedos dançando nas teclas.

— Vamos lá, Nova York, quero ouvir vocês!

Darlene começou a cantar a música de encerramento, escolhida para agradar ao público: "Rehab", de Amy Winehouse.

— *They tried to make me go to rehab...*

— *I said, No, no, no* — o público cantou junto.

A noite começara morna, com as pessoas conversando distraídas, sem a intenção de se esbaldar numa segunda-feira à noite. Mas, a cada música, Zach ganhava a multidão, fazia com que a coisa esquentasse. Agora, as pessoas dançavam em cima da mesa, viravam *shots*, agarravam desconhecidos. Darlene estava no chão, no meio da galera, cantando com aquela voz rouca e *sexy*:

— *Yes, I've been black, but when I come back...*

— *You'll know, know, know!* — gritou o público.

Apesar do caos, Zach nunca errava uma nota que fosse. A sensação de estar em sincronia com outro artista, e com o público, e consigo mesmo, era melhor que qualquer outra. Era melhor até que sexo. E não havia ninguém com quem ele tivesse uma conexão mais forte que Darlene. Talvez devido à maneira como suas diferenças se completassem. Ela era técnica, ele era instintivo. Ela era refinada, ele nem tinha ferro de passar. Americana, britânico; negra, branco; mulher, homem. Ou talvez fosse só aquela coisa indefinível que chamavam de química. Fora do palco, perdia o impacto. Mas nele era como uma placa de neon, e todo mundo no lugar via, ouvia e sentia aquilo no ar.

Os dois encerraram com um floreio, a multidão e eles cantando juntos:

— *He's tried to make me go to rehab, I won't go, go, GO!*

O público ficou louco, vibrando, gritando, batendo os pés. Darlene olhou para Zach e riu, com as luzes do palco refletindo em seu cabelo e em seu corpo. Ela estava maravilhosa.

Aquele trabalho era sempre, sem nunca falhar, o ponto alto da semana de Zach Livingstone.

Zach desceu do palco, cumprimentou o atendente no bar e voltou com duas doses de tequila. Ele e Darlene sempre tomavam juntos: aquilo os preenchia como fogo, como estrelas, como amor. Zach gritou por cima da multidão barulhenta:

— Você detonou!

Ela dispensou o elogio com um gesto.

— Desafinei um pouco no último refrão…

— Mitchell! Você arrasou!

De alguma forma, de repente os dois estavam se abraçando, muito embora nunca o fizessem. Os braços dele envolviam o corpo macio e perfeito dela, os dois se seguravam apertado, de maneira calorosa, espontânea e livre.

A vida era muito, muito boa.

Depois de alguns segundos breves demais, ela o soltou. Zach podia ver o cérebro organizado de Darlene voltando a erguer um muro entre eles, seguindo para a desmontagem e a logística. Um jovem com cabelo loiro de surfista e um bronzeado irritante apareceu na frente deles. Zach foi forçado a se afastar, o que não lhe agradou.

— Ei. — O surfista sorriu para Darlene. — Foi um *set* matador. Vocês mandaram ver.

Australiano. Quanto tempo levaria até aquele idiota mencionar cangurus? Darlene abriu um sorriso modesto.

— Muito obrigada.

— É, você me fez pular que nem um canguru. — O australiano passou uma mão pelo cabelo só para exibir o bíceps. — Posso te pagar uma bebida, gata?

Como se Darlene fosse curtir aquele oxigenado! Ela só saía com caras com cérebros do tamanho de planetas. O último namorado dela, Charles, o babaca, era um idiota presunçoso que sempre publicava artigos sobre sua masturbação intelectual. Com seus escassos cachos ruivos e sua barriga de Papai Noel, Charles não era dos mais bonitos, mas era um intelectual celebrado, e ele e Darlene namoraram pelo que parecera *uma eternidade*. Por isso, Zach ficou mais que surpreso quando Darlene aceitou a bebida do australiano.

— Vodca-tônica. Mas precisamos desmontar primeiro.

O australiano sorriu. Zach se preparou para voltar ao palco, mas, antes que pudesse fazê-lo, alguém passou um braço em volta de seu pescoço.

— Ei, mulherengo.

A versão feminina de Zach — olhos azuis, franja cheia — sorriu para ele. Era sua irmã mais velha, Imogene. Atrás dela estavam os pais deles, Mark e Catherine.

— Ei! — Zach os abraçou, um a um. A família o havia visto tocar com Darlene só uma ou duas vezes ao longo de dois anos. — O que estão fazendo aqui? Nem me disseram que estavam na cidade!

— Eu tinha umas reuniões — disse seu pai, e a voz dele retumbou pelo salão barulhento.

— E mamãe veio me ajudar com a busca interminável por um vestido de noiva. Sério, não aguento mais. — Imogene ia se casar em setembro na propriedade da família nos Hamptons, com Mina Choi, que era sua namorada havia cinco anos, tão bem-sucedida quanto ela. A Amor em Nova York tinha sido contratada um ano e meio antes para planejar o casamento. Os principais fornecedores tinham sido contratados antes de Eliot morrer, e Zach não tinha contado sobre o estado da empresa, por lealdade a Liv. Felizmente, Imogene ainda estava focada em encontrar um vestido com o qual não parecesse um *marshmallow* gigante.

— Queríamos fazer uma surpresa, Zach.

O hábito vagamente pretensioso da mãe dele de prolongar vogais aleatórias fazia com que seu nome parecesse ter uma sílaba a mais: *Za-ach*. Catherine estava formidável em um tubinho branco como a neve. Seu cabelo loiro-claro estava habilmente retorcido em um formato que ficava entre uma concha e um *croissant*. A família da mãe contava com alguns duques distantes, mas do lado do pai seus ancestrais eram absolutamente comuns.

— Estamos *morrendo de fome* — Imogene anunciou, passando o braço pelo dele. — Vamos, Zach! Vamos nos encher de macarrão!

Aproveitando a oportunidade para interromper a conversa com o australiano idiota, Zach perguntou a Darlene se ela se importaria de cuidar da desmontagem para que ele pudesse ir jantar com a família.

— Juro que compenso depois — ele disse, tentando convencê-la a dar uma passada para beber alguma coisa antes de ir para casa, com a promessa de que o pai dele ia pagar. — Lá tem os melhores negronis da cidade.

Darlene revirou os olhos, mas concordou, de modo que Zach pôde guiar sua família até o Babbo, um restaurante italiano elegante que ficava a algumas quadras dali, onde passou uma nota de cinquenta para que o *maître* lhes conseguisse a melhor mesa disponível.

O pai de Zach, Mark, havia conhecido a mãe de Zach, Catherine, em Oxford, onde ambos estudavam Administração. Zach e a irmã tinham crescido em um bairro de Londres escolhido por sua proximidade a bons restaurantes e teatros refinados. Ele havia passado a infância em camarotes na Royal Opera House e em apresentações abertas a todas as idades no Roundhouse. Zach recebeu permissão para estudar música, sua primeira paixão, desde que o fizesse na prestigiosa Royal Academy of Music. Lá, ele fora um estudante mediano em termos acadêmicos, mas muito popular em termos sociais (se Zach dedicasse metade da atenção que dedicava às alunas a desenvolver seu considerável talento…). Quando Imogene fora estudar Direito em Harvard, Zach a seguira, instalando-se em Nova York. Os pais logo fizeram o mesmo, comprando uma casa nos Hamptons e um apartamento em Chelsea, depois de Mark ter recebido uma oferta para dirigir um fundo de investimento de capital de risco com sede em Nova York. A mãe fazia parte do conselho de diferentes instituições de caridade, mas sua ideia de filantropia se baseava em comparecer a eventos *black-tie*. Zach tinha visto e ainda se sentia próximo de suas raízes inglesas. Seu sotaque, afinal de contas, era um afrodisíaco muito eficaz.

— Como estão as coisas, Zachary? — Mark perguntou, depois que o vinho tinha sido servido e todos haviam feito o pedido.

— Iguais. — Zach se recostou na cadeira, ainda empolgado com o *show*. — Sexo, drogas e *rock and roll*.

A boca do pai se contraiu. A mãe pareceu horrorizada.

— Estou brincando, gente! — Zach disse. — Toco *jazz*, não *rock and roll*.

Imogene riu.

Os pais deles trocaram um olhar cifrado.

— E quanto à pós-graduação?

A pergunta de Catherine era tão delicada quanto os brincos de pérola que pendiam de cada orelha sua.

— Pós-graduação? — Ele se lembrou vagamente de ter lançado aquela possibilidade em um jantar de família. — Ah, essa ideia está meio parada no momento.

O pai apoiou as duas mãos espalmadas na mesa.

— Foi o que você disse no ano passado.

— Não sabia que estávamos contando o tempo! — Zach pegou um pedaço de pão e molhou no azeite. — Pós não é uma opção pra mim agora.

— Então pós-graduação não é uma opção. — Mark começou a contar nos dedos. — Nem um trabalho em período integral, ou um estágio, ou qualquer estudo avançado.

— Essa é uma boa maneira de fazer um cara se sentir mal — Zach disse, muito embora não se sentisse assim. O celular dele vibrou. Não era Darlene, só uma mulher qualquer.

Catherine passou os dedos pela gola do vestido.

— E quanto a... relacionamentos?

Zach quase engasgou com o pão.

— Desculpa, mas achei que você estava perguntando da minha vida sexual.

— Zach! — a mãe dele sibilou, olhando em volta. — Por favor. Só estamos preocupados com você. Quando Genie tinha sua idade...

— Por favor, não me mete na história, mãe — Imogene disse.

— Sim, todos sabemos que Imogene é brilhante — Zach resmungou.

— ... já era escrevente da Suprema Corte!

— Gente... — Imogene disse. — Se eu não me diverti como Zach, foi só porque estava sempre ocupada sendo chata e estudando o tempo todo.

— Zach tem 26 anos — Catherine disse. — É um jovem que claramente precisa do tipo de estabilidade que um relacionamento sólido pode oferecer.

— Tenho relacionamentos sólidos! — Zach exclamou. — Nossa, vocês falam como se eu fosse um Don Juan depravado...

— Zach?

Todos na mesa olharam para de onde vinha a voz.

Ele entrou em pânico.

— Lauren!

A mulher com quem pretendia terminar estava ali. Em circunstâncias normais, Zach adoraria a minissaia colada dela, mas, no momento, parecia um pouco... reveladora demais.

— O-oi.

— Você sempre diz que o Babbo é fantástico, então vim com uma amiga. — Ela prendeu uma mecha de cabelo loiro atrás da orelha, recatada. — Que engraçado encontrar você aqui.

— Sim, muito engraçado, hilário.

Zach não queria magoar Lauren, mas não conseguia se imaginar em um relacionamento com ela. Ou com qualquer outra pessoa. Ele ficaria entediado, ou (mais provável) ambos ficariam entediados. Era mais seguro curtir um caso prolongado, depois terminar tudo com delicadeza. Mas não na frente de seus pais.

Lauren se dirigiu à mesa.

— Vocês devem ser a família de Zach. Muito prazer. Quanto tempo vão ficar na cidade?

A mãe abriu um sorrisinho tenso.

— Vamos dormir aqui e voltar amanhã.

Lauren deu uma risadinha.

— Para Londres?

Catherine olhou para Zach.

— Southampton.

Era uma mentira idiota, mas ele sempre a usava. Era mais fácil quando as mulheres não tinham nenhuma expectativa de conhecer a família de Zach. Lauren olhou para ele, que abriu um sorriso fraco. Às vezes Zach podia ser um idiota. Ele notou quando ela decidiu agraciá-lo com o benefício da dúvida.

— Bom, a gente se vê amanhã à noite, então.

— Amanhã tenho ensaio com Darlene. — Zach olhou para os pais. *Viram? Sou responsável!* — Mas, hum, eu te ligo. Outra hora.

Daria no mesmo se ele tivesse terminado com ela ali. Uma onda de emoção distorceu o rosto de Lauren. Ela contraiu os lábios, abriu um sorriso fácil para Zach e ameaçou ir embora. Mas tinha dado só alguns passos quando se virou e disse:

— Tem certeza de que não está ocupado demais ligando para a mulher que te mandou uma mensagem na outra noite? A que queria "chupar seu *troço* grosso"?

Catherine deixou o garfo da salada cair.

O pânico se espalhou pelo peito de Zach.

Lauren continuou falando, cada vez mais alto.

— Eu estava mesmo querendo te perguntar quando foi seu último exame para DSTs, mas é melhor eu mesma fazer o quanto antes.

O rosto de Zach pegava fogo. Ele mal conseguiu falar.

— Sou sempre, hum, cuidadoso...

Lauren já tinha ido embora.

Zach estava acostumado a lidar com as expectativas desproporcionais de sua família. Mas aquilo era diferente. Aquilo era um desastre. Tipo o *Titanic*. Ele pigarreou.

— É uma história engraçada, na verdade...

— Chega, Zach — a mãe o cortou, de maneira pouco característica. — Seu pai e eu vamos bloquear sua poupança até você entrar na linha.

Ele compreendia as palavras isoladamente, mas não como frase.

— Desculpa, como?

— Sua poupança — o pai repetiu. — Você não vai ter mais acesso a ela.

Ainda assim, ele não compreendia.

— Mas... mas... mas... o dinheiro é meu. É meu.

— Não, Zachary, o dinheiro é nosso — Catherine o corrigiu. — E você claramente não tem maturidade o bastante para lidar com ele.

— Mas Imogene...

— Dividiu a poupança dela entre um portfólio de investimentos bem pesquisados e doações a instituições de caridade. — Catherine inclinou a cabeça. — O que você estava planejando?

Zach se segurou à mesa. Sua vida inteira o vinha conduzindo até seu aniversário de 27 anos, idade em que seus pais acreditavam que o cérebro humano finalmente concluía seu desenvolvimento, quando uma quantidade constrangedora de dinheiro seria discretamente passada a ele, para fazer o que quisesse. Que era tocar com Darlene, transar com madrinhas aleatórias e curtir a vida ao máximo. Aquele era o motivo pelo qual ele não precisava de um emprego, de uma pós ou mesmo de um plano. Era grosseria admitir, mas o fato era que sua família era rica. Ele era rico.

Só que, agora, ele não era mais. Revirou a mente atrás de um ângulo, de um argumento convincente, um contraponto. Não encontrou nada. *Não!* Aquilo não podia estar acontecendo.

— O lance é que... — Zach começou a falar, umedecendo os lábios.

— Sim?

A mãe dele tomou um gole de vinho.

— O lance é que... — ele repetiu. — O lance é que...

— Oi, pessoal. — Darlene estava ali, com um sorriso educado no rosto. Sob a jaqueta *jeans* curta, usava o que costumava vestir em apresentações de *jazz*: um vestido longo de seda marfim e gola alta, com uma peruca preta e brilhante que ia até a altura do queixo. Era *sexy*, mas de um jeito discreto. Com classe.

Zach se levantou.

— O lance é que tenho algo a contar a vocês. *Temos* algo a contar a vocês.

— Temos? — Darlene perguntou.

— Temos, sim. Não estávamos prontos, porque é recente... muito, muito recente. Mas dadas as, hum, circunstâncias... — Zach passou o braço pelos ombros de Darlene e a puxou. — Darlene e eu... Bom, estamos... apaixonados.

Darlene olhou para Zach, sem conseguir acreditar.

— Estamos o quê?

# 21

Antes, Gorman considerava o conceito de aulas para adultos vagamente constrangedor. Havia algo de triste em um punhado de adultos que já haviam passado da flor da mocidade sentados em uma sala de aula. Como usar macacão ou virar *shots*, aquilo não parecia apropriado a pessoas com mais de 50 anos. Mas a morte de Eliot, e a chegada de Savannah Shipley a Nova York, o tinham lembrado de que a vida era curta. Na semana seguinte à morte de Eliot, Gorman se inscrevera em uma disciplina de dramaturgia numa faculdade comunitária local. Ele havia passado seus anos universitários lutando contra sua sexualidade e fazendo sexo escondido com outros que se escondiam como ele. E agora era um convertido quando se tratava de ensino para adultos. Sua aula de dramaturgia nas noites de segunda era uma das melhores partes de sua semana. Ele gostava de encontrar com os colegas, todos acima de 40 anos, e ter discussões profundas sobre como a forma servia ao conteúdo ou sobre o efeito sônico da aliteração. Cada aluno passara o ano trabalhando em uma peça própria, e o empreendimento todo lembrava uma confraria ou uma sociedade secreta. Gorman estava confortável com aquela rotina — ele sempre procurava conforto, onde quer que estivesse —, mas, quando entrou na sala naquela segunda à noite, a tradição reconfortante foi inesperadamente transformada.

— Temos um novo aluno — anunciou Jon, um jovem rotundo de barba que havia montado duas produções em teatros do centro. — Gilbert.

Gorman se virou no assento. Ele esperava ver um ex-motorista de ônibus procurando magnificência ou um funcionário de supermercado que se considerava um filósofo (já tinham um de cada). Gilbert não era nenhuma das duas coisas.

— Oi — Gilbert cumprimentou, com um aceno.

— Oi — todo mundo ecoou. Todo mundo, menos Gorman.

Gilbert era encantador. Tinha cabelo loiro-acinzentado, usava óculos escuros e seu sorriso simpático revelava dentes clareados. Devia ser uma década mais novo que a pessoa mais nova da turma atual. Não devia ter nem 30.

— Mandei os trabalhos em andamento de vocês a Gilbert, para que ele ficasse a par de tudo. — Jon sorriu para o aluno novo. — Espero não ter sobrecarregado você.

— De jeito nenhum — Gilbert disse. — Eu adorei. Principalmente *Lágrimas de uma lesma recalcitrante*. Eu não conseguia largar. Meus amigos ficaram, tipo: "Chega dessa lesma!".

As bochechas de Gorman queimaram. Ele se sentiu ligeiramente atordoado.

— Parabéns, Gorman — disse Jon. — É sempre bom receber uma crítica positiva. Muito bem, pessoal, vamos continuar de onde paramos. O segundo ato de *Quem tem medo de Virginia Woolf?* Lembrando que o foco deve ser os contextos social e histórico.

Os alunos abriram seus livros. Gorman voltou a se virar. Gilbert sorria para ele, animado, enquanto apontava para uma impressão cheia de orelhas da peça de Gorman e dizia, sem produzir som: *Adorei!*

Gorman assentiu em agradecimento e voltou a seu exemplar de *Quem tem medo de Virginia Woolf?*, tendo esquecido completamente qual deveria ser o foco.

Depois, a maior parte da turma foi para um bar irlandês ali perto, conhecido por suas doses generosas. Gilbert não se juntou aos outros, o que foi ao mesmo tempo uma decepção e um estranho alívio. Gorman estava com sua taça de *merlot* frutado, preparando-se para discutir o segundo ato de *Woolf* com o motorista de ônibus buscando magnificência, quando ouviu uma voz animada vinda de trás.

— Este lugar está livre?

A turma abriu espaço para que Gilbert se sentasse ao lado de Gorman. O coração de Gorman acelerou, como alguém que de repente se dava conta de que estava ao lado de uma celebridade.

— Desculpa chegar tarde. — Gilbert abriu a jaqueta, revelando uma camiseta com os dizeres: *Nada de tempo feio!* — Eles cobram um mínimo para pagar com cartão. Tive que encontrar um caixa 24 horas aberto, e com notas de dez.

Aquilo lembrava Gorman dos tempo de faculdade.

— Um caixa 24 horas — Gorman disse. — Porque todos os 24 horas estão sempre abertos. Daí as 24 horas.

Gilbert arregalou os olhos, o que o fez parecer um filhote de coruja.

— É verdade. Que trapalhada. E nada escapa aos seus ouvidos. Estou muito feliz de ter me inscrito nessa aula.

— Por que você se inscreveu? — Gorman perguntou, e Gilbert começou um monólogo sobre ter largado a faculdade para ser ator em Los Angeles, mas depois achar que lá fazia sol demais e que talvez devesse ir para as montanhas escrever um romance, o que sua irmã depois dissera que era uma idiotice, porque ele nunca havia escrito nada mais longo que um *e-mail*. Não era uma história tediosa, tampouco era interessante. Confiança, Gorman se deu conta. Aquela era a qualidade que definia a juventude. Confiança de que o que se tinha a dizer era digno de ser ouvido. E os outros de fato ouviam, quando se era tão bonito quanto Gilbert.

Eles prosseguiram em uma conversa fácil, ainda que não particularmente estimulante, sobre a aula, morar em Nova York e a cena teatral do centro. A visão de mundo de Gilbert era muito mais ampla e permissiva do que a de Gorman em seus 20 e tantos anos. Na época, um beijo entre duas pessoas do mesmo sexo na TV deixava todo mundo louco e fazia os anunciantes fugirem. O casamento *gay* era uma fantasia radical. Quanto havia mudado para a geração mais nova! Sua confiança fazia com que esperassem igualdade.

Embora Gilbert com certeza gostasse do som de sua própria voz, também parecia gostar do som da voz de Gorman, quem ele aparentemente havia decidido que valia a pena ouvir. *Espero que ele não me peça para ser seu mentor*, Gorman pensou, enquanto pedia a terceira rodada de bebidas para os dois. Gorman não se via como um mentor.

Mas não era aquilo que Gilbert tinha em mente.

— Você já ouviu falar no centro de artes HERE, Gorman?

Gorman fez que sim enquanto passava a Gilbert seu cuba-libre.

— O teatro alternativo do alternativo do SoHo?

Na esquina da Spring com a Sixth, perto de um piano-bar que ele costumava frequentar nos anos 1990, mas que agora tinha fechado.

Gilbert assentiu.

— Minha tia é a dona. E acho que isto — ele brandiu a peça de Gorman — seria perfeito para o lugar. Adorei o humor absurdo, parece contemporâneo e clássico ao mesmo tempo. E adorei o fato de que Egor vira uma lesma de verdade no fim. É bem Ionesco.

Gorman sentiu o pescoço esquentar. Gilbert entendia mais de teatro do que ele esperava.

— Era exatamente isso que eu queria.

Quando ele era jovem, a vida era mágica, cheia de oportunidades. Agora, havia poucas surpresas. Aquilo, parecia-lhe, era um ponto de virada.

— Eu adoraria levar a peça pra minha tia e falar sobre a possibilidade de montá-la — Gilbert prosseguiu —, comigo como Egor.

Egor era a personagem principal. Um esteta inteligente e ligeiramente vaidoso, que tinha dificuldade em aceitar sua sexualidade e era amplamente definido por sua relação com a mãe, uma terrorista emocional. Como sugerido pelo resto da turma, uma versão mal disfarçada de Gorman quando jovem. De Gorman na idade de Gilbert.

Seria apropriado? Gilbert certamente não tinha nada a ver com ele fisicamente — quando jovem, Gorman tinha o tipo de rosto que não se sabia definir se era fantasticamente lindo ou assustadoramente feio. Gilbert não representava o mesmo paradoxo. E Gorman não tinha ideia se ele era bom ator ou não. Mas, talvez, não importasse. Uma possibilidade beirava o horizonte, mudando o céu noturno de preto para um tom acinzentado, de maneira sutil mas inegável.

Gorman deixou a taça de lado e se inclinou para a frente, apoiando-se nos cotovelos.

— Você é absolutamente perfeito para o papel.

# 22

Darlene olhou para o colega de banda, embasbacada. Por que Zach havia acabado de dizer à família que os dois estavam apaixonados?

— É verdade, não é, linda? — Zach apertou de leve o ombro dela. — E é incrível. Todo esse tempo tocando juntos e o que eu realmente procurava estava bem à minha frente.

Aquilo era absurdo. Não: era humilhante. Metade do restaurante olhava para eles, sem saber se aquilo era um gesto romântico e grandioso ou uma brincadeira. Todos os olhares recaíam sobre ela, que se sentia cercada. Darlene tentou se desvencilhar.

— Mas...

— Sei que combinamos de guardar segredo enquanto explorávamos melhor nossos sentimentos, mas eu quero que o mundo todo saiba, desculpe. — Zach levantou a voz em uma declaração: — Eu amo Darlene Mitchell!

Pela segunda vez naquela noite, eles eram o centro das atenções. Mark e Catherine pareciam estar sem palavras. O pânico estampado deles com a presença dela ao lado do filho transformou-se em fúria e, o que era constrangedor, vergonha.

— Zach. — Ela manteve a voz firme. — Não tenho ideia de por que...

— ... damos certo como casal, eu sei, também foi uma surpresa pra mim. Eu sou eu e você é... — Zach olhou para ela, que olhou feio para ele. — Bom, você é você, não é, linda? Tão sensata. Responsável. E está me influenciando positivamente. — Ele se dirigiu a um homem de terno que passava. — Pode colocar o jantar na minha conta, por favor.

Catherine continuava olhando para Darlene, muito embora falasse com Zach.

— Ele não era um garçom, e você não tem conta aqui.

— Há quanto tempo isso está acontecendo? — Mark perguntou. Ele sempre tinha sido educado com Darlene, mas agora franzia a testa e tinha todo o corpo tenso.

— Sim, por favor, conta tudo. — Pela voz de Imogene, dava para ver que ela acreditava tanto naquilo quanto Darlene. — Vocês são tipo o Harry e a Meghan.

— Verdade — Catherine disse. — Especialmente considerando como Meghan é...

Darlene se preparou para o pior.

— Americana.

Zach levou a mão à testa.

Darlene se soltou dele.

— Tenho que ir.

— Não, linda, fica. Bebe alguma coisa — Zach insistiu.

— Tenho que acordar cedo amanhã — Darlene explicou, cortante. — Boa noite pra todos. Tchau, Zach.

Ela atravessou o salão depressa, fazendo questão de manter a cabeça erguida.

Zach correu atrás dela.

— Darlene, espere!

Ele a acompanhou até o lado de fora do Babbo, na direção de Waverly Place, e atravessou a rua atrás dela.

— O que foi isso, Zach? — Ela se virou para ele, com a confusão se solidificando em raiva. — Você perdeu uma aposta ou coisa do tipo?

— Desculpa, Darlene. Meus pais ameaçaram não liberar meu dinheiro até que eu "entrasse na linha", estivesse em um "relacionamento sólido". Se acharem que nós dois estamos juntos...

*Ah. Claro.*

— Você recebe a grana.

— Exatamente. No meu aniversário de 27 anos, que já é daqui a cinco meses.

— Cinco meses? — Ela passou por ele e fez sinal para um táxi. — De jeito nenhum.

— Por favor.

O táxi parou.

— Você é maluco.

— Eu te pago! — Ele voltou a se colocar na frente dela. — Dez mil dólares!

Dez mil dólares? Aquilo pagaria metade dos custos de um EP.

— Vinte e cinco.

— Rá! — Zach viu que ela estava falando sério. — Vinte.

O táxi buzinou para ela.

Darlene mal ouviu.

— Vinte e cinco.

— Tá bom, tá bom. Vinte e cinco mil dólares por cinco meses de namoro. Combinado.

Ela viu aquele número diante de si. Precisou de alguns momentos para compreender o que aquele valor representava e o que havia acabado de acontecer. Vinte e cinco mil. *Dólares.* Seria a maior quantia de dinheiro que ela já havia recebido de uma vez só. Ela passou a língua pelo lábio inferior, um hábito quando estava nervosa.

— É melhor você estar falando sério.

Zach olhava para a boca dela. Ele percebeu o que fazia e voltou a se concentrar.

— Estou.

O táxi foi embora. Darlene recuou.

— Não. Não. Não sou um *objeto* com o qual você pode desfilar na frente da... Desculpa, Zach, mas o que sua família acha de gente como eu é bem óbvio.

— Eles te acham incrível. Como eu acho.

Zach era sempre a primeira pessoa a dizer a empregadores, clientes e amigos como ela era maravilhosa. Algumas semanas antes, alguém presumira que ele era o cantor e ela era a *backing vocal*, e Zach ficara tão ultrajado por ela que suas orelhas tinham ficado vermelhas.

Mesmo assim, Darlene olhou feio para ele.

— E por que eu ia querer te ajudar?

— Porque sou eu! Sua cara-metade musical. E o dinheiro vai me ajudar a continuar tocando, com você, sem que eu precise arranjar um trabalho de verdade.

Havia alguma verdade naquilo, o que a irritava. Outros músicos precisavam trabalhar durante o dia. Zach estava sempre disponível.

— Música é meu trabalho de verdade — ela disse.

— Claro que sim! E isso vai me ajudar a te ajudar a manter esse trabalho. Por favor — ele implorou. — Sei que não é o melhor dos planos...

— Não é nem um plano! Quem vai acreditar que somos um casal?

— Ah, por favor, Mitchell. A gente tem algo especial. No palco — ele esclareceu. — É por isso que trabalhamos tão bem juntos. — Zach deu um passo na direção dela, com as sobrancelhas erguidas. — Você sabe do que estou falando.

Ela sentiu as bochechas esquentarem.

— Química — reconheceu. — Mas é tipo uma atuação.

— É a mesma coisa! Vai ser o trabalho mais fácil e mais bem pago que você já teve.

Aquilo talvez fosse verdade. A próxima pergunta dela estava relacionada a algo que Darlene já tinha conjecturado:

— Por acaso você já saiu com alguma mulher negra?

— Na verdade, sim. Safiyah. — Os olhos dele pareceram brilhar. — Ela era uma estudante de medicina nigeriana. Namoramos por seis meses depois da faculdade.

— Ah. — Darlene não estava esperando aquilo. Seis meses era um tempo razoável. Zach devia ter andado na rua com Safiyah. Ouvido comentários das outras pessoas. Devia tê-la visto se preparando para ir para a cama.

— Safi era ótima. — Zach sorriu para a imagem mental dela. — Inteligente, talentosa, *sexy*. — Seus olhos recaíram em Darlene. — Como você.

Estranhamente, Darlene quase sentiu ciúme daquela estudante de medicina esperta e descolada que colocava um sorriso no rosto de Zach.

Vinte e cinco mil dólares pagariam por um EP inteiro, com gravação de qualidade, produção de alto nível, orçamento para *marketing*, turnê de divulgação, tudo. E um álbum bem-produzido era o primeiro passo para se tornar uma artista. Suas próprias músicas. Do seu jeito.

Ela procurou controlar a voz para perguntar:

— O que eu teria que fazer?

— Nada com que não se sinta confortável. Não sou Harvey Weinstein, Mitchell. Não sou nenhum desses caras. Isso só vai funcionar se você estiver feliz fingindo. Vamos nos ater ao básico.

— O básico?

Ficar de mãos dadas. Beijar. Talvez um toque ou outro. Aquilo parecia possível.

— Isso. — Zach levou as mãos aos ombros dela e deu um passo adiante, ficando mais perto do que nunca. Mais perto do que amigos ficavam. — Tipo assim. — Os olhos azuis dele pareciam suaves e sérios. Nada travessos. — Estamos combinados?

Ela sentia o cheiro dele: um toque de vinho tinto no hálito e algo único, inegavelmente Zach. Era um cheiro... gostoso. Ela falou antes que pudesse pensar duas vezes a respeito:

— Tá. Mas, só para deixar claro, vou fazer isso por mim, pra poder gravar meu álbum. Se você me sacanear, vou acabar com você.

— Entendido. — Ele massageava acima das clavículas dela, traçando círculos com os dedões quentes. — Não olha agora, mas minha família está olhando a gente da porta do restaurante. Falei pra não olhar agora! — ele disse, quando Darlene tentou fazê-lo. — A gente estava discutindo sobre o fato de eu ter decidido trazer a público nosso relacionamento. E sobre o fato de que faz pouco tempo que acabei com Lauren. Que não significava nada pra mim — ele acrescentou rapidamente, quando ela recuou um pouco. — Eu juro. — Ele desceu os dedos hesitantes pelos braços dela. Como um namorado faria. De maneira carinhosa. Amorosa. — Agora você me perdoou, e acho que a gente devia se beijar.

— Agora? Aqui?

— Bom, a gente está apaixonado, não é? Só um beijinho para fazer as pazes. Tudo bem pra você?

A proximidade de Zach tinha um estranho efeito nela. Darlene tentava se manter alerta e racional, mas seus ossos pareciam manteiga ao sol. *Foco! É tudo atuação. Isso não é real.*

— Tudo.

— Ótimo. — Ele abriu um sorriso surpreso e um pouquinho travesso. Os dois ainda estavam a uns trinta centímetros de distância. — Chega mais perto.

Ela deu meio passo adiante.

— Mais.

Darlene não conseguia mais mover os pés. Aquele era Zach, o tormento de sua existência, a pessoa mais irritante do mundo. Mas, de maneira objetiva, ele era atraente. E Darlene tinha certeza de que ele sentia o mesmo a respeito dela. Então se aproximou, até que os dois quase se tocassem.

— Me abraça.

Ela levou as mãos à cintura dele, estilo bailinho de escola.

Zach tentou não rir.

— Anda, Mitchell. Finge que você gosta de mim de verdade.

Depois de um longo momento de hesitação, Darlene enlaçou o pescoço dele. Os corpos dos dois se colaram. As mãos de Zach desceram até a lombar dela, escorregando pelo tecido do vestido. Uma onda de calor percorreu o corpo dela. Nada daquilo era permitido. Nada daquilo deveria estar acontecendo. O que a excitava.

— Pronta? — ele perguntou, com a voz rouca.

Darlene inclinou a cabeça para ele. Seu coração batia com tanta ferocidade que havia uma boa chance de que saltasse do peito.

— Pronta.

Devagar, centímetro a centímetro, Zach levou a boca à dela. A princípio, Darlene manteve os lábios fechados, incapaz de relaxar e de parar de pensar: *Zach está me beijando, Zach, Zach Livingstone, agora mesmo, no meio da rua!* Mas Zach insistiu. A boca dele fez a de Darlene se movimentar, beijando seu lábio superior, seu lábio inferior, quente e confiante.

Darlene não conseguia mais resistir.

Uma barreira dentro dela ruiu. Darlene abriu a boca e começou a retribuir o beijo. A beijá-lo de verdade.

E foi aí que as coisas saíram de controle.

Ela enfiou os dedos naquele cabelo idiota e perfeito dele. Era tão macio e grosso quanto sempre imaginara, o que a deixava brava e com tesão na mesma medida. Darlene agarrou as mechas e puxou, querendo que ele sentisse. Zach soltou um gemido de prazer e se afastou para lhe lançar um olhar surpreso. Não o beijar era bem pior que o beijar. Irritada, ela levou as mãos ao colarinho dele e o puxou para si, voltando a beijá-lo com vontade. E Zach retribuiu. Suas mãos estavam nas costas dela, trazendo seu corpo para mais perto. A sensação do poder que tinha em mãos, aquelas mãos que podiam fazer qualquer instrumento cantar, fez o sangue de Darlene esquentar. Ela fincou os dentes no lábio inferior dele, chupando e mordendo. Zach murmurou qualquer coisa tipo "nossa", e a resposta dela foi algo como "cala a boca". Zach soltou um grunhido baixo do fundo da garganta enquanto pegava a bunda dela. A sensação das mãos dele ali e o gemido dele liberaram algo ainda mais selvagem nela. Darlene prensou os dois contra um muro. O beijo se tornou desesperado. Ele pegava o queixo dela, os quadris, a nuca, seus músculos quentes a empurravam de maneira rítmica. Para ela, nunca era o bastante, nunca seria. Precisava de mais, mais daquela boca, daquele corpo, daquele cabelo, daquelas mãos, que estavam em todas as partes, iniciando ondas de prazer, pratos batendo e um piano enlouquecido sincronizados pela pulsação constante do baixo, cada vez mais alta, mais rápida, atingindo o ápice...

O alarme de um carro disparou, perto deles, alto. Aquilo fez Darlene se desconectar do próprio corpo e voltar a pensar direito.

Ela congelou.

Ele congelou.

Ali estava ela, no West Village, em Waverly Place, abraçando Zach. *Zach*. Darlene inspirou fundo e o tirou de cima dela.

Zach quase caiu.

— Hum, nossa. Isso foi... — Ele parecia absolutamente estupefato. — Quem é você e o que fez com Darlene Mitchell?

Ela não conseguia responder. Não conseguia falar, pensar, processar nada. Era como uma partitura em branco. Um palco vazio.

O que tinha acabado de fazer... com *Zach*?

Ele ajustou a calça — ela não ia pensar por quê, de jeito nenhum — e olhou por cima do ombro.

— Acho que temos plateia.

Só agora Darlene recordou que a família dele havia testemunhado toda a pegação. Na entrada do restaurante, Mark apertava os olhos em desconfiança, enquanto a esposa parecia entre atordoada e escandalizada. Imogene parecia genuinamente surpresa.

Darlene olhou para eles, sentindo que havia sido pega no pulo. Passara tanto tempo de sua vida ouvindo os sermões de seu pai sobre a impressão que passava. Ela sabia que a ideia de "se dar ao respeito" era bobagem, mas gostava de estar no controle. A não ser quando beijava Zach, aparentemente. O que ela só estava fazendo pelo dinheiro: *muito* dinheiro. Não importava o que a família dele achava: era ela quem tinha o poder ali. Ela havia negociado os termos e só faria o que quisesse. Estava brincando com ele. Darlene ignorou o coração batendo forte dentro do peito e recuou outro passo, afastando-se.

— Vou pegar um táxi. Vai lá terminar de desmontar o equipamento. Só o básico. Ela nunca voltaria a beijá-lo daquele jeito.

# 23

Zia se jogou no sofá de Darlene, com os braços e pernas doendo. Ela pretendera só deixar as sobras da sessão de fotos de Clay na casa de Layla, mas de alguma maneira acabara limpando o banheiro e depois servindo o jantar. Limites. Ela tinha que ser melhor em estabelecer limites. Amava a irmã e queria ajudar, mas sempre fora suscetível à culpa, e Layla sabia se aproveitar daquilo. Parecia manipulação, e aquilo a irritava. De volta ao apartamento de Darlene, onde andava passando a maior parte das noites, Zia tentou deixar aquilo para lá. Abriu uma cerveja e ficou olhando para o pedaço de papel que Clay havia lhe passado.

Tinha o número de celular dele.

É claro que Zia queria ver Clay de novo. Mas um novo horizonte acenava.

Ela releu o *e-mail* entusiasmado que havia recebido da liderança em Moçambique. Sim, eles *adorariam* contratá-la como coordenadora do centro para mulheres. Seis meses na África. A sede de viajar se fez presente, como um gato se alongando depois de uma soneca.

Zia estava intrigada com Clay, mas também tinha noção do que se apaixonar por alguém poderia representar. E já tinha representado. A perda da liberdade. A perda de si mesma.

Logan também a intrigara.

O nome do ex ainda a fazia sentir como se aranhas subissem pela sua pele. Ele fora seu primeiro namorado sério, quando ela tinha 20 anos. Logan já tinha quase 30, gostava de ter bons ternos e de ganhar muito dinheiro. Era o tipo de homem que achava que tudo o que queria já pertencia a ele.

Logan fazia com que tudo o que acontecia parecesse consequência do comportamento dela. Agora, Zia sabia que relacionamentos abusivos nunca eram culpa da vítima.

O ar deixou seus pulmões, substituído por uma escuridão sufocante.

A sensação de estar presa. Completamente impotente.

*Não pense em Logan. Não faça isso.*

A porta da frente se abriu.

— Darlene! — Zia se virou, grata pela distração. — Como foi o trabalho? Você estava no Zinc Bar, né?

— Foi bom. — Darlene parecia pensativa e distraída, mas também furtiva. Como alguém que tinha um segredo.

— Dee. O que foi?

— Se eu te contar um negócio, promete não me julgar? Ou fazer perguntas?

— Tá.

Darlene afundou ao lado dela no sofá.

— Eu meio que... me peguei com Zach.

A surpresa e a empolgação fizeram Zia pegar o braço de Darlene.

— Quê? Quando? Finalmente!

Darlene ficou vermelha.

— Finalmente?

— Ah, por favor. Você dois têm a maior química. Eu sabia que ia acabar acontecendo. — Zia chegou mais perto, sorrindo. — E aí, como foi?

— Eu disse nada de perguntas! — Darlene não conseguiu impedir que um sorriso surgisse em seu rosto. — Mas foi bem legal.

Zia riu.

— E agora? Você pensa em sair com ele?

Darlene soltou o ar, parecendo dividida.

— Você não conta pra ninguém?

Zia era boa em guardar segredos. Não tinha contado sobre Clay. E se sentia livre mergulhando no mundo de Darlene. Ela pegou uma cerveja da geladeira e a entregou à amiga.

— Me conta *tudo*.

# 24

— Você disse que Kamile ia postar sobre a gente no domingo. — Liv segurava o celular contra a orelha, enquanto mexia o risoto de ervilha na cozinha de casa. — Já é sexta.

Savannah balbuciou qualquer coisa sobre já estar "cuidando disso, pode deixar". A garota era uma péssima mentirosa. Não que o nariz dela crescesse: era mais como se inchasse até explodir.

Kamile tinha concordado em compartilhar sua experiência "fantástica e impecável" com a Amor em Nova York na primeira fotografia do casamento que publicasse, que seria a mais valiosa para seus fãs. Uma foto tinha mesmo sido postada no domingo de manhã, e Liv a encontrou na internet, mesmo sem ter uma conta no Instagram. Era uma imagem digna da *Vogue*, com a noiva beatífica olhando para o noivo devotado, ambos inundados pela luz do pôr do sol. A legenda era: *Ontem me casei com meu melhor amigo #eladisseseal*. Foram mais de 24 mil curtidas. Dois mil comentários. Centenas de repostagens. Sem que ninguém estivesse marcado, só Dave. Liv sabia o que aquilo significava. E não só para a Amor em Nova York: Kamile havia feito o mesmo tipo de acordo com alguns outros fornecedores, pelos quais Liv se sentia responsável. Ela colocou o celular no mudo e pediu que Ben pusesse a mesa. Assim que soube que ele não conseguiria ouvi-la, voltou à ligação e cortou Savannah.

— Olha, Shipley. Dediquei oito semanas a esse casamento. Você prometeu que ela falaria sobre a gente e que seríamos tão procuradas que voltaríamos ao mercado instantaneamente. Mas não teve nenhum *post*, nenhuma procura.

Houve uma pausa tensa. Savannah pareceu tensa ao falar:

— Uma amiga minha vai se casar este verão...

Liv quase deixou o telefone cair na panela. O pânico se espalhou por seu peito.

— *Outra...* Não. Não posso esperar. — Liv apertou os olhos, humilhada. — Estou falida.

— Eu também — Savannah disse, agitada.

Não ter dinheiro aos 20 anos era um ritual de passagem. Não ter dinheiro na meia-idade era assustador. Liv estava cozinhando para economizar. Entre a hipoteca, as contas e todos os gastos semanais, eles não paravam de perder dinheiro. Ela tinha gostado de organizar o casamento de Dave e Kamile. Havia chegado até a ter alguma fé em Savannah.

— Você é uma idiota inocente — Liv sibilou. — Eu nunca devia ter confiado em você.

— Mas Liv...

Liv desligou e deixou o celular cair sobre a bancada bagunçada da cozinha.

Era aquele o motivo pelo qual Eliot havia alterado seu testamento? Queria obrigá-la a ser sócia de uma imbecil e a fracassar como forma de punição por ela ter deixado de amá-lo?

— Pronto, mãe! — Ben disse.

Liv inspirou fundo. Quando tinha a idade de Savannah, dizia o que quer que lhe passasse pela cabeça e se entregava a qualquer emoção passageira. Quem diria que sua experiência de atriz seria tão útil na maternidade? Ignorando as lágrimas de estresse que se acumulavam nos cantos de seus olhos, ela se virou e se obrigou a sorrir.

— Muito bem, filho!

O risoto parecia mais líquido do que aquele que Sam havia feito. Talvez ela tivesse colocado caldo demais. Tinha feito tudo de olho.

Ben apertou os lábios ao olhar para a tigela de risoto.

— A gente pode pedir uma *pizza*.

— Nada de *pizza*. — Liv se sentou ao lado do filho. — A gente fez tudo sozinho.

A expressão de Ben indicava que aquele era o problema.

Ele levou uma garfada de risoto à boca. Pela cara dele, dava para ver que estava horrível. Liv se obrigou a experimentar também. O pior risoto de ervilha da história desceu pela sua garganta.

— Vamos pedir uma *pizza* — ela disse. — Rápido.

Liv não tinha grana para aquilo. Mas eles precisavam comer.

Ela retirou as duas tigelas. Seria uma ótima desculpa para ligar para Sam: pedir conselhos. Mas o clima entre eles devia ser coisa da cabeça dela. Como no caso de Eliot, a próxima companheira de Sam provavelmente seria alguém da idade de Savannah. Era arriscado e tolo pensar em amor e sexo. (*Espera aí, por que estou pensando em sexo? Para com isso!*) De jeito nenhum algo poderia acontecer entre ela e Sam Woods, nunca.

Liv jogou até o último grão de risoto no lixo.

— Não sei o que aconteceu. Seguimos a receita direitinho.

Mais ou menos.

— Às vezes as coisas simplesmente não saem como a gente espera — Ben disse, depois ficou quieto.

Liv puxou uma cadeira para perto do filho e passou os dedos pelo cabelo dele, de um jeito que sempre o tranquilizava.

— Está pensando no papai?

Ben fez que sim, olhando para o chão.

— Sente falta dele?

Ben fez que sim de novo.

O coração dela era como um trapo molhado, sendo torcido até secar.

— Eu também sinto. — Ela continuou passando a mão pelo cabelo dele. — Ei, você se lembra daquelas fantasias malucas que o papai fazia para o Halloween?

Ben quase sorriu.

— É...

— De quantas você consegue lembrar? — Ela começou a contar nos dedos. — Teve aquele ano que ele foi de Willy Wonka e você de Oompa Loompa... O que mais?

— Eu fui de Harry Potter e ele de Dumbledore.

Ela tinha feito um traje de feiticeiro com um cobertor velho. Ben tinha ficado muito fofo com um cachecol listrado e óculos redondos.

— É verdade. Ah, e aquele ano em que o papai foi de caça-fantasma e você foi de homem de *marshmallow*?

— Não me lembro disso — Ben comentou, parecendo preocupado.

— Você era bem pequenininho, mas deve ter umas mil fotos. Assim não dá pra esquecer.

Ele olhou para ela.

— Acha que vou esquecer o papai?

— Não! — Um buraco se abriu na barriga de Liv, e sua profundidade a assustou. Ela ficou horrorizada. — Não, meu bem, não acho mesmo, de verdade. Prometo que você não vai esquecer o papai.

— Mas como? Se não me lembro de ter ido de homem de *marshmallow*.

Liv ainda não havia pensado no fato de que seria a principal guardiã da memória de Eliot. Aquilo significava que teria que engolir a traição para sempre e só oferecer ao filho os melhores momentos. Aquele era seu dever de mãe. Mas também parecia um pouco mentiroso.

— Vamos sempre falar dele. E ver fotos, e contar histórias que o mantenham vivo aqui. — Ela tocou o peito do filho. — No nosso coração.

— Mãe... — ele disse —, isso é meio ridículo.

Ela riu.

— Pode ser. Mas tudo bem ser meio ridículo. De vez em quando.
— Mãe?
— Diga.
— Posso pedir a *pizza* agora?

Liv desbloqueou o telefone e deu uma olhadinha se não havia nenhuma mensagem do tipo *Ótima notícia!!* vinda de Savannah. Não havia.

— Deixa comigo.

*Ruína financeira, aí vamos nós.*

— Não, eu quero ligar.

Ela ergueu as sobrancelhas.

— Você sabe ligar?

Ele fez que sim com a cabeça.

— Então tá.

Ela lhe passou o telefone.

Ben mexeu no celular, achou o número e ligou.

— Alô? Quero pedir uma *pizza* grande de muçarela. Isso, o endereço é esse mesmo. Vamos pagar em dinheiro. Obrigado.

— Olha só pra você, pedindo *pizza* como um profissional. — Liv sabia que era suspeita para falar, mas era possível que seu filho fosse a criança mais inteligente de Prospect Heights, talvez até do mundo todo. Ela queria que ele tivesse tudo. — Você é tão inteligente, Benny.

— Bom, já vi vocês fazendo isso um milhão de vezes. — Ele já parecia mais animado que alguns minutos antes. — Você e papai não cozinhavam muito.

— É verdade. Por que será?

Ben empurrou os óculos mais para cima no nariz.

— Porque estavam sempre trabalhando.

Ele estava certo. Os dois trabalhavam o tempo todo. Mas de maneiras diferentes.

Quando Ben ainda era apenas um volume misterioso na barriga de Liv, ela teve muitas conversas com Eliot sobre dividirem igualmente seus cuidados. Liv pretendia criar uma criança feminista, e aquilo exigia ver o pai limpando e a mãe sentada à cabeceira da mesa.

— Ele tem que saber que os conceitos de masculino e feminino fazem parte de um mesmo espectro — Liv dissera uma vez, acariciando a barriga enquanto comia picles. — Ele vai ter que respeitar as mulheres, ou vou ter fracassado como mãe.

— Ele vai respeitar — Eliot prometera, pegando o último picles. — E, se tivermos muita sorte, vai ser um poeta de gênero fluido que quer salvar as baleias.

— Vamos torcer — Liv concluíra, rindo.

Mas, em algum momento, os sonhos de criação independente de gênero de Liv tinham se diluído. Além de comandar a Amor em Nova York, era ela quem fazia a maior parte do trabalho físico e emocional envolvido na criação do filho: era ela quem preparava o lanche de Ben, lavava a roupa dele e o consolava quando ele caía. Mesmo o Brooklyn, tão progressista, estava atrasado naquele quesito: havia um grupo chamado Mães de Prospect Heights, ao qual ela se juntou, e suas membras sempre a elogiavam por ser uma "mulher que trabalhava" e, pior ainda, uma "mulher no comando".

— Ninguém fala "um homem que trabalha", ou "um homem no comando" — Liv comentava. Com o que as mães sempre pareciam fascinadas, antes de direcionarem o assunto para dieta cetogênica.

As coisa mudaram entre ela e Eliot depois que Ben finalmente nasceu, em sequência a quatro anos muito difíceis tentando fertilização *in vitro*. Benny era um bebê agitado, dependente da mãe e rabugento com Eliot. A identidade dos dois não passara com tranquilidade de "casal tentando engravidar" para "casal de pais". Eliot não era um pai ruim, tampouco era um pai excepcional. Liv desconfiava que ele gostava de ser o bebê do relacionamento e se ressentia vagamente do fato de que ela não satisfazia mais sua necessidade de reafirmação — de que ele era digno de amor, um gênio, de uma virilidade impressionante. Liv tinha um novo amor. Um deus pequenininho e falível, no formato de um bebê com cara de sapo, que ela adorava com uma impetuosidade enlevada.

O desejo de Liv de ter outro filho, na verdade uma filha, distanciara ainda mais o casal. Toda vez que ela tocava no assunto, Eliot a olhava como se estivesse maluca.

— Você está velha demais — ele dizia. Ou: — Acho que já estamos bem ocupados com este aqui.

Era um "não" definitivo. Assim, a fantasia secreta de Liv de ensinar uma menina a ser uma mulher, de compartilhar todas as coisas importantes que sua própria mãe fazia, ou não fazia, nunca se realizou. Liv se concentrou nas necessidades de Ben, e nas necessidades da empresa, uma entidade exigente e gratificante que também amava profundamente.

Liv trabalhava negociando tradição (o que se esperava) e mudança (o que se desejava). Ela relacionava a vida que lhe fora dada com os ideais que acreditava ter e tentava fazer dar certo. Eliot também. Mas foi só depois que os dois viraram pais que a ravina entre a abordagem de cada um se tornara clara. Naquela época, parecia não haver opção. Mas agora, assim como a noiva que decide não usar branco no casamento, Liv começava a compreender que havia *muito mais possibilidades* do que ela acreditava na época.

Enquanto Liv organizava as tigelas de risoto na lava-louça, uma pergunta se colocou com uma clareza assustadora: ser esposa ainda era algo que ela priorizava depois do nascimento de Ben? Ou de alguma forma tinha sido relegado ao terceiro lugar, depois de ser mãe e empresária? Ela provavelmente havia sido melhor amiga que esposa, dado todo o tempo que passava bebendo com Gorman. Por anos, ela estivera certa de que ver Eliot todo dia, na casa em que moravam juntos e de onde tocavam sua empresa, era a maior intimidade que poderia haver. Mas agora tinha que se perguntar: ela ainda era casada com Eliot?

Ou com todo o resto à sua volta?

# 25

No dia seguinte, Savannah deixou que a cidade a distraísse do fiasco que era a Amor em Nova York.

Ela pegou o metrô até o Upper East Side para visitar o Metropolitan Museum of Art, e se viu em uma sala cheia de mestres modernistas: Georgia O'Keeffe, Salvador Dalí, Pablo Picasso... Um dos famosos nus reclinados de Modigliani olhava para ela, com as pálpebras pesadas, a pele brilhando, sedosa. Transcendente. Nova York era assim: havia bolsões inesperados de beleza e história, oferecidos casualmente, como alguém jogando migalhas de pão aos pombos. Ela virava uma esquina e, de repente, ali estava o Carnegie Hall, um caubói pelado com uma guitarra, uma modelo famosa de moletom. Uma vez, Savannah viu Lady Gaga, usando um vestido formal cintilante, entrando em um Suburban preto na Park Avenue. Por um breve segundo, seus olhos se encontraram. Savannah jurava que Lady Gaga havia *sorrido* para ela.

A princípio, parecia um desperdício viver aquelas coisas sozinha. De vez em quando, ela e Honey trocavam mensagens sobre momentos nova-iorquinos perfeitos — um saxofonista tocando "New York State of Mind" no metrô, um sanduíche de *bagel* com salmão defumado especialmente bom. Ainda assim, fisicamente, ela estava sozinha. Savannah estava acostumada a se definir em relação aos outros — como filha, estagiária, melhor amiga. Sozinha, era apenas ela mesma, descobrindo qual era sua identidade quando não havia ninguém por perto. A mãe dela não tivera a mesma oportunidade: Terry e Sherry namoravam desde a escola. Nunca haviam passado mais de duas noites separados. Mas, tendo ficado dois meses sozinha em Nova York, Savannah sentia que estava mudando. Como as melhores obras de arte ou uma dose de um bom uísque, suas camadas começavam a se revelar.

No entanto, nem a magia de Nova York era capaz de resolver o apuro em que se encontrava. Já era quase hora de fechar quando Savannah se sentou numa banqueta do 'Shwick Chick no sábado à noite e soltou um suspiro pesado.

— Preciso de uma bebida.

Honey pegou o Pappy Van Winkle.

Ao longo da semana, Kamile não havia respondido a nenhuma das mensagens de texto e de voz cada vez mais desesperadas de Savannah. Os recém-casados estavam curtindo em uma praia nas Bahamas, ironicamente desligados do mundo. Não era daquele jeito que o mundo deveria funcionar. Quem dava alguma coisa tinha que receber também.

Honey foi limpar uma mesa. Quando voltou, um minuto depois, perguntou:

— Mas vocês não tinham um contrato?

Savannah fechou os olhos, derrotada.

— Não. — Por que ela havia sido tão veementemente contra enviar um contrato a Kamile? Liv estivera certa. Cem por cento, absolutamente, fundamentalmente certa. A reputação da empresa de que Savannah era sócia continuava destruída, e os meses anteriores de trabalho em período integral não tinham resultado em absolutamente nada. — Sou uma idiota.

— Não, você só é otimista. — Honey apertou a mão dela. — Savannah, o que você está fazendo não é fácil. Você se lançou em um novo trabalho, em uma nova cidade, com uma mulher que tem todo o direito de te odiar. Você conseguiu os primeiros clientes e organizou um casamento incrível, contra todas as probabilidades. Somos sempre nossos piores críticos, mas, como sua maior fã na plateia, tenho que te dizer que você está se saindo muito bem.

Savannah fechou os olhos, tentando permitir que aquelas palavras bondosas chegassem a seu coração. Por que era tão fácil ver o melhor nos outros, mas não em si mesma?

Ela recebeu uma notificação no celular. Mensagem de texto. Do pai. *Oi, querida! Sei que é tarde, mas pode conversar? Não é urgente. Te amamos!*

Ela virou a tela do celular para baixo, sentindo uma irritação que não lhe era familiar. Tinha certeza de que era a única integrante da geração Z morando fora de casa que ainda falava com os pais várias vezes na semana.

Honey virou a placa da entrada de ABERTO pra FECHADO e convidou Savannah a ficar por ali enquanto eles limpavam o restaurante e fechavam as contas. Savannah sentiu como se tivesse sido convidada aos bastidores de um *show*. Tinha atingido outro nível de intimidade. Ela ficou observando a amiga limpar o bar, de maneira habilidosa.

— E você, Honey, qual é o plano? Acha que vai ficar aqui um tempo?

— Esse é o melhor restaurante em que já trabalhei. Mas sou louca o bastante para tentar abrir o meu um dia. Ouvi dizer que é bem fácil.

Savannah ficou toda feliz.

— Sério? Que legal!

— *Frango Frito da Honey*. Seria bom, né? — Ela se inclinou sobre o bar, com os olhos castanhos brilhando. — Já tive todo tipo de trabalho no salão, então a parte do atendimento seria tranquila. Só que sou uma cozinheira amadora, por isso precisaria contratar alguém para comandar a cozinha. Poderia ser em algum lugar em Greenpoint, ou Bed-Stuy.

Savannah assentiu, animada.

— Você pode começar só com jantar. Tipo um *pop-up*. Cinquenta dólares, frango frito e cerveja livres. Aí cria uma cartela de clientes, faz um logo, começa um canal no YouTube, quem sabe? A cena gastronômica do Brooklyn está com tudo, e é bom ter um nicho.

— Você é inteligente — Honey disse. — São boas ideias.

Enquanto Honey limpava, elas continuaram desenvolvendo o conceito. O frango frito ao mel era um dos itens mais populares do cardápio do restaurante, e o único prato que não havia sido criado por quem comandava a cozinha. Aquilo deixava Honey confiante de que sabia o bastante sobre culinária para contratar a pessoa certa para tocar a cozinha. Ela tinha apenas 25 anos, mas a cena gastronômica era boa para os jovens e ambiciosos. Os donos do 'Shwick Chick eram dois jovens de 30 e poucos anos. E Honey tinha namorado alguém que trabalhava como *designer*.

— Seria uma boa ajuda para o logo e tal.

Honey nunca havia mencionado nada relacionado a sua vida particular. Savannah não sabia se tinha feito aquilo por acidente ou se era um convite a entrarem no assunto.

— Pode ser útil — Savannah disse. Depois, porque tinha curiosidade sobre como os relacionamentos começavam em Nova York, perguntou: — Como vocês se conheceram?

— Na internet. Uma daquelas histórias de ficar separando e voltando e pirando.

Não tinha sido um acidente. A amizade das duas realmente tinha avançado para águas mais profundas.

— Talvez eu devesse tentar de novo. Achar alguém na internet, digo. Não retomar o namoro.

*Ele morreu*. Savannah viu o corpo dele, algo que tentava não fazer, mas que sempre lhe vinha em vislumbres desconcertantes. A morte do pobre Eliot era o motivo óbvio pelo qual continuava tão fria diante da ideia de sair com alguém em Nova York.

— Acha que vocês ainda podem voltar?

Honey inspirou fundo e franziu a testa.

— É uma longa história. Que fica para outra hora. Agora aguenta aí que vou te trazer sobras de torta para ajudar esse uísque a descer. Depois, se quiser, pode ir beber alguma coisa com a gente. — Ela indicou o restante dos funcionários. — Em geral, a gente dá uma passada no bar da esquina.

Savannah ficou surpresa que Honey a considerasse descolada o bastante para ir junto.

— Quero ir, sim. — Ela se inclinou por cima do bar para dar um beijo na bochecha de Honey. — Obrigada por ser tão boa amiga. É ótimo ter alguém com quem conversar.

— De nada. E não se preocupe com Kamile. Você vai dar um jeito. — Honey completou a bebida dela. — Insiste. Arregaça as mangas e vai atrás do que quer.

Insistir. Ir atrás do que ela queria.

Isso.

Savannah tomou o uísque, com a mente girando. Um plano tinha começado a se formar.

# 26

Zia pegou mais trabalhos em festas e eventos para juntar dinheiro para ir a Moçambique. A Global Care pagaria o voo e a acomodação, mas ela receberia muito pouco por semana, e havia gastado todas as suas economias ajudando a irmã. Não fazia sentido mandar uma mensagem para Clay. Mas, embora seu cérebro argumentasse de maneira muito racional, seu subconsciente tinha outros planos. Clay Russo aparecia em seus sonhos, todas as noites. A sensação da boca dele na dela, ousada e sensual. Zia estava impressionada com a maneira como seu corpo respondia àquele homem. Era uma atração interessante, mas aprender mais sobre seu próprio corpo era o que a fascinava. Quando chegou a noite de sábado, a determinação de Zia fraquejou.

> **Zia, 20h35:** Oi, é a Zia/sua maquiadora preferida. Vou sair pra dançar. Na Bembe. Quer ir?
>
> **Clay, 20h41:** Oi! Que bom que escreveu. Dançar parece divertido, mas multidões podem ser um problema. E uma bebida na minha casa? Sem gracinhas, só quero conversar.
>
> **Zia, 21h06:** Espero que sua regra de "sem gracinhas" não se estenda ao Bill Murray, porque adoro ele. 😄 Preciso me movimentar, então vou na Bembe. 💃
>
> **Clay, 21h18:** Entendo total. Vamos marcar algo semana que vem? Jantar e filme do Bill Murray? 😊

**Clay, 22h15:** Você ainda vai na Bembe?

A Bembe não existia durante o dia. Era só uma porta preta desgastada, cheia de grafites, notável só pela localização, sob as vigas gigantes de aço da ponte Williamsburg. À noite, longas filas enfrentavam o calor abafado ou o frio amargo para entrar na melhor casa noturna de música internacional que havia na cidade. A Bembe era um lugar aonde as pessoas iam para dançar. Sentir a música em todas as células do corpo e mover os quadris. Salsa, *dancehall*, *afrobeats*, tudo com percussão ao vivo. Zia abriu caminho até a pista de dança lotada e deixou que a batida começasse a ditar seus movimentos. Ela se sentia leve e fluida, e todos os pensamentos relacionados a Clay deixaram sua cabeça.

Mais ou menos uma hora depois, um homem de óculos escuros estilo aviador e boné de beisebol se aproximou dela na pista. Zia lhe deu as costas, mas ele voltou a se colocar na frente dela. *Se liga, cara!* O homem tirou os óculos e deu uma piscadela.

Clay. Ele tinha vindo. Apesar de sua preocupação com multidões.

Devia gostar mesmo dela.

Meio tonta, ela perdeu o ritmo e começou a esbarrar nas pessoas em volta.

— Então você tem dois pés esquerdos? — ele provocou, exibindo sua própria habilidade com um movimento fluido de quadril. O cara certamente sabia se mexer.

Zia recuperou o foco. Podia não ter experiência com estrelas do cinema misteriosas que apareciam em casas noturnas apertadas no Brooklyn. Mas sabia dançar. Ela apoiou uma mão em seu bíceps e se aproximou de seu ouvido. Continuava tão quente e tão rígido quanto ela o havia deixado.

— *¡Vamos, chacho!* — Zia disse.

Ela voltou a entrar no ritmo da música, balançando os quadris e sacudindo os ombros. Mas, agora, não estava sozinha.

Já era madrugada quando eles decidiram encerrar a noite.

— Posso te dar uma carona pra casa? — Clay disse.

Zia enxugou a testa, quase tão suada e cansada como no pós-sexo.

— Estou na casa de uma amiga, fica a uns dez minutos andando. Você pode me acompanhar, se quiser.

Clay assentiu, apertando os lábios.

— Vou só avisar meu segurança.

Ele foi falar com um homem sério de pele morena, ambos escondidos nas sombras. Um vislumbre do mundo mais amplo de Clay, em que ele precisava de um guarda-costas, se insinuou na consciência de Zia. Era como ver o mar pela primeira vez: algo vasto e empolgante, mas levemente perigoso.

Clay voltou, sorrindo enquanto vestia uma jaqueta de couro. Quando ela já seguia para a saída, ele a virou.

— Tem câmeras lá fora. — Ela pareceu confusa, e ele explicou: — *Paparazzi*.

O segurança de Clay, Angus, conduziu os dois até uma sala nos fundos. Clay entregou a ele o boné e os óculos. Angus tinha a mesma altura e constituição física de Clay, e usava a mesma roupa. Seria o disfarce: os *paparazzi* o seguiriam até o apartamento de Clay no SoHo, o que permitiria que os dois saíssem pela porta dos fundos do local.

Ele se esgueiraram pelo beco vazio e silencioso, andando depressa até a rua e virando na avenida Wythe. Clay estava alerta, mas não havia ninguém por ali, a não ser gente local embriagada. Acima deles, um trem do metrô chacoalhava a ponte Williamsburg. Era como se eles tivessem acabado de roubar um banco. Ela não conseguia identificar como se sentia em relação àquilo. Ou a ele. Quem era aquela pessoa que a acompanhava até em casa? Os dois tinham entrado em sincronia na pista de dança, mas estava claro que eram de mundos completamente diferentes. A visão do rosto perfeitamente proporcional dele, um rosto que pertencia a capas de revistas e *outdoors* enormes, tanto a relaxava quanto a deixava mais tensa.

— Você está bem? — ele perguntou.

Ela quase riu.

— Só estou... tipo, isso é um pouco...

— Olha, pode me perguntar qualquer coisa, Zia. Sério. Sou um livro aberto.

Zia abraçou o próprio corpo.

— Tá. Como é ser Clay Russo?

Ele pensou a respeito por um momento.

— Na maior parte do tempo é bom, mas às vezes é complicado. Como é ser Zia...?

— Ruiz — ela completou, e ele repetiu, como se estivesse testando o gosto do nome na boca. — Acho que o mesmo.

— Viu? — ele disse. — Não somos tão diferentes assim.

Os dois conversaram por todo o caminho até o apartamento de Darlene, em uma troca fácil, que fluía tranquilamente entre brincadeiras e trechos esparsos de biografias. Ela contou a ele sobre o tempo que passou fora do país — no Haiti, no Camboja, em Bangladesh. Ele falou de seu trabalho como fundador da Água Radical, uma iniciativa pela água potável que já o havia levado a Uganda três vezes em dois anos. Quando não estava na locação de um filme, dividia seu tempo entre Nova York e Los Angeles. Zia havia conhecido gente rica em suas viagens — muitos dos doadores que financiavam os projetos da Global Care eram parte do 1% mais rico da população mundial. Mas a riqueza de uma celebridade era diferente, ligada ao valor de uma pessoa específica. Sua irmã sempre dizia que as únicas pessoas que achavam que dinheiro não importava eram aquelas com muito dinheiro. Zia tirou aquilo da cabeça. Dinheiro não definia uma pessoa: em geral, era o que havia de menos interessante nela. O que importava era o coração.

Ela parou diante do prédio de Darlene.

— Bom... é aqui.

— Certo. É aqui.

Clay sorriu para ela, quase tímido, com as mãos nos bolsos.

Não a tocara desde que tinham deixado a casa noturna. Ele não presumia que ela era sua.

Então Zia disse:

— O prédio tem um terraço...

Zia passou uma cerveja a Clay, enquanto olhavam para a extensa bagunça que era o Brooklyn, o agitado East River e, logo depois, o panorama mais inconfundível do mundo: o de Manhattan. Havia algo de extraordinário em estar ali em cima, como parte da paisagem urbana, mas distante da realidade comum da rua mais abaixo, algo que parecia permissivo. Íntimo.

— Então... Quando você fala que sua vida é complicada, o que quer dizer com isso? — Zia perguntou.

Ele olhou para ela.

— Jura que não é uma jornalista nem nada do tipo? Não vou te contar tudo pra depois ir parar na internet?

— Não! Nossa, não! Não, eu só estava... sendo xereta, e é claro que você não precisa responder. — Ela olhou nos olhos dele. — Mas pode confiar em mim. De verdade.

Clay chutou o muro de concreto que os separava da queda até a rua lá embaixo.

— Bom, em primeiro lugar, quero deixar claro que tenho sorte. Não sou o melhor ator do mundo, qualquer crítica diria isso. Mas, por uma série de coincidências, de persistência e de pura sorte, acabei nesse trabalho incrível que me oferece o tipo de vida com que, sinceramente, eu nunca tinha nem sonhado. — Clay balançou a cabeça. — As pessoas falam bastante sobre privilégios, e, cara, eu sou tão privilegiado que nem dá pra acreditar. Tenho saúde. Posso ajudar boas pessoas que fazem coisas boas. Tenho muita coisa, Zia. Mais do que mereço, com certeza.

— Mas? — ela perguntou.

Ele tomou um gole de cerveja. Enrolando.

— Mas tudo tem seu preço.

— Tipo?

Clay soltou uma risada desconfortável.

— Não quero que você pense que sou ingrato, porque não sou.

— Clay, fui eu quem perguntou — Zia protestou.

Ele suspirou.

— Resumindo... todo mundo acha que tenho que dar mais do que estou dando. Mais do que consigo dar.

Zia não disse nada, para que Clay pudesse continuar.

— Minha família é grande, e venho de uma cidade pequena. No começo, quando fui pra Los Angeles, ninguém estava nem aí se eu ia ou não pra casa no Natal. E tudo bem. A gente só comia peru, via futebol americano e tentava impedir que meu tio Enzo bebesse *grappa* demais.

Zia riu.

Clay sorriu.

— Bom, depois que fiz meu primeiro filme importante, pessoas de quem eu não ouvia falar fazia anos começaram a aparecer do nada, querendo que eu fosse visitá-las, me pedindo pra investir em negócios, me convidando pra ser padrinho dos filhos... — Ele esfregou os olhos. — Tenho tantos afilhados que chega a ser maluco. E, quando faço menção de dizer não, porque já disse sim vezes demais, as pessoas ficam putas. Tipo, de verdade. E não estou falando só da minha família. — Ele começou a contar nos dedos. — Diretores querem mais tempo. A imprensa quer mais entrevistas. Os fãs querem mais de mim. Até meus amigos querem. Semana que vem tenho que ir a Tóquio para promover um energético, e só vou fazer isso porque... nem sei por quê! Odeio energéticos! — Ele passou a mão pelo cabelo, parecendo ligeiramente desnorteado. — Às vezes, é como se eu não fosse uma pessoa. Me sinto um portal para outra coisa:

dinheiro, influência, poder. Estou devendo milhões de *e-mails*, ligações, tuítes, favores e apresentações. Sempre sinto que estou decepcionando todo mundo, porque não consigo dar conta de tudo. Sou um cara só. Um cara cuja ex escreveu um livro cheio de informações pessoais demais, que não tem privacidade, não passa um momento ocioso e nunca pode reclamar, porque...

— Porque tem muita sorte — Zia concluiu por ele.

— E tenho, tenho mesmo — ele disse, dando de ombros. — Então essa é a minha vida. É boa, mas complicada.

Zia procurou absorver tudo aquilo. As poucas celebridades que havia encontrado em projetos fora do país encaravam a experiência como uma aventura divertida, rústica, ou só tinham embarcado naquilo para melhorar sua imagem. Ela presumira que pessoas como Clay existiam em um mundo de excesso e gratificação. Nunca havia pensado no equilíbrio: que, para cada benefício recebido, esperava-se algo em troca.

— Fala alguma coisa. — Clay parecia nervoso. — Acha que sou um babaca?

— É claro que não acho isso. Só estou absorvendo tudo. Isso me deixa meio... triste. Por você. — Ela cutucou a beirada do rótulo da garrafa de cerveja. — O que você tem que é só seu?

— Esta noite. Não fui a um jantar, falei que estava doente. Ninguém sabe que estou aqui com você. Então, talvez... você. — Seus olhos dourados e penetrantes estavam focados nela. — Tenho você só para mim.

Algo sombrio fez Zia estremecer. Ela teve que desviar o rosto, para a vista distante da cidade.

— O que foi? Eu disse algo de errado?

— Sei que você disse isso querendo ser romântico. E foi. Mas, se é pra ser sincera...

— É, sim.

— Não sei o que penso quanto a ser tudo para outra pessoa.

Clay inclinou a cabeça. Aberto ao que quer que ela viesse a dizer depois.

Zia nunca havia contado aquela história a alguém que tinha acabado de conhecer. E não ia fazer aquilo com Clay. Mas sentia que, se o fizesse, seria ouvida, o que era interessante.

— Tenho certos compromissos com minha família. Expectativas quanto ao que faço com meu tempo e em que me concentro. Por isso, tenho uma sensação de culpa quanto à minha liberdade. — Estava na cara que Clay sabia que aquela não era a história toda. Mas a seriedade estava fazendo com que se sentisse fechada, e ela queria se sentir aberta. Zia terminou a cerveja e ergueu a garrafa para ele. — Outra? Continuo com sede.

— Que coincidência, eu também.

Eles encontraram cadeiras dobráveis de plástico no terraço e passaram mais duas horas ali, conversando, brincando, flertando. Clay era diferente do que ela havia imaginado, de certa maneira mais confiante e, de outra, menos. Era sensível e um pouco tímido, mas também engraçado e charmoso. Ele era uma pessoa, e não um *outdoor*.

— É fácil falar com você — Zia disse, depois que eles terminaram a terceira cerveja.

— Com você também — Clay disse, tocando o pé dela com o dele.

Zia sustentou o olhar dele, deixando que o momento fosse preenchido por algo mais denso que brincadeiras amigáveis.

Clay continuou olhando, absorvendo-a. Sentia-se atraído por ela. Aquela realidade corria pelo corpo todo de Zia, aquecendo sua pele.

Ela deixou a cerveja de lado.

— Tenho que te contar uma coisa. Vou embora de Nova York logo mais. Pra trabalhar em Moçambique.

— Na África? Quanto tempo vai ficar lá?

— É um trabalho de seis meses.

Zia viu como ele recebeu a notícia: com surpresa, decepção e, finalmente, uma indagação:

*E agora?*

Ela se levantou e o puxou para si. De repente, apenas centímetros os separavam.

— Oi — ela disse.

— Oi — ele disse.

Zia enfiou as mãos nos bolsos de trás da calça. As mãos dele permaneceram nos bolsos da frente do *jeans*. Era uma brincadeira infantil entre adultos: quem romperia o contato visual primeiro? Ela via cada pelinho de sua barba por fazer. Sentia a mistura almiscarada de limpeza e sujeira, sabonete e suor da pista de dança. O ar entre os dois pareceu pesar.

— Acho — ela disse — que estou interessada em você.

— Ah, eu tenho certeza de que estou interessado em você.

Zia riu. Chegou mais perto. Ela sentia a exalação dele em seus lábios.

— Você é meio fofo — ela disse.

Um sorriso se espalhou pelo rosto dele. Clay olhava para a boca dela.

— Zia — ele disse —, você é linda demais.

Zia agarrou a frente da camiseta de Clay, e logo a boca dele estava na dela, e os dois se beijavam. Ela sentia a barba por fazer dele roçando contra sua pele, a boca quente e ávida dele. Zia soltou um gemido, sobrecarregada de desejo. Clay a puxou para mais perto, com uma mão no cabelo dela, a outra descendo por suas costas. Tempo, espaço, localidade, quem ele era, quem ela era, tudo desapareceu. Havia só os dois, e aquele beijo, aquele beijo glorioso, intenso e inacreditavelmente ardente.

Depois de dez minutos ou dez anos, ele se afastou para olhar para ela, retorcendo os dedos.

— Tenho uma ideia maluca.

Ela passou a mão pelos cabelos dele, desfrutando a chance de tocá-lo.

— Gosto de ideias malucas.

— Vá comigo pra Tóquio semana que vem.

— Claro — ela brincou. — Parece divertido.

— Não, estou falando sério. Vamos pra Tóquio. Preciso ir, por causa do tal energético. São só quatro noites. Se você odiar, pode voltar pra cá antes. — Ele apertou as mãos dela, enquanto dizia algo sobre um jatinho, um hotel cinco estrelas, fazer turismo durante o tempo livre. Passar um tempo com o melhor amigo e agente dele, Dave, o cara em cujo casamento tinham se conhecido. — Vai ser muito melhor se você for também. Por favor.

— Clay! — Zia riu, impressionada com o fato de que ele parecia estar falando sério. — Não posso ir a Tóquio com você. Nem te conheço.

— É um voo de catorze horas. Vamos ter bastante tempo para nos conhecermos. — Clay pegou as mãos dela e falou, com a voz suave: — Não temos que apressar as coisas, prometo. Podemos ficar em camas separadas e tudo o mais. Eu só... gosto muito de você, Zia. Quero ver até onde isso vai.

Ela nunca havia ido ao Japão. Sempre quisera ir. Clay parecia uma pessoa confiável. Se não fosse, Zia era capaz de dar conta de si. Não consumiria muito de suas economias, e ela poderia trocar os turnos que já havia topado pegar. Pelo menos teria uma história a contar, certo?

— Tá. — Ela deu de ombros. — Mas só se você me levar para comer *sushi*.

— Sério? — Clay segurou o rosto dela nas mãos. — Você é incrível. — Ele a beijou. — Obrigado. — Então a beijou de novo, mais demoradamente. — Só vou te pedir um favor: pra não publicar no Instagram ou coisa do tipo.

Zia sabia que ele não estava falando só da viagem. A discrição fazia sentido, mas o fato de que houvesse regras a incomodava. Seu ex também tinha muitas regras. *Mas Clay não é Logan*, Zia lembrou a si mesma. E ela havia prometido a si mesma que não deixaria o passado — um passado que tinha se desenrolado sete anos antes — ditar seu futuro.

— Não tenho redes sociais.

— Perfeito. Isso é... *perfeito*.

Ele a beijou pela terceira vez. Ela riu, tonta com a emoção de uma nova aventura. Com um novo homem.

Clay passou os dedos delicadamente sobre as maçãs do rosto dela.

— De onde foi que você saiu, Zia Ruiz?

— Entrega especial — ela respondeu. — Da lavanderia.

Era a piada interna deles no casamento. Clay precisou de um segundo antes de inclinar a cabeça para trás e começar a rir.

Zia ignorou o friozinho que sentia no estômago e riu junto com ele.

# 27

Quando Gorman sugerira jantar no Frankies, o restaurante deles, Henry tentara não se empolgar. Cinco anos na floricultura tinham lhe ensinado que os seres humanos eram capazes de um cuidado e um afeto profundos. Mas parecia improvável que Gorman tivesse passado tão rápido de um *mixer* para uma aliança de casamento. Seu companheiro era teimoso e não gostava que lhe dissessem o que fazer. *Querido, já tenho mãe*, Gorman costumava dizer, quando desafiado: *E não estou procurando outra, não.*

No entanto, enquanto se arrumava para o jantar, Henry não conseguia evitar pensamentos fantasiosos. Uma aliança no fundo de uma taça de champanhe, brilhando como um tesouro no assoalho marinho. A perspectiva parecia uma porta se abrindo, e o alívio era palatável. Henry não ousava ter expectativas. Mas tinha esperanças. Grandes esperanças.

Motivo pelo qual o anúncio de Gorman foi um choque especialmente desagradável para ele.

— Quero ter certeza de que ouvi bem. — Henry apoiou a taça de vinho na mesa, tomando cuidado para não levantar a voz. Estavam a uma mesa na área externa, mas bastante próximos de outro casal. — Você quer montar sua peça da lesma com um jovenzinho da sua aula, e investir 10 mil dólares das nossas economias nisso.

— Vamos recuperar o dinheiro, Choo-Choo. — A expressão de Gorman exalava entusiasmo. — Com a venda de ingressos. É uma oportunidade. Pra mim. Pra nós.

Parecia ao mesmo tempo um acréscimo tardio e um exagero.

— Quem é esse garoto? Graham?

— Gilbert. Ah, um jovenzinho bonito com boas relações. Ele disse que a tia pode nos ajudar a encontrar um bom diretor. Pode ser o primeiro passo. Minha peça, no palco. — Gorman não ficava tão animado desde que fora cortado no trânsito por Bette Midler. — Agora fazem críticas de peças *off*-Broadway, você sabe.

— Quem faz?

— A *New Yorker*. O *New York Times*.

Ah, a luta de uma vida toda por aprovação. Primeiro dos pais, depois dos amigos, depois da imprensa da Costa Leste.

— Quando?

— O HERE em geral define a programação anos antes...

— Anos?

— ... mas tem uma vaga em setembro. Se conseguirmos o dinheiro, podemos começar a escolher o elenco... bom, amanhã.

Setembro. A meses de distância. Um garçom se aproximou, oferecendo mais uma taça de vinho de quinze dólares para cada um. Henry o dispensou com um sorriso austero.

— Dez mil dólares é muito dinheiro, Gor. Principalmente sem ter certeza de que vamos recuperar.

— É um investimento!

— Sim, e todos os investimentos no fim das contas são apostas, não são? — Henry empurrou o prato para o lado para que pudessem se dar as mãos. — Querido, eu só... só acho que poderíamos usar esse dinheiro com outra coisa.

— Como o quê?

No longo prazo? Com as taxas das agências de adoção. Com fraldas, babás, pijamas combinando para as manhãs de Natal.

— Como casamento.

Gorman pareceu genuinamente confuso.

— Que casamento?

Foi como se Henry tivesse levado um tapa na cara.

— Ah. *Ah*. — Gorman finalmente entendeu. — Bom... digo... um dia...

Henry manteve a voz calma.

— Quando?

— Um dia. No futuro.

O corpo inteiro de Henry ficou tenso. Ele se obrigou a não chorar.

— Você não quer se casar?

Gorman se recostou na cadeira.

— Querido, sei que dou a impressão de ser jovial, mas na verdade sou de outra geração. Não crescemos sonhando com o casamento: parecia baboseira burguesa. A ideia ainda é um pouco nova para mim.

Aquela ideia "um pouco nova" já era lei no estado de Nova York havia mais de uma década. Era muito frustrante se encontrar naquela posição: querer algo que o companheiro não queria dar, algo que a sociedade teoricamente permitia, mas nem sempre celebrava. Algo que os casais hétero esperavam e em geral conseguiam, não apenas de maneira fácil e festejada, mas também considerada normal. Henry se sentia carente, chateado e triste.

— Bom, não é uma ideia nova para mim. E é o que eu quero.

— Por quê?

— Por que o quê?

— Por que você quer se casar?

A raiva se espalhou por dentro de Henry, ainda que ele soubesse que não era com Gorman que estava bravo. Estava bravo consigo mesmo. Por que, depois de tudo, depois de ter saído do armário dezenas de vezes ao longo dos anos, vivendo tão honestamente quanto ele considerava possível, ainda era incapaz de dizer a verdade?

Porque ele queria ter filhos.

— Porque eu te amo.

— E eu te amo. Não preciso de uma aliança ou de um pedaço de papel que me digam isso. É a verdade.

Henry não podia dizer a Gorman o que ele queria, porque Gorman não concordaria, e então ele teria que levar uma vida de acomodação ou passar pelo processo angustiante de se desvincular de alguém com quem morava e trabalhava, e que ainda amava. Aquela era a verdade.

— Henry. — Gorman fixou os olhos nos dele, gentil. — Não estou dizendo que nunca vai acontecer. Só preciso de tempo. E, nesse ínterim, gostaria muito de montar minha peça. Não sei quantas chances um velho como eu vai ter. Essa peça é como minha filha.

E foi isso que quase acabou com Henry. Mas eles estavam no belo jardim de um bom restaurante, cercados por dezenas de outros casais que conseguiam se manter sob controle, apesar das crueldades da vida moderna. Henry inspirou fundo e soltou o ar devagar.

— Você não é velho. E é claro que tem minha bênção. Mas vamos continuar conversando sobre isso, está bem?

— Vamos continuar essa nossa longa conversa — Gorman disse, caloroso — pelo resto da vida.

# 28

A tranquila manhã de domingo de Liv foi destruída por alguém batendo na porta da frente por dez segundos seguidos.

— Minha nossa, estou indo!

Ela abriu a porta, tomando cuidado para não derramar o café de sua caneca preferida, que dizia: SABE O QUE CAIRIA BEM HOJE? O PATRIARCADO.

Savannah segurava o celular como se entregasse um Oscar a Liv.

— Se você acha que consigo ler sem os óculos, vai ter um grande choque quando chegar à minha idade — Liv disse a ela.

Dentro de casa e depois de colocar os óculos, Liv focou na tela.

— O que é que estou olhando?

— Nosso Instagram! — Savannah estava vibrando. — Sei que você disse para não abrir um, mas eu abri...

— Savannah!

— E olha: temos 3 *mil* seguidores! Kamile postou a nosso respeito...

Liv olhou por cima dos óculos.

— Está brincando comigo? Por quê? Como? — Ela notou a sacola que Savannah carregava. — O que é tudo isso?

Savannah empurrou o cartaz cheio de glitter escrito BEM-VINDOS, DAVE E KAMILE! para dentro da sacola.

— Eu encurralei os dois no aeroporto. Aparentemente, ela se esqueceu de postar, na loucura do pós-casamento. Mas ofereci levá-los pra casa, e ela acabou escrevendo coisas ótimas no *post*. — Savannah começou a ler. — "Foi um sonho trabalhar com @Savannah_Ships", eu, "e #LivGoldenhorn. Recomendo fortemente essas duas assessoras talentosas da @AmorEmNovaYork". Faz mais ou menos uma hora que ela postou, e já recebemos *seis* consultas por *e-mail*.

Liv deu uma olhada no perfil da @AmorEmNovaYork no Instagram.

— Tem uma foto minha aqui.

Em uma reunião com Kamile, no escritório. Liv apontava para o mapa das mesas e Kamile sorria. Era uma foto bem boa, sincera e natural. Savannah devia ter usado algum filtro — ainda se falava assim? —, porque a pele de Liv parecia... jovem.

— Tem muitas fotos suas — Savannah disse. — E minhas. Somos as donas.

Minha nossa, havia dezenas de fotos no perfil. Era surreal ver os últimos meses de sua vida representados de maneira tão colorida e charmosa.

— Espera aí, você disse seis consultas?

Savannah confirmou com a cabeça, radiante.

— Planejamento parcial ou completo?

— De tudo um pouco.

Aquilo parecia significar — soava mesmo como — trabalho. Clientes. *Dinheiro.*

O elefante sentado sobre o peito de Liv se pôs de pé e foi embora. Ela exalou demoradamente, grata. *Finalmente.*

O celular dela tocou.

— Sim, aqui é Liv Goldenhorn... No... Instagram? Sim, claro, no Instagram... Ah, muito obrigada.

Savannah sussurrou para ela:

— Coloquei nossos números no *site* novo...

O celular dela tocou também. Mais clientes.

Liv Goldenhorn ainda não sabia por que Eliot havia bancado o cupido e juntado Savannah Shipley e ela. Mas, no momento, com o sol do começo do verão entrando pela janela da frente e clientes ávidos do outro lado da linha, ela não se importava.

A verdade viria à tona no momento certo.

# PARTE DOIS

## AMOR EM MANHATTAN

# 29

A temporada de casamentos esquentava junto com o clima.

Assessoria era um negócio que funcionava no longo prazo. O planejamento integral em geral começava pelo menos dez meses antes do casamento, e ia desde o *save-the-date* até o pós-festa. Assim, embora a Amor em Nova York estivesse começando a organizar casamentos que seriam realizados no ano seguinte, não tinha muitos clientes que se casariam naquele verão: aquele pessoal tinha passado os olhos pela crítica infame sobre pombos e abelhas de novembro e mantido distância. Fora ideia de Savannah oferecer um serviço especial de coordenação apenas no dia do evento, cobrando uma taxa modesta para elas aparecerem no grande dia e cuidarem de um casamento que não tinham planejado. Foi assim que Savannah teve seu primeiro vislumbre de quão amplo era o espectro de casamentos em Nova York. Havia aqueles entre duas pessoas brancas e protestantes que queriam ser levantadas em suas cadeiras em meio à dança não por qualquer motivo étnico ou religioso, claro, mas porque parecia divertido. Aqueles em que o tio de alguém, em vez de fazer um brinde, simplesmente lia um artigo recém-publicado sobre o futuro de carros autônomos. Aqueles entre jovens ricos, nos quais todo mundo cheirava cocaína. Aqueles sóbrios, em que todo mundo tomava coca-cola. Também houve um com a coreografia inteira de *Dirty Dancing*, incluindo o salto no final. Elas fizeram até um casamento solo, uma nova moda que tivera origem no Japão, em que mulheres solteiras se casavam consigo mesmas.

Mas, apesar de Savannah ser dona de metade do negócio, Liv ainda a tratava como uma funcionária. Os clientes presumiam que Savannah era assistente dela. Liv reclamava que Savannah fazia o café fraco demais, que usava pontos de exclamação demais nos *e-mails*, que ficava íntima demais dos clientes.

— Não são seus amigos — Liv avisara. — Não prometa demais. Nem fique próxima demais.

Savannah ignorou o conselho. Tinha sido criada com uma política de portas abertas/nada é impossível. E foi assim que ela se viu passando um fim de semana inteiro endereçando a mão trezentos cartões de *save-the-date* para uma noiva em lágrimas que ficara sem tempo.

— Ela está pagando a gente — Savannah argumentou fracamente, enquanto começava o envelope número 126. Seu pulso já estava queimando.

— Não para fazer isso — Liv disse, quase gostando.

Liv era ótima com limites e expectativas, ainda que, para os parâmetros de Savannah, isso a fizesse parecer um pouco fria demais. Mas funcionava com os clientes. No Sul, acenava-se para cada carro que passava e sorria-se para cada desconhecido.

Em Nova York, pedestres e motoristas estavam em uma batalha constante pelas ruas e, caso se sorrisse para alguém, acabava-se recebendo de volta um olhar atravessado ou uma cantada. As noivas de Nova York não tinham tempo para horas infinitas de conversas agradáveis.

Liv explicou seu sistema de vendas: consulta (em geral por *e-mail*), primeira entrevista (preferencialmente no escritório, com café), aprovação mútua, orçamento, negociação, acordo. Liv era boa em fazer contratos e orçamentos, mas registrava as entrevistas em *post-its*, depois passava as informações para um documento do Word e salvava no *desktop*. Um processo incrivelmente arcaico.

— Podemos usar um sistema de gestão de conteúdo para manter o controle de tudo — Savannah sugeriu. — E instalar *plug-ins* na caixa de entrada para ajudar a manter tudo em ordem.

Liv zombou daquilo. A campainha tocou.

— Meu sistema funciona — ela disse. — Agora lembre-se de não prometer demais.

Vanessa Fitzpatrick e Lenny Maple tinham se conhecido da maneira tradicional. No primeiro encontro, o plano era assistir a *Jurassic Park* no Central Park, já que ambos eram fãs de entretenimento ao ar livre e de Jeff Goldblum. Mas a violenta tempestade de verão que caíra parecia ter outras ideias. Enquanto gotas pesadas salpicavam e faziam o público se dispersar, Vanessa e Lenny haviam caminhado de mãos dadas até o restaurante à beira do lago que havia no parque e esperado o dilúvio passar com uma taça de *pinot* na mão. Quatro horas depois, ainda estavam lá. E não tinham parado de conversar desde então.

O casamento deles seria realizado no Harvard Club, em Manhattan, um espaço de madeira escura das antigas para ex-alunos das principais universidades americanas. Com aquilo, eles queriam agradar o pai de Vanessa. O general Tucker Fitzpatrick era da Academia Militar e mestre por Harvard, estava aposentado e, "de modo geral", como Vanessa apontou, era muito tradicional. Lenny apertou a coxa dela, em apoio. Ele era magro e tinha olhos bondosos, com cabelo na altura dos ombros preso atrás de orelhas grandes. O casal trocou um olhar que transmitiu milhares de palavras não ditas. Embora se mantivesse perfeitamente composta, o modo como Vanessa enrolava as pontas do cabelo comprido e loiro nos dedos entregava sua preocupação.

— Tudo o que eu quero — ela disse, articulando cada palavra com cuidado — é que meu pai entre comigo no dia do meu casamento. Sei que a ideia de um homem entregar a filha é antiquada. Mas é o que eu sempre quis. E talvez isso volte a nos aproximar. — Ela trocou outro olhar com o noivo. — Faz alguns anos que eu e meu pai não nos falamos direito.

Na entrevista inicial, Vanessa tinha contado a Liv e Savannah que sonhava com o dia de seu casamento desde os 6 anos. A visão de si mesma em um vestido de festa dramático com camadas de tule branco fora o primeiro indício de que o corpo masculino em que ela nascera havia sido um "erro administrativo". Ela havia se assumido na faculdade, e feito a transição para mulher cinco anos depois. Savannah tinha ficado bastante nervosa antes de se reunir com o casal. Nunca havia conhecido uma pessoa trans e morria de medo de cometer algum deslize ou quebrar alguma regra tácita. Mas então Vanessa e Lenny começaram a compartilhar seus planos sinceros de um casamento que honrasse tanto sua comunidade quanto seu amor um pelo outro. Os dois estavam animados e apaixonados, mas não faziam ideia de como botar tudo aquilo em prática. Como qualquer outro casal. Todas as preocupações de Savannah saíram voando pela janela. Ela admirava a determinação de Vanessa. A ideia de enfrentar o próprio pai pelo que quer que fosse parecia algo muito distante a Savannah, até assustador.

— Acho lindo — Savannah disse. — Eu ia querer que meu pai entrasse comigo também.

Liv perguntou à futura noiva:

— Você já disse isso a ele?

Vanessa fez que não com a cabeça.

Liv lhe dirigiu um sorriso encorajador.

— Podemos ajudar com a conversa quando ele chegar.

Eles passaram a discutir as músicas para o coquetel — clássicos do *jazz* que faziam convites (*"Let's Fall in Love"*), insinuações (*"I've Got a Crush on You"*) e declarações (*"Yes Sir, That's My Baby"*). Mas a chegada iminente do general Fitzpatrick era como um violino em pânico tocando ao fundo. Quando a campainha soou, para Savannah foi como pratos batendo.

O general Tucker Fitzpatrick era o tipo de homem que sugava não só todo o ar de uma sala, mas de todos os prédios no raio de um quilômetro.

E aquilo não tinha nada a ver com tamanho. Ele tinha apenas um metro e setenta, com a estrutura compacta de um buldogue e cabelo escuro bem penteado. Seu aperto de mão era esmagador. Assim que ele se sentou no sofá rosa-claro, Liv começou a bater papo. Seguiram-se alguns minutos de uma conversa desconfortável, sobre o trânsito e onde ele havia estacionado, antes que ela entrasse na parte da logística.

— Vanessa e Lenny adorariam incluir o senhor na cerimônia.

— Bem, estarei lá — o general Fitzpatrick disse a Liv. — Assim como disse que viria aqui.

Liv olhou para Vanessa.

Vanessa assentiu. O suor era visível acima de seus lábios.

— Pai.

Ele inclinou a cabeça, indicando que estava ouvindo, mas sem olhar nos olhos dela.

— Pai, sei que você já disse que não quer dançar a primeira música comigo...

— Ninguém quer me ver dançar — o general disse a Liv. — Um muro teria mais ritmo.

— Eu sei, pai, e já disse que não tem problema — Vanessa falou, de um jeito que indicava que realmente não tinha. — Mas significaria muito para mim, e para Lenny, se você pelo menos entrasse comigo na cerimônia.

O general esfregou o espaço entre suas sobrancelhas.

— Não acho que você vai querer um velho feio como eu chamando a atenção.

— Eu quero, sim — Vanessa disse.

Ele soltou o ar, tenso.

— Meu joelho não anda bom.

— São só seis metros!

O general perdeu a paciência.

— Olha, eu não vou participar desse *showzinho*, está bem?

Vanessa congelou.

Lenny xingou baixo.

Savannah não pôde evitar arfar. Ela nem imaginava que ele pudesse dizer não. Era o *casamento de Vanessa*. Aquilo só ia acontecer *uma vez na vida*.

Liv respirou fundo e entrou na conversa, com toda a calma.

— Bom, vamos pensar um pouco a respeito. É *tradição* que o pai da noiva entre com ela. E o melhor das tradições é que elas são humanas, como nós. Mudam junto com a gente.

O rosto do general permaneceu assustadoramente impassível.

Savannah assumiu as rédeas.

— General Fitzpatrick... Seria uma enorme honra poder entregar sua filha. Principalmente para um noivo tão maravilhoso quanto Lenny. Como pai da noiva, o senhor...

O general a interrompeu:

— Podemos parar de falar disso?

— O quê? — perguntou Savannah. De canto de olho, ela viu Liv hesitar.

— *Pai da noiva*. Desculpe, mas, independentemente do que tenha se tornado, Adam, você não é uma *noiva*.

Aquilo caiu como uma bomba. Uma onda de calor percorreu o corpo de Savannah, fazendo todos os músculos se contraírem.

Vanessa disse, bem baixinho:

— Por favor, pai, não usa esse nome.

— É o seu nome. O nome que eu te dei. O nome que dei ao meu filho. — A voz do general estava perto de falhar. — Primeiro, perdi sua mãe. Então você foi lá e fez... *isso*.

Lenny passou as duas mãos pelo cabelo.

— Estou cansado disso.

Liv levantou uma das mãos.

— Lenny, vamos tentar ficar...

— Você tem ideia de como essa mulher é forte? De tudo por que ela passou? — Lenny já estava de pé. — E agora tudo o que ela quer é que você entre com ela na cerimônia. Um dia. Uma porcaria de um dia.

O rosto do general estava vermelho de raiva. Ele se levantou do sofá rosa-claro e se dirigiu à porta.

— Não vou ficar ouvindo isso.

— Pai, por favor. — Vanessa se levantou também. — Só vou fazer isso uma vez. Nunca te pedi nada. Sei que as coisas não andam fáceis entre a gente, mas um casamento deveria aproximar as pessoas. Acho que vamos ambos nos arrepender se você não for uma parte importante do meu dia.

— Não sei mais quem você é. — O general olhou nos olhos de Vanessa pela primeira vez. — Não consigo entender nada disso. Como posso entregar alguém que nem conheço? — Ele levou uma mão trêmula ao rosto. Por um momento, pareceu que ia chorar. Então ele respirou fundo e endireitou os ombros. — Desculpe, Adam, mas não consigo.

Ele fez um aceno de cabeça breve para Liv e foi embora.

— Sinto muito. — Lenny enxugava os olhos, com o rosto vermelho. — Sinto muito, linda.

— Tudo bem — Vanessa sussurrou.

Mas Savannah não achava que estivesse tudo bem.

Depois que o casal foi embora, Liv se recostou na cadeira, tomando café.

— Tento manter a mente aberta em relação a todo mundo, mas, nossa, esse cara não vai facilitar as coisas. De qualquer modo, se Vanessa quer que ele entre com ela, é o que queremos também.

Savannah assentiu. Achava o mesmo. Seu instinto fora abraçar Vanessa em meio às lágrimas e prometer que dariam um jeito de garantir que o pai entraria com ela na cerimônia. Mas estava feliz por não o ter seguido, porque não podia prometer que conseguiria aquilo. Talvez Liv estivesse começando a influenciá-la.

Liv entregou a Savannah sua confusão de *post-its* com anotações da reunião.

Savannah os pegou, cautelosa.

— O que eu faço com isso?

Liv fez um aceno de mão, corando.

— Coloca tudo nesse negócio de *plug-in* de gestão de conteúdo sobre o qual você não para de falar. Depois, sei lá, me mostra como usar.

Uma enorme onda de calor fez Savannah sorrir. Ela sempre respeitara Liv, mas agora estava começando a gostar dela de verdade.

— O café está bom — Liv acrescentou, voltando para o computador. — Por que não faz mais?

# 30

O sol se ergueu laranja-avermelhado sobre a linda extensão enevoada de Tóquio. Clay vestiu a jaqueta de couro e conferiu as horas no relógio ao lado da cama do hotel.

— Volto às sete. Tem uma academia lá embaixo. O hotel deve ter recomendações de lugares para almoçar.

Zia terminou de amarrar as botas.

— Vou pegar o trem para Shibuya, tomar um café da manhã tradicional e passear por algumas horas. Depois vou almoçar em Harajuku: *guioza*, sem dúvida. Ir ao santuário Meiji, passear pela avenida Omotesando, ficar observando as pessoas... Depois vou ao mirante da torre Mori, para ver o pôr do sol e tomar um saquê. E adoraria te encontrar para o jantar.

Clay parecia simplesmente pasmo.

Tóquio superou as expectativas de Zia. Quando estava longe de casa, ela se tornava quem queria ser: alguém aberta e bem-humorada, confiante e curiosa. Zia amava quem era quando a única programação era aprender, experimentar e sair da rotina. Seus sentidos ficavam mais aguçados em meio ao cheiro do missô salgado, ao gosto do lámen borrachudo, à visão de tanta cor e tanta vida.

Passar o tempo com Clay não exigia nada dela, era como um idioma que de alguma forma falava fluentemente. Ele entrelaçou os dedos com os dela enquanto exploravam o mercado lotado do parque Shinjuku Chuo, em meio a quimonos antigos e brinquedos dos anos 1950, e ela nem se deu conta de que era a primeira vez que ficavam de mãos dadas. Parecia normal. Ela adorou vê-lo interagindo com os locais, com graça e interesse genuíno. Nos jantares tarde da noite em restaurantes tranquilos e elegantes, ela o encheu de perguntas sobre a Água Radical, a iniciativa de água limpa que havia criado. Ele tinha tanto envolvimento e entusiasmo pela causa: o quanto meninas e mulheres ugandesas tinham que caminhar para conseguir uma água que ainda as deixava doentes; a diferença que se podia fazer para um vilarejo inteiro; como a água limpa estava relacionada à mudança climática. Ser um ator havia se tornado um meio de atingir certo fim para Clay.

— Não quero pertencer a um mundo em que alguém como eu tem todo tipo de privilégio sem nenhuma obrigação com os milhões de pessoas que vivem com menos de dois dólares ao dia.

Garçons educados tiraram os pratos vazios deles. Aquela noite, Clay não era famoso. Era só um americano saindo com uma mulher de quem não conseguia tirar os olhos. Sob a mesa, ela acariciou a panturrilha dele com o pé.

— Adoro essa sua paixão. Você realmente se importa com as pessoas.

— E você não?

— Claro. Mas tenho a impressão de que pessoas na sua posição podem simplesmente doar algum dinheiro e pronto.

— Mas o planeta está morrendo. É uma emergência.

O coração de Zia inchou, seu interesse por ele mais justificado a cada minuto que passava.

— Concordo totalmente.

Clay manteve a palavra quanto a ficarem em camas separadas, e reservara um quarto só para Zia. Na segunda noite, ela se juntou a ele na cama, e os dois fizeram amor. Foi tão empolgante quanto descobrir o novo país em que ela se encontrava. O desejo mútuo, apaixonado e primitivo, parecia um delicioso delírio. Ela gozou primeiro. Então gozou de novo. Depois, enquanto estavam deitados juntos, em um espaço agora vulnerável, Clay revelou a ela que gostava de ser dominado.

— Dominado? — Zia repetiu, surpresa. — Tipo sadomasoquismo?

Ele deu de ombros, subindo e descendo os dedos pelos braços dela.

— Eu chamo de jogos de poder, mas dá pra chamar assim.

Zia já tinha sido dominada na cama, mas não como um "jogo de poder". Só tinha feito sexo com um babaca.

— Nunca fiz nada do tipo.

Clay explicou que era uma questão de comunicação e limites. Se ela não quisesse, tudo bem. Se não curtisse, eles parariam. Teriam uma palavra de segurança. Ele foi direto e não demonstrou acanhamento, mas não tentava convencê-la. Se ela tivesse curiosidade, poderiam tentar. Devagar.

— Talvez quando a gente voltar a Nova York — ele sugeriu.

Zia se imaginou prendendo Clay com algemas à cama. Dizendo a ele o que podia e não podia fazer. A ideia parecia um móvel pesado sendo empurrado para fora do caminho.

— Talvez.

Quanto mais Zia pensava em dar as ordens no quarto, em ditar quando ele ia gozar, quando ela ia gozar, mais gostava da ideia. Era intrigante, tentador, e ao mesmo tempo seguro. Na última noite dos dois em Tóquio, ela entrou no quarto de Clay usando apenas o roupão do hotel. Ele sorriu e foi abri-lo.

— Não — ela o reprendeu, com o coração batendo forte. — Sem tocar.

Ele ergueu uma sobrancelha.

— Tá bom.

— Deita na cama. Com as mãos acima da cabeça. E *não se mexe*.

Clay obedeceu.

Por horas.

Quando eles embarcaram no jatinho de volta para casa, Clay se sentia leve e relaxado, e até brincou com o piloto e o comissário de bordo. O agente dele, Dave, puxou Zia de lado.

— O que quer que você esteja fazendo, continue assim. Nunca vi o cara tão feliz.

À medida que o verão se espalhava por Nova York, como uma camada de protetor solar, Zia Ruiz e Clay Russo continuaram se vendo. Em segredo. Como Clay explicara, assim que a imprensa soubesse que estava com alguém, os dois seriam caçados e a vida pessoal de Zia deixaria de ser pessoal. Os *haters* botariam as asas de fora. Tudo o que ela já havia feito na internet seria investigado.

— Eles vão ficar obcecados com tirar uma foto nossa — Clay disse, incapaz de esconder a irritação. A privacidade dava ao relacionamento espaço para respirar e crescer, ele falou. E os dois teriam muito tempo juntos, já que o trabalho em Moçambique dera errado, porque o projeto perdera seu financiamento. Zia achava que ficaria decepcionada, mas na verdade sentira alívio. E gostara. Haveria outros trabalhos, e seus sentimentos por Clay estavam evoluindo.

Às vezes, quando ficava tarde e o segurança liberava, Clay passava a noite na casa de Darlene. Darlene havia jurado levar o segredo para o túmulo, assim como Zach, que aparecera uma noite e acabara se dando superbem com o ator, devido a um amor em comum por bandas de *rock* britânicas dos anos 1990. ("Aquele cara tem o corpo mais incrível do mundo", Zach disse a Darlene e Zia. "Não tenho problema em dizer isso, porque estou confortável com minha masculinidade.") Mas, em geral, era mais fácil e mais conveniente ficarem na cobertura de Clay. Os sentimentos de Zia em relação ao terraço enorme e à cama gigantesca eram complicados. Seu ex havia azedado seu gosto pelo luxo desnecessário. O único luxo de que precisava era de tempo com Clay. Sinceramente, Zia estava feliz com a discrição no relacionamento. Ajudaria caso as coisas não dessem certo, e o mais importante: assim ela não precisava contar nada à irmã. Era bom desfrutar de conhecer melhor alguém interessante e deixar o passado para trás.

— O que você tem? — Layla perguntou um dia. — Está fazendo sexo?

Perto delas, Lucy e Mateo corriam em círculos, cansados de ficar em casa. Uma chuva de verão havia cancelado os planos de ir ao parque no domingo à tarde, deixando-os presos ali. Parecia que havia cem crianças disparando pelo apartamento de um único quarto. Sentada no sofá, Zia levantou as pernas para que Lucy passasse por baixo, aos gritos.

— Estou feliz.

— *Feliz?* O que isso significa? — A irmã poderia ter sido detetive em outra vida. Ela apontou para o pescoço de Zia. — Isso é ouro?

Zia levou a mão ao colar novo. O pingente era um 光, o ideograma japonês para luz, e a corrente era bastante delicada. Clay a havia surpreendido com o presente na última noite deles em Tóquio. Ela tinha certeza de que era de ouro.

— Comprei em Chinatown, por cinco dólares.

A irmã continuou olhando para ela, à espera.

Zia enfiou o pingente dentro da camiseta.

— Está tudo bem, só estou saindo com alguém.

— Outro cara do mercado financeiro?

A pergunta de Layla foi cortante. Na verdade, queria dizer: *Outro babaca como Logan?*

Zia balançou a cabeça.

— Não. Ele é... jardineiro. Seu nome é Tom.

— Tom — Layla repetiu, testando se era verdade.

— Ele é um cara legal. Nada a ver com... Tom é bem fofo.

— Que bom.

Layla tomou vinho de um copo do Ursinho Pooh.

Zia franziu a testa. Não eram nem quatro da tarde.

— Estou me automedicando — Layla disse, massageando os joelhos. A dor era perceptível em seu rosto.

— Você está tomando os remédios para artrite? Posso ajudar?

Layla franziu a testa e revirou os olhos. Ela gostava de ter ajuda com a casa e as crianças, mas sua saúde parecia não estar em discussão.

— E aí, esse Tom é bonitão?

— Bastante. Mas não é só isso. Ele é muito bonzinho. E inteligente. E divertido. — Zia sorriu, pensando nas piadas internas e brincadeiras tolas deles. — Ele também é bem sensível...

— Tá bom, então. — Layla deu risada. — Já entendi, você vai casar com esse Tom.

— Não vou, não! — Zia nem conseguia imaginar contar a alguém sobre Clay, muito menos *se casar com ele*. Por mais que procurasse focar em Clay como pessoa, era inegável que ele era alguém diferente para o resto do mundo. Clay Russo tinha milhões de seguidores no Instagram. Eles podiam pedir comida de qualquer restaurante na cidade sem nunca se preocupar com o preço. Na noite anterior, ele trocara mensagens com Steven Spielberg. Um casamento com ele era tão provável quanto se mudar para a Lua. — Não vou mesmo.

— Vai, sim. E vai ser ótimo. Você vai morar no Brooklyn, ter filhos e ser mãe, que nem eu. *Hashtag* vida de mãe. Se prepara pra beber bastante. — Layla reabasteceu seu copo e o ergueu em um brinde. — Tem fotos dele?

De repente, o telefone de Zia estava na mão de Layla.

— Não!

Zia pegou o celular de volta.

— Epa, calma. Deleta aí os nudes e me mostra logo a foto do seu futuro marido.

O mais engraçado era que, mesmo que Zia fosse contar à irmã a verdade sobre seu relacionamento, não tinha nenhuma prova. Clay nunca tirava *selfies* dos dois, por isso ela tampouco tirava. As únicas provas eram o colar, que poderia ter vindo de qualquer lugar, e suas mensagens, que poderiam ser de qualquer pessoa. A prova mais verdadeira que tinha eram suas lembranças. O amor era algo abstrato: um conceito, um acordo compartilhado. Talvez fosse aquilo que tornasse o amor tão mágico, tão delicado. Em um mundo tridimensional, busca-se o etéreo. A certeza de algo que mal existia.

— Layla, não vou casar com Tom.

— Por que não?

— Ele mora em Los Angeles.

— Los Angeles? Então agora você vai começar a passar todo o seu tempo lá? — Layla parecia desconfiada. — Ele é jardineiro e mora em Los Angeles? O que está fazendo aqui?

Zia tentou não se enrolar.

— Ele é mais, tipo, um paisagista. Projeta jardins pra gente famosa.

O rosto de Layla se acendeu, como um fósforo.

— Gente famosa tipo quem?

— Ninguém.

— Gente famosa tipo quem?

— Ninguém.

— *Tipo quem?*

— Ninguém! Não sei!

Layla riu.

— Calma! Na verdade, não ligo. — Ela tomou mais vinho, achando graça. — Olha só pra você. Toda tensa.

Zia levou os pratos do almoço para a cozinha.

Layla a seguiu, limpando no caminho o nariz de Mateo, que choramingava e cujo gesso na perna estava todo rabiscado.

— Ai, meu Deus, e se ele conhecer, tipo, a Beyoncé? A gente pode fingir que é assistente dele.

— Quê? Por quê?

— Podemos roubar um porta-copos ou coisa do tipo. Tem ideia do quanto as pessoas pagam por porcarias de celebridades na internet?

— Layla! — Zia abriu a lata de lixo. — Nem brinca com essas coisas.

— Não estou brincando. — Os olhos de Layla brilhavam. — Isso é ótimo. Quer meu conselho? Mantenha o Tom feliz. Quanto mais perto a gente chega dos podres de ricos, maiores as chances de descolar algumas migalhas. — Ela se recostou no batente da porta que separava a sala da cozinha. — Você ainda é bonita.

Zia tinha ouvido só metade do que ela dizia. No topo do lixo, havia uma fatura amassada: do cartão de crédito de Layla. Quinze mil quatrocentos e vinte e dois dólares. Zia ficou congelada, com o pé no pedal da lata de lixo, olhando para aquela quantia inacreditável.

Ela estava acostumada com os problemas da irmã. Mas aquele problema era de outro nível.

— Zia?

Zia deu um pulo. Em pânico, jogou os restos de comida no lixo.

— Quê?

— Quando vamos conhecer Tom?

Layla tinha seguro-saúde. A conta devia ser da visita ao pronto-socorro quando Mateo quebrara a perna. Talvez ela só não tivesse pago ainda. Porque a irmã não tinha quinze dólares sobrando, quanto mais quinze mil.

— É cedo demais.

Pela primeira vez, Zia não se sentia apenas apreensiva quanto à possibilidade de sua irmã descobrir sobre Clay. Enquanto começava a lavar a louça, com as crianças subindo em cima dela como se fosse um trepa-trepa, Layla fazendo piadas ruins sobre roubar as coisas dos clientes de Tom, o que Zia sentiu foi medo.

# 31

Sam queria ligar para Liv e convidá-la para sair, mas foi cozinhar para adiar o momento. Fez mole mexicano, do zero.

Cada passo era um pedacinho aromático do quebra-cabeça. Tostar as pimentas e as tortilhas. Chamuscar os tomates vermelhos e verdes. Juntar tudo com o caldo de frango. Cebola, alho, amendoim, uva-passa, tomilho, canela, cravo e especiarias tostadas. Depois misturar com pedaços de chocolate amargo, mais sal e mais caldo. Ele havia aprendido a receita com a família que o hospedara quando fora para Oaxaca, aos 20 anos. O truque, a *abuela* insistia, era o tempo. Não dava para apressar nenhuma parte do processo. *Todo tiene su tiempo*, ela dizia.

Finalmente, o delicioso molho marrom-avermelhado estava pronto, fazendo um aroma denso delicioso se espalhar pelo apartamento com jardim recém-alugado.

*Agora pega a porcaria do telefone e liga!*

Ele ficou andando pela cozinha enquanto chamava. Fazia tempo que uma mulher não o fazia se sentir daquele jeito: ansioso, eufórico, ligeiramente obsessivo e um pouco assustado. Sam estava quase torcendo para que caísse mesmo na caixa de mensagens quando ela atendeu.

— Alô?

— Sam! — ele disse, um pouco alto demais. — Sou eu, ligando para você, Liv. — Ele se recostou na bancada da cozinha, com os olhos fechados e uma careta no rosto. — Oi.

— Oi — ela respondeu, parecendo um pouco surpresa. — Tudo bem?

— Tudo *bótimo*. — *Ah, pelo amor de Deus.* — Tudo bem. Tudo ótimo. E com você?

— Ando bem ocupada. O que é *bótimo*. — E então: — Savannah, não mistura esses cartões com nomes, são de dois casamentos diferentes. — Ela voltou a se dirigir a ele. — Desculpe. E aí?

— Eu estava pensando se... — *Se você gostaria de sair para jantar comigo. Se você gostaria de sair para beber alguma coisa. Você gosta de comida mexicana?* — ... você recebeu o cardápio que te mandei. Para o casamento Fitzpatrick-Maple.

*Covarde!*

— Sim, até já mandei meus comentários. Você não recebeu? Savannah abriu um *e-mail* novo, e não deve ter...

— Ah, não, desculpe... está aqui. Caiu no *spam*, por algum motivo. — Não tinha caído. — A lagosta é uma boa ideia. É o momento perfeito do ano. E risoto de ervilha para os vegetarianos, ótimo.

— Ah, o seu é tão bom. Você é um *chef* muito talentoso, Sam Woods.

Agradavelmente surpreso, ele baixou a mão livre com tudo e bateu sem querer na colher de pau que estava no mole mexicano, catapultando-a. O molho vermelho-escuro manchou todo o teto, como um quadro de Jackson Pollock muito saboroso. — Ah, me... aravilha. Que maravilha que você acha isso.

— Este. — Liv estava falando com Savannah outra vez. — Está ótimo. Mas talvez fosse melhor mudar a cor da fonte para aquele vermelho que você usou antes. — Ela voltou a se dirigir a Sam. — Estamos criando um novo logo. Está uma loucura aqui. Também estamos treinando uma pessoa nova e tal.

— Que inveja — Sam disse, limpando um pouco a sujeira. — Queria ter alguém comigo. No trabalho, digo — ele se apressou a acrescentar. — Não sou um cara triste e solitário nem nada do tipo.

Liv deu risada.

— Bom, eu sou uma mulher triste e solitária. Se quiser se juntar ao clube, é bem-vindo.

Aquilo era um convite? Antes que ele pudesse decidir o que fazer com aquilo, ouviu a campainha tocar do outro lado da linha.

— Tenho que ir — ela disse. — Reunião com clientes. A gente se vê no casamento Fitzpatrick-Maple. Estou ansiosa!

— Eu também! Tchau, Liv.

— Tchau, Sam.

Ele desligou.

Bom. Tinha sido um fracasso estrondoso. Mas ela havia dito que ele era um bom *chef. Muito talentoso*, tinham sido as palavras exatas. E voltar a sair depois do divórcio era algo que envolveria muitos pequenos passos. Começando escada acima, Sam pensou, voltando sua atenção para a limpeza do teto decorado de molho vermelho.

## 32

Darlene Mitchell gostava de estar no controle. De seu cérebro. De seu corpo. E de seu coração. Ela não gostava de sentir que seu coração poderia pular para fora do corpo. Não ia nem pensar no motivo. Precisava pensar em si mesma. Em sua carreira. Em seu futuro. Um futuro que ela não ia ameaçar com o absurdo de um relacionamento de mentirinha, que ia se arrastar por meses. "Sair" com um cara branco rodeado de privilégios atrás de um prêmio representaria o fim de sua integridade. Ela ganharia aqueles 25 mil dólares sozinha, mesmo que precisasse passar mais dez anos cantando em festas de casamento e em noites de microfone aberto.

Ela já havia tocado com aquele-em-quem-não-deveria-pensar meia dúzia de vezes desde a noite no Babbo, mas conseguira habilmente evitar que conversassem sozinhos, assim como ignorara as muitas mensagens dele. Darlene estava focada em traduzir o efeito do beijo daquele-em-quem-não--deveria-pensar em algo produtivo. Letras. Um refrão. Uma sensação, um tom. Era muito mais fácil para Darlene escrever sobre sentimentos que sentir o que quer que fosse. Escrever sobre sentimentos proporcionava distância e algum uso prático para a experiência confusa, complexa e vagamente constrangedora de tê-los.

*Ele é meu maior segredo. Ela acha que é pra valer.*

Não era sobre Zach. Devia ser sobre Zia e Clay.

*Ele é meu maior segredo. Ela acha que é pra valer.* Darlene testou a letra em mil ritmos diferentes, buscando encontrar algum que funcionasse. Escrever músicas e tocar estavam entre as poucas situações em que ela se desconectava do pensamento consciente, perdia a noção do tempo, de seu próprio corpo e até mesmo de sua identidade. Quando ela entrava em transe, como agora, sentia-se separada do mundo, em sintonia com algo místico. *Ele é meu maior segredo. Ela acha que é pra valer. Ela gosta de correr, mas com ele fica imóvel...*

A campainha a chamou de volta ao presente.

Zach estava à porta, parecendo uma estrela do *rock* que acabara de acordar. Ele usava uma camisa branca sem passar, com as mangas arregaçadas, e *jeans* claro, provavelmente tudo de grife. Seus olhos passaram pela miniblusa e pousaram animados na calcinha de cintura alta dela.

— Foi por isso que não liguei. Sabia que você na verdade era uma tigresa... — Ele entrou, admirando cada centímetro da pele dela. — Meu Deus, Mitchell.

Darlene pegou um quimono atrás da porta do banheiro e o vestiu.

— O que está fazendo aqui?

Zach nunca tinha visitado o apartamento de um quarto e meio dela. O prédio não tinha porteiro nem elevador, ao contrário do lugar onde Zach morava, mas era fofo e charmoso, e Darlene tinha decorado bem a casa. Os olhos dele passaram pelos porta-retratos com fotos de amigos e familiares. Pelo pôster autografado por Janelle Monáe. Pela estante com Zadie Smith, Proust e, o que era constrangedor, um livro de autoajuda cheio de *post-its* que prometia coragem e dinheiro.

— Você é tão virginiana. — Ele abriu a geladeira. — Hum, por que está tudo etiquetado? Você não mora sozinha?

— Zia está dormindo aqui.

Zach fez que vasculhava a geladeira.

— E a comida dela está...?

— Assim, se ela comprar alguma coisa, pode ficar tranquila. — Darlene fechou a porta da geladeira e se colocou na frente dela. — O que você está fazendo aqui?

— Um namorado de mentirinha não pode aparecer sem avisar na casa da namorada de mentirinha?

Ele levou as duas mãos à cintura dela e a tirou da frente, sem nenhuma dificuldade.

A sensação percorreu o corpo de Darlene, assentando-se no estômago.

— Olha, pensei bem e minha resposta é não. Desculpa, mas não posso ser nada sua de mentirinha.

— Quê? Por quê?

— Porque é arriscado! E nada profissional. E... — O beijo do lado de fora do Babbo foi repassado em sua mente, devagar e com uma orquestra de fundo. Darlene espalhou querosene em tudo e tacou fogo. — Uma distração.

A confiança de Zach fraquejou.

— Tive a impressão de que você estava... a fim.

— Era fingimento.

Ela esperava que ele ficasse ofendido ou risse daquilo. Mas Zach pareceu murchar e se sentou no sofá.

— Ah.

Estranhamente, ela queria consolá-lo.

— Ah, Zach. Nunca daria certo.

Ele parecia chateado. O que era meio... fofo.

— Por favor, Mitchell. Por favor, vai? Sei que a ideia de me beijar é repulsiva pra você e que não sou nem um pouco seu tipo. Mas você é literalmente a única pessoa a quem posso pedir isso e acho que meus pais aprovariam.

A expressão de surpresa idêntica de Mark e Catherine voltou à mente dela.

— Acho que seus pais não me aprovam, não.

— Claro que aprovam! — Zach exclamou. — Você é inteligente, sofisticada, focada na carreira e um monte de outras coisas que definitivamente não sou.

A garganta de Darlene se fechou.

— Não foi isso que eu quis dizer.

Então Zach entendeu. Ele dispensou a ideia com um gesto, já ficando vermelho.

— Minha irmã é casada com uma *mulher coreana*. E, sinceramente, eles não poderiam estar mais felizes.

Darlene inspirou fundo. Talvez aquilo pudesse ser explicado em parte pelo fato de Zach não ser americano.

— É diferente — ela disse. — Coreana, afro-americana. É diferente.

Zach ficou olhando para ela, pronto para ouvir.

— Nem todo racismo é igual, sabe? Tipo, pensa na diferença de salário. Mulheres asiáticas ganham muito mais do que mulheres negras. E homens brancos ganham mais ainda.

— Eu sei. É absurdo. — Ele falava baixo. — Gosto quando você me explica esse tipo de coisa.

— Ah, não sabia que eu era sua professora particular de estudos afro-americanos. Vou precisar de uma sala. E de benefícios.

— Não foi isso que eu quis dizer — ele falou, envergonhado. — Só estou dizendo que gosto quando você faz isso. Quero ser um bom aliado. Quero ser, tipo, desconstruído.

Apesar de tudo, ela se sentiu estranhamente tocada pela sinceridade dele.

— Então começa não dizendo esse tipo de coisa. Eu posso dizer, mas você, não.

— Tá bom. — Zach assentiu. — Entendido. Olha, sei que meus pais são horríveis, e, sim, você teria que lidar com eles. É claro que quero minha liberdade, mas juro que eles não são totalmente malucos, e gostaram mesmo da ideia de nós dois juntos. Não vai dar muito trabalho, sério, e no fim das contas você vai ter seu álbum. Que posso tocar de graça, se você quiser. Vou literalmente fazer tudo o que você quiser nos próximos setecentos anos.

Zach estava implorando para que ela deixasse que ele pagasse para beijá-la. E Zach beijava bem. Bem demais.

— Bom, acho que preciso de um contrato.

— Um contrato?

— Isso, virginianos gostam de contratos.

— Tá bom. Vou fazer um. Então você topa?

*Não. Não vou me rebaixar por dinheiro, ou deixar que você enfie sua língua quente e ávida na minha...*

— Tá, *tá*.

— Valeu, Dee. — Ele pegou a mão dela, e seus olhos azuis pareceram sinceros. — Você é uma boa amiga.

Amiga? Darlene só pensava em Zach como um mal necessário. Ela recolheu a mão.

— É melhor eu voltar ao trabalho.

— Não tão rápido. — Zach reluzia, retornando a seu modo-padrão. — Minha mãe notou que, apesar de eu ter garantido que nós dois estamos profundamente apaixonados e envolvidos em longas sessões de dança na horizontal...

— Afe...

— ... você está totalmente ausente dos meus perfis.

— Como assim?

— Precisamos ser tão irritantes quanto qualquer outro casal idiota e documentar nossa felicidade. — Ele pegou o celular e piscou repetidamente.

— Nas redes sociais.

— Sua mãe te segue nas redes sociais?

— Me *per*segue seria mais preciso. Ela não deixa nada passar. Faz o serviço secreto britânico parecer um bando de trapalhões, e não sei até quando posso ficar insistindo que você não gosta de demonstrações de afeto na internet. Pensei que a gente podia tirar algumas fotos aqui, depois dar uma volta na rua. Posso ir publicando essas fotos ao longo dos próximos cinco meses.

— Em que perfil?

Darlene tinha um perfil público para a dupla deles e uma conta particular.

— Na sua, claro. Acho que minha mãe já pediu pra te seguir.

A menos que ela escrevesse para todos os seus amigos, eles iam achar que os dois estavam juntos. De maneira objetiva, Zach era bonito — não seria ruim se achassem que era seu namorado. Mas também era Zach. Darlene pensou nas mensagens que o pessoal do clube do livro trocaria pelas suas costas.

Ela não sabe que ele pegou metade de NY? 🍆🍆🍆
Achei que ela fosse mais esperta 😁

Darlene fechou mais o quimono.

— Não sei.

— Tá. — Ele se levantou do sofá e foi para a porta. — Não vou implorar. Não mais. Vou encontrar outra pessoa que tope receber dinheiro para o primeiro EP em troca de algumas *selfies*.

A ansiedade tomou conta de Darlene. Ela levaria anos para economizar 25 mil. Precisava agir. Dar uma força para o destino.

— Vou me trocar.

— Não precisa. — Zach já estava de volta ao sofá. — Abre um pouco esse quimono e vem pra cá, tigresa.

Ela revirou os olhos.

— Pelo menos me deixa fazer alguma coisa com o cabelo.

— Como assim?

Ele olhou para o cabelo crespo natural dela.

— Sei lá. Posso pôr uma peruca.

— Você usaria uma peruca pra ficar de boa vendo Netflix?

Ela deu de ombros

— Provavelmente não.

— Então deixa assim. Gosto muito mais do seu cabelo afro, aliás — ele disse, e parecia sincero.

Darlene ficou surpresa. Depois, lisonjeada.

Zach pegou o celular.

— Ah, assim está ótimo. Com você toda tímida e fofa.

— Zach! — ela riu, batendo nele.

— Ah, perfeito! Bombardeio de fofura. Estourando todos os medidores possíveis! Não consigo nem lidar com tanta fofura!

— Você é tão bobo — ela disse, rindo.

Zach retribuiu com um sorriso torto. Sua camisa estava aberta o bastante para que ela conseguisse entrever um pouquinho dos pelos do peitoral dele. Seu cabelo estava todo arrepiado do calor. Desgrenhado. *Sexy*. Se Zach fosse mesmo seu namorado, Darlene se inclinaria e o beijaria.

— Beleza, já tenho umas fotos boas aqui. Agora chega mais perto.

Ela se aproximou dele, até que suas pernas estivessem coladas. Zach cheirava a sabonete de sândalo e algo distintamente masculino. Distintamente Zach. Ela sentiu vontade de abraçá-lo e subir em seu colo.

— Se inclina pra mim. — Ele levantou um pouco a câmera. Os dois sorriam para ela na telinha. Eram como um casal real. Darlene fechou os olhos, curtindo a sensação. — Ah, que linda. — Ela ouvia a voz dele próxima, suave. Abriu os olhos. — A foto — Zach esclareceu. — Sou a própria Diane Arbus.

— Diane Arbus só fotografava gente esquisita.

— Ah, é? Acho que sou mesmo só um rostinho bonito, Dee.

De novo ele a chamava de Dee.

Eles tiraram mais fotos: com os narizes colados, fazendo careta, fingindo surpresa, depois parecendo bravos. De um jeito fofo e controlado.

Zach umedeceu os lábios.

— Tá. Acho que agora só nos resta, hã...

Ela sabia o que estava por vir. O que ela queria, com uma urgência surpreendente, que acontecesse. A ideia abriu caminho por seu peito e aterrissou entre suas pernas.

— Acho que precisamos. Por mais nojento que seja beijar você.

— Ah, nojento demais — ele concordou na mesma hora. — Muito desagradável.

— Talvez eu devesse, hã, tirar o quimono? Assim fica parecendo que é outro dia. — Ela se levantou e deixou o tecido colorido escorregar de seus ombros. Ele ficou só olhando, com a animação e o pânico de um jovem que está prestes a ter uma *stripper* sentando no seu colo pela primeira vez. E era basicamente o que ela ia fazer. Só de camiseta e calcinha, ela apontou sem jeito para as pernas de Zach. — Onde eu...?

— Onde você quer...?

— Será que eu não devia...?

— Por mim tá ótimo.

Sentar no colo de Zach era a coisa mais fisicamente estranha que ela já havia experimentado.

Exceto quando estava no palco, Darlene vivia em sua cabeça. Habitar seu corpo, obedecer a seus desejos e a suas exigências, parecia imprudente. Até perigoso. *Para de pensar*, ela disse a si mesma. *Só curte*. Darlene se acomodou nele e relaxou. Quando Zach ergueu a câmera do celular, ela quase esqueceu o motivo.

— Você está pronta? Para...

Dava para sentir o coração dele batendo. Batendo surpreendentemente rápido, aliás.

— Essas demonstrações públicas de afeto ridículas...

— Pois é. Ridículas, ridículas.

Os lábios de um se encontravam a centímetros de distância dos lábios do outro. Ela desceu os dedos pela bochecha dele, sentindo a ligeira aspereza da barba que devia ter sido feita no dia anterior. Aquela permissão de tocá-lo lhe parecia roubada. Criminalmente excitante. Devagar, Darlene se aproximou dele. Talvez o primeiro beijo dos dois tivesse sido uma anomalia. Talvez só tivesse sido tão apaixonado e intenso porque já fazia algum tempo que ela não beijava ninguém, e por acaso fora Zach quem a tirara da seca. Mas, assim que os lábios dos dois se tocaram, ficou claro que eles não iam ser uma dupla de um sucesso só.

Daquela vez, não houve hesitação. Darlene mergulhou em Zach, para um beijo lento e luxurioso. A mão dele subia e descia pelas costas dela. Subia e descia, fazendo-a afundar cada vez mais naquele prazer inebriante. Zach era tão bom naquilo, naquele vaivém de lábios, língua e hálito compartilhado. Ele sempre fora ótimo no improviso.

Ela mal percebeu que havia montado nele. De repente, suas pernas estavam enroscadas na cintura de Zach, e a parte interna de suas coxas pressionava os quadris dele. Era um êxtase ardente. Tudo neles parecia se encaixar. Tudo neles parecia certo, uma ponte simples entrando no refrão que era preciso cantar junto, com toda a força dos pulmões.

O ritmo acelerou. O beijo ficou atrapalhado, sem jeito. As mãos dele estavam na bunda dela, puxando-a para si, rumo ao ponto em que ambos sentiam mais calor. Ela gemeu e o puxou para si, necessitada de sentir todo o peso do corpo dele. Agora estavam esticados no sofá, com Zach por cima. Seus corpos encontraram um ritmo, roçando-se em sincronia. A boca dele estava no pescoço dela, lambendo e chupando, beijando a pele até que ela gemesse, puxando a camisa dele. Zach enfiou a mão sob a camiseta dela, subindo por sua barriga e chegando ao seio, e ela queria — ela precisava — que ele tocasse o mamilo...

O celular de Zach tocou. Estava no chão. Não documentava nada daquilo.

Darlene fez um intervalo, sem ar.

Zach beijou o pescoço dela.

— Ignora.

O celular voltou a tocar.

Darlene simplesmente *soube* que era uma garota. Talvez uma de muitas. Com quem Zach estava dormindo. Exatamente o tipo de coisa que a tornaria tema das fofocas casuais do pessoal do clube do livro, que teria pena dela. Darlene o tirou de cima dela.

— Dee, espera...

Eles estavam próximos, estavam bem próximos de... ela não queria nem pensar a respeito. Darlene se endireitou, sem olhar para Zach, tentando sufocar o que seu corpo exprimia.

— Não vou fazer isso para seu entretenimento. Não me dê motivo para não confiar em você.

Ela ouviu quando ele se sentou. E quando falou, sua voz parecia incerta:

— Então... é isso?

Darlene lhe lançou um olhar irritado. Através do *jeans* claro, ela via a silhueta rígida de uma parte da anatomia de Zach que ainda não havia presenciado. Algo a que ele já tinha se referido mais de uma vez como "Capitão". A mera visão fez com que o sangue corresse para o rosto dela. O que Zach faria se ela estendesse o braço e o tocasse? Continuaria olhando para ela, deliberadamente, como estava fazendo?

— É melhor você ir.

Fez-se outra pausa dolorosamente longa.

— Tá. Só vou usar o banheiro.

Ele desapareceu corredor adentro. Darlene esperou que a porta do banheiro se fechasse e enfiou um dedo entre as pernas. Sua calcinha estava ensopada. Seu corpo todo parecia pesado e doce, como uma fruta madura, que precisava ser colhida. Racionalmente, ela sabia que Zach não era seu amigo, muito menos seu amante. Mas seu corpo não fazia ideia daquilo. Tinha acabado de aprender sua música preferida.

Quando Zach saiu, Darlene estava de pé, diante da janela aberta, do outro lado do cômodo. Ela tinha voltado a vestir o quimono, tão apertado quanto a alga em torno do *sushi*. Ele lhe ofereceu o celular.

— As fotos ficaram ótimas.

Ela não suportaria ver os dois se pegando.

— Não, por favor. Não quero perder o apetite pra sempre.

— Bom, então você vê quando eu te marcar. — Ele hesitou no lugar, tentando parecer animado. — E que tal aquela volta no bairro? Podemos pedir casquinhas no Milk Bar, e eu faço aquela coisa de lamber a ponta do seu nariz sujo de sorvete.

A ideia fez com que o corpo dela começasse a formigar violentamente. Darlene contraiu as mãos em punho para tentar fazer aquilo passar.

— Minha irmã topa me encontrar — Zach acrescentou, deliberadamente. — As mensagens eram dela.

Darlene queria acreditar naquilo, mas não sabia se acreditava.

— Era Imogene?

— Era. Darlene, eu não... olha, só quero passar o tempo com você.

Ele parecia tenso e sincero. Mas, ainda que estivesse dizendo a verdade, agora era tarde demais. Ela já havia interrompido tudo.

— Tenho que trabalhar numas letras.

Zach soltou o ar, exasperado.

— Tá. — Ele começou a ir para a porta da frente. — E como a gente faz com essa história do contrato, Mitchell?

A ideia de que haveria um limite devia lhe agradar. Por algum motivo, não era o caso.

— Achei que você fosse cuidar disso.

— Ixi, não sou inteligente o bastante para todo o juridiquês. — O desdém coloria suas palavras. — Minha irmã é que é brilhante, sou só o alívio cômico. Ela é a herdeira, eu sou o filho extra. Eu pago, só me manda o nome do advogado primeiro pra eu tentar descobrir se conhece Imogene ou Mina. Cara, seria um jeito muito constrangedor de ser descoberto.

Darlene o seguiu até a porta da frente.

— É claro que você é inteligente o bastante para o juridiquês. Você é um cara esperto.

— Rá!

Ele já estava no corredor, seguindo para a escada.

— Zach, espera!

Mas o reserva já tinha ido embora, e a porta da frente do apartamento bateu em seguida.

# 33

O verão era a estação do crescimento: o tempo quente persuadia até as variedades mais teimosas a florir, plenas e exuberantes. Enquanto os delfínios, as gardênias e as dálias começavam a abrir e revelar suas cores, Henry via Gorman ganhar vida. Tinham começado a selecionar o elenco para *Lágrimas de uma lesma recalcitrante*.

— É tão empolgante ouvir minhas palavras sendo lidas por atores de verdade. — Gorman se agitava pela cozinha, abrindo uma gaveta e depois outra. — A diretora é incrível. Formada pela New School. Foi muita sorte ter conseguido ela.

— E está tudo indo bem com Gilbert?

Gorman abriu outra gaveta.

— Sim.

Era a imaginação de Henry ou Gorman tinha corado?

— O que você está procurando?

— O abridor de vinho.

— Ali. — Henry apontou para a gaveta dos talheres. — No lugar de sempre.

— Os ensaios logo vão começar. — Gorman começou a abrir o vinho. — Vou precisar ir para lá todos os dias.

— Mas você é só o dramaturgo.

— O dramaturgo fica disponível para o que precisar ser reescrito — Gorman disse, com o tom meio autoritário e ofendido de quem havia acabado de descobrir aquilo também. — É como a indústria funciona.

Henry serviu duas tigelas generosas de *chow mein* de frango, com cebolinha e gergelim por cima. Gorman serviu uma taça de vinho para cada um. Eles se sentaram um diante do outro na mesa de jantar e colocaram guardanapos de linho sobre as pernas. Gorman sintonizou a TV no *Dancing with the Stars,* colocou no mudo e pediu que a Alexa colocasse Chopin para tocar.

— Vou chegar lá às cinco, toda noite. Ah, a comida está uma delícia, Choo-Choo. Como você consegue que o frango fique tão...

— Espera aí. Você vai às cinco? Todo dia?

— Todos os dias da semana.

Henry olhou para Gorman.

— Mas e a loja?

Gorman se atrapalhou com o guardanapo e evitou olhar para Henry.

— Bom, é, eu estava pensando em chamar aquela moça de novo para trabalhar em meio período por algumas semanas. Ela era boa. Você gostou dela.

Os palitinhos de Henry pararam no meio do caminho para a boca. A loja ficava aberta até as nove da noite durante o verão. Vinte horas por semana, a vinte dólares a hora.

— Então não só vamos gastar 10 mil pra montar a peça como agora temos que gastar quatrocentos dólares por semana em uma substituta pra você? Começando quando?

Os olhos de Gorman foram direto da tigela de comida para a taça de vinho.

— Os ensaios começam, hã, amanhã.

Aquilo era típico.

A terapeuta deles, Jennifer, uma septuagenária de cabelo grisalho que usava óculos estilo gatinho e colares de contas, dissera uma vez que eles deviam escolher entre se apoiar em suas semelhanças — interesses compartilhados, pontos fortes, valores — ou focar em suas diferenças. Diferenças que incluíam a tendência de Gorman a evitar conflito. Ou o modo como Henry cuidava dos cartões de fim de ano e dos presentes de aniversário e Gorman só comparecia. Ou como Henry era próximo de sua família e

Gorman só tolerava a dele. Ou... Henry impediu aquele pensamento em espiral. Os dois eram diferentes. Mas se amavam. E o amor era uma escolha.

— Tá — Henry disse. — Vejo isso depois do jantar.

Gorman pareceu surpreso. Depois aliviado. Depois desconfiado. Depois sem graça.

— Eu posso olhar. É responsabilidade minha.

— Seria ótimo — Henry disse. — Aumenta o volume. Quero ver o chá-chá-chá.

— Choo-Choo adora um chá-chá-chá — Gorman brincou, e Henry riu. Era verdade. Ele adorava.

Mais tarde, depois que Gorman havia lavado a louça e eles tinham feito amor (sempre costumavam transar depois de *Dancing with the Stars*), Henry o ficou vendo dormir. O leve subir e descer do peito de seu amado sempre o tranquilizava.

Quando Henry era mais novo, achava que a sensação de amar alguém devia ser sempre boa. Se não fosse, aquele amor não fazia bem. Mas, ao longo dos anos, ele aprendera que amar alguém significava fazer coisas que não queria fazer. Ir a uma festa que não queria ir. Apoiar um *hobby* que achava entediante, um amigo que achava chato, um padrão de comportamento que considerava irritante ou estranho. Contratar alguém meio período para que a outra pessoa pudesse perseguir um sonho que consumiria tempo e dinheiro, possivelmente motivado por um interesse em uma pessoa que mal havia saído da faculdade.

Henry estava disposto àquilo. Gorman era seu melhor amigo e já havia feito diversas concessões para dar a Henry a vida que ele queria. A própria floricultura tivera início como um sonho de Henry. Gorman era bom com números, mas não gostava de cuidar da contabilidade da empresa tanto quanto de escrever. Henry acreditava que, uma hora, seu companheiro ia lhe dar o que queria. Mas aquilo não o impediria de enfiar o *mixer* bem no fundo do armário, sem nem abrir. A mera visão daquilo o chateava.

# 34

Quando Savannah morava em Kentucky, fazia o jantar para Cricket, sua companheira de quarto e melhor amiga, noite sim, noite não. Elas comiam tacos de frango ou macarrão na frente da TV enquanto se atualizavam com o noticiário, sempre deprimente, ou algum programa ridículo de namoro. Era uma das melhores partes do dia dela: sentia-se em casa, mas também se divertia mais do que com a família. Assim, foi um choque constatar, no início de seu quinto mês em Nova York, que ela ainda não havia feito o jantar nenhuma vez para as pessoas com quem morava no Brooklyn. Savannah e Cricket levavam vidas paralelas e sempre estavam a par de cada pensamento da outra. Mas Arj, o *barman* mal-humorado, Leonie, a moça descolada que ela só via indo ou voltando de encontrar pessoas que conhecia na internet, e Yuli, que era *hippie* e sofria de ansiedade, por pouco não eram desconhecidos. As atividades diárias, os relacionamentos e as refeições daquelas três pessoas eram um completo mistério para ela. Viver com elas era como assistir a uma cena de um programa de TV com que não se estava acostumado: havia coisas acontecendo, mas não ficava claro o que tudo aquilo significava.

Era um domingo quente e ensolarado. Ela tinha um dia inteiro antes de precisar voltar ao desafio de Vanessa e seu pai equivocado, e ao negócio de casamentos de modo geral. Já havia limpado o quarto, uma caixa de sapatos muito organizada e decorada com mulheres animadas e inspiradoras que ela admirava: Michelle Obama, Reese Witherspoon, Ellen DeGeneres. Ela tinha se atualizado nas mensagens de texto, saído para correr e ido à igreja — na verdade, um evento cristão *hipster* em Williamsburg, que parecia mais um *show* que uma missa. Havia uma seção VIP, e o pastor usava roupas urbanas e ousadas que não pareceriam deslocadas em um desfile de moda. Mas, ainda assim, se conectar com Deus na companhia de outros cristãos era reconfortante. Deus era real. Ele tinha um plano para ela. Mesmo com tudo mudando na vida de Savannah, ela ainda podia contar com aquela constante.

Savannah ligou para Terry, seu amoroso e distraído pai, o que, como sempre, acabou virando um tutorial de TI.

— Pai, você tem que virar a câmera pra que eu possa te ver.

— Estou fazendo *quesadillas*!

Tudo o que ela conseguia ver era um pedaço do teto.

— Pai, *vira a câmera.*

O rosto com óculos do pai preencheu a pequena tela.

— Estamos com saudade, fofinha. Olha, fiz salsa! — Ele provou um pouco e quase vomitou. — Acho que botei açúcar em vez de sal. Tá, isso não é bom.

— Também estou com saudade, pai. — Savannah adorava falar com os pais, mesmo que fosse um pouco desconcertante. A vida que havia deixado para trás continuava acontecendo sem ela. O pai cozinhando mal, a mãe tricotando sem parar, Picles, o cachorro que era uma mistura de *poodle* e *cocker spaniel*, sempre no caminho.

— Mas isso aqui é ótimo! — Terry foi para a sala, afastando-se da carne que chiava no forno. — Como chama?

— FaceTime, pai.

— FaceTime! Quanto custa?

Um cachorro latiu.

— Ora, eu não tinha visto você, Picles, estou falando com Savannah. Pra fora, anda.

— É de graça, pai. Vem com o celular.

— De graça? Quem diria? E quais as novidades, querida? Já comprou uma passagem de volta?

— De volta pra onde?

— Pra casa! Você disse que viria pro Natal.

Tecnicamente, os pais de Savannah haviam dito que até o Natal ela já estaria morando em casa de novo, e na época não houvera discórdia. Mas a primeira metade do ano já havia passado e Savannah ainda estava se encontrando. Como seria sua vida se voltasse para casa? Conseguiria um trabalho pouco exigente na rua principal, sairia para beber com Cricket e as meninas nos mesmos três bares, veria seus pais todo fim de semana, por horas sem fim, fazendo sabia-se lá o quê. Nova York era desafiadora, mas não era previsível.

— Olha a mamãe aqui, tricotando um... o que é isso, meu bem? Um chapéu?

— Estou te fazendo um cachecol para o outono, fofinha! — Sherry cantarolou. — Gostou da cor?

— Não estou te vendo, só vejo o papai.

A testa gigante dele ocupou toda a tela.

— Como eu viro? Ah, aqui...

Ele desligou na cara dela.

Savannah decidiu fazer frango frito para os colegas de casa. Receita da avó dela. Nada aproximava mais as pessoas como frango frito. Talvez ela levasse um pouco para Honey. Ela pegou as chaves e saiu.

A linha do metrô que a levava direto de Bushwick para Manhattan não estava funcionando: aproveitavam o fim de semana para fazer consertos. Embora fosse barulhento e lotado, o metrô em geral era rápido e eficiente, como cavalos puro-sangue no auge do desempenho. O que fazia os ruidosos ônibus destacados para substituí-lo parecerem pangarés lerdos à beira da morte. A viagem até o Trader Joe's na Union Square, que deveria ter levado vinte minutos, foi feita em uma hora e meia. Ela procurou ignorar aquilo. Entrou pelas portas automáticas e foi parada por um funcionário cheio de espinhas no rosto.

— Tem fila — ele disse, apontando.

Ligeiramente confusa pelo fato de a fila do caixa começar do lado de fora do mercado, Savannah explicou que ainda não tinha pego nada.

— Tem fila para entrar — ele esclareceu. Savannah quase riu na cara dele. Fila para entrar? Por quê, Billy Joel estava fazendo um *show* grátis na seção de congelados? Não era o caso. Só parecia que todos os nova-iorquinos de Manhattan tinham decidido ir às compras exatamente no mesmo horário.

Savannah quase teve o último maço de couve arrancado de sua mão por uma senhora atrevida que usava uma camiseta com os dizeres: *Não sou sua vadia!* Savannah se virou em meio à multidão e finalmente reuniu todos os itens de sua lista... só para se juntar a outra fila inacreditavelmente longa que serpenteava para cima e para baixo pelos corredores por onde havia acabado de passar. A menina toda tatuada na frente dela simplesmente ia fazendo suas compras enquanto esperava, jogando mantimentos nas cestinhas conforme a fila avançava. *Assim eu teria economizado uma boa meia hora.*

— Uma sacola só? — a pessoa no caixa perguntou a Savannah, com uma animação pouco natural.

Savannah fez que sim. Não queria que o desperdício de papel pesasse em sua consciência. Mas, assim que saiu do ônibus e deu o primeiro de cerca de mil passos até sua casa — ela não morava exatamente no centro —, a alça da sacola de papel rasgou. O conteúdo se espalhou como em uma pinhata, rolando pela calçada e para a rua, onde os três frangos rosados e gordos foram esmagados sem qualquer cerimônia pelo ônibus que saía. Uma pessoa não binária toda *hipster* parou e tirou uma foto das aves massacradas com uma Polaroid. Ninguém ofereceu ajuda.

Savannah carregou tudo o que não havia tocado a calçada nos resquícios da sacola rasgada. Seus braços doíam. Seus pés latejavam. (Por que ela tinha posto sandálias de salto? Fora uma idiotice!) A dois quarteirões do apartamento, teve início uma tempestade de verão que seu aplicativo do clima não havia previsto. Quando ela chegou em casa, mancando, estava ensopada, dolorida e à beira das lágrimas. A única coisa que a impediu de chorar foi ver que seus três colegas de apartamento estavam em casa no mesmo horário, o que era um milagre. Um sinal! Yuli, Arj e Leonie estavam jogados nos dois sofás surrados da sala, mexendo cada um em seu celular, em uma companhia silenciosa. Ela nem esperou que perguntassem sobre as compras antes de anunciar o que pretendia fazer: frango frito pra todos.

— Vou ter que comprar o frango de novo, em algum lugar — Savannah acrescentou, tentando não parecer irritada. — Mas vou comprar, e o jantar vai acontecer. Às oito em ponto.

Arj nem tirou os olhos do celular.

— Vou trabalhar.

Leonie, a descolada, examinou sua nova tatuagem do Pikachu.

— Tenho um encontro.

— Sou vegano — Yuli informou, olhando feio para as compras de Savannah. — Você não está pensando em usar minha travessa, né? — Ele soltou uma risada nervosa. — Não seria nada legal.

Aquilo era demais.

Nova York era exaustiva, exigente e cara, e tudo aquilo pelo quê? Um quartinho maltrapilho em um apartamento barulhento cujos moradores não davam a mínima para Savannah. Ela queria muito poder entrar na casa de sua família, pegar o cachorro no colo e tomar sorvete no sofá. Mas não podia. Porque estava presa em Bushwick. Com Leonie, Arj e Yuli, que listavam utensílios de cozinha que ela não podia usar para fazer o jantar para todos.

Savannah tirou as sandálias e foi para o quarto. Pegou o travesseiro, enterrou o rosto nele e gritou.

# 35

O Whole Foods do bairro de Gowanus estava tão vazio que chegava a ser relaxante. Liv sabia que a melhor opção era ir o mais tarde possível, evitando assim o *rush* de antes do jantar. Ela pegou um abacaxi e o avaliou com cuidado. Adorava abacaxi, e Benny também, mas envolvia um processo árduo. Descascar, fatiar e tirar as sujeirinhas que sobravam. Todo o trabalho duro valeria a recompensa? A casca estava meio amarelada, meio esverdeada. Aquilo significava que estava maduro? Liv cheirou a fruta. Parecia... abacaxi.

— Oi. — Sam Woods estava a alguns passos dela. Uma sensação repentina, como uma onda cítrica inesperada, envolveu seu peito.

— Ah, oi. — Liv controlou o instinto de abraçá-lo e se restringiu a fazer um leve aceno. Não esperava vê-lo até o casamento Fitzpatrick-Maple, no mês seguinte. Ela pensou na roupa que usava: um macacão de jérsei desleixado e tênis amarelos. Suas axilas deviam estar peludas. Ela não usava maquiagem. Poderia ser melhor, mas também poderia ser pior. Por sorte, os dias em que saía de casa de roupão já tinham passado.

Sam usava uma camiseta do 'Shwick Chick e *jeans* desgastado. Carregava uma cestinha de compras no braço. Seu bíceps se projetava vagamente. Ele apontou com a cabeça para o abacaxi.

— Parece que você está em meio a uma decisão importante.

— Não sei se está maduro.

Sam puxou uma folha da coroa. Que não cedeu.

— Ainda não. — Ele escolheu outro abacaxi. A folha dele saiu fácil. — É assim que a gente sabe.

— Muito esperto. — Liv colocou o abacaxi, que imaginou que agora tivesse que comprar, em sua cestinha. — Quais outros truques tem na manga?

Sam pegou um melão.

— O melão tem que estar mais pesado do que parece. — Ele sentiu o peso nas mãos. — E com um cheiro doce. — Sam o levou ao nariz e cheirou. — Acho que este aqui está perfeito.

Ela pegou o melão. Não porque estivesse planejando fazer uma salada de frutas, embora claramente era como aquela ida às compras ia terminar. Ela pegou o melão por causa daqueles olhos bondosos e envoltos em rugas, que, por algum estranho motivo, pareciam gostar do que viam.

— E as cerejas? Adoro cereja.

— Hum, elas ainda não estão na melhor época. Mas vou ficar de olho pra você. — Sam escolheu algumas maçãs orgânicas para sua própria cestinha. — Como está o Big Ben?

— Ótimo. Ele está na minha mãe hoje à noite, sendo mimado entre uma e outra história sobre o Holocausto. E Dottie? — Liv perguntou, mais surpresa que satisfeita por ter recordado o nome da filha dele.

— Ótima também. Numa fase Peppa. Está com a mãe este fim de semana.

— Isso deve ser difícil.

Liv pensou no que teria acontecido se Eliot tivesse se recuperado. Não fazia ideia se teriam se divorciado ou tentado se resolver.

— Pelo menos ainda nos damos bem. — Sam pegou uma cabeça de alho. Fragmentos da casca branca como papel flutuaram até o chão. — Com alguns casais que conheço a coisa ficou muito feia. E aí é muito difícil para as crianças. Eu e a Cláudia, a minha ex, ainda passamos o Natal e os aniversários juntos, e vamos juntos em tudo relativo à escola.

— Isso é muito maduro da parte de vocês. — Aquele era um termo que provavelmente não se aplicaria caso ela se separasse de Eliot.

O marido de Liv era um homem bonito, gregário, divertido, franco e sempre aquele que abria a pista de dança. Mas também era irresponsável, pouco confiável e egocêntrico. Um hipocondríaco que vivia diagnosticando indigestão como câncer de estômago. Um extrovertido que precisava de estímulo constante. Com Eliot, Liv estava sempre alerta. Agora, sem as necessidades desproporcionais e complicadas dele para lidar, ela tinha tempo para suas próprias necessidades. Necessidades como se sentar sossegada. Deixar que seus pensamentos viajassem. De modo que a pergunta era:

— Do que você precisa?

Liv piscou duas vezes. Não tinha dito tudo aquilo em voz alta, tinha?

— Eu?

— Você tem uma lista ou está tudo aqui? — Sam perguntou, tocando a própria têmpora. — Nesse seu cérebro brilhante?

Liv costumava fazer listas de compras detalhadas e imprimi-las. Deveria voltar àquele hábito. Gostava de ter listas.

— Acho que quero fazer uma torta.

— Ah, boa ideia. De quê?

— Quando eu era pequena, minha mãe colocava uma lata de leite condensado na pressão para fazer doce de leite. Ela recheava uma torta com isso e servia com sorvete de baunilha. Era inacreditavelmente boa. — Liv olhou para o homem a seu lado. Era estranho ter vontade de alguma coisa e simplesmente expressar isso em voz alta. Transformar o abstrato em matéria. — Acho que quero fazer isso.

— Então vamos achar o corredor de itens enlatados — Sam disse, olhando em volta.

Eles terminaram de fazer suas compras juntos, conversando sobre assuntos como a cozinha e alimentos básicos. Eram temas seguros: Sam era um fornecedor e Liv era uma empresária tentando reconstruir sua reputação. Mas era tão fácil falar com ele que ela esquecia que os dois não eram velhos amigos. Estar com Eliot era como usar alta-costura. Estar com Sam era como vestir um moletom confortável.

Na saída, cada um seguiria em uma direção.

— Foi bom te encontrar. — Ela segurava as sacolas de frutas maduras e massa de torta no ombro. — A gente se vê no casamento Fitzpatrick-Maple.

Ele enrolou um pouco.

— É... a gente se vê.

Liv assentiu para ele, depois deu alguns passos na direção do carro.

— Quer ir comer alguma coisa comigo?

A pergunta foi tão inesperada que a fez parar na hora.

— Tipo... tipo um encontro?

— Não! Bom, sim. É, tipo um encontro. Nós dois. Comida. Eu pago a comida. A menos que você queira dividir, o que também seria... — Sam puxou o ar, e seu rosto começava a queimar — totalmente aceitável. Não agora. Mas... em breve.

O conceito de encontro era como uma tecnologia alienígena para ela. Tudo relacionado parecia além da compreensão.

— Quando?

— Quando você quiser. Quarta?

— Ah, tenho um negócio na quarta. — Liv ficou surpresa ao ver que mentia. As palavras se amontoavam umas sobre as outras, em uma parede de tijolos absolutamente confusa. — Aula de culinária. Quer dizer, aula de ioga. Uma aula de ioga em que você faz um prato no fim.

— Liv, não tem problema. — Sam recuou um passo, ainda sorrindo, mas parecendo magoado. — Desculpa. Eu entendi errado... Não vou voltar a tocar no assunto. Boa noite.

Ele seguiu até o fim da rua e virou a esquina, sumindo de vista.

Liv continuou olhando para aquele ponto, até que com um baque retornou à realidade das quatro sacolas pesadas de mantimentos que carregava. Não conseguiu evitar a sensação esmagadora de que tudo aquilo iria para o lixo.

# 36

— Não temos manteiga? — A voz de Savannah falhou. — Que tipo de monstros não têm *manteiga*?

Ela bateu a porta da geladeira e levou uma mão trêmula à testa. Era uma mulher à beira de um ataque de nervos por falta de laticínios.

A campainha tocou.

*Graças a Deus.*

Um minuto depois, Honey colocava dois frangos crus na mesa da cozinha e franzia a testa para a pilha de mantimentos amassados.

— O que está acontecendo?

Com os dentes cerrados, Savannah explicou sua tentativa fracassada de fazer o jantar para seus colegas de apartamento, que não estavam mais lá, além do absurdo de não terem manteiga, ingrediente-chave para tudo o que valia a pena comer.

Honey massageou os ombros dela.

— Ei, não tem problema. Eu vou na loja de conveniência e compro o que você precisar. Depois podemos fazer o jantar juntas. Mesmo se formos só nós duas, vamos nos divertir.

A generosidade familiar e altruísta de Honey fez com que Savannah pegasse as mãos dela.

— Ah, Honey, você é muito fofa. Mas não vou te deixar cozinhar no seu dia de folga. Fazer frango frito nesta cozinha minúscula deve ser a última coisa que você quer no momento.

— O que eu mais quero fazer no momento é ficar com você. E experimentar a receita da sua avó. Preciso conhecer a concorrência.

Savannah olhou nos olhos de Honey. Eram da mesma cor da embalagem dos bombons da Hershey's. Ela tinha muita sorte de haver encontrado alguém que fazia com que se sentisse em casa em uma cidade que não poderia estar mais distante daquilo. As duas se abraçaram, e a tensão da tarde se dissipou. Honey sempre melhorava seu humor.

— Seria maravilhoso.

E, simples assim, estava tudo bem.

Quanto mais a chuva apertava, mais aconchegante a cozinha ficava. Juntas, elas fizeram o frango frito da avó de Savannah, receita que envolvia salmoura de leitelho e Cheetos amassados para empanar. Savannah fritou diferentes partes do frango, enchendo o apartamento com o cheiro quente e salgado de um churrasco no quintal. Honey colocou uma assadeira de pão de milho no forno e fez uma tigela de molhinho. Elas trocaram insultos de brincadeira e uma fez a outra rir. Era ao mesmo tempo fácil e revigorante passar o tempo com Honey. Duas meninas sulistas em Nova York, correndo atrás de seus sonhos, dando um jeito. Honey sempre se animava com comida, e falava e se movia mais rápido que o normal. Ela ficou à vontade na cozinha apertada e pouco abastecida, improvisando bem. Sua confiança constante fazia Savannah ter mais confiança também, como se tudo o que quisesse da vida fosse tangível. Mais que isso: como uma jovem solteira, era bom ter alguém com quem pudesse contar, para dar risadas, conversar ou ser reconfortada quando as coisas davam errado. Exatamente como costumava contar com sua melhor amiga em casa, Cricket. Só que Cricket continuava numa cidade pequena, enquanto Honey agora vivia em uma cidade grande, e fora quem a apresentara às críticas de restaurantes da *New Yorker* e aos bares secretos que havia espalhados por todo o Brooklyn. Enquanto a couve cozinhava, Savannah abriu uma garrafa de vinho branco barato. Elas brindaram à amizade.

— Falando nisso — Savannah acrescentou —, tenho algo pra você.

Ela entregou uma camiseta a Honey. Quando a amiga a desdobrou, viu que tinha o logo da Frango Frito da Honey e arregalou os olhos.

— Quê? Como...?

— É só um esboço inicial — Savannah se apressou a explicar. — Não sou uma grande *designer*. Só achei que você podia usar algo do tipo quando for fazer tudo isso — ela apontou para a comida — sozinha.

Honey não conseguia tirar os olhos da camiseta, com um sorriso que revelava a fresta entre seus dentes da frente estampado no rosto.

— Isso torna a ideia mil vezes mais real. *Obrigada*. E agora não preciso pedir a você-sabe-quem pra fazer isso.

Savannah tomou um gole de vinho, curiosa.

— Qual foi o rolo no seu último relacionamento?

Honey suspirou, dobrando a camiseta com cuidado.

— Eu e Rowan... bom, é complicado.

— Complicado como?

— Comecei a namorar logo que cheguei a Nova York. Rowan é muito importante pra mim. Sempre vai ser. Mas não sei se é pra ser.

— Se não é pra ser com ele, com que tipo de cara você acha que está destinada a ficar?

Honey olhou nos olhos de Savannah. Como se ela já soubesse a resposta. Savannah pensou nos homens na vida da outra. Funcionários do restaurante, amigos que passavam para o *happy hour*, alguns colegas de empregos anteriores que sempre comiam por conta dela. Ninguém estava à altura de Honey: ela era muito melhor que todos eles juntos. Não conseguir decifrar aquele enigma tirava o chão de Savannah.

— Quem? — ela perguntou. — É algum cara que eu conheço?

Um estranho sorriso se insinuou nos lábios de Honey.

— Savannah, não é...

Alguém destrancou a porta da frente. Leonie estava ensopada.

— O cara era um psicopata total. — Ela largou a bolsa e o guarda-chuva quebrado. — Nossa, que cheiro delicioso!

Savannah liberou a mesa da cozinha e a arrumou com os melhores pratos que conseguiu encontrar e guardanapos de pano. Quando Honey estava começando a servir o frango, Yuli chegou em casa.

— O pão de milho é vegano! — Savannah avisou, animada. — E tem couve!

Yuli se sentou à mesa.

Os quatro se refestelaram. Leonie regalou a mesa com histórias de encontros terríveis com gente da internet, e Savannah riu até não poder mais. Não fazia ideia de que Leonie era tão engraçada. Yuli repetiu duas vezes o pão de milho e pediu conselhos sobre um emprego em que estava interessado, em uma escola comunitária. Ele dava aula de inglês para o oitavo ano e escrevia romances para jovens adultos sob o pseudônimo Summer Winters. Era outra revelação. Quando o vinho acabou, Arj chegou do trabalho.

— Eu ia beber isso no meu quarto e tentar dormir um pouco — disse, mostrando uma garrafa de borgonha —, mas se ainda tem frango frito...

— É o melhor frango frito que já comi. — Leonie pegou uma coxa. — Yuli, você não sabe o que está perdendo.

— Não estou nem aí — disse Yuli, simpático. — Tenho meu pão de milho. Não! — Ele bateu na mão de Arj, que tentou pegar o que restava. — É meu!

— Isso me lembra — Leonie começou a dizer, mastigando o frango — de uma vez que saí com um cara que não parava de pegar comida do meu prato.

A mesa toda gemeu e riu, enquanto Leonie se lançava em uma nova anedota.

Os olhos de Honey buscaram os de Savannah do outro lado da mesa. Honey sorriu, como se dissesse: *Você conseguiu!*

*Nós conseguimos*, Savannah queria dizer. *Somos uma equipe.* Ela não pensava assim em relação a uma amiga desde Cricket. Savannah e Cricket eram uma equipe: nunca faziam nada separadas. Na verdade, Cricket até era um pouco parecida com Honey. As duas eram morenas baixinhas e ousadas, com sorriso amplo e olhos expressivos. *Talvez eu tenha um tipo*, ela pensou, brincando. *Um tipo de amiga.*

Ela parou, e a garfada de pão de milho ficou congelada no ar. Honey olhou para ela. Piscou. Virou-se para Leonie, rindo um pouco demais do que quer que a outra tivesse dito.

Foi então que tudo começou a se encaixar.

Os outros já estavam bocejando e colocando tudo na lava-louça quando Honey seguiu para a porta da frente, com uma sacola de sobras na mão.

— Honey?

Savannah falou baixo, para que ninguém mais ouvisse.

— Oi?

— Sobre Rowan...

Honey olhou para ela de um jeito estranho. Não. Em expectativa.

Tudo se mexia, o horizonte parecia inclinado.

— Rowan... não é um cara. Né?

Savannah não conseguiu decifrar o que os olhos de Honey transmitiam. Apreensão? Alívio? Uma eternidade se passou antes que a outra fizesse que não com a cabeça, devagar.

— Não. Ela não é. — Honey ficou na ponta dos pés e deu um beijo na bochecha de Savannah. — Boa noite.

Ela desceu os degraus depressa e adentrou a noite chuvosa de verão.

Na manhã seguinte, Savannah e Liv se sentaram lado a lado no escritório ensolarado da Amor em Nova York. Diante delas, havia dois *laptops* abertos e dois *cappuccinos* com leite de aveia. Dolly Parton, que as duas adoravam, era tocada baixo. A um observador externo, aquela era a imagem perfeita de duas mulheres trabalhando. No entanto, fazia quinze minutos que nenhuma das duas fazia qualquer movimento.

Por que Honey não havia dito a Savannah que era lésbica? O primeiro pensamento que lhe ocorreu, assustador, foi de que Honey, que Savannah considerava sua melhor amiga em Nova York, tinha achado que ela não aceitaria. Que a julgaria. O que não era o caso.

Bom, talvez ela tivesse ficado um pouco chocada.

Ela certamente havia ficado um pouco chocada.

Os *queers* que Savannah conhecia eram claramente *queers*, definitivamente *queers*, do tipo que não surpreenderia ninguém. Lavinia, uma lésbica metida a bruxa que fazia parte de seu grupo de estudos. Ryan, seu namoradinho da época do ensino fundamental, que agora fazia teatro musical. Scout, uma pessoa não binária de beleza inacreditável que trabalhava como modelo e circulava pelo *campus* fazendo filmes de arte esquisitos que ninguém entendia, mas que todos queriam ver, porque afinal eram de Scout. Lavinia, Ryan e Scout eram diferentes, e aquilo era ótimo: viva e deixe viver. Mas, enquanto os três lhe pareciam diferentes, Honey não parecia. Honey era como ela. Se Honey era *gay*, Savannah não sabia de mais nada, porque literalmente qualquer um poderia ser. As regras de quem e o que se era de repente pareciam frágeis e inflamáveis como papel. E aquilo deixava Savannah desconfortável.

Mas não tão desconfortável quanto o fato de que Honey não havia respondido suas últimas três mensagens. Racionalmente, Savannah sabia que elas voltariam a se falar, logo mais. Eram adultas (basicamente), e iam esclarecer aquilo. Mas, para se sentir mal, ela insistia em pensar que a noite anterior fora a última vez em que se veriam. Que Honey tinha lhe dado um único beijo, os lábios quentes e leves tocando a bochecha de Savannah, e então *puf*. Ela fora embora. A ideia abria um buraco em seu peito e a deixava oca.

Savannah soltou o ar audivelmente, forçando-se a voltar ao presente. O casamento Fitzpatrick-Maple. O pai obstinado.

— Se meu pai não fosse entrar comigo no meu casamento, choraria mais que eu.

— Hum... — fez Liv.

— Deve ter algum jeito de trazer o que há de bom no general à tona.

— Hum...

Os olhos de Liv estavam vidrados, meio sonhadores, meio preocupados.

— Liv! — Savannah olhou para ela. — Você ouviu uma palavra do que eu disse?

— Não. — Liv suspirou. — Não ouvi.

Savannah percebeu que tinha alguma coisa ali.

— Por quê?

— Por nada. Vamos voltar... ao que quer que você estivesse falando.

Savannah cruzou os braços.

— O que está rolando?

Liv suspirou e contou para ela sobre A Rejeição Mais Desconfortável do Mundo, explicando que de jeito nenhum ia sair com Sam. Ela não estava nem um pouco pronta e não seria apropriado. Ele era um fornecedor. E não fazia nem um ano que Eliot havia morrido.

— Quer dizer, eu não poderia simplesmente topar, não é?

Os olhos de Savannah estavam tão arregalados que quase chegavam ao tamanho de bolas de praia.

— É claro que você pode sair com Sam! Todo mundo pode sair com quem quiser!

Liv recuou um pouco diante da força do entusiasmo de Savannah.

— Acho que não. Digo, olha pra mim.

— Estou olhando pra você e estou vendo uma mulher inteligente e bem-sucedida em quem ele está obviamente interessado. E por que não estaria?

Liv franziu a testa.

— E quanto a Ben? Não é cedo demais?

— É, sim, para Ben. Mas você não precisa contar a ele que vai sair com alguém. É só um encontro!

Liv olhou para a jardineira larga que usava.

— Com que roupa eu iria?

— Eu te ajudo a se arrumar! — Savannah se levantou da cadeira e se ajoelhou ao lado de Liv. — Vai ser tão divertido. Na verdade, estou louca para fazer uma transformação em você!

— Você acha que preciso de uma transformação?

Savannah assentiu, com fervor.

— Nada drástico. Podemos só redesenhar suas sobrancelhas e passar um batom. E aposto que consigo fazer algo bem legal com seu cabelo...

— Tá, já entendi. Acho que eu poderia pedir para Henry e Gor ficarem com Ben.

— Se eles não puderem, eu fico! — Savannah bateu palmas. — Você merece isso, Liv. E Sam é maravilhoso. Vocês formam o melhor casal do mundo.

— Casal? E aquela história de "é só um encontro"? — Liv tinha se levantado e andava de um lado para o outro. — Bom, e aí? Ligo pra ele e volto atrás? Não vai ser um pouco estranho?

— Acho que Sam não vai ligar. — Savannah se pôs de pé também. — Isso é tão legal! Eu estava mesmo precisando de uma distração.

— Distração do quê?

De lábios macios e bronzeados de verão. Das curvas de uma mulher, um mapa topográfico que Savannah se sentia compelida a explorar...

— Nada — ela respondeu. — Anda, liga pra ele!

Havia algo de perverso em convencer a viúva de seu último amante a sair com outro homem? Sim. Sim, havia. No entanto, aquilo estava acontecendo.

Liv procurou o número de Sam na agenda do celular. Ela fez uma careta e passou uma mão na barriga.

— Afe, me sinto tão estranha.

— Estranha como?

— Como se estivesse com fome. Ou passando mal. Ou como se... —

O reconhecimento se tornou visível nos olhos de Liv. Ela encarou Savannah, parecendo um pouco encabulada. — Acho que estou animada.

Savannah sorriu. Liv merecia aquilo.

Todo mundo merecia amar e ser amado. Da maneira que lhe agradasse.

Liv ligou para Sam.

— Dedos cruzados.

# 37

Os dedos de Zach se moviam cuidadosamente no celular. *Oiê! Cheguei!* Não, animado demais. *Ô, tô aqui.* Americano demais. *Srta. Mitchell, sua carruagem a aguarda.* Ai, meu Deus, dava para ser mais pretensioso?

— Que coisa!

Zach jogou o celular no banco do passageiro e bagunçou o cabelo com ambas as mãos. O que estava acontecendo com ele?

Aquilo era óbvio. Darlene estava acontecendo com ele.

Zach sempre tivera um leve interesse pela colega, que estava guardado dentro da pasta "Nunca vai acontecer", com uma cópia nas pastas "Você não é o tipo dela" e "Proibido (trabalho)". Mas uma mentira impulsiva seguida por dois beijos de virar a cabeça haviam incendiado aquelas pastas. O beijo do lado de fora do Babbo começou a repassar em sua mente, e a fita já devia estar tão desgastada que era uma surpresa que não arrebentasse. A sensação da boca dela na dele: ávida, apaixonada. Tudo era calor ardente e desejo desvairado e reprimido. Tinha sido bom. Muito mais que um beijo. Uma inundação chegando. Cem cavalos selvagens em disparada. Ele levara uma semana inteira para se recuperar. A ideia de mandar uma mensagem a Lauren ou ao punhado de mulheres com quem andava conversando de repente parecia ridícula. Depois de voar num jatinho, não se pode voltar à classe econômica.

E então a sessão de fotos rolara. Se o primeiro beijo tinha sido quente, a sessão de fotos fora como uma explosão nuclear. O modo como ela o puxara para cima de si, *claramente* a fim, os dois se contorcendo, passando a mão, esfregando-se um no outro...

— Ai, meu Deus — Zach gemeu. Sempre fora cheio de tesão. Mas Darlene Mitchell o estava transformando em um menino de 13 anos. Era ridículo. O único modo de conseguir se controlar era se recordando de que Darlene era definitivamente muita areia para o seu caminhãozinho. Ela tinha uma fotografia de quando conhecera o presidente Obama na época em que estudara em Princeton pendurada na parede! Darlene era linda e brilhante. Ele era um idiota ridiculamente atrevido.

— Para! — ele sibilou para as próprias pernas. — Sério, Capitão, vê se para com...

Alguém bateu no vidro do passageiro.

— Darlene! — Zach se apressou a ajeitar as calças, abandonando seus planos de abrir a porta para ela. Darlene se sentou no banco ao lado dele, e o ar no carro foi preenchido pelo aroma de coco e jasmim. De alguma maneira, ela parecia ao mesmo tempo encantadora e arrebatadora. Zach não permitiu que seus olhos se demorassem na boca luxuriosa dela. Ou em seus seios perfeitos. Ou em sua bunda incrível.

— Você estava gritando com seu pinto? — Darlene perguntou, colocando a bolsa no banco de trás.

— Não fale besteira. — Zach deu a partida. A Mercedes ronronou, ganhando vida. — Você está ótima — ele acrescentou, arriscando outra olhada enquanto saía com o carro. — Gosto dessa peruca. Quer dizer, prefiro seu cabelo afro, mas gosto dessa peruca.

Darlene alisou o cabelo brilhante e comportado.

— Não tem muitos negros nos Hamptons. Não queria assustar seus pais com um afro.

— Rá. Acho que eles sobreviveriam.

Darlene baixou o retrovisor do lado do passageiro para verificar a maquiagem, que, como sempre, estava imaculada.

— Quero causar uma boa impressão.

— Você sempre causa uma boa impressão.

O sorriso de Darlene sugeria que não era fácil.

— Porque me esforço para isso.

Ela sempre parecia incrível quando estavam em público ou no palco.

— Mas nem sempre você se esforça comigo. Me lembro de umas camisetas velhas e calças de moletom largas nos ensaios.

Ela riu, relaxando no banco do passageiro.

— Então tá. Talvez eu *nem sempre* me esforce com você.

— Gosto disso — ele disse. — Gosto de poder ver todos os seus lados.

— A maioria dos meus lados — ela o corrigiu.

— Com o objetivo de ver todos — Zach respondeu, incapaz de resistir a movimentar as sobrancelhas para Darlene até que ela risse e socasse o braço dele.

Os dois prosseguiram em uma conversa fácil enquanto dirigiam. Não ter que olhar para os olhos escuros e quentes dela ajudava. Zach e Darlene sempre tinham bastante assunto, mas sua dinâmica estava ligeiramente diferente do normal. Em geral, Darlene se irritava com ele, sem dúvida com motivo — ela estava sempre certa, e ele estava sempre errado. Mas, aquela noite, ela foi mais simpática. Rindo das piadas dele e até oferecendo alguns elogios. Zach tinha que admitir que adorava aquilo. Quando chegaram à casa de seus pais, ele ficou triste que a viagem de duas horas e meia de carro tivesse acabado. E mais que um pouco ansioso porque a realidade da riqueza de sua família — uma realidade que ele preferia não destacar — agora estaria em plena vista, de maneira até espalhafatosa. Darlene absorveu o tamanho da propriedade, impressionada.

— Bom... você não mencionou que seus pais moravam num palácio.

— Droga, devia ter te avisado. — Eles deixaram o carro à entrada suntuosa e subiram correndo os degraus da frente. — Sou um...

Mas a palavra seguinte — *idiota* — foi interrompida pela pressão firme dos lábios de Darlene nos dele. Quando ela se afastou, Zach piscou, surpreso.

— ... cara de muita sorte. Por que isso?

Darlene corou e passou a língua pelo lábio inferior.

— Entrem, casalzinho — Imogene os chamou da porta da frente. Atrás dela, a mãe os observava, intrigada.

— Pelas aparências — Darlene disse, pegando a mão dele.

Claro: se Darlene o beijava, era pelo dinheiro. Jantar com a família dele estava no contrato que eles haviam acabado de assinar, afinal de contas. E, muito embora aquele esquema lunático tivesse sido ideia dele, Zach ficou surpreso com o quanto aquilo doía.

# 38

Darlene aceitou um abraço caloroso de Imogene e um quase abraço de Catherine, mãe de Zach, estilo "não amassa minha roupa". Ela trocou um aperto de mãos com o pai de Zach, Mark, e foi apresentada a Debra, uma mulher alegre e simpática na faixa dos 40 que parecia ser da Índia ou de algum lugar no Caribe e administrava a propriedade. As duas trocaram sorrisos e um aceno de cabeça em reconhecimento. Darlene ficou aliviada por não ser a única pessoa que não era branca em um raio de cinquenta quilômetros, muito embora Debra, apesar de trabalhar ao *laptop* e não servir bebidas, tecnicamente ainda fosse empregada deles. Era difícil não pensar no filme *Corra!* Quando Debra desapareceu em um escritório, para trabalhar em confortáveis poltronas de couro, Darlene teve que se segurar para não fazer uma piada sobre o "Sunken Place" do filme.

— Pensei em começarmos tomando um drinque no pátio — Catherine disse, resplandecente em um vestido envelope de seda vermelha e com o botox recém-retocado. — Algo bem casual.

Nada ali era casual. O pátio tinha o tamanho de um navio e dava para a piscina olímpica e acres de área verde imaculada. Catherine entregou a Darlene um drinque com rum que exigia as duas mãos para manipular.

Zach pediu água com gás. A mãe dele pareceu chocada.

— Você não vai beber, Zach? — ela perguntou, como se dissesse: *Você sabe voar, Zach?!*

Ele explicou que estava dirigindo e apoiou uma mão no joelho de Darlene. A sensação do toque subiu pela espinha dela com uma eletricidade tão inesperada que ela estremeceu. Zach entendeu aquilo como recusa e recolheu a mão.

— Por que não contratou um motorista? — Mark perguntou. O pai de Zach usava um terno de três peças e sapatos que tinham exigido a morte de um crocodilo. — Em geral você vem com um motorista, não?

— Vocês não entendem? — Imogene tomou um gole de seu drinque, com os olhos azuis brilhando. — Eles queriam ficar *sozinhos*.

— Ah — os pais de Zach disseram, então trocaram um olhar ligeiramente impressionado. Não estava claro se porque Zach ficaria sóbrio ou se porque Darlene queria ficar a sós com o filho deles.

A conversa passou para a aproximação do casamento de Imogene e Mina, um evento a que se esperava que Darlene fosse. Por um lado, ela se sentia culpada. Os Livingstone estavam investindo emocionalmente nela, e Darlene mentia para eles. Por outro lado, uma parte menos nobre mal podia esperar pelo casamento. Não porque seria o primeiro a que iria com Zach sem que precisassem trabalhar, mas simplesmente porque iria com ele.

Era estranho testemunhar Zach em casa, com a família. Darlene estava acostumada com ele sendo o centro das atenções, o que às vezes era divertido e às vezes era irritante, mas ali Zach ficava mudo. Talvez considerasse entreter as pessoas apenas um trabalho e, no momento, não estava trabalhando. Zach e Imogene pareciam parceiros em sua luta pela sobrevivência a dois narcisistas dramáticos. As expectativas dos pais eram tão inacreditavelmente altas que Zach nem se dava ao trabalho de tentar agradar com qualquer tipo de atuação. Mas a ironia era que os pais de Zach ainda assim o tratavam como um palhaço.

Zach, o idiota irritante, era um papel que ele escrevera para si mesmo e que desempenhava com desenvoltura desde que Darlene o havia conhecido. Mas tal papel se tornara menos circunstancial, baseado nos fatos, e mais institucional, baseado em suposições. Zach se colocava para baixo com frequência, e muitas vezes estimulava as pessoas à sua volta a fazer o mesmo com ele. *A herdeira e o filho extra*. Ele não era um filho "extra". Não era inferior. Era atencioso, sensível e ficava meio perdido com ela de um jeito que era muito fofo. Depois que concedera o benefício da dúvida a Zach, Darlene havia se dado conta de que gostava mais dele do que esperara.

Ela aproximou a cadeira da dele e pegou sua mão. Um sorriso quase tímido se insinuou nos lábios dele, o que Darlene considerou simplesmente encantador. As mãos dos dois ficaram entre as duas cadeiras, entrelaçadas.

Imogene reparou naquilo, com a cabeça inclinada em curiosidade.

Quando já estavam todos bem encaminhados na bebedeira, chegou a hora do jantar em si. Darlene pediu licença para usar o banheiro. As torneiras eram douradas, e em vez de uma toalha de rosto havia uma pirâmide de toalhinhas enroladas, do tamanho de lenços. Quando estava saindo, uma pintura abstrata expressionista chamou sua atenção. Os traços eram coloridos e ousados, vívidos e sem remorso. Ela conhecia aquele quadro.

— É fantástico, não?

Darlene se assustou com a voz de Imogene.

— Com certeza.

A irmã de Zach se colocou ao lado dela, admirando a obra colorida.

— Totalmente espontâneo. Irrestrito.

Darlene assentiu e disse:

— Joan Mitchell estava muito à frente de seu tempo.

Imogene produziu um ruidinho de aprovação, do fundo da garganta.

— Você conhece arte.

— Fiz uma disciplina de arte americana pós-moderna — Darlene disse.

— Em...?

— Princeton.

Darlene observou a expressão típica de aprovação impressionada passar depressa pelo rosto de Imogene. Ela não acrescentou que Princeton era bastante parecida com a sociedade de modo geral: um lugar onde precisava trabalhar duas vezes mais pelas mesmas coisas.

Imogene voltou a olhar para o quadro.

— Você não é namorada do Zach de verdade. Isso tudo é só pra ele receber a grana. — Ela olhou de lado para Darlene. Não em acusação. Mas convicta. — Ficou muito óbvio que ele estava mentindo pra gente na outra noite. Vocês dois não estão juntos de verdade. Estão?

Se Zach não havia contado a Imogene a verdade, não era Darlene quem ia contar. Sua lealdade era a Zach.

— O que faz você pensar que não estamos juntos?

Imogene abriu um sorriso fácil para Darlene.

— Você é bem resolvida de um jeito que ele nem chega perto de ser. Amo meu irmão, mas ambas sabemos que mulheres como você não dão bola para desastres ambulantes como ele.

Darlene sentiu a pele queimar. Não estava certa se Imogene realmente acreditava naquilo ou se era algum tipo de teste. Ela inclinou a cabeça para o quadro.

— É engraçado, nunca vi Joan Mitchell como uma artista particularmente espontânea. Para mim, ela é muito controlada. Deliberada. — Abriu um sorriso ainda mais fácil para a irmã de Zach. — Acho que é tudo uma questão de perspectiva.

O jantar foi servido em um cômodo do tamanho de um pequeno país. Os talheres eram pesados, de prata maciça, e as facas cortavam a carne suculenta como se fosse manteiga. Catherine sorriu para Darlene.

— Imogene mencionou que você se formou em Princeton. Você recebeu uma bolsa de estudos? Era de alguma equipe esportiva?

— Mãe! — Zach engasgou com a carne. — Darlene sempre foi ótima aluna!

— Ah, eu não sabia — Catherine disse, tão impassível que era quase divertido. — Ouvi dizer que Princeton é bastante cara. Você sente falta da faculdade, Darlene?

— Às vezes — Darlene disse. — Mas gosto de trabalhar com música. Na verdade, estou me preparando para gravar um álbum com músicas próprias.

A testa congelada de Catherine deu a impressão de que ela estava encantada.

— Parabéns! Um dia vamos poder dizer que conhecemos você antes.

— Você e Zach estão fazendo juntos? — Imogene perguntou.

Uma imagem dela e de Zach pegos no flagra invadiu a mente de Darlene. Os dois no sofá, mas com muito menos roupa.

— Como?

— Você e Zach estão colaborando nesse álbum? — Imogene esclareceu.

A cabeça dela tinha pensado besteira tão depressa que basicamente viajara no tempo.

— Ah. Na verdade, não.

— Por que não? — Imogene perguntou.

Zach fez cara de confuso.

— É, linda. Por que não? — Ele levou algumas ervilhas à boca e sorriu para ela. — Não acha que sou talentoso?

— É claro que você é talentoso. Mas eu tenho uma leve desconfiança de que você chegaria atrasado a todas as sessões de gravação, bêbado como um gambá — Darlene provocou.

— Ei! — Zach fingiu que estava ultrajado. — Isso é… bem possível. Sou uma criatura desprezível que nunca controla as horas. O próprio Pepe Le Pew, se não tivesse um relógio.

Darlene riu.

Mark limpou a boca no guardanapo.

— Isso é porque Zachary não tem cabeça pros negócios.

Era como testemunhar alguém estapear uma criança — um horror rápido e doméstico. Darlene gelou na hora.

— Ganhar a vida como música não se resume a encher a cara e ir a festas — Mark prosseguiu. — Exige disciplina. Compromisso. Inteligência. Esses não são os pontos fortes de Zachary.

Zach manteve a cabeça baixa, focado no prato. Suas bochechas estavam ligeiramente rosadas.

Darlene tomou um belo gole de vinho, torcendo para que bloqueasse a palpitação furiosa de seu coração.

— Quero gravar um álbum solo.

— E provavelmente vai conseguir — Mark disse. — Mas, mesmo para alguém com as ideias tão claras quanto as suas, não se trata de uma carreira financeiramente estável. E é disso que você precisa, filho — ele acrescentou, agora se dirigindo a Zach.

— Anda, pai — Imogene disse. — Um monte de gente trabalha em período integral com música.

A expressão de Mark dizia: *Não gente como Zachary.*

— Acho que gravar seu próprio álbum é uma ideia maravilhosa, Darlene. — Catherine cortou um pedacinho da carne. — Você é tão ambiciosa. Focada. Você pode aprender uma coisa ou outra com ela, Zach.

Darlene bufou, surpresa. Sua voz saiu alguns decibéis mais alta do que pretendia.

— Zach não é um idiota.

A família toda olhou para Darlene. Igualmente surpresa.

— Sabemos disso — Catherine disse. — Mas ele tem bastante espaço para crescer.

Darlene, a namorada de mentirinha, e Darlene, a mulher real, se fundiram. Ela desempenhava um papel, mas falava de todo o coração. O que parecia na mesma medida aterrorizante e emocionante. Darlene manteve um sorriso no rosto, mas agora com um toque de aço.

— Todos temos espaço para crescer — ela disse. — Mas temos que reconhecer que Zach é um músico muito talentoso e carismático. Tem ouvido perfeito e aprende rápido, e é muito divertido trabalhar com ele. Todos os clientes o adoram.

Mark ergueu uma sobrancelha, em um reconhecimento sarcástico.

— Ser querido não é o mesmo que ser bem-sucedido.

O sorriso de Darlene se desfez. Ela se endireitou na cadeira e se dirigiu diretamente a Mark e Catherine.

— Desculpe, mas o jeito como falam de Zach é muito limitador. Vocês criaram um jovem bondoso, caloroso e de mente aberta. Ele merece o apoio e o respeito de vocês.

Fez-se silêncio.

Ninguém disse nada.

A expressão de Zach começou perplexa, depois passou a espantada e se acomodou em uma descrença boquiaberta.

A boca de Darlene ficou seca. *Ai, meu Deus. Acabei de dar bronca nos meus futuros sogros de mentirinha.* Os dois pareciam igualmente constrangidos e furiosos. Darlene tossiu e se pôs de pé.

— Se puderem me dar licença um minuto.

Ela deu alguns passos, voltou para pegar a taça de vinho e bateu em retirada.

# 39

Por sugestão de Savannah, Liv pediu o Uber de modo a chegar cinco minutos atrasada.

— Não tem nada de errado em fazer Sam esperar — Savannah lhe garantira. — Para criar certa tensão.

Liv avistou o sedã preto — de uma empresa que a mãe dela estava convencida de que era uma rede intrincada de sequestros — virar a esquina. Talvez Savannah tivesse usado a mesma estratégia dos cinco minutos de atraso com Eliot. A ideia não deixou Liv tão furiosa quanto esperava. Ela ainda amava Eliot, mas não estava apaixonada por ele — era uma diferença ridícula para a qual sempre franzira o nariz, mas que agora lhe soava verdadeira.

Savannah fez um gesto para que Liv sorrisse, subindo os cantos dos lábios com os dedos.

— Tchau! — Ela acenou com ambos os braços acima da cabeça, como se Liv estivesse indo morar em outro continente. — Divirta-se.

Liv ficou olhando para trás, sentindo-se perdida. Savannah estava encarando aquele encontro como encarava tudo: com fervor. Como se quisesse viver através de Liv. Será que também havia conhecido alguém? Ela torcia para que não fosse o caso. A empresa só podia aguentar uma pessoa distraída por vez, e no momento aquela pessoa era Liv. Seria melhor se Savannah Shipley focasse sua energia e sua mente em fechar outro casamento. Ela estava se tornando um bem valioso para a empresa.

Dez minutos depois, Liv entrou em um restaurante que só trabalhava com pequenos produtores, sugerido por Sam. Era animado, mas não insuportavelmente barulhento, o que era bom: como tatuagens no pescoço e unhas decoradas, gritar para ser ouvido em um restaurante era algo que deviam deixar para a geração Z. Um bar robusto de madeira se estendia por uma parede, e havia algumas dezenas de mesas espalhadas sobre um assoalho que rangia. Era um lugar novo: Liv nunca tinha ouvido falar nele. A evolução persistente da cidade, independentemente da tragédia pessoal de Liv, lembrava algo que Robert Frost havia dito: "Sou capaz de resumir em duas palavras tudo o que aprendi sobre a vida: ela continua".

— Vim encontrar um amigo — Liv disse ao *maître*, localizando Sam no bar, conversando com o atendente. Usava *jeans* escuro e uma camisa também *jeans*, com as mangas dobradas. Mesmo arrumado para um encontro, parecia o tipo de homem que poderia derrubar uma árvore e construir uma mesa com ela. O coração de Liv, que batera em um trote constante enquanto ela se arrumava, saiu a galope, exibindo-se com saltos e coices. Fazia anos que ela não ficava tão nervosa. Aquilo a lembrava de seus primeiros testes de elenco, quando torcia desesperadamente para ser escolhida em meio a um mar de rostos e era convidada a ser outra pessoa. Mas, naquela noite, fazia o teste como ela mesma.

Liv colocou a bolsa ao lado de Sam no bar.

Ele notou o movimento e voltou os olhos na direção dela. Depois retornou à cerveja.

Era aquilo que os jovens queriam dizer com "*ghosting*"?

— Combinamos hoje, não?

Sam voltou a olhar para ela.

— Liv! Meu... — Os olhos descrentes dele percorreram o corpo dela, de cima a baixo. — Não reconheci você.

De repente, as duas horas e meia de preparação, depilação e aplicação de cor na pele e nas unhas pareceram valer a pena. Liv ficara preocupada com que o fato de confiar em Savannah Shipley viesse a resultar em um visual mais apropriado para uma jovenzinha louca por tequila. Mas o vestido que Savannah encontrara no fundo do armário era um Elan Behzadi, de seda preta, manga curta, decote em V e indo até pouco abaixo do joelho.

— Ah, esse vestido — dissera Liv na hora, e seus olhos se iluminaram. Era o que sempre usava em *vernissages* e para ir ao teatro, o que ela e Eliot faziam semana sim, semana não, antes de Ben nascer. Na época em que ela estava sempre pronta para sair. — Acho que não me serve mais.

Só que servira.

Savannah havia tirado o cabelo de Liv do rosto, em um visual ousado que ela mesma nunca experimentara. Combinado com sobrancelhas escurecidas, batom entre o vermelho e o rosa e um leve *blush* cremoso, ficara... chique. Só faltavam os sapatos. Liv queria usar sapatos pretos sem salto, embora soubesse que não era o certo. Savannah estendera uma sacola para ela.

— Trouxe um par de sapatos meus, usamos o mesmo número. Mantenha a mente aberta, tá?

— Tá.

Liv sentira vontade de rir, e de fato rira.

Como uma apresentadora de *game show*, Savannah revelara um par de sapatos de salto agulha de couro envernizado amarelo brilhante.

Liv arfou.

— São lindos.

— Eu sei! Não acha divertido?

— Ah, não posso usar.

Ela experimentara os sapatos. Savannah estava certa: as duas usavam o mesmo tamanho.

— Opa. — Ela fora hesitante até o espelho. — Não sei se ainda consigo andar com esse tipo de salto.

— Você já está andando.

Liv verificara seu reflexo no espelho. Era como olhar para uma atriz escolhida para fazer Olive Goldenhorn no cinema: alguém mais magra, mais jovem e muito mais bonita. Ela certamente precisava de uma ida à academia — ou de vinte —, mas não parecia nem um pouco descuidada. O vestido preto e o cabelo penteado para trás eram elegantes, mas os sapatos faziam o visual como um todo parecer… divertido. Até *sexy*. Nada mal para alguém que tinha quase 50 anos.

— Sapatos amarelos são apropriados a alguém da minha idade?

— Liv — Savannah dissera, séria —, isso de apropriado para certa idade não existe. Você pode usar o que quiser.

Liv olhara para ela com desconfiança.

— Quando foi que você ficou tão sábia?

Savannah dera de ombros, espanando uma sujeirinha do vestido.

— Vai ver que quando comecei a trabalhar para você.

— Comigo — Liv a corrigira, colocando uma pulseira. — Trabalhamos juntas.

Savannah se ocupara escolhendo uma bolsa, mas Liv não deixara passar o sorrisinho lento de alegria que se insinuara em seu rosto. Não era um sorriso que Liv via com frequência, e a fizera pensar, uma vez mais, na relação dela com Eliot. De novo, a ideia não a magoara. Curiosamente, Liv se sentia sintonizada com Savannah, e com a sensação de mistério que acompanhava a empolgação de uma primeira vez.

Eliot voltara a ser um ponto de interrogação, algo a ser revirado e reconsiderado.

Agora, enquanto Sam e Liv se sentavam a uma mesa perto da janela, os olhos dele se demoravam nos pés dela.

— Adorei o sapato — ele murmurou, quase que para si mesmo.

Liv se permitiu sorrir.

— Você tem fetiche por pés?

Sam estendeu o guardanapo de pano sobre as pernas.

— Nunca se é velho demais para um novo interesse — ele disse, e Liv riu.

Duas taças de champanhe apareceram na mesa, deixadas por uma mulher com o cabelo raspado, que fez uma mesura elaborada.

— Cortesia da casa.

Sam apresentou Liv a Nico, uma das proprietárias. Ela tinha dois braços fechados com tatuagem e usava óculos de armação preta: era a cara dos novos *chefs* do Brooklyn que saíam rindo em fotos de capa de livros de receitas descolados, liberais e levemente perversos.

— Sou *sous chef* aqui — Sam explicou, parecendo meio constrangido. — Mas pedi que não exagerassem.

— Ninguém vai exagerar — Nico disse, claramente gostando de fazer Sam passar apuro. — Só quis dar um oi. — Ela sorriu e se dirigiu a Liv. — E dizer a você que ele é um homem raro.

Sam levou a cabeça às mãos.

— Todos amamos Sam. — Nico indicou o bar, de onde o *maître* e o atendente fingiam não estar olhando. Pegos, os dois acenaram em cumprimento. — Ele é dos bons.

Sam gemeu.

— Isso claramente foi um erro.

Mas Liv não achava que tinha sido. Ela achava aquilo muito fofo. Os dois pediram uma seleção de entradas e aperitivos. Depois do champanhe, pediram duas taças de um *sauvignon blanc* da Nova Zelândia. Muito embora fizesse algumas boas décadas que Liv não saía, ela ainda recordava que o álcool era importantíssimo em um encontro.

A conversa dos dois foi fluida, íntima, interessante. Eles falaram de seus anos de formação: Liv no Upper East Side, Sam na costa do Maine. Faculdade: NYU e Berkeley. Sonhos de infância: ser atriz e bombeiro.

— Bombeiro? — Liv levou uma batatinha temperada à boca. — Sempre tive um lance com bombeiros.

Sam ergueu uma sobrancelha.

— Então talvez eu tenha que abandonar a culinária.

Foi só quando os dois já estavam em meio a uma sobremesa melecada e chocolatuda, provando um porto deliciosamente doce, com o restaurante esvaziando e Ella Fitzgerald tocando nos alto-falantes, que entraram em assuntos mais pesados.

— Foram quinze anos de casamento.

Os olhos de Sam estavam brandos e sérios. Liv soube que aquela era uma lembrança dolorosa, mas que não ia levá-lo às lágrimas. Eliot sempre chorava. Sam parecia do tipo que só o fazia uma vez por ano.

Sam contou que tinha conhecido Cláudia no *open house* de um amigo em comum quando ele tinha 34 e ela, 25. Ele levara sanduichinhos de porco desfiado, feitos em casa. Ela levara uma garrafa de *prosecco* e um saco de Cheetos picante. Cláudia — que era viciada em aula de *spinning*, se dava bem com todo mundo e amava salgadinhos — já era uma estrela em ascensão no departamento de *marketing* de uma marca de maquiagem para jovens. E foi lá que, anos depois, ela conhecera Anton — também líder de departamento, colega da equipe de boliche, grande fã dos Lakers... e o homem com quem ela mantivera um caso por três anos.

— *Três anos.* — Não era intenção de Liv destacar aquilo. — Desculpa. É que é...

— Muito tempo — Sam concluiu. — Eu sei.

— Eu ia dizer "tão cruel". Meu marido me traiu por seis meses, e já me pareceu uma eternidade. Depois ainda teve o testamento, claro.

— Testamento?

Liv acabou se abrindo para Sam, revelando tudo sobre o triângulo que compunha com Savannah e Eliot.

Sam deixou o garfo da sobremesa de lado, parecendo chocado.

— Estou impressionado.

— Casos são sempre impressionantes. No pior sentido da palavra.

— Não — ele a corrigiu. — Estou impressionado com sua força de deixar isso para trás e trabalhar com Savannah, dia a dia. Deve ter exigido uma força interior inacreditável.

Liv ficou corada com o elogio.

— Mas três anos. Isso deve ter acabado com você.

— Eu me senti mutilado. Torturado. Como se tivesse perdido um membro. Mas continuo de pé. E não é como se… — Sam fez uma pausa. — Eu ia dizer "como se eu a tivesse perdido", mas na verdade quero dizer que não é como se ela tivesse morrido.

Não havia um jeito certo de falar da morte. Mas pelo menos Sam era direto. Eliot estava morto. Aquilo era um fato.

— Ando me perguntando o que teria sido menos pior — Liv disse. — Eliot morrer ou termos que lidar com o caso. É claro que eu faria qualquer coisa para trazê-lo de volta, mesmo que não fôssemos ficar juntos. Por Ben, principalmente. Mas às vezes… e não consigo acreditar que estou admitindo isso… às vezes me sinto… aliviada com o que aconteceu. Porque a escolha foi tirada das minhas mãos.

Se Eliot não tivesse morrido e eles precisassem lidar com o caso, Liv teria apenas sua noção preconcebida de que era uma mulher rejeitada, uma esposa traída, para lidar com a traição. Um papel tão calcificado quanto o casamento de ambos havia se tornado. Mas, como as coisas tinham acontecido daquela forma estranha, ela havia passado a ver o lado incompatível de seu marido com olhos renovados. Liv olhou nos olhos de Sam. Eles tinham cor de musse de caramelo e estavam inteiramente focados nela.

— Então aqui estou eu.

— Num encontro.

Liv fez uma cara feia.

— Não diz isso.

Sam riu.

— É, é um esporte meio cruel. A maior parte das mulheres não quer sair com um cara que tem uma filha.

Liv terminou sua sobremesa.

— Acho que a maior parte das mulheres só não quer ser tratada como uma idiota. — Ela pensou por um segundo. — Ou estuprada.

Sam engasgou.

— Você entrou no tema estupro no nosso primeiro encontro?

Liv afastou o prato vazio.

— Tá. Eis o que você precisa saber sobre mim. Não tenho paciência. Trabalho o tempo todo. Amo meu filho e mataria qualquer pessoa que tocasse num fio de cabelo dele. Não gosto de mulheres que falam com vozinha de bebê ou de homens que acham que o pau deles serve de passaporte para poder e respeito. E, como as mulheres desde os primórdios foram tratadas como cidadãs de segunda classe, reconheço a existência de estupro. — Ela se recostou na cadeira. — Então... acabamos por aqui?

Sam riu, sem se abalar.

— Pelo contrário. — Ele fez um sinal para o garçom, pedindo outra rodada de porto. — Estamos só começando.

# 40

Zach encontrou Darlene no extremo do pátio, olhando para a piscina. A luz que vinha de dentro da água desenhava padrões prateados e cambiantes em seu lindo rosto. Ele queria pegá-la nos braços, beijá-la e nunca mais parar.

— Minha nossa! Você foi incrível agora há pouco.

Ela soltou uma risada.

— Tenho certeza de que seus pais agora me odeiam.

— Quê? Não! Foi a coisa mais legal que alguém já fez por mim. — Zach ficou olhando para aqueles olhos escuros e sagazes, que conseguiam penetrá-lo. Para aquela boca encantadora que havia dito todas aquelas coisas maravilhosas. Ele sempre tentava manter a mente aberta e ser bondoso, mas ninguém havia feito o mesmo em relação a ele. Parecia que ninguém em sua vida o desafiava, admirava ou acreditava nele tanto quanto Darlene. — Obrigado, Darlene.

Ela sorriu para ele.

— De nada, Zach.

A necessidade de tocá-la chegava a ser febril. Zach enfiou as mãos nos bolsos para se impedir de atacá-la como uma fera voraz.

— Então foi tudo parte da encenação? Ou você acha mesmo isso a meu respeito?

Darlene passou a língua levemente pelo lábio inferior.

— Acho que um pouco de cada.

Uma descrença pasma e feliz se espalhou por seu peito, fazendo-o inchar como se Zach fosse um pavão premiado. Quem se importava se também tinha a ver com o dinheiro? Darlene Mitchell, o ser humano mais perfeito do mundo, não achava que ele era um completo idiota. Na verdade, talvez até gostasse dele. Como pessoa. Zach não conseguiu impedir que um sorriso tomasse conta de seu rosto. Ele se aproximou um passo.

Ela se aproximou um passo.

— Talvez meus pais estejam olhando — ele disse. — Talvez a gente deva se beijar.

Darlene riu, com os olhos brilhando e vivos.

— Essa é a coisa mais bizarra que alguém já me disse.

Como ela não se encolheu ou recuou, ele fez o que estivera esperando para fazer a noite toda. Levantou uma mão para acariciar a bochecha macia dela. Encontrou sua lombar e puxou Darlene para mais perto, lentamente, até que estivessem imprensados um contra o outro. Coxa com coxa. Barriga com barriga. Pele com pele. A tensão e a ansiedade dele finalmente se acalmaram. Darlene estava em seus braços. Onde sempre deveria estar. Zach sentia o coração dela batendo, alto e rápido, ecoando o dele.

— Ah, Dee — Zach conseguiu dizer, mas as palavras saíram roucas e descontroladas. — Você me deixa louco.

Ela puxou a boca dele para a sua, até que seus lábios quase se tocassem. Ele viu estrelas, planetas e galáxias distantes.

— Você também me deixa louca — Darlene sussurrou, e de repente os dois estavam se beijando.

Zach já havia beijado sua cota de mulheres. Ou melhor: Zach já havia beijado mais do que sua cota de mulheres. Como a música, era um talento que lhe vinha naturalmente, mas também algo a que ele se dedicava. Beijar Darlene era diferente de qualquer outra coisa que tivesse experimentado. Havia tanta paixão no corpo dela. Uma paixão que não ficava nem um pouco óbvia quando os dois não estavam se beijando. Mas, assim que seus lábios se tocavam, a sensata e doce Darlene se transformava em uma tigresa *sexy* e insaciável. Se Zach fosse capaz de pensar racionalmente, perceberia que a transformação não deixava de ser familiar. Porque quem era a cantora eletrizante, capaz de prender a atenção de todo o público, movimentando-se, dançando e dominando o palco? A mesma mulher que estava em seus braços, chupando seu lábio inferior até que ele gemesse contra a boca dela.

Não havia ninguém além de Darlene. Eles tinham que ficar juntos, daquele jeito, sempre, todos os dias, todos os minutos, todos os segundos. As mãos de Zach encontraram a curva da bunda dela e apertaram. Ele estava perdendo o controle, e o abraço dos dois ficava cada vez mais picante. Zach queria Darlene, por inteiro, bem ali, no deque da piscina. Por que ainda havia tantas roupas entre os dois?

Darlene se afastou, um pouco ofegante.

— Tá bom, já chega. Não vou dar *show*.

— Entendido.

Não devorar Darlene em público — anotado. Ele teve que lutar contra a vontade de dar só mais um beijo nela.

Uma voz soou da porta dos fundos.

— Pessoal! — Era Imogene. — Papai quer jogar canastra. Darlene, você está no meu time.

Os dois trocaram um olhar surpreso. Estavam sendo chamados. Darlene fechou o botão de cima, que de alguma forma tinha se aberto, e endireitou o vestido.

— Como estou?

Zach passou a mão pelo cabelo, subindo e descendo os olhos pelo corpo dela, como se aquela fosse sua última oportunidade de desfrutar daquela visão.

— Absolutamente maravilhosa.

# 41

Darlene jogou duas horas de canastra com a família de Zach. Ninguém disse nada sobre sua explosão pouco antes. Quando Zach mostrou sua mão vencedora, o pai ofereceu um "bom jogo" que parecia sincero ao filho. Darlene imaginou que os Livingstone ainda estavam processando o que ela havia dito e o próprio fato de que ousara se impor. Talvez fosse aquele o motivo pelo qual o jogo havia sido especialmente, visivelmente, tumultuado. No caminho de volta a Nova York, Darlene se virou para Zach e riu.

— A noite toda foi meio...

— Maluca — ele disse, com as duas mãos no volante. — Eu sei. Minha família é um pouco demais.

Ela relaxou no banco do passageiro, sentindo-se calorosa e um pouco tonta por causa do vinho.

— Eles são sempre assim críticos?

— Sempre fui tratado como o bobo da corte, mas a pressão para conseguir um bom trabalho e namorar alguém respeitável — Zach sorriu para ela — é recente. Meu pai tem expectativas elevadas. Tipo, olha só pra Imogene: está detonando no trabalho e vai se casar com alguém tão bem-sucedida e brilhante quanto ela. As duas são de escorpião, então isso é que é casal forte. Meus pais só querem o mesmo pra mim.

Ela olhou para ele, encantada.

— Desde quando você curte astrologia?

— Sempre curti. Você que nunca notou. Uma virginiana típica. — Zach balançou a cabeça, e ela riu. Árvores ladeavam a estrada. Só as mais próximas eram visíveis, enquanto as outras ficavam escondidas nas sombras. — E quanto à sua família? — Zach perguntou. — Qual é o problema com ela?

Muito embora Darlene nunca tivesse falado a respeito, não hesitou em dizer a verdade a Zach:

— Expressar amor.

— Sério?

Ela olhou para a frente, para a estrada escura. Parecia mais seguro não o encarar, em meio à abertura para a qual haviam evoluído ao longo da noite.

— Meu pai não é bom com isso. A gente conversa sobre trabalho, política, cultura e tal. — Ela sorriu, lembrando-se de muitos debates à mesa do jantar. — E sei que tem orgulho de mim. A única vez em que o vi chorar foi quando entrei em Princeton. Mas nunca fomos bons com sentimentos e tal.

Zach deu uma olhada no velocímetro. Estavam dentro dos limites.

— Sua mãe faleceu, né?

Darlene confirmou com a cabeça.

— Num acidente de carro. Eu tinha 12 anos. O outro carro atravessou o sinal vermelho.

— Que horror. Sinto muito.

Ela se lembrava de fragmentos daquela noite — dois policiais à porta, o pai primeiro pensando que tinham vindo atrás dele, depois desabando. Ela teve que fazer o próprio jantar pela primeira vez. Fora a noite em que deixara de ser criança.

— Obrigada. Minha mãe era ótima. Com sentimentos e tal.

— Conta mais.

— Ela era o coração da família. O tipo de pessoa que sempre mantém a porta aberta, então sempre tinha gente aparecendo para o jantar e sempre tinha algo no forno. Ela também cantava. Não profissionalmente, só em casa, mas herdei isso dela. E dava abraços ótimos. O tempo todo. Era fã de abraços. — Darlene abraçou o próprio corpo, recordando o aroma terroso, doce e ácido do óleo de cabelo que a mãe usava. De como se sentia pequena e segura nos braços dela. — Depois que ela faleceu, meu pai não sabia o que fazer. Como preencher a falta dela. Então não fez nada. Trabalhava o tempo todo. Era um bom provedor. Não me faltava nada, tipo, superficialmente. Mas não éramos muito próximos. — Ela fez uma pausa para refletir. — Na verdade, nem sei quando foi a última vez que ele disse que me amava.

Zach parecia comovido.

— Ah, Dee.

Darlene nunca havia dividido aquilo com um homem. De alguma forma, com Zach era fácil.

— Talvez seja por isso que tenho dificuldade em falar de sentimentos. — Ela suspirou. — É através da música que expresso minhas emoções, acho.

— Não sei como alguém poderia não expressar suas emoções com você. — Ele abriu um sorriso sentido. — Você facilita.

Ela revirou os olhos, mas tinha gostado. Tudo ficou quieto. Darlene se sentia surpreendentemente feliz, até mesmo aliviada, enquanto dirigiam em um silêncio confortável.

Zach ligou o aquecedor do carro.

— Falando em música, você escreveu algo de novo para o álbum?

— Talvez.

— Quero ouvir. — Ela hesitou, e ele insistiu: — Ah, vai. Eu não mordo. A menos que você queira.

— Tem algo que ainda não está certo. — Darlene cantou o refrão para ele. — *Ele é meu maior segredo. Ela acha que é pra valer. Ela gosta de correr, mas com ele fica imóvel...*

— Gostei. — Ele cantarolou no ritmo, harmonizando sem compromisso. — O que você acha que não funciona?

— Não sei. Não é... — Ela inspirou, refletindo. Às vezes, falar sobre música era algo que simplesmente não funcionava. — Franco o suficiente, ou algo do tipo.

Zach cantou o refrão mais algumas vezes, brincando com o ritmo e a afinação.

— Do que fala a música?

*Você e eu.*

— Zia e Clay.

Zach tinha conhecido Clay e sabia do romance secreto dos dois.

— Ah, claro. — Ele mudou de pista para ultrapassar um caminhão carregado de madeira. Dirigia melhor do que Darlene se recordava. — E se você mudar tudo para a primeira pessoa? — Zach cantou para demonstrar.

— *Ele é meu maior segredo. Acho que é pra valer. Gosto de correr, mas com ele fico imóvel...*

A letra se encaixou, como peças de Tetris caindo no lugar. Afinal, a música era sobre ela e Zach: ele era seu segredo, ele era parte do enredo. Ela manteve a voz tão neutra quanto possível ao falar:

— É. Acho que é uma boa.

— De nada. — Zach sorriu para ela. — E o resto da letra?

— Não tenho ainda.

— Vamos escrever juntos.

A perspectiva era ao mesmo tempo assustadora e intrigante.

— Nunca escrevemos nada juntos.

— Então vamos tentar. Temos duas horas de viagem pela frente ainda.

Darlene enxugou as mãos no vestido, de repente nervosa.

— Tá.

— Bom, a música é sobre Zia e Clay. O que é que você acha do relacionamento dos dois?

— Acho que eles têm sorte. — Darlene pensava em voz alta. — De ter encontrado alguém especial. Mas é difícil para os dois. Por causa de quem ele é e tudo o mais. Clay é mais complicado do que parece.

— Opa, gostei disso. — Zach começou a batucar no volante e a cantar.

— *Ele é mais complicado do que parece, mas meu coração não esquece.*

— *Ele não brinca comigo, mas se mantém mais distante que...*
— *Domingo* — Zach concluiu, e os dois riram.

Era divertido brincar, mas os dois provavelmente conseguiriam compor uma boa música juntos. Zach era relaxado e aberto, enquanto ela era cuidadosa e cerebral. O prazer da criação corria em suas veias, como adrenalina. Eles só tinham duas horas! Darlene se virou para ele.

— Vamos compor, de verdade.


A rua estava vazia quando Zach parou em frente ao prédio de Darlene. Tinham praticamente terminado "Segredinho": haviam feito a maior parte da letra e da harmonia e definido o gancho. Tinha ficado *bom*. Ela mal podia esperar para fazer uma demo.

Zach desligou o carro.

— Obrigado por ter ido. Você foi ótima hoje à noite.
— De nada. Foi muito... esclarecedor.
— Pra mim também. — Ele abriu um sorriso doce, mas também triste. — Você sabe que é boa demais pra mim, né?
— Não fala assim. — Darlene tocou a mão dele. Queria levá-la à boca e beijar cada dedo. — Você merece tudo de bom, Zach. Estou falando sério.

Ele esperou até que ela tivesse aberto a porta da frente para chamá-la da janela do motorista.

— Ei, Dee? Eu... meio que... gosto muito de você.

Darlene sabia que ele estava flertando, que as palavras provavelmente eram mais verdadeiras que falsas e que era radicalmente impossível que aquele fosse o mesmo Zach que ela conhecera por dois anos. Mas o cheiro da cidade azedou um pouco a perfeição da viagem de carro, lembrando-a de que devia ser sensata. Cuidadosa. Ninguém mudava da noite para o dia. A única certeza naquela situação toda eram os 25 mil que ela ia ganhar.

— Boa noite, Zach.

# 42

Embora em geral costumasse ir ao 'Shwick Chick no horário de pico, Savannah esperou até que Honey estivesse prestes a fechar o lugar. Já passava da meia-noite quando elas se sentaram no que Savannah começara a considerar sua mesa, com uma garrafa de *bourbon* entre elas, como um salva-vidas.

— Me sinto uma idiota por ter presumido que você era hétero — Savannah disse, tão claramente quanto possível. — Desculpe.

— Pra ser sincera, eu não sabia como você ia reagir — Honey disse. — Ainda sou um pouco cautelosa quanto a dividir isso com as pessoas.

— Você pode dividir comigo — Savannah disse. — Falando sério, quero saber.

Honey disse que descobrira que era *gay* assim que descobrira o que o termo significava.

— Não que eu quisesse. Passei anos reprimindo, torcendo para que passasse. Tinha muita vergonha. E me sentia muito sozinha. Não conhecia ninguém que era *gay*, além de celebridades que viviam em um mundo completamente diferente do meu. Completamente.

— Como assim?

Honey passou a unha pelo painel de madeira escura que revestia a parede do restaurante.

— Minha família é muito religiosa. Cresci em uma parte do Alabama onde as pessoas usam anéis de castidade e onde fazer sexo antes do casamento é pior que afogar filhotinhos. Você nem me reconheceria na época. Eu tinha cabelo comprido, usava maquiagem e estava sempre de vestido.

— E nada de tatuagens? — Savannah presumiu.

— Rá. Nada. Eu nem planejava contar aos meus pais a verdade sobre mim.

Mas eles acabaram descobrindo.

— Eu andava conversando com uma menina que tinha conhecido na internet — Honey prosseguiu. — Ela morava no Reino Unido, e a gente trocava mensagens de vez em quando. A menina também era LGBTQIA+ e estava numa situação parecida. — Honey inspirou profundamente. — Um dia, eu esqueci de deslogar o computador.

— O que aconteceu?

— Minha mãe surtou. Disse que eu tinha partido o coração dela. Meu pai me disse que eu era nojenta, que iria pro inferno, esse tipo de coisa. Eles me levaram à igreja. — A lembrança fez Honey balançar a cabeça. — Fui exorcizada.

— Você está brincando.

— Bem que eu queria. O pastor, que me conhecia literalmente desde bebê, me disse que eu nunca ia ser feliz, nunca ia encontrar o amor. Aquilo acabou comigo. Botei todas as minhas coisas no carro e fui embora. As últimas palavras dos meus pais foram: *não volte mais*.

— Meu Deus, Honey!

Como alguém podia ser tão cruel com uma pessoa tão calorosa e maravilhosa? Os pais de Savannah eram pessoas amorosas e compreensivas. Ela nem conseguia imaginá-los mandando alguém embora.

Mas Savannah nunca havia pensado no que aconteceria se levasse outra mulher para casa. Não conseguia imaginar Terry e Sherry tranquilos e relaxados em tais circunstâncias. Era tão distante do que os pais esperavam dela. Do que Savannah os levara a acreditar sobre si mesma.

Honey tomou um pouco do uísque.

— Isso faz três anos. Vim para Nova York, encontrei outras pessoas LGBTQIA+, trabalhei em um monte de restaurantes diferentes e acabei aqui. Namorei Ro, mas acho que nossos caminhos se distanciaram. Só que quero muito isso — ela acrescentou, sem olhar para Savannah. — Uma namorada. Um relacionamento de verdade.

Savannah sabia que ela estava falando sério.

— E quanto a seus pais? Você não falou mais com eles?

— Alguns meses atrás, recebi uma mensagem de voz do meu pai, pedindo que eu ligasse.

— E você ligou?

— Não.

— Não vai ligar?

— Não sei. Três anos é bastante tempo para se sentir totalmente rejeitada pelos próprios pais…

As palavras pareciam pegar na garganta de Honey, como se ela fosse chorar.

Savannah apertou a mão dela com tanta força quanto pôde, querendo dizer muitas coisas ao mesmo tempo: *Eu me importo com você. Nunca vou te rejeitar. Estou aqui por você.*

Honey respirou fundo e recuperou o controle.

— Não sei se confio nos meus pais. Preciso me proteger. — Ela olhou nos olhos de Savannah, triste, mas determinada. — Talvez tenha sido por isso que menti pra você.

— Como assim?

Honey respirou profunda e lentamente.

— Não quero ter meu coração partido por uma mulher hétero.

Savannah precisou de um momento para entender aquilo.

— Eu? — ela perguntou. — Eu sou a mulher hétero? — Era quase como se estivesse perguntando se era de fato hétero, por isso ela recompôs as palavras em uma afirmação. — Eu sou uma mulher hétero.

— Isso. — Honey deu uma risadinha leve. — É só que... a gente passa bastante tempo juntas.

E, mesmo quando não estavam juntas, Honey nunca ficava longe dos pensamentos de Savannah. Ela se tornara as lentes através das quais Savannah via a cidade.

— Porque você é minha amiga — Savannah retrucou. — Porque somos *amigas.*

— E isso significa muito pra mim — Honey disse. — Só estou comentando que o que a gente tem não é muito diferente de...

Um relacionamento. Seu coração batia tão forte que Savannah quase ofegava. Ela queria se fazer de boba ou rir daquilo. Mas seria um comportamento infantil.

— Mas é diferente — Savannah disse —, porque não namoro mulheres. Nunca saí com uma. Não gosto disso... eu nem saberia... não é quem sou...

— Tudo bem. — Honey levantou uma mão para tranquilizá-la. — Não quero te assustar. — Ela olhou para a janela. A rua estava vazia, a lua havia sido sequestrada pelas nuvens. Nada iluminava o caminho. — Me deixa colocar de outra maneira. Quando eu morava no Alabama, era grande fã de futebol americano. Tipo, todo mundo lá é. Por causa do time da universidade e tudo mais. Eu ia a todos os jogos, sabia o nome de todos os jogadores. Mas, depois que terminei a escola, algo mudou. Eu não tinha mais interesse. Então, um dia, ganhamos de Tennessee em um jogo épico, dezenove a catorze. A cidade toda pirou, mas eu... não senti nada. De repente, me dei conta de que eu não ligava de verdade para futebol americano. Eu só gostava porque todo mundo gostava. Era o que eu fazia para me encaixar. — Ela se inclinou para a frente na mesa, com os olhos castanhos brilhantes. — Eu só gostava porque não tinha a opção de não gostar.

Um toque vago, como um alarme soando à distância, se fez sentir no peito de Savannah.

Honey falava com suavidade no restaurante silencioso e vazio.

— Acho que a vida é uma questão de descobrir do que se gosta e o que funciona no seu caso, independentemente do que todos os outros fazem.

A respiração de Savannah agora estava rasa. Ela se sentia completamente nua. Queria muito afastar a cadeira, murmurar qualquer desculpa, correr para casa e se recusar a pensar no que quer que Honey estivesse sugerindo. Em vez disso, ela pegou a garrafa de uísque e se serviu outra dose, determinada a não fugir.

# 43

Zia desamarrou os pulsos de Clay da cabeceira da cama, ainda suada e respirando com dificuldade.

— Sou só eu ou fica cada vez melhor?

— Não é só você.

Clay esfregou os pulsos avermelhados, depois abraçou Zia, mordiscando seu pescoço. Ela riu e deu gritinhos. Eles rolaram na cama, aos beijos, aos risos, completamente perdidos um no outro. Seus experimentos com joguinhos de poder foram uma revelação para Zia. Clay era respeitoso, mas, como homem, tinha uma força inerente. Como amante, era Zia quem estava no poder. Ela se acomodou em seu braço curvado, sentindo os músculos quentes e firmes à sua volta. Nunca se sentira tão segura. Tão confortável. Clay tinha passado as semanas anteriores em Nova York, e ela sentira saudade. Seus dedos encontraram o pingente de ouro que descansava na concavidade de sua garganta. O ideograma japonês para luz. Zia nunca tirava a corrente.

Lá fora, o sol se punha, e a cidade parecia uma cesta de piquenique brilhante e gigante. Tantas coisas diferentes aconteceriam aquela noite. Mil aventuras diferentes esperavam para ser vividas.

— Vamos sair — Zia disse.

— Cama. Pra sempre.

— Ficamos na cama o dia todo. É um milagre nossos músculos não terem atrofiado.

Ele gemeu, alongando-se. Todos os músculos tonificados de seu corpo se enrijeceram, como se ele fosse um gato selvagem.

— Você tem razão. Precisamos comer. Vou cozinhar pra você.

— Você não tem nada em casa. A gente pode ir comprar alguma coisa.

— Não é uma boa ideia, infelizmente. — Clay vestiu a cueca que fora tirada quando o sol ainda estava alto no céu. — Vou pedir alguma coisa. O que acha de... comida italiana?

Clay fez com que aquilo parecesse uma sugestão espontânea, mas ele só gostava de comer, pedir e fazer comida italiana. E Clay não era particularmente bom na cozinha. A princípio, manter o relacionamento em segredo fora bom para Zia também. Mas ela estava começando a se sentir claustrofóbica. Não tinha certeza de por que Clay queria mantê-la separada do mundo por um muro gigantesco.

— Vamos sair. Tem um *show* de *jazz* grátis no Central Park.

Darlene e Zach iam, supostamente para manter as aparências em nome do dinheiro de Zach, mas na verdade para se filmar se pegando e continuar negando o fato de que estavam a fim um do outro.

— Parece o tipo de coisa que vai lotar.

Zia vestiu uma camiseta de Clay e o seguiu até a cozinha. Uma parede cheia de janelas oferecia uma visão de 180 graus da baixa Manhattan e do rio Hudson, que cintilava.

— É só botar boné e óculos escuros. Funcionou na Bembe.

— A Bembe é uma casa noturna obscura no Brooklyn. O Central Park é... central. Como diz o nome.

— Tá, então que tal aquele restaurante etíope em Bushwick? É muito bom. A gente come com as mãos e é tudo vegetariano.

Fora que sempre sobrava um monte de comida, que Zia poderia levar para Layla no dia seguinte. A irmã provavelmente nunca havia experimentado comida etíope. Aquilo aliviaria um pouco da culpa que Zia sentia por ainda dizer que estava saindo com "Tom, o jardineiro bonitão".

— Podemos ir a um bar também...

— Linda — ele a interrompeu, com delicadeza. — Quantas vezes tenho que dizer: não podemos sair juntos em público. Quero espaço para que essa relação possa crescer.

— Não vai ter *paparazzi* em Bushwick.

— Isto — ele apontou o celular para ela — é um estúdio portátil. E quase todo mundo tem um.

— Então vamos a algum lugar romântico. — Zia se sentou em uma das banquetas da ilha da cozinha. Ela girou na banqueta, de olhos fechados, apontando com um dedo. Quando a banqueta parou, Zia olhava para: — A Freedom Tower! Nunca subi no mirante. Você deve conhecer alguém. Podemos subir depois que fechar.

Clay se concentrou no celular, digitando em silêncio. Ela sabia que ele estava comprando mantimentos.

Uma sensação estranha e incerta invadiu seu estômago. Os dois ainda nem tinham acabado de discutir seus planos e ele já havia se decidido. Zia queria mostrar Nova York a Clay, a Nova York dela. Ele não parecia muito tentado pela ideia.

O rosto de Logan lhe veio à mente. O maxilar quadrado. Os olhos frios.

— Lindo? — Ela pulou da banqueta para enlaçar o pescoço de Clay com os braços. — Não parece divertido? Parece que dá para ver até a Filadélfia.

Clay continuava concentrado no celular.

— Não me dou muito bem com altura.

— Quê? — Ela riu, surpresa. Não sabia se aquilo era uma confissão ou uma desculpa. — É sério?

— Tipo, não tenho *medo* de altura — ele se corrigiu, depressa. — Só prefiro não ver a Filadélfia de nenhum lugar que não seja a própria Filadélfia.

— Mas você mora tão no alto!

— Onde ninguém pode me ver.

E onde Zia se via completamente sozinha. Uma prisioneira em uma jaula de ouro.

Clay deu um último toque triunfante no celular e o ergueu.

— Pronto! As compras vão chegar em uma hora. — Ele imitou um sotaque italiano muito ruim enquanto a puxava para seus braços: — *Io vou fazer uma lasanha deliziosa.* — Clay deu um beijo na boca dela, depois outro. E outro. Um olhar admirado aqueceu seus olhos meio verdes, meio dourados. — Você me faz muito feliz, Zia Ruiz.

Zia sabia que Clay gostava dela. Ele não era Logan. Logan era difícil, cruel e perturbado. Clay era um *marshmallow* gigante no corpo de um deus grego. Na outra semana, ele chorara no fim de *Thelma e Louise* e nem ficara com vergonha. Se ela tivesse lhe dito que ia sair com Darlene e Zach, ele lhe diria para se divertir, e estaria sendo sincero. Mas Zia não queria deixá-lo. Não queria ficar distante dele. Suas preocupações foram apagadas, de maneira gradual mas definitiva, pela doçura no olhar dele.

— Só quero sair para o mundo com você. Que você veja como é minha vida. Adoro sua casa, mas passamos tempo demais aqui.

Clay cedeu, prendendo um cacho rebelde atrás da orelha dela.

— Que tal jantar na sexta? Vou trabalhar o dia todo, mas à noite estou livre. Posso encontrar um lugar... discreto.

— Eu trabalho na sexta. — Zia seguiu para o chuveiro. — Tenho um casamento no Harvard Club.

— Arranja alguém pra ir no seu lugar.

— Preciso do dinheiro! — ela gritou de volta, já fechando a porta do banheiro. O mármore branco brilhou sob a luz suave.

Zia sabia que Clay respeitava seu trabalho. Ele deixava que ela pagasse sempre que queria, dividisse a conta quando pediam comida ou fosse buscar *cappuccinos* no café ao lado. Mas a diferença na renda dos dois era como a diferença entre a Terra e o Sol. Não era fácil compreender ou olhar diretamente.

Outro fator que contribuía para seu estresse era o fato de que Zia ainda não havia encontrado uma maneira de falar com a irmã sobre a conta por pagar que encontrara no lixo. Ela havia pesquisado o custo de uma perna quebrada, e mesmo em Nova York 15 mil era muita coisa. Layla era cautelosa com dinheiro, além de orgulhosa: nunca admitiria abertamente que precisava de ajuda. A tentativa sutil de Zia de tocar no assunto — *Como estão indo as coisas com o seguro? Você está com alguma dificuldade de conseguir que eles paguem?* — havia sido rechaçada. Mas era óbvio que havia um problema. A irmã tinha parado de comprar comida de marcas conhecidas. O que quebrava não era consertado. Layla nunca gastava um centavo. Zia queria, e até precisava, contar à irmã que estava saindo com Clay. Desde que eram pequenas, recém-chegadas na cidade e contando apenas com a mãe, as duas tinham ficado encarregadas de cuidar uma da outra. Não contando a verdade, parecia que ela estava sendo reprovada em algum tipo de teste. Mas Zia tinha certeza de que contar para Layla seria desastroso. Assim como sabia que, quanto mais tempo o relacionamento fosse mantido em segredo, pior seria se Layla descobrisse a respeito.

# 44

Gorman ergueu a taça de vinho e abriu um sorriso significativo para Liv.

— Às segundas chances.

— Não seja ridículo — ela retrucou. — Foi só um encontro.

Os olhos dela brilhavam, e um sorrisinho engraçado se insinuava no canto de sua boca. Gorman sabia que não deveria insistir.

Os dois estavam relaxando em cadeiras dobráveis, aproveitando o finzinho do sol e se aproveitando do fato de que estavam sozinhos. Henry não era grande fã do quintal dos Goldenhorn, que havia sido negligenciado nos últimos anos. Mas, desde que houvesse vinho e uma cadeira confortável, Gorman não se importava. Espaços abertos eram raros em Nova York. Devia-se desfrutar deles.

Liv jogou uma batatinha na boca.

— E como anda a vida do próximo Arthur Miller?

— Fabulosa — Gorman ronronou, regalando Liv com as histórias dos ensaios e da reescrita da peça. — Você vai adorar o ator principal. Ele é simplesmente encantador.

— Gilbert — Liv recordou.

— Isso mesmo. Já falei dele?

Liv ergueu uma sobrancelha.

— Uma ou duas vezes.

Gilbert estava se revelando um ator razoável. Não um grande ator exatamente, mas um ator razoável. O garoto de cabelo cor de areia com óculos redondos adoráveis e bronzeado de Fire Island havia se jogado nos ensaios com o compromisso e o entusiasmo voraz da juventude. Gilbert queria *compreender* o papel de Egor Snail, o que significava que queria *compreender* Gorman. Aquilo havia levado a muitas noites bebendo em lugares variados, onde Gilbert ouvia, extasiado, Gorman discursar entusiasmado sobre ter crescido em uma era sem Grindr, PrEP ou Neil Patrick Harris. De vez em quando, Gilbert fazia um comentário ligeiramente sem tato ("Sério, não consigo imaginar o que é mais difícil: crescer sem poder se casar ou sem TikTok"), mas, no geral, era bastante lisonjeiro. Divertido. E, sim, um pouco sedutor. O que era bem gostoso. Henry era todo pagamento da hipoteca e planejamento das refeições. Gilbert era "me conta mais sobre Stonewall nos anos 1990" e depois ir para lá e dançar a noite toda.

Quando fora a última vez que Henry dançara a noite toda?

— Então — Liv perguntou. — Você está pegando?

Gorman engasgou com uma batatinha.

— Pegando? Meu Deus, Goldenhorn!

— E está?

— Não.

— Mas quer?

Gorman espanou migalhas de batatinhas da camisa.

— Pergunta óbvia.

Liv riu. Seus olhos vagaram para as ervas daninhas que haviam tomado os canteiros de flores como reféns.

— Nunca entendi direito como isso funciona. Um relacionamento aberto.

Gorman deu de ombros.

— É só sexo. E ser aberto a respeito.

— Mas você não fica com ciúme? De Henry dormir com outras pessoas?
Gorman girou um pulso, distraído.

— Isso é coisa de hétero. A gente não pensa assim. Além do mais — ele acrescentou —, Henry não dorme com outra pessoa há... — Gorman franziu a testa, fazendo os cálculos. — Minha nossa, deve fazer pelo menos três anos. Talvez quatro.

— E você?

— Faz menos.

— Então na verdade é *você* quem está num relacionamento aberto.

— Ah, meu bem. — Gorman suspirou. — Não me venha com esses seus valores burgueses.

Liv tomou um gole de vinho. Estava usando *blush*, o que Gorman notara. E aqueles eram brincos novos? De fato, brinde às segundas chances.

— Acha que vocês dois nunca vão se casar? — Liv perguntou.

— Afe, você está parecendo o Henry.

— Ele tocou no assunto?

Gorman sentiu uma fisgada na lombar. Ele se ajeitou na cadeira.

— Henry quer se casar.

— Quê? Quando?

— De preferência ontem.

Liv se inclinou para a frente.

— Gor! Isso é maravilhoso! Parab...

— Pode parar, meu bem. Não sei se isso é pra mim. Não sei se sou do tipo que casa.

— Por que não?

— Parece tão... definitivo. Se comprometer com uma coisa. Com uma pessoa. Com uma vida.

— Você ainda poderia dormir com outras pessoas, de acordo com as suas regras.

— Henry quer um casamento fechado. Mas, acredite ou não, não é só uma questão de sexo. — Gorman semicerrou os olhos e enxugou a testa com o lenço. Nunca tinha usado protetor solar quando jovem, e agora se arrependia. Ficara com rugas demais. — Há certa liberdade em não ser casado, não acha? O casamento é... casamento. Quando a gente não podia se casar, era tipo: *Tá, e daí?* Todas as instituições eram fechadas a nós: as Forças Armadas, o casamento, o governo, conselhos diretivos. Tudo me parecia bobageira hétero e capitalista. Elas não me queriam, e eu não as queria. Agora o mundo mudou, mas não sei se *eu* mudei. Só quero essa... liberdade. De viver nos meus próprios termos.

— *Pfff* — fez Liv.

— O que foi? — Gorman estava ofendido. — É o que eu penso.

— Além do fato de você estar cagando para a instituição para a qual eu dei tudo, e do fato de o meu trabalho e grande parte do seu serem baseados na crença nessa instituição, parece que o que você quer realmente fazer é fugir com Gilbert depois que ele se apaixonar por você. O que é ainda mais juvenil que o garoto em si.

— Bruaca. — Gorman pegou o vinho e encheu a própria taça. Certo, talvez Gilbert estivesse influenciando seu pensamento. Talvez ele tivesse alimentado a fantasia de sair com um homem muito mais novo: passar fins de semana espontâneos em Paris e Roma; descansar à beira de uma piscina azulzinha. Ele não queria perder a si mesmo. Romper os laços com o jovem que fora e transava em banheiros de casas noturnas e nos píeres ao longo do Hudson. O jovem que havia subido ao palco do Pyramid Club uma vez, como a drag Miss Demeanor, e feito todo mundo cantar "I Will Survive" junto com ele.

Gorman recordou-se de um momento durante o ensaio na semana anterior. A cena em que Egor saía do armário para a mãe.

**Egor:** Não vou terminar como você, mãe! Amargo, raivoso e morto
    por dentro.

**Mãe:** E como exatamente você acha que vai evitar isso, Egor? Todos acabamos nos tornando nossas mães.

**Egor:** Vou aproveitar a vida, mãe. Vou aproveitar!

Gorman originalmente pensara naquilo como humor cáustico, até um pouco exagerado. Mas Gilbert transformara em algo surpreendentemente poderoso: uma ameaça. Gorman não rira: tivera arrepios.

Egor estava certo.

— A vida deve ser vivida, Liv.

A melhor amiga dele irrompeu em risos.

— Olha, eu te amo. Mas tem três coisas que estou bem certa de que são verdade. Primeira: um bonitão de 20 e poucos anos não vai fugir para uma ilha grega com você. Segunda: todo mundo tem sua própria versão de um casamento. Se liberdade é importante pra você, é só inventar um casamento baseado na liberdade. Terceira: Henry é maravilhoso, e ama você. Você pode encarar o casamento como uma imitação ruim da normatividade, mas talvez ele encare como uma rede de segurança da vida que sua geração tanto lutou para conquistar.

Uma brisa quente soprou no crepúsculo, fazendo as folhas do chorão morto esvoaçarem ao redor deles. Gorman se lembrou de quando a árvore ainda era pequena demais para o trecho de terra escura ao seu redor. Agora, estava tão seca quanto os vasos de plantas tomados por teias de aranha. Tanto quanto a pele cheia de manchas das costas da mão dele. Gorman não queria envelhecer. Não queria ser um velho chato tanto quanto não queria perder sua identidade em um relacionamento. Mas talvez houvesse alguma verdade no que Liv havia acabado de dizer.

— Henry quer filhos? — ela perguntou.

Muito embora aquilo nunca tivesse sido discutido, Gorman tirou a resposta de algo mais profundo que a lógica.

— Quer.

Liv fez contato visual deliberado com ele.

— Então acredite em mim: um homem como Henry não vai esperar para sempre.

A ideia fez um arrepio peculiar subir pela espinha de Gorman.

Ele amava Henry. Amava como Henry quase todas as noites pegava no sono lendo na cama e não acordava quando Gorman retirava seus óculos de leitura, com todo o cuidado. Ele amava a abordagem cuidadosamente ponderada e prática de Henry em relação à vida, que não o impedia de ser espontâneo, divertido e detonar na pista de dança. Henry era confiável, trabalhador e paciente. Bondoso com crianças e animais.

Casamento costumava ser algo chato. Mas talvez fosse interessante considerar — apenas *considerar* — que se casar, ou, aos diabos, se tornar *pai*, aos 50 e tantos anos talvez fosse a coisa mais radical que Ralph Gorman pudesse fazer na vida.

# 45

Por mais que Clay estivesse gostando de sair com Zia, ele sabia que havia alguma coisa que ela não estava lhe dizendo. O segredo não era o problema — todo mundo tinha seus limites, e o fato de que ela não compartilhasse absolutamente tudo o que pensava era ótimo. Mas Clay sentia que sua ânsia por viajar não era do tipo despreocupada, que levava jovens de 20 e poucos anos a perambular pelo mundo com a mochila e um diário. Zia buscava explorar com a atenção plena de alguém que meditava em movimento.

Aquilo o incomodava. Ainda assim, Clay ficava feliz de estar de volta a Manhattan, passando uma noite em casa com ela, fazendo uma lasanha *deliziosa*.

Enquanto Zia tomava banho, Clay colocou os fones de ouvido sem fio e retornou uma ligação de Dave.

— Desculpa, eu estava sem o celular — ele disse ao agente, enquanto procurava uma garrafa de vinho. — Zia e eu estávamos... tirando o atraso.

Dave riu.

— Bom pra você, cara. — Depois de uma pausa ligeiramente desconfortável, Dave disse: — Foi meio por isso que te liguei.

Clay parou por um momento, com uma mão em uma garrafa empoeirada no fundo da despensa.

— Como assim?

— Você quer a boa ou a má notícia primeiro?

— A má.

Sempre. Zia, sempre otimista, teria preferido o contrário.

— O livro de Michelle vai sair.

— *Quê?* E quanto ao exército de advogados? O banho de sangue, muito bem pago?

— Liberdade de expressão, cara. E ela nunca assinou um contrato de confidencialidade, então...

Clay grunhiu. Seus joelhos fraquejaram, e ele caiu no chão da cozinha. Já podia ver as capas dos tabloides. CLAY IMPLOROU PARA SER ESCRAVO SEXUAL DE MICHELE!

— Eu sei, cara — Dave disse, e suspirou. — É péssimo.

Não era só péssimo. Era uma violação colossal. Conforme ia subindo na carreira ao longo dos anos, Clay refletia cada vez mais sobre sua pessoa e a vida de celebridade. Quanto mais famoso ele ficava, menos as regras da sociedade se aplicavam a ele. Muitas vezes, isso trabalhava a seu favor: ele recebia um salário descomunal, tinha o acesso às coisas que ele esperava, conseguia os melhores lugares em quaisquer restaurantes, *shows*, aviões, o que quer que fosse. Mas aquilo também trabalhava contra ele. Clay tinha se tornado mais uma ideia que uma pessoa. Algo a ser usado: por poder, dinheiro, umas risadas. Sua identidade, e portanto sua importância, era determinada por uma trama ao redor dele que era em parte criada por suas ações e em parte pela cultura, com seus gostos e valores inconstantes. O livro de Michelle ia mudar como a sociedade o via, e portanto também o mudaria, sem que ele tivesse tomado qualquer ação nesse sentido. Havia algo de profundamente assustador naquela realidade. Na existência de dois Clays. O Clay de verdade e o Clay inventado pelos desejos alheios, o Clay da ilusão. E ele nunca tinha muita certeza de quem controlava sua vida.

— E qual é a boa notícia?

— Excelente pergunta. A boa notícia é que há *muito* interesse na sua nova namorada misteriosa.

O pânico fez com que ele jogasse a cabeça para trás.

— Quê? Como ficaram sabendo disso?

— Por favor, Russo... Nova York é uma cidade grande e pequena ao mesmo tempo. Você não pode guardar esse tipo de segredo pra sempre.

— Posso, sim.

Ao se ouvir, o próprio Clay achou que estava choramingando demais.

— Tudo o que estou dizendo é que Lana — que era a relações-públicas dele — e eu achamos que um anúncio no momento certo desviaria muita da atenção do livro de Michelle para você. Que notícia você preferiria ler: sobre a ex amarga e maldosa ou sobre o novo casal do momento?

— Nenhuma das duas.

Minha nossa, as pessoas não tinham nada melhor para fazer do que ler sobre gente que nem conheciam?

— Bom, a maior parte das pessoas prefere o novo casal do momento. Você assume o compromisso e depois a leva a algum tapete vermelho. Uma página dupla na *People* poderia seria bom...

— Não!

— Verdade, melhor na *Vogue*. Não, na *Vanity Fair*...

— Não, *não*. — Clay voltou a se levantar e foi verificar se o chuveiro ainda estava ligado. Ele baixou a voz. — Não estou pronto. Ainda estamos nos conhecendo. Ela nem é minha namorada.

— Ah, tá. — Quase dava para ouvir Dave revirando os olhos do outro lado. — Quanto tempo faz?

— Três meses.

Não era muito, era?

Dave prosseguiu, soando irritantemente casual:

— Você não está vendo mais ninguém, passa todo o seu tempo livre com ela e quando está sozinho meio que fala dela sem parar?

— Eu não falo dela sem...

— Cara — Dave o interrompeu. — Você fala, sim.

O antigo Clay faria aquilo. Não desfilar com Zia para chamar a atenção, mas oficializaria as coisas. Apareceria em público. Falaria a verdade sobre seus sentimentos para seus familiares e seus amigos mais próximos. Mas o novo Clay era cuidadoso. Persistia o medo, por mais infundado que fosse, de que Zia não ia gostar do Clay de verdade. De que havia se apaixonado pelo Clay da ilusão, aquele sobre o qual ele não tinha nenhum controle, aquele que as pessoas genuinamente acreditavam que ele era. De que Zia fosse começar a querer o que aquele Clay poderia lhe proporcionar, apagando ainda mais o Clay de verdade. Ele apertou os lábios, invocando a força necessária para confiar nela. Para amá-la como ela merecia ser amada. Mas não conseguiu.

E havia outra preocupação. Outra mais sombria.

— Vamos dizer que a gente faça isso — Clay disse apenas. — Ela receberia e-mails de ódio? Seria perseguida no Twitter? Seria alvo de ameaças de morte?

Aquelas eram perguntas retóricas, claro.

Dave ficou em silêncio por um momento.

— Você tem muitos fãs que te apoiam.

— Mas é diferente com as mulheres. Diferente com quem não é branco. Diferente para quem não está acostumado.

De jeito nenhum que aquela Zia Ruiz otimista e de bom coração conseguiria lidar com um tsunâmi de ódio, de racismo e machismo declarados, que tentaria afogá-la se os dois viessem a público. Aquilo abalaria a fé dela na humanidade. Clay saía de casa todas as manhãs sabendo que dezenas de milhares de pessoas o odiavam, sem ter um bom motivo. Não gostava daquilo, mas fazia parte do trabalho. E ele não podia fazer aquilo com Zia.

— É claro que essa é uma questão — Dave disse, com cautela. — Mas tem certeza de que essa preocupação toda não é só uma desculpa?

Ele não tinha certeza. Mas precisava de mais tempo para descobrir. O tronco de Clay pendeu para a frente, derrotado.

— Não estamos prontos.

Dave suspirou.

— Então vamos pensar em outra coisa. Mas Clay?

— Oi?

As palavras do agente foram cautelosas, mas também um alerta:

— Zia é uma mulher bem legal. Ela não vai viver para sempre nas sombras.

# 46

**VAMOS NOS CASAR!**

# vanessa
# & leonard

Sexta-feira, 27 de agosto, às 18h
Harvard Club, Nova York

#NESSAELENNY #OAMORVENCEU

Liv sugerira que Vanessa mantivesse o pai a par do andamento do casamento: cardápio, cerimônia, lista de convidados, vestido.

— Quanto mais informações seu pai tiver sobre o dia, maior a ligação que vai sentir com ele — ela dissera. — Espero.

Mas, apesar dos esforços de Vanessa, o diálogo com o pai definitivamente era uma via de mão única. As mensagens de voz e os e-mails educados de Liv tampouco recebiam resposta. Quando o dia do casamento chegou, nublado e úmido, Liv se sentia ao mesmo tempo envergonhada e furiosa pelo fato de que seus poderes de logística não tivessem bastado para garantir o principal desejo da noiva. Casamentos eram um espaço fora da vida normal. Um espaço onde sonhos podiam se tornar realidade e a magia podia acontecer. Liv estava determinada a criar aquela magia para Vanessa. A provar para si mesma e para a cliente que não havia perdido o jeito.

A cerimônia estava programada para as seis, e as portas seriam abertas aos convidados meia hora antes. Liv e Savannah chegaram ao meio-dia para supervisionar a arrumação: descarregar a decoração personalizada, repassar os horários com os fornecedores, confirmar o mapa da festa. Não se tratava exatamente de um salão moderno. Como Liv dissera a Savannah, era mais um clube onde homens brancos e ricos podiam se gabar do capitalismo tardio enquanto tomavam uma garrafa de *bourbon*.

As cabeças empalhadas de animais — incluindo uma de elefante — pareciam odes sinceras ao colonialismo. *Os bons e velhos tempos*, as feras mortas pareciam significar. *Os bons e velhos tempos.*

O general Fitzpatrick foi um dos primeiros a chegar, exatamente às cinco e meia, uniformizado. Em vez de se misturar com os amigos de Lenny e Vanessa, ele ficou em um canto afastado, com uma bebida na mão.

Aquele teria sido um trabalho para Eliot. Um pouco de masculinidade e piadas machistas sobre as madrinhas seguidos de: *Vamos, cara, faça a coisa certa.* Agora aquela tarefa cabia a Liv. Ela procurou se equilibrar, canalizando a arrogância convencida de seu ex-marido morto, e se aproximou.

— Olá.

Ele estreitou os olhos, sem conseguir lembrar-se de quem era ela.

— Liv Goldenhorn. A assessora do casamento.

O general apertou a mão dela, mas com certa relutância. Parecia soltar faíscas.

— Este clube é fantástico — Liv comentou, com animação. — Tem tanta história. — De todas as paredes, os retratos de homens brancos mortos julgavam os esforços dela de ser masculina. — Ouvi dizer que foi Teddy Roosevelt quem caçou o elefante do salão principal.

O general desdenhou.

— É uma história da carochinha. — A voz dele soava grossa e gutural. Aquele não devia ser seu primeiro drinque. — Costuma caçar, sra. Goldenhorn?

Não era o melhor momento para corrigi-lo, comentando que ela era viúva.

— Nasci no Upper East Side. Mais bagels, menos baionetas.

Aquilo não o fez rir.

— Imagine. Não é uma atividade para mulheres.

Ao contrário de crochê e criar os filhos, ela imaginava. Era hora de um papo "de homem para homem".

— Olha, vou direto ao assunto. É o casamento da sua filha. Significaria muito para todos aqui, em especial Vanessa, se você honrasse seu desejo e entrasse com ela na cerimônia.

O general se eriçou.

— Você tem filhos?

Liv se preparou.

— Tenho um filho.

— Um menininho.

Ela sabia aonde aquilo estava indo, mas não tinha escolha a não ser responder:

— Isso.

— Como você se sentiria se um dia esse menininho, com quem você brincava de bola, a quem você ensinou a cortar lenha, chegasse um dia e disse: *Sou... Sou...*

Sua voz morreu no ar. Ele era incapaz de dizer aquilo em voz alta.

— Uma menina? — Liv concluiu por ele. Seu sangue estava quente. — Olha, sinceramente? Tenho certeza de que ficaria desnorteada e confusa. Mas amo a criança que tive, general Fitzpatrick. Não o gênero dela. E, quem quer que venha a ser, mesmo que radicalmente diferente do que eu queria ou do que me deixa confortável, vou aceitar.

— É mesmo?

— *Sim.*

O general tomou um longo gole da bebida.

— Você não faz ideia do que está falando.

— Então somos dois — Liv soltou.

— Como?

Talvez fosse porque tivessem falado de Ben, ou porque a cerimônia começaria em vinte minutinhos, ou talvez fosse apenas porque aquele homem escolhia magoar a filha no dia do casamento dela por causa de uma noção antiquada de tradição.

— Com todo o respeito, o senhor está sendo um babaca. Pelo amor de Deus, entra logo com ela.

A voz do general era puro aço quando ele disse:

— Com todo o respeito, vá para o inferno.

Os convidados tinham se posicionado para a cerimônia. Lenny já estava no altar, sorrindo nervoso e balançando o corpo de ansiedade. Escondida, Vanessa esperava pelo sinal de Liv.

Ninguém sabia onde o general estava.

Liv passou os olhos pela multidão sentada. Viu Sam do outro lado, a quem havia pedido que desse uma olhada na cozinha. Às vezes, os convidados que não conseguiam controlar seus sentimentos acabavam se jogando na comida. Mas Sam apenas deu de ombros e meneou a cabeça.

— O que ele disse quando falou com ele? — Savannah perguntou a Liv.

Ela segurou a prancheta com ainda mais força, xingando por dentro.

— Posso ter perdido o controle.

Savannah ficou olhando para ela.

— O que isso significa?

Liv continuou procurando entre os convidados.

— Ele não teria simplesmente ido embora, não é?

A expressão de Savannah relaxou.

— *Não*. Ele vai entrar com Vanessa. É o pai dela. E é o casamento dela.

— Eu sei — Liv disse, tensa. Uma parte pequena, tola e esperançosa dela torcia para que o general aparecesse magicamente ao lado da filha, então assentisse para Liv, talvez até lhe dirigisse um sorriso torto.

— Temos que encontrar o general — Savannah disse. — Temos que fazer com que ele veja...

— Ali está ele.

O general estava em um assento livre nos fundos. Nem mesmo ia se sentar na primeira fileira.

Savannah piscou.

— Então ele não vai...

— Não. — Liv balançou a cabeça, uma única vez. Havia estragado tudo. — Segura a onda — ela disse para sua sócia horrorizada. — Hoje não é sobre você.

Liv fez o sinal para Vanessa.

A música começou. A multidão se virou para trás, os rostos felizes em expectativa.

Vanessa Martha Fitzpatrick manteve a cabeça erguida. Tradições podiam ser seguidas, atualizadas ou rejeitadas. Só que era mais difícil, às vezes até impossível, lidar com a tradição totalmente por conta própria. Com passos deliberados e medidos, Vanessa começou a caminhar sozinha pelo corredor.

# 47

Liv havia dito que estava acabado. Mas Savannah Shipley não podia aceitar um não como resposta.

Durante o coquetel, ela encontrou o general no canto de um dos bares revestidos de carmesim e madeira escura, bebendo uísque. Sentou-se ao lado dele e pediu um uísque sem gelo, então abriu um sorriso tão reluzente para o homem quanto os botões metálicos do paletó do uniforme dele.

O general olhou para ela.

— Achei que jovens como você não bebessem uísque.

Ele não pareceu reconhecê-la. Talvez aquilo fosse bom.

— Sou do Kentucky — ela disse, caprichando no sotaque. — Quase não bebemos outra coisa.

— Kentucky, é? — Ele ainda parecia desconfiado. — Sou de Cincinnati.

— Tenho primos lá! Me diz uma coisa: o Sugar n' Spice ainda serve o melhor café da manhã da cidade?

Ele deu de ombros, mas Savannah sabia que o estava fazendo recordar.

— A gente costumava ir depois da igreja — ela insistiu. — Comia uma pilha das famosas panquecas deles, finíssimas...

— Com *bacon* de acompanhamento. — O general bateu na própria barriga e deu uma risada fraca. — Estou tentando cortar. Ordens médicas.

— Ainda assim, o senhor tem que comer. Como era que Mark Twain dizia? "Coma o que quiser e dê à comida a oportunidade de lutar por si própria lá dentro".

O general riu e voltou para seu uísque.

— Tive uma semana movimentada — Savannah anunciou.

O general tomou um gole do uísque, curioso, ainda que contra sua própria vontade.

— Como assim?

Savannah fez biquinho, como uma criança.

— Briguei com meu pai.

— Isso não é bom. — O comportamento do general de repente se tornou paternal. — Seu velho está sempre certo. Lembre-se disso.

— Ah, eu sei. Meu pai é meu herói. Ele me ensinou a andar de cavalo e atirar. Sou muito boa em ambos.

O general grunhiu, e seus olhos pareceram se suavizar, em meio à nostalgia e a uma dor oculta.

— Agora que moro em Nova York — Savannah continuou —, me preocupo com que ele pense que o abandonei. Porque não é o caso. Só estou assumindo o controle da minha vida. Mas acho que isso o assusta. — Ela levou uma mão ao peito, esforçando-se para que uma lágrima caísse. — Eu o amo muito. Nem consigo imaginar meu pai fora da minha vida.

O general Fitzpatrick girou o uísque no copo, parecendo refletir.

Savannah soltou o ar, e seu sorriso ficou mais animado.

— Mas sei que vamos fazer as pazes. Porque, lá no fundo, a gente se ama. Ele só precisa *entender*.

— Entender o quê?

— Que todo mundo cresce. E que nunca é tarde demais para pedir desculpa e recomeçar. — Savannah pôs uma mão no braço do general e falou em um tom sussurrado, como se fossem amigos próximos. — Meu lema é: a família vem primeiro. Sempre.

Uma luz pareceu se apagar nos olhos dele.

— Você é uma das assessoras.

Savannah congelou, assustada.

Ele soltou uma risada irritada, ainda que genuína.

— Você quase me enganou.

— É mesmo? Porque eu estava sendo totalmente sincera. — Savannah deixou de tentar ser charmosa e procurou seguir o estilo franco dos nova-iorquinos tanto quanto podia. — Olha, meu pai e eu nem sempre concordamos. Mas ele é meu *pai*. E eu prefiro ter um pai imperfeito a não ter nenhum. — Ela sentiu um poder inesperado percorrer seu corpo ao fazer contato visual com o general. — O senhor tem uma última chance de recuperar Vanessa. Não faz merda.

Savannah pegou o uísque e foi embora, ousando esperar que tivesse causado algum impacto.

# 48

Às sete e meia, Liv levou os convidados para o salão principal. Vanessa e Lenny assumiram seus lugares na mesa central. A cadeira do general, que ficava a muitas cadeiras de distância da noiva, ficou vazia. Liv olhou para as outras mesas, imaginando se ele não teria visto seu lugar marcado.

— Com licença.

O general Fitzpatrick estava de pé no palco, com um microfone na mão. Zach, que fazia as vezes de mestre de cerimônia, deu de ombros para Liv, impotente, e disse sem produzir som: *Ele chegou e pegou!*

— Silêncio — ordenou o general, e o salão todo obedeceu.

Liv considerou suas opções. Deveria pegar o microfone de volta? Desligar a energia? Dar uma de *Rick e Morty* e mandar o velhote de volta para os anos 1950? Ela chamou a atenção de Savannah, apontou para Zach e transmitiu uma advertência. Savannah assentiu, entendendo que, se o general aprontasse, Zach deveria acabar com aquilo.

— Sou o general Tucker Fitzpatrick, pai...

Liv ficou tensa, como uma corredora dos cem metros rasos esperando a largada. Se ele dissesse "pai de Adam", ela mesma ia derrubá-lo.

A noiva continuava sentada, em choque. Seu rosto estava da cor do vestido.

Savannah se pôs ao lado de Zach. Um dedo do DJ pairava sobre o teclado do computador, pronto.

— Pai... — ele prosseguiu — ... de *Vanessa*.

Liv soltou o ar. Dizer aquilo não devia ter sido fácil para o general. Mas pelo menos ele dissera.

O general esfregou o ponto entre seus olhos.

— Embora eu provavelmente não tenha sido um bom pai nos últimos anos.

Liv trocou um olhar de descrença com Savannah. Era a última coisa que esperava que ele admitisse.

— Quando olho para este salão — o general prosseguiu —, não vejo muitos rostos familiares. Não conheço bem a vida da minha *filha* aqui. — De novo, ele havia colocado ênfase demais em "filha". Mas estava tentando. — Não conheço bem minha filha. Não conheço nem um pouco, na verdade. E isso... bom, a culpa é minha.

Ninguém se movia. A inquietação, os sussurros e a bebedeira cessaram. O salão estava total e assustadoramente silencioso.

— Acho que tive medo. De algo sobre o que não sabia nada. Algo que me parecia... muito estranho.

Liv ficou tensa. *Conserta isso, velhote.*

— Mas eu gostaria de conhecer você melhor, Vanessa. Gostaria de conhecer a verdadeira você. Se... se não for tarde demais. — Os olhos do general se encheram de lágrimas. Sua voz ficou mais grossa, chegando perto de falhar. — Porque sempre vou ser seu pai. O papai. — A voz dele de fato falhou. — Você está linda, meu bem. Desejo tudo de bom para você e Lenny. — O general estendeu uma mão trêmula. — Me daria a honra de dançar comigo?

Vanessa deixou um soluço de choro escapar e ficou de pé.

Os olhos de Liv também se encheram de lágrimas. Fazia muito tempo que ela não testemunhava algo do tipo. Um momento em que aquele mundo terrível e cruel quase parecia bom. Quase parecia maravilhoso. Do outro lado do salão, Sam estava de pé à entrada da cozinha, enxugando uma lágrima. Liv chamou sua atenção e olhou nos olhos dele. Por um longo tempo, eles eram as duas únicas pessoas ali.

O ar que Liv estava segurando em seu peito se soltou de repente.

Vanessa atravessou o salão e foi até o pai. Zach colocou "You've Got a Friend", na voz de James Taylor, para tocar. A melodia simples e doce preencheu o salão — *Winter, spring, summer or fall, all you have to do is call...* —, e o general Tucker Adam Fitzpatrick dançou com sua única filha, os dois abraçados com uma ternura cuidadosa e recente.

# 49

Já passava e muito da meia-noite quando Darlene e Zach começaram a desmontar suas coisas. Em geral, ela não esperava o casamento terminar para ir embora, mas deu uma desculpa qualquer, e Zach não reclamou.

Ter um namorado de mentirinha vinha agradando, e muito, a Darlene Mitchell. Quando ela precisou de ajuda para instalar uma cortina nova: namorado de mentirinha. Quando queria companhia para ver a retrospectiva de Cindy Sherman no Met, seu namorado de mentirinha estava disponível. Quando seu namorado de mentirinha a convidou para ver o jogo dos Yankees — a versão dele de uma galeria de arte —, ela aceitou. Fazia anos que ver um jogo profissional em Nova York estava na sua lista de afazeres, e Darlene ficara surpresa com o quanto gostara. Ou talvez com quão divertido um namorado de mentirinha tornava aquilo. Zach estava melhorando em chegar nos *shows* na hora, e não fugia mais de desmontar as coisas no fim. Ela não deixou de notar que a série de loiras superficiais que ele mantinha em sua órbita ou tinha desaparecido ou estava sendo mantida discretamente escondida. Darlene esperava que fosse a primeira opção. Claro que eles não haviam conversado sobre exclusividade, porque não estavam namorando de verdade, mas no fundo ela torcia para que fosse a única pessoa que Zach estava beijando.

Para as redes sociais, Darlene lembrou a si mesma. Pelo dinheiro.

As fotos em casal que tiravam para o Instagram de Zach — e que a mãe dele sempre curtia, o que era um tanto perturbador — na verdade ajudaram a estabelecer limites. Beijar Zach fazia com que Darlene tivesse que pensar nele — e muito —, e ela decidiu que não haveria mais beijos espontâneos, apenas encenados. Darlene fez os carinhos entre os dois parecerem encenação para um comercial, o que era bom. Tornava tudo administrável, mesmo que ela percebesse que Zach gostaria de imprensá-la contra a parede e...

Darlene havia confessado o esquema para seu clube do livro, como se fosse um plano sagaz de ganhar muita grana, e destacando que Zach não era um concorrente sério a seu namorado, claro. Não foi tão julgada quanto esperava ser. *Faz o que for melhor pra você*, foi o mantra geral. *E, se isso significar ficar com ele, bom pra você.*

Os limites tinham começado a ficar meio irregulares para Darlene. Os convidados do Harvard Club tinham adorado a apresentação dela, Zach parecera muito fofo e confiante atrás da mesa de som, e casamentos deixavam qualquer um no clima...

Eles guardaram os equipamentos no carro alugado e voltaram para dar um último trato no salão principal. Era incrível como um espaço podia ser transformado por uma onda de amor, diversão e dança. Darlene seguiu para a pista de dança vazia, inclinando a cabeça para trás para olhar para os lustres. Zach pegou a mão dela e a girou em um círculo. Darlene riu, cansada e meio bêbada.

— O que você está fazendo?

Ele pegou a cintura dela com uma mão e a mão direita dela com a outra, como em uma valsa.

— Estou dançando.

Ela riu enquanto ele a girava pela pista, meio sem jeito, fora de sincronia, ambos como duas bonecas de pano. Depois Zach a conduziu para um canto escuro. A mão dele foi se aproximando da bunda de Darlene.

— Zach! — Ela olhou em volta. — Ainda estamos no trabalho.

Mas ela não protestava de todo o coração.

Ele a prensou contra o painel de madeira.

— Nossa, Dee. Você estava muito *sexy* esta noite.

O cheiro da pele dele a fez salivar. Os braços dele pareciam fortes sob o tecido da camisa.

— Isso não é muito profissional.

— Dee, todo mundo já acha que a gente está junto mesmo.

Ela sentia a urgência em cada célula dele: de tomá-la, de beijá-la.

— O que foi? Quer tirar outra foto?

A voz dele soou baixa e deliciosa na orelha dela.

— Não. Só quero você, Darlene.

As palavras a percorreram como uma harpista tocando as cordas do instrumento. Era demais: os olhos azuis e a boca linda dele, o modo como Zach a olhava, como se ela fosse a criatura mais maravilhosa que já vira. Ela o queria. Mais que qualquer outra coisa. As palavras saíram dela em meio à respiração ofegante:

— Me beija.

Zach Livingstone a beijou como se o mundo tivesse explodido e eles fossem os dois únicos sobreviventes. Com urgência e desespero, mas também de modo doce e terno. Ele segurou o maxilar dela, os dedões quentes acariciando suas maçãs do rosto. Ser beijada por Zach era como ouvir sua música preferida: a lufada quente de afeto, a conexão calma e profunda, o modo como acalmava a parte mais ansiosa de sua alma. Ambos sorriam, e Zach riu, talvez por pura alegria ou surpresa. Darlene o puxou para si, agarrando seu colarinho, sua camisa, incapaz de chegar perto o bastante. Dentro dela, havia uma inundação, um quebra-quebra. Darlene estava perdida em um delicioso delírio.

— Alguém viu a banda?

A voz de Savannah Shipley fez os dois pararem na hora. Eles se separaram.

— Aí estão vocês! — Savannah acenou e seguiu na direção deles. — Aqui estão suas gorjetas.

— Você é uma deusa. — Zach sorriu e pegou seu envelope. Havia se transformado rapidamente do amante apaixonado no Zach relaxado. No Zach que namorava todo mundo. No Zach que adorava mulheres brancas. — Foi uma festa excelente — ele disse para Savannah. — Acho que você teve alguma coisa a ver com a dança da noiva com o pai, não?

Savannah riu e começou a contar a história. Zach não tirou os olhos dela.

Algo escaldante e nauseante envolveu os órgãos de Darlene e a apertou como se fosse uma jiboia.

Ciúme.

Tão febril que lhe tirou o ar.

Talvez ele só quisesse agradar a assessora simpática que havia contratado os dois. Ou talvez Zach só fosse um vagabundo. Ele podia agir como se tivesse sentimentos verdadeiros por Darlene. Ele podia até mesmo acreditar naquilo. Mas, se Darlene se entregasse, a fantasia ruiria? Ela tinha quase 30 anos. Ele nem chegara à idade em que seus próprios pais acreditavam que o desenvolvimento do cérebro humano estava concluído. Ele não era confiável. Era só um menino rico.

Zach ficou olhando enquanto Savannah se afastava, sua bunda impecável na saia preta justa. Ele se virou para Darlene, com um sorriso safado no rosto.

— Onde estávamos?

Darlene se recompôs e passou por ele rumo à saída.

— Indo embora.

# 50

Zia chegou na casa de Clay e o encontrou esticado no sofá com vista para o rio Hudson, trabalhando no *laptop*.

— Oi, linda. — Ele sorriu. — Como foi o casamento?

— Lindo. Inspirador. O discurso da noiva foi muito emocionante. — Ela se jogou ao lado dele e tirou os sapatos. — Ainda estou meio agitada. Acha que podemos dar uma escapadinha pra um bar ou algo do tipo?

— Tem bastante bebida aqui. — Ele arqueou uma sobrancelha, meio brincando. — Assim, tenho você toda pra mim.

De repente, ela ficou fria. Seu corpo e seu coração se fecharam, como uma anêmona.

— O que foi? O que aconteceu?

O primeiro impulso de Zia foi de ir embora. Ela notou os olhos preocupados de Clay.

— Podemos conversar?

Ele fechou o computador.

— Sempre.

Zia respirou fundo algumas vezes. Já havia contado aquela história muitas vezes, em circunstâncias diferentes. O que tornava aquilo mais fácil. Mas nunca fácil de verdade.

— Logo depois da faculdade, conheci um cara incrível com quem achei que ia me casar. O nome dele era Logan.

Zia ficou vendo Clay se dar conta de que aquela era a parte do passado dela que estava faltando. Seus olhos estavam fixos nela.

— Pode continuar.

— Ele era bem-sucedido, bonito, charmoso. Eu era garçonete, muito antes de começar a trabalhar para a Global Care. Logan e seus colegas de trabalho costumavam almoçar no restaurante onde eu trabalhava, no distrito financeiro. A primeira vez que o atendi, ele perguntou se eu tinha namorado. Eu disse que não, e ele falou "Agora tem". — Zia balançou a cabeça, ainda desconcertada com a confiança dele. — Meio que dei risada, mas ele era insistente. Me levou ao Eleven Madison Park no nosso primeiro encontro. Eu nunca tinha ido a um restaurante daqueles. A comida, o atendimento. A conta. É claro que não dividimos. Eu nunca pagava nada. Ele não deixava.

Clay se ajeitou no sofá, como se pronto para abraçá-la, mas também tendo o cuidado de lhe dar espaço.

— Eu morava com minha irmã e os filhos dela — Zia prosseguiu. — Quando ele disse que eu devia ir morar com ele, pensei que fazia sentido. E fui. Aí as coisas começaram a piorar.

— Piorar como?

— Logan era absurdamente controlador — Zia disse. — Quanto ao que eu vestia, comia, como e com quem falava. E era muito ciumento. Rastreava meu celular. Se eu ia a algum lugar sem que ele soubesse, ficava muito bravo. Um dia, encontrei por acaso um amigo do meu bairro e fomos almoçar perto da casa dele. Na saída, estava chovendo, então fui pegar um guarda-chuva emprestado na casa dele. Logan apareceu do nada e foi pra cima do cara.

Clay parecia horrorizado.

— Minha nossa.

— Era um pesadelo. — Zia esfregou os braços, com os músculos tensos. — Eu sabia que tinha que terminar com ele, mas, quando a gente está num relacionamento abusivo, perde a noção de normalidade. Esquece o que é normal. Quando a gente brigava e... — ela tremulou ao puxar o ar — ele me batia, eu achava que era normal. Que o amor era algo complicado, que relacionamentos eram difíceis, e que era culpa minha se ele tinha se irritado.

Clay soltou um ruído baixo e dolorido.

— Uma noite, assisti a um documentário sobre pessoas que trabalhavam como voluntárias num santuário de elefantes na Tailândia. Nova York era a única cidade que eu conhecia. Nunca tinha ido nem a Boston. Sugeri que a gente fizesse uma viagem juntos. Logan viajava a trabalho o tempo todo, e eu ficava presa no apartamento. Ele não quis. Mas não consegui deixar aquilo pra lá. Logan sabia todas as minhas senhas, por isso abri um e-mail secreto em um *laptop* que tinha comprado para mim. Comprei passagens, reservei hotéis. Acho que estava planejando minha fuga.

Clay parecia estar prendendo a respiração. Seu corpo todo estava tenso.

A voz de Zia não se alterou.

— Logan encontrou o *laptop*. Ele me trancou no *closet* e foi embora. Fiquei três dias lá. Minha irmã chamou a polícia, graças a Deus. Quando me encontraram, eu estava quase morta, desidratada. Nunca o vi de novo, só no tribunal.

— Ele foi preso?

Zia fez que não com a cabeça.

— A sentença foi suspensa.

A voz de Clay saía trêmula.

— Ele poderia ter matado você.

— Poderia. Mas não matou. — Zia exalou, deixando a lembrança para trás. Ela estava ali, em Nova York, com um homem que se importava com ela. — Faz sete anos. Fiz terapia e trabalhei muito em mim mesma. Não saio mais com babacas. Sei que existem caras legais no mundo.

Seu passado havia lhe apresentado um reservatório de força que Zia nem sabia que tinha. Uma capacidade de perseverar. Sobreviver. Perdoar. E se defender.

— Você é um cara legal. Mas não posso *pertencer* a você. — Zia tocou o rosto de Clay, sentindo a barba escura por fazer, que ensombrecia seu queixo. — Não quero mais ser um segredo. Isso faz com que me sinta encurralada. Como se você não me levasse a sério. Mas eu te levo a sério. Se você não quiser isso, tudo bem. De verdade. Tivemos bons momentos juntos, foi ótimo. Mas, se isso não for verdadeiro pra você, tenho que ir.

Clay assentiu. Sua voz saiu baixa e suas palavras pareceram medidas.

— Quando a gente se conheceu, eu não estava pronto para confiar em ninguém. Lembro que pensei que, se não tivesse ninguém, não poderia ser traído. Mas isso não é jeito de viver. Relacionamentos são um risco. A vida é um risco. E não tem ninguém com quem queira fazer isso a não ser você. — Ele se aproximou um pouco. — Sempre fomos honestos um com o outro. E o que estou pensando no momento é: se te deixar ir embora, vou me arrepender todos os minutos de todas as horas de todos os dias do resto da minha vida. — Clay soava sincero e decidido. Seus olhos dourados ardiam. — Sinto o mesmo que você. Estou dentro. Estou com você.

O coração de Zia duplicava, triplicava de tamanho.

— Isso me deixa muito feliz.

— Você me deixa muito feliz, Zia. Quando estou com você, sinto que sou eu mesmo, e que não tem problema nisso.

Ela sorriu, e ele levou a testa à dela.

— Minha nossa — ele murmurou. — Como foi que arranjei uma namorada tão maravilhosa?

*Namorada*. Ali estava, pela primeira vez. E, ainda que não fosse uma definição com que Zia estivesse especialmente preocupada, agora que ele dissera não queria que aquilo mudasse. Ela olhou nos olhos de Clay, querendo se certificar de que ele soubesse o que estava dizendo.

Ele sorriu de volta, de um jeito meio bobo.

— Desculpa por ter demorado tanto.

— Não precisa se desculpar.

— Ah, minha namorada é a melhor.

— Acho que você vai descobrir que é tudo por causa do meu namorado — ela disse a ele, sentindo-se um pouco boba também.

— Namorado — ele repetiu. — Gostei disso.

Ela também gostava. E muito.

O que significava que era hora de contar à irmã sobre Clay.

## 51

Sam empilhou na geladeira de Liv uma dezena de caixas de sobras e uma bela fatia de bolo do casamento para Ben, enquanto ela pagava a babá. Em geral, Eliot teria ido embora de um casamento na cidade, como o de Vanessa e Lenny, horas antes de terminar, para colocar o filho na cama e economizar uns cem dólares de babá. Naquela noite, Liv cuidou de tudo sozinha.

Sam fechou a porta da geladeira sem fazer barulho.

— Muito obrigada — Liv sussurrou. — Tem certeza de que não quer ficar com mais?

— O carro está cheio — Sam sussurrou de volta. — Adoro quando os clientes não querem sobras. Dottie vai vibrar.

No dia em que eles haviam se conhecido, quando Liv o confundira com um entregador abusado, o tempo estava começando a esquentar. Agora, enquanto se demoravam nos degraus da frente da casa, o ar estava úmido e pesado com o aroma das flores que abriam à noite.

Sam enfiou as mãos nos bolsos do *jeans*.

— Então... eu me diverti semana passada.

— Dormindo no filme?

— Ei, é difícil acreditar em um policial cujo único trabalho é atirar em vilões e dizer coisas como "Não no meu turno". — Sam ergueu as mãos. — E o trabalho burocrático? Ele não fazia nenhum trabalho burocrático!

Liv riu.

— O filme era bem ruim.

— Mas a companhia foi boa.

— Foi. Muito boa.

Liv e Sam já tinham saído quatro vezes desde aquele primeiro jantar. Tinham sido quatro saídas muito agradáveis e comportadas. Era estranho como ela precisara de quase 50 anos e um marido morto para ter um encontro de verdade. Com passeios ao crepúsculo, reservas em restaurantes e diversão planejada. Ela e Eliot não tinham "encontros" propriamente ditos. Só ficavam bêbados e transavam, ou "se pegavam", como diziam agora. Liv e Sam ainda não tinham "se pegado". Não tinham nem se beijado. Aquilo era tudo com que ela conseguia lidar. Como Liv esclareceu no segundo encontro deles (tinham tomado uma casquinha de sorvete de caramelo com flor de sal da Ample Hills e dado uma volta no Fort Greene Park), ela não queria um romance imprudente. Não queria expectativas ou declarações grandiosas. Ele ia sair com uma viúva. Com uma mãe. E, embora o propósito daquilo fosse criar limites tão amplos quanto uma via de seis pistas, seu sucesso era parcial. Porque Liv gostava de Sam Woods. Gostava que ele achasse que filmes com policiais não tinham lógica. Gostava que ele soubesse quando as frutas estavam maduras. Gostava das camisetas velhas e das mãos grandes dele. Gostava que ele fosse cuidadoso com o filho dela, mas tivesse facilidade de lidar com ele. Gostava de seus olhos castanhos bondosos e envoltos em rugas. Gostava que passar o tempo com ele parecesse sempre tranquilo, simples, e que pudessem falar sobre qualquer coisa, e que não precisassem fingir que eram perfeitos e que não tinham um passado, porque ambos haviam sido magoados, e tudo bem.

Só que gostar de Sam Woods deixava Liv morta de medo.

Uma vez, quando passeavam pela Brooklyn Heights Promenade, tinham visto um casal de noivos sendo fotografado. *O decote coração não cai bem nela*, Liv pensara. *E ele exagerou no gel.*

Aparentemente, Sam não compartilhava de seus pensamentos.

— Acha que vai fazer isso de novo?

— O quê? Casar? — Liv olhou para Sam como se ele fosse louco. — Prefiro ser esfolada viva.

Sam jogou a cabeça para trás e riu.

— Você não mede as palavras, Olive Goldenhorn.

Eles encontraram um banco com vista para o East River.

— Não vai me dizer que você voltaria a se casar. Não quero ser maldosa, mas seu casamento foi um desastre completo.

— Não foi, não — Sam disse, com tranquilidade. — Não completo.

— *Três anos.* Ela te traiu por...

— Eu sei, eu sei. Mas, no meu modo de ver, Cláudia e eu tivemos dez anos bons e três anos ruins. Dez anos em que ela foi honesta, e três em que não foi. Dez é mais que três. E você disse que as coisas com Eliot ficaram ruins mais para o fim, só por alguns anos. Mas o casamento durou mais de duas décadas. Só porque um casamento acaba não significa que foi um fracasso, ou que foi ruim. Não penso em casamentos assim, como bons ou ruins.

Era um jeito saudável de ver as coisas, Liv entendia aquilo.

— Sei o que quer dizer. Mas você é mais esperançoso que eu. Pra mim já deu. Quando eu era mais nova, achava que o que importava era a *qualidade* do amor. Quando duas pessoas se amavam o bastante, e quando esse amor era bom o bastante, o casamento funcionava.

— E agora?

— A gente tem que escolher entre dois males. O casamento é um saco. A solteirice é um saco. O que não mata engorda.

Sam olhou para Liv como se ela fosse uma criança cabulando aula e desperdiçando um talento natural.

— Então você não acredita no amor?

— Acredito que o amor exista, porque vejo todo dia. Casais com os hormônios a toda, cujo maior teste até agora foi morar juntos. Mas é uma ilusão. E cansei de ser iludida.

— Que pena.

— Você quer se casar de novo.

Ele deu de ombros.

— Quero.

— Claro que quer. Você é um ótimo pai, com um trabalho legal, que fica ainda mais atraente com a idade, graças ao patriarcado. Provavelmente vai acabar se casando com uma professora de pilates de 20 anos que acha que botox é um ótimo investimento e nem sabe que ela também tem que gozar.

Sam inclinou a cabeça para ela, com um sorriso satisfeito no rosto.

— Você acha que sou atraente?

E, porque ele havia encontrado um ponto positivo em meio às palavras espinhosas dela, algo quente e maravilhoso se espalhou por dentro de Liv, descartando sua amargura como uma camada de pele morta. *Gosto muito de você. Merda.*

Agora, de pé nos degraus da frente de casa, numa sexta-feira, tarde da noite, depois do casamento Fitzpatrick-Maple, Sam olhou nos olhos dela e disse:

— Eu, hã, tenho uma coisa pra você. Está no carro.

O coração de Liv saltou quando ele abriu a porta do passageiro. Talvez fosse apenas um doce qualquer. Ela torcia para que fosse apenas um doce qualquer. Definitivamente torcia para que não fossem brincos de diamante ou, pior, a chave da casa dele.

Sam voltou a subir os degraus e entregou a ela um saco de papel pardo. Grande demais para conter joias ou uma chave. Liv deu uma olhada. Cerejas. Ela se lembrou de quando perguntara a ele a respeito no Whole Foods, semanas antes. *Ainda não estão na melhor época. Mas vou ficar de olho pra você.* Ele não tinha esquecido. Ela riu.

— Você é uma pessoa boa demais, Sam Woods.

— Só estou tentando te impressionar, Liv Goldenhorn.

— E está conseguindo.

O sorriso de ambos deu lugar a algo mais sério enquanto eles ficavam ali, de pé nos degraus, olhando um para o outro. Ele era fofo. Ela gostaria muito de beijar Sam Woods. Sim. Era exatamente o que gostaria de fazer.

Sam pigarreou.

— Bom, eu queria te beijar agora, e sei que não deveria perguntar se posso porque não é muito viril, mas acho que já estou perguntando, porque não quero que você...

— Cala a boca — ela disse, puxando a camiseta dele para que seus lábios se encontrassem.

Não foi um beijo perfeito. Foi meio sem jeito e rápido demais, e Liv continuava segurando o saco de cerejas, que meio que ficou esmagado entre os dois. Mas, ainda assim, foi eletrizante. Liv não beijava ninguém além do marido fazia mais de vinte anos. Beijar Eliot era como falar seu idioma nativo. Beijar Sam era como de repente descobrir que ela era fluente em francês. Aquilo deixou os dois sem graça e sem ar, sorrindo pouco à vontade.

— Isso foi... — Sam começou a dizer. — Sabe, posso me sair melhor.

— Eu também — Liv disse. — Na verdade, sou ótima nisso.

— Acho que a gente só está um pouco sem prática.

— Podemos tentar de novo outra hora — Liv sugeriu.

— Vou te lembrar disso. — Ele conferiu as horas. — Ixi, tenho que ir.

Ele desceu os degraus correndo, depois subiu correndo de novo. Daquela vez, não pediu permissão e beijou a boca de Liv com confiança. Era muito diferente da boca de Eliot. Sólida e quente. *Ulalá.* A mão dela tocou a bochecha dele enquanto ele se afastava.

— Melhor — Sam disse, seguro.

Liv ficou olhando Sam ir embora, como se fosse uma adolescente apaixonada. Ela escolheu uma cereja vermelho-escura e a levou à boca. O verão explodiu em sua língua.

# 52

Na manhã seguinte, Savannah chegou cedo na Amor em Nova York e entrou com a chave que Liv havia mandado fazer para ela. A casa estava silenciosa — Liv devia ter ido deixar Ben no programa de férias. Ela abriu a cortina, fez o café e começou a responder aos *e-mails* que haviam chegado no fim de semana. *Sim, adoraríamos ajudar vocês a fazer um casamento com temática* Star Wars *no 4 de maio*. Mas ela fazia tudo no piloto automático. Sua mente estava em Bushwick, em uma morena com um sorriso que revelava uma fresta entre os dentes da frente.

Depois de as duas terem conversado, Honey passara seu perfil no Instagram para Savannah. Savannah não sabia o que era mais surpreendente: que Honey fosse lésbica ou que tivesse um perfil particular. Aquele recanto do universo das redes sociais revelava a verdadeira Honey Calhoun. A Honey que tomava café em canecas com símbolos do orgulho LGBTQIA+, que assistia *RuPaul's Drag Race* sem parar e que ia a festas e bares *gays*. Savannah presumira que Honey, que era muito trabalhadora, passava o dia inteiro no restaurante. Mas não: de vez em quando, os *stories* dela a mostravam virando *shots* com mulheres de cabelo verde e piercing no nariz, e Hayley Kiyoko tocando ao fundo. Parecia muito legal. *Sexy* e ligeiramente intimidante.

Não que Savannah tivesse ela mesma muito tempo para curtir. Ainda estavam na alta temporada: a Amor em Nova York trabalhava todos os fins de semana, desde sexta, na coordenação do evento no dia e encontrava novos clientes, que iam se casar no ano seguinte. Savannah não queria que Honey pensasse que as coisas haviam ficado estranhas entre elas depois que se revelara lésbica, por isso se esforçava para mandar mensagens e aparecer no 'Shwick Chick sempre que podia.

Mas algo havia mudado entre elas. A facilidade de antes havia se complicado. Quando suas mãos se tocavam acidentalmente ao pegar o molho de pimenta, um calor elétrico cortava Savannah. O contato visual entre as duas não era mais casual. Tudo parecia... carregado.

Por causa do que Honey havia dito: *Eu só gostava porque todo mundo gostava.* Ela não estava falando sobre futebol americano: questionara a sexualidade de Savannah. A princípio, aquilo deixara Savannah brava. Não era a própria pessoa que tinha que questionar sua sexualidade? Que direito Honey tinha de concluir coisas a seu respeito? Ela nem a conhecia! Savannah não era lésbica, bi ou o que quer que fosse — simplesmente não era!

Mas, depois que a mágoa passara, Savannah havia se dado conta de que ficar brava era fácil. O difícil era se autoanalisar.

Eliot não era o típico macho alfa: ele não parecia em nada com o homem no centro do mural que Savannah montara antes de ir a Nova York. Talvez houvesse algo de estranho, e até de desviante, na atração dela por ele. Era uma quebra com o que se esperava que jovens como ela buscassem. Sim, ela já havia pensado em beijar mulheres, mas quem nunca? Era uma curiosidade sexual comum. Talvez não fosse 100% hétero, mas ninguém no Brooklyn parecia ser, de modo que ser 90% hétero — ou 85% — a mantinha na *normalidade*. Talvez ela até pudesse beijar uma mulher, não seria nada de mais. Era jovem, estavam no século XXI e ela morava em Nova York, pelo amor de Deus!

Mas Savannah não conseguia se imaginar transando com uma mulher. Já era difícil o bastante aceitar sua própria vagina. A ideia de fazer o que as pessoas faziam durante o sexo com outra vagina parecia um pouco...

nojenta. Por isso, ela não podia se imaginar com uma namorada. Ou uma esposa. Definitivamente não conseguia se imaginar com uma esposa, só pensar naquilo já era esquisito. *Ela* ia *ser* a esposa, não teria uma. Seria como viver num mundo de ponta-cabeça ou tomar café da manhã na hora do jantar.

Não havia nada de errado em ser *gay*... no caso dos outros. Por mais que tentasse, Savannah não conseguia afastar a ideia de que ser um pouco *gay* era um pouco como ser um doente terminal. Os pais eram simpáticos com pessoas *gays* como outras pessoas eram simpáticas com pessoas com câncer. A Savannah do Brooklyn estava aberta à ideia de que talvez sua sexualidade não fosse tão preto no branco. A Savannah do Sul morria de medo das zonas cinzentas que começava a sentir dentro de si.

Ela tinha tantas perguntas. Como era o relacionamento entre duas mulheres, para começar? Ela sabia que não era como se uma fosse "o homem da relação" — ou era? —, mas homens e mulheres meio que não se compensavam?

Ou era o parceiro certo que fazia aquilo? Talvez gênero não tivesse nada a ver com a história.

Savannah precisava de mais informações. Quando ouviu Liv abrindo a porta da frente, acessou sua lista de afazeres e acrescentou: *Pesquisar coisas L: livros/bares etc.*

— Bom dia! — Liv cumprimentou ao entrar, oferecendo uma cereja de um saco de papel pardo.

— Hum... — Savannah pegou algumas. — Adoro cereja.

— Eu também.

— Você está de bom humor.

— Estou? — Liv perguntou, curiosamente coquete.

Elas seguiram sua rotina das segundas-feiras, atualizando-se quanto ao fim de semana uma da outra, as reuniões do dia e os principais pontos da semana, enquanto verificavam a correspondência e comiam cerejas. Liv abriu um cartão que havia sido entregue pessoalmente.

— É da Vanessa. — Ela leu em voz alta. — "Queridas Liv e Savannah, muito obrigada por terem planejado nosso casamento dos sonhos: foi o melhor dia da nossa vida. E um agradecimento especial por toda a ajuda com meu pai. Fico empolgada em dizer que Lenny, meu pai e eu estamos planejando passar o Natal juntos pela primeira vez."

O coração de Savannah inchou. A felicidade de Vanessa se refletia na dela, que sentiu como se estivesse estirada ao sol. Liv prosseguiu:

— "Uma mulher sábia uma vez disse que a qualidade de nossa vida é definida pela qualidade de nossos relacionamentos. Vocês me ajudaram a tornar minha vida mais rica e mais significativa. Serei eternamente grata."

As duas mulheres que Eliot Goldenhorn havia unido com sua morte ficaram com os olhos cheios de lágrimas. Savannah apertou o braço de Liv e manteve a mão ali por um longo momento. Não foi estranho. Foi caloroso. Totalmente natural.

Nada fazia Savannah Shipley se sentir tão bem quanto ajudar outras pessoas a se sentirem aceitas e amadas. Soava brega, mas o amor não tinha sexualidade ou gênero. Ou uma programação rígida.

Era apenas amor, não era?

# PARTE TRÊS

## AMOR NOS HAMPTONS

# 53

O verão foi longo e lento em Nova York, e os dias mais quentes de agosto cederam espaço a um setembro suntuoso. Folhas cor de abóbora se espalhavam pelas calçadas. As saladas de tomate dos cardápios foram substituídas por terrines mais substanciosas. O xadrez dominava as vitrines das lojas, e começou a ficar escuro mais cedo. O outono, a estação do ar fresco e da torta de maçã, estava chegando.

Savannah Shipley não se sentia mais uma novata atrapalhada. Tinha se acostumado a acalmar a ansiedade das noivas e antecipar colapsos. Ela lidava com *e-mails* em pânico às duas da madrugada, do tipo *Parece que vai chover. Estou PIRANDO e preciso mudar a distribuição dos convidados de novo (!!!)*, com cada vez mais facilidade. Tinha testemunhado casais apaixonados, casais brigando e casais que só queriam que a coisa toda passasse logo. Casamentos eram o primeiro teste real que um casal enfrentava: um batismo de fogo. Em determinado ponto, um deles (em geral a noiva) chegava à conclusão emotiva de que o casamento não tinha sua "cara". Estava grande demais ou pequeno demais. Em vez de igreja devia ser no campo. O vestido Carolina Herrera devia ser da BHLDN. O fim de semana movimentado devia ser um evento simples à noite. A princípio, Savannah tentara fazer as mudanças que a noiva pedia. Mas, depois de encerrar uma ligação com uma mulher que estava convencida de que, em vez de se casar na Itália, devia se casar no quintal da casa dos pais, em Michigan, Liv explicou a ela que todo mundo aprendia a organizar seu casamento *enquanto* o organizava. Se pudessem fazer tudo de novo, fariam tudo diferente, mas aquilo era impossível. Além do mais, o que a maior parte das noivas não entendia era que, embora o casamento fosse culturalmente sancionado como dia *delas*, na verdade não era. Era o dia do casal. Um casamento nunca podia ser resultado da visão de uma única pessoa. E aquilo era mais difícil de concretizar do que as futuras esposas imaginavam.

E Liv Goldenhorn já havia visto de tudo. Quanto mais nervosa a noiva ficava, mais calma Liv ficava. Ela podia bancar a terapeuta, a policial malvada ou uma figura materna tranquilizadora. Sua abordagem oscilava entre o ritual e algo que ia inventando no caminho, o que energizava o processo, mesmo quando as coisas se complicavam. A ideia geral era que organizar um casamento era empolgante, romântico e divertido, só que na realidade a maior parte dos casais considerava aquela uma tarefa complicada, cansativa e inacreditavelmente estressante. Savannah ficara surpresa com quão longe o planejamento de um casamento estava da perfeição vista nos *blogs* de noivas e na revista *Martha Stewart Weddings*, que a deixava salivando. Aquele retrato era tão próximo de planejar um casamento quanto um filme pornô de sexo. Na melhor das hipóteses, não estava totalmente fora da realidade; na pior, era um simulacro irrealista que criava expectativas irreais e perigosas.

Sim, Savannah Shipley estava aprendendo os truques da assessoria de casamentos. Mas a chegada de Imogene Livingstone e Mina Choi para uma das últimas reuniões cara a cara, antes do casamento no fim de setembro, a fez perder o chão.

Porque as duas futuras noivas eram simplesmente... *maravilhosas*.

A semelhança entre Imogene e o irmão, Zach, estava clara: ambos tinham um sorriso amplo e charmoso e olhos azuis enormes, que reluziam sob a franja vasta. Mina era igualmente deslumbrante, alta e bem-composta, o cabelo preto brilhante e liso, totalmente no controle. As duas ficavam de mãos dadas, casualmente. Enquanto Liv repassava os últimos pontos relativos à organização e ao evento em si, Savannah não conseguia tirar os olhos do dedão de Imogene, que subia e descia devagar pelos nós dos dedos de Mina. Subia e descia. Subia e descia...

— *Savannah.*

Olhando para o próprio telefone, Liv fez sinal para que as duas saíssem brevemente da reunião, e disse às noivas que já voltavam. No corredor, Liv explicou a Savannah que Ben estava com uma virose e ela precisava buscá-lo na escola.

— Volto rapidinho. Você consegue tocar, né?

Liv nunca havia deixado Savannah encarregada de uma reunião.

— Claro! — Duas mãos, entrelaçadas. Mãos macias. Com dedos compridos e delicados. — Só, hã, me lembra onde paramos?

Mas Liv já se dirigia à porta da frente.

De volta ao escritório, Savannah abriu um sorriso animado para as duas mulheres.

— Liv precisou sair um minutinho. — A planilha continuava aberta no computador de Liv. Savannah o fechou e abriu um caderno. — Então... onde vocês duas se conheceram?

Mina franziu as sobrancelhas.

— Já contamos tudo isso...

— Na faculdade de Direito. — Imogene tinha a mesma vocação para contadora de histórias que o irmão. — Em um grupo de estudos. Que eu logo transformei em uma dupla de estudos. Que só se reunia tarde da noite.

— E vocês souberam desde o começo ou ficaram amigas primeiro?

Mina começou a dizer:

— Acho que a gente precisa definir a ordem dos discursos e...

— Eu sempre soube. — Imogene se recostou na cadeira, tão à vontade quanto uma convidada de *talk-show*. — Mas não foi o mesmo com a tranquilona aqui. Juro que tive que fazer malabarismos e sapatear por *dois anos* até conseguir chamar a atenção dela!

— Foi só um ano. — Mina deu um sorriso seco, mas parecia achar graça. — E não era que eu não te notava. Mas havia... complicações.

— Ela tinha namorado — Imogene explicou. — Convidei Mina para maratonar *The L Word*. A série original, nem tinham feito a nova ainda. E depois de *muita* tequila...

— Tenho que voltar ao trabalho em meia hora. — Mina soava toda eficiente. — Podemos voltar ao assunto, por favor?

— Claro. — Savannah se decidiu a assistir *The L Word* assim que possível. — Vamos lá.

Mas, enquanto perguntava por quanto tempo as duas queriam que as bebidas de boas-vindas circulassem, o que Savannah realmente queria saber era por quanto tempo Mina namorara um homem. E se Imogene também tivera um namorado. Como elas se identificavam. O que os pais de ambas haviam dito. Savannah queria mesmo saber aquilo, mas as duas provavelmente achariam que ela estava sugerindo que ser *gay* implicava decepcionar os pais. E estava no meio de uma reunião, não podia perguntar nada às noivas. *Para de pensar nas perguntas que quer fazer a elas!*

Principalmente a pergunta que não parava de vir à sua mente: *Como elas tinham descoberto?*

Depois de um tempo, Mina anunciou que precisava voltar ao trabalho. Minutos depois, ela e Imogene estavam na rua, esperando o carro. Savannah ficou olhando da janela e notou o modo como a mão de Imogene roçou a lombar de Mina. O modo como Mina virou-se para ela, com um sorriso leve e particular. O modo como os lábios das duas se encontraram, amorosos e apaixonados, as bocas se abriram e...

Savannah se deu conta de que estava bisbilhotando. Aquilo era errado! Ela se afastou da janela tão depressa que tropeçou. Estava certa de que espionar casais se pegando não era parte dos serviços da Amor em Nova York. No entanto... queria ver.

Portanto, voltou à janela.

Savannah já tinha visto duas mulheres se beijando. Mas não duas mulheres como Imogene e Mina. Não de um modo que a havia feito sentir que o que presenciava talvez fosse possível para ela também. As mãos dadas, os cabelos compridos roçando nas bochechas uma da outra. Por um breve e resplandecente momento, o medo, a incerteza e a completa confusão de Savannah cessaram. O beijo era um alerta, tocando alto e claro, ecoando por quilômetros.

O carro chegou. As noivas entraram. Savannah afundou no sofá cor-de-rosa, abanando-se, sentindo o calor de todo o verão sob sua pele.

# 54

Algumas pessoas tratavam ioga como uma religião, mas para Darlene era só uma atividade física. Um modo eficiente e efetivo de trabalhar os músculos e dar um sossego merecido ao cérebro ansioso. Só que ultimamente não vinha sendo uma hora suando com ássanas e um breve cochilo com um bando de desconhecidos vestidos com pouca roupa. Era só um momento, outro momento, para pensar em Zach. Correção: para sentir uma vasta gama de emoções potentes inspiradas unicamente por Zachary Livingstone. A postura do corvo não era páreo para aquilo.

Ter beijado Zach no Harvard Club havia dado início a um tsunâmi de pensamentos obsessivos e um afeto desvairado. Pela primeira vez na vida, Darlene Mitchell ficou horrorizada ao descobrir que estava doente de amor. E, sim, era uma doença. Era limitador. Contra sua vontade, Zach havia assumido o controle da mente dela.

Darlene repassou mentalmente cada momento doce e *sexy*, repetidas vezes. Os beijos do lado de fora do Babbo, no sofá, à beira da piscina dos pais dele. Os dois tocando juntos, escrevendo a letra da música, jogando canastra, cantando Salt-N-Pepa. Ela passando os dedos pelo cabelo de Zach, sentindo o coração dele bater no mesmo ritmo do seu. Mas Darlene era incapaz de lidar com a ideia de que outra pessoa poderia estar fazendo as mesmas coisas com Zach. Pensar que Zach poderia estar beijando outra mulher era um pesadelo. Chegava a doer.

Ela tampouco podia lidar, física ou emocionalmente, com a realidade de que, ao se entregar a Zach, também lhe dava a chance de destruí-la quando — e era mesmo *quando*, e não *se* — beijasse outra pessoa.

Se amor era aquilo, Darlene não queria saber. Não podia aguentar.

Aquilo precisava parar.

Ela precisava parar. Recuperar o controle de seu cérebro, de seu coração e de sua vida. Ser uma pessoa inteligente e racional, focada em conseguir que alguém ouvisse a meia dúzia de músicas novas nas quais vinha trabalhando nos raros momentos em que conseguia se concentrar.

Assim, depois da ioga, quando Zia perguntou a ela como andavam as coisas com o britânico em questão, Darlene respondeu com sinceridade:

— Bem. Mas vou ficar feliz quando tudo isso acabar.

Elas estavam tomando chá de hortelã em um dos sofás da área de espera do estúdio de ioga, ainda vestidas para a aula. Perto delas, outros alunos conversavam e mexiam no celular.

— Achei que você gostasse de Zach — Zia disse.

— Eu gosto — Darlene respondeu, com cautela. — E, por causa disso, e porque não sou namorada dele de verdade, acho que precisamos estabelecer mais limites.

— *Mais* limites? — Zia a provocou. — Achei que vocês não tivessem nenhum.

Não era de surpreender.

— Acho que mergulhamos de cabeça na atuação.

— Você é louca por ele e ele é louco por você.

— Mas isso pode não durar. — Darlene puxou o ar, procurando ser equilibrada e objetiva. — Zach... se distrai fácil. Se focarmos em concluir o contrato e em ser um casal apenas quando absolutamente necessário, eu vou ter dinheiro pro meu EP e Zach vai conseguir a grana dele sem que tenhamos feito falsas promessas um para o outro.

— Isso parece muito sensato. — Zia tomou um gole de chá, parecendo estar em dúvida. — Mas também acho que Zach é bem legal. Ele te adora, e não esconde isso. — Zia estreitou os olhos. — Não tem mais nada rolando mesmo?

Darlene pressionou os lábios um contra o outro e assentiu. A única coisa pior que sentir que Zach Livingstone podia quebrá-la como se fosse um ovo seria alguém ficar sabendo daquilo.

— E como estão as coisas com seu namorado?

Zia suspirou.

— Bem. Mas temos nossas questões.

Darlene se aproximou de Zia, abriu espaço para que duas jovens vestindo roupas da Lululemon com a mesma estampa de oncinha se sentassem também.

— Tipo o quê?

— Sei que ele se importa comigo. Estamos namorando, é oficial agora. Mas não fizemos nenhum progresso quanto a aparecer em público.

— Por que não?

— Tem sempre algum motivo para não ser o momento certo. E ser mantida em segredo por alguém é muito, muito difícil — Zia começou a contar nos dedos. — Não podemos ir a locais públicos, não podemos ser carinhosos na frente dos outros, nem saímos do apartamento dele juntos. Não posso ir a nenhum evento de trabalho ou visitar o cara no *set*. Nunca conheci um amigo dele, além do agente. E ainda não contei sobre ele para minha irmã. Isso não vai ser fácil. Na verdade, não ter que contar a ela é a única coisa boa de manter o relacionamento em segredo.

— Por quê?

— Minha irmã está sem dinheiro. Mais sem dinheiro que o normal, não sei por quê. Tenho a impressão de que vai ficar com inveja. E brava por eu não ter contado antes. — Zia se afundou ainda mais no sofá, cutucando as cutículas. — É como se estivéssemos tendo um caso. Como se estivéssemos fazendo coisa errada.

Darlene gostava de Clay. Mas, conforme absorvia as palavras de Zia, ela se dava conta de que gostava *da ideia de Clay,* uma ideia contaminada por seus próprios sentimentos em relação a fama, talento e sucesso.

— De quanto tempo ele precisa?

— Isso não ficou claro. Logo mais vai passar seis semanas gravando no Brasil. Então imagino que não antes disso.

— *Seis semanas?* Que saco.

— Vou ficar com saudade. Mas acredito muito nesse filme. — Zia se endireitou no sofá. — O roteiro é bem inteligente, muito intenso. Acho que ele pode ganhar um Oscar pelo papel, de verdade.

Zia explicou que o filme era uma adaptação de um livro de memórias recente que levava o mesmo nome: *Nossa selva.* Dois colegas de uma organização ambiental ficavam perdidos na Amazônia por quatro meses, sem comida, sem mapa, sem conhecimento de técnicas de sobrevivência, nada. Os colegas, ambos homens, haviam tido um relacionamento no passado. No fim, os dois sobrevivem e acabam voltando. Era ao mesmo tempo uma história de sobrevivência cheia de ação, um drama psicológico envolvente e uma história de amor inspiradora. Também entrava em temas ambientais, como desmatamento, comércio ilegal de animais e — a paixão de Clay — mudança climática. Zia lera o roteiro antes de Clay. Lembrara-a da vez em que ficara perdida na selva no Sudeste da Ásia, ainda que apenas por uma noite. Ela insistira para que ele aceitasse o papel. Depois que Clay se comprometera, Matt Damon assumira o outro protagonista, e o orçamento dobrara. O filme já estava causando burburinho.

— Uau. — Darlene estava impressionada. — Você conheceu Matt Damon?

Zia soltou uma risada cansada.

— Não. Não conheci ninguém. — Ela se aproximou de Darlene e abaixou a voz. — Estou começando a sentir... não um gatilho emocional. Mas algo não muito diferente disso. Você se lembra da história do babaca do meu ex, né?

Darlene confirmou com a cabeça. Zia havia lhe contado sobre Logan no ano anterior.

— Ele também me afastou dos meus amigos e da minha família. E, embora agora seja diferente, por outro lado não é. Estou começando a entender que um relacionamento não pode sobreviver no vácuo. É preciso apoio da tribo para que cresça. Para que seja validado.

— Tenho certeza de que ele entenderia isso. Talvez você tenha que dar um prazo.

— Talvez. — Zia parecia incerta. — Argh, isso é tão difícil. Vamos pra casa?

— Claro. — Darlene pegou os copinhos das duas. — Eu pago uma *pizza*. Talvez você possa ouvir minhas músicas novas e fazer comentários brutalmente honestos a respeito.

— Perfeito — disse Zia. — Mas já aviso que provavelmente vou amar todas.

Elas colocaram as sacolas de ioga nos ombros e saíram na noite nublada e úmida, em direção ao metrô.

## 55

Diferente de Gorman, Henry Chu tinha uma abordagem prática para a resolução de problemas. Se os vizinhos eram barulhentos, bastava ir falar com eles. Se havia um buraco na rua, bem na frente da loja, ele entrava em contato com a prefeitura. Portanto, quando seu companheiro havia sete anos começou a passar todo o tempo com um homem mais jovem supostamente em nome da arte, a solução parecera simples.

Gorman ficou olhando para Henry, chocado.

— Como assim, você convidou Gilbert para o jantar?

Henry limpou as mãos no avental.

— É isso mesmo. Ele vai chegar às sete.

Henry sabia que casos extraconjugais prosperavam em meio à escuridão. Em meio aos segredos. Se Liv tivesse ficado sabendo do envolvimento de Eliot com Savannah, as coisas poderiam ter sido muito diferentes. Henry queria conhecer Gilbert para que tudo ficasse às claras. Ele poderia manifestar suas necessidades e, se chegassem a esse ponto, estabeleceriam limites para o relacionamento sexual de Gorman e Gilbert. Possivelmente — com sorte — a excitação que Gilbert provocava em Gorman desapareceria, assim como o medo do bicho-papão ia embora quando a escuridão dava lugar ao dia.

A campainha tocou às 19h22. Gorman já estava no segundo martíni, claramente nervoso.

Henry esperava um homem bonito — Gorman tinha bom gosto. Mas até ele teve de admitir que o jovem de pé à sua porta era excepcionalmente atraente. Musculoso, com cabelo cor de areia e um sorriso lindo e simpático.

Gilbert entrou na casa.

— Desculpe, acabei de me dar conta de que não trouxe nada. Que grosseria a minha!

— Não se preocupe com isso — Gorman disse, ao mesmo tempo que Henry falava: "Não, não, não tem problema".

Gilbert desceu o zíper do casaco, revelando uma camiseta em que estava escrito *Supergay!* nas cores do arco-íris, passando os olhos arregalados pelo apartamento.

— Nossa, amei a casa de vocês! É gigante!

— Crostini? — Henry ofereceu uma bandeja ao mesmo tempo que Gorman perguntava: "O que você quer beber?".

Eles sobreviveram aos aperitivos, depois se sentaram para jantar. Gilbert elogiou a comida, o arranjo de flores e o corte de cabelo de Henry. Quando chegaram à sobremesa, os nervos de Henry já não estavam à flor da pele. Compreendia a atração que Gilbert exerce — além da aparência física, ele era jovem e dava a impressão de estar ligeiramente deslumbrado com tudo à sua volta, ao mesmo tempo que exalava uma confiança inabalável. Gilbert queria saber tudo sobre a vida de Henry, desde a infância em Flushing até a abertura da floricultura no Brooklyn gentrificado. Gorman ficou atipicamente quieto enquanto Henry respondia às muitas perguntas de Gilbert, ainda que seu companheiro tentasse incluí-lo na conversa. O pobre Gor provavelmente estavam acostumado a ser o único objeto do fascínio lisonjeiro de Gilbert.

Eles passaram à sala de estar. Henry colocou um disco de Patsy Cline para tocar e serviu três taças de *brandy*. Gilbert se abaixou no carpete e ficou examinando a coleção de discos deles. Gorman e Henry se sentaram no sofá e ficaram só observando.

— Aah, Sam Smith. — Gilbert virou a capa do disco. — Adoro.

Henry ficou satisfeito. O disco era dele.

— Você tem bom gosto.

— Claro que tenho — Gilbert brincou. — Estou fazendo a peça do seu marido.

— Ah — Henry disse. — Na verdade, não somos...

— Casados — Gorman concluiu. — Ou, hum, monogâmicos.

Henry olhou feio para Gorman. Aquela não era a maneira mais elegante de tocar no assunto.

Gorman só deu de ombros para ele.

— E quanto a você? — Henry perguntou a Gilbert, que parecia deliberadamente concentrado nos discos. — Tem namorado?

Gilbert fez que não com a cabeça.

— Meio que acabei de chegar, sabe? Então, tipo, estou só me divertindo. Esse *brandy* é muito bom, aliás — ele comentou, terminando a bebida.

— Eu completo pra você. — Henry pegou a taça de Gilbert e foi para a cozinha. Sozinho por um momento, ele apoiou as duas mãos na bancada, arrependido de ter bebido tanto durante o jantar. Sua cabeça girava, e ele meio que esperava voltar para a sala e dar de cara com Gilbert sem camisa, sentado no colo de seu companheiro. O que seria uma parte excitante, duas partes desconcertante e dez partes horrível.

*Uma vantagem a monogamia tem: as regras são muito mais simples.*

Ele ouviu um barulho atrás de si.

Era Gilbert, aproximando-se depressa e decidido, como um Exterminador do Futuro *gay*. De repente, a boca de Gilbert estava na dele, beijando-o.

— Ah... ugh!

Henry recuou até o canto da parede.

Gilbert pareceu horrorizado.

— Desculpe. Ai, meu Deus. Pensei que...

— Desculpe. — Henry tocou a própria boca, ainda sentindo o beijo nos lábios. — Eu não queria...

— Desculpe. — Gorman apareceu no corredor. — O que está acontecendo?

— Eu pensei... — Henry começou a dizer. — Nós pensamos que você estava interessado em...

— Mim — Gorman concluiu por ele, horrorizado.

— Ah, meu Deus, não — Gilbert disse depressa. — Sem querer ofender, mas você meio que me lembra do meu pai.

As bochechas de Gorman ficaram vermelhas.

— Mas se vocês têm um relacionamento aberto... — Gilbert continuou. — Então Henry...

— Eu?

Henry se sentia como um azarão cujo nome tinha acabado de ser chamado no palco.

— Pense a respeito. — Gilbert começou a recuar para a porta, depressa. Parou apenas para vestir o casaco. — Obrigado pelo jantar, estava uma delícia. Te vejo nos ensaios semana que vem, Gor.

A porta da frente se fechou atrás dele.

Os ombros de Gorman caíram. Ele pegou o lenço e enxugou a testa. A rejeição claramente havia abalado sua confiança, fazendo com que parecesse menos *vintage* e mais de segunda mão.

— Bom, foi uma bela humilhação. Do que está rindo?

— Não sei. — Henry enxugou uma lágrima do olho, sem saber se porque achava aquilo hilário ou triste. — Acho que estou em choque.

— É claro que você não vai em frente — Gorman disse. — Com ele, digo.

— Por que não?

Gorman piscou.

— Porque... bom, porque...

Henry pegou sua taça de *brandy*. *Só mais uma antes de ir para a cama? Por que não?*

— Como Gilbert sugeriu: vou pensar a respeito.

# 56

Havia muitas diferenças entre sair com alguém aos 20 e poucos anos e aos 40 e muitos (muitos mesmo). Para começar, a transparência. Quando Liv e Eliot começaram a sair, a espontaneidade reinava e se importar com o outro não era nada descolado. Ambos se superavam na disputa pelo título de quem se importava menos com a evolução ou não do relacionamento para outra coisa, já que as forças gêmeas do desejo e da ansiedade se enroscavam como serpentes lutando. Mas Liv e Sam tinham que fazer planos com semanas de antecedência, negociando com a agenda cheia em meio a filhos, trabalho, terapia e supermercado. O mistério ficava de lado. A princípio, Liv se perguntou se aquilo tornaria as coisas menos excitantes. Mas sua tolerância para a excitação era limitada — na verdade, excitação era apenas outra palavra para tensão. A transparência era tranquilizadora. E Liv precisava de tranquilidade.

Outra diferença era o ritmo. Eles ainda não haviam transado. Quando Eliot morrera, Liv acreditara piamente que nunca mais faria sexo. Sempre que queria se sentir mal — o que acontecera com frequência no inverno anterior —, ela se recordava da profecia dolorosa e enterrava ainda mais a faca: *Você está sozinha. Vai ficar sozinha para sempre.*

Agora, o corpo dela começava a descongelar. Ela gostava de beijar Sam. E muito. Ele era maior que Eliot, mais gentil e menos ansioso. Se Eliot era um guepardo ágil e astuto, Sam era um leão sólido e seguro de si. Conforme o ar do fim do verão assumia uma textura de peliça, a ternura cedia lugar à paixão e a uma necessidade primitiva e potente, que os deixava ofegantes, vorazes e insatisfeitos.

— Você acha que a gente... — Liv estava fechando os botões de cima da camisa, depois de outra pegação interrompida por Ben ligando do quarto após um pesadelo — está... hum... pronto...

— Sim — Sam disse. — Mil por cento.

Liv riu diante da certeza dele.

— Tá. Então vamos marcar uma data.

Sam soltou um ruído baixo e a puxou para um beijo. Não foi o tipo de beijo com que ele costumava se despedir. Era um beijo de boca aberta, buscando, que incluía um dedão roçando um mamilo decididamente rígido.

Ah, sim. Os dias de sexo de Liv ainda não tinham terminado.

Eles fizeram planos. Para um fim de semana em que Cláudia ia ficar com Dottie e em que Ben poderia dormir na casa da avó. Planos que davam tempo suficiente para Liv fazer um pouco de exercício, comprar *lingerie* pouco prática e depilar o mato que se espalhava entre suas pernas. Liv comprou a *lingerie* na internet, apertando os olhos para a barriga chapada e bronzeada da modelo infantil, em um esforço para visualizá-la em seu corpo normal. Fazer atividade física era mais complicado. Academias eram para pessoas com menos de 40 anos que já estavam em forma. Liv queria uma barriga sarada, mas o máximo de exercício que fazia para o abdome era espirrar.

— Vem correr comigo! — Savannah ficou correndo no lugar, à porta do escritório, com uma faixa na cabeça e o rabo de cavalo apertado mantendo os cabelos longe de seu rosto. Ela andava usando muito menos maquiagem. Isso não apenas a deixava mais bonita, mas, de alguma forma, também fazia com que parecesse mais confiante. — O tempo está muito agradável!

Dia após dia, Liv encontrava uma desculpa: *e-mails* para mandar, fornecedores para ligar. Mas, conforme o Sexo Marcado se aproximava e

Savannah continuava insistindo, ela finalmente cedeu. Desenterrou um par de tênis que não usava desde que Obama era presidente e se juntou a Savannah para uma corridinha muito lenta e muito puxada.

— Eu tinha esquecido... como era... difícil — Liv conseguiu dizer, ofegante. Seu rosto pegava fogo.

Savannah manteve o ritmo dela.

— É uma questão de treino, Liv! Você está se saindo muito bem!

— Quero... morrer.

Savannah riu, animada.

— Pensei em algo em relação a Eliot. Algo que pode te ajudar a chegar ao porquê de as coisas terem terminado como terminaram. Por que você não tenta pedir ao Google a senha do Gmail dele?

Liv se visualizou escalando uma montanha, deparando-se, no topo, com alguém de 30 e poucos anos sem traquejo social usando tênis: *Por favor, sr. Google, sou velha. Me ajuda?*

— Parece complicado.

— Mas não é. — Naturalmente, Savannah já havia pesquisado como aquilo funcionava. Exigia-se uma cópia do atestado de óbito e provas de uma troca de *e-mails* entre Liv e Eliot. — Talvez algo nos *e-mails* dele explique o testamento.

Não era uma perspectiva animadora para Liv: recuperar as mensagens em que Eliot dava em cima da inocente Savannah, em meio a atualizações sucintas para a esposa.

— Posso entrar com o pedido para você — Savannah ofereceu.

— Tá. — Liv bufou. — Ai. Acho que estirei alguma coisa.

Elas só tinham avançado dois quarteirões.

Os dias se passaram.

O Sexo Marcado era na semana seguinte.

O Sexo Marcado era no dia seguinte.

O Sexo Marcado era naquela noite.

Liv acordou com uma sensação clara de pavor. *Para com isso*, ela disse a si mesma. *É pra ser divertido! Relaxa!*

Mas ela não conseguia relaxar. O medo pairava sobre ela como um corvo preto e alerta. Não importava quão ocupada ela se mantivesse, lavando os lençóis, passando cremes e deixando Ben na mãe: aquele pássaro sombrio permanecia ali. Julgando a barriga molenga dela e a vagina pós-parto, que parecia espaçosa o bastante para acomodar um bando de corvos inteiro. E se não fosse tão bom quanto o sexo com Eliot? E se fosse melhor? E se ela não conseguisse entrar no clima, ou se entrasse demais e dissesse "te amo!", quando na verdade quisesse dizer "vou gozar!". Ela sabia que precisava se acalmar e se comportar como adulta em relação à coisa toda. Mas, às vezes, ficar calma e ser adulta era muito difícil — era muito mais fácil não ser adulta e entrar em pânico.

Conforme o céu escurecia, Liv vestiu um roupão, depois *jeans*, depois de novo o roupão. O pânico moderado começou a beirar o terror. Ela precisava de algo para aliviar a tensão.

Não conseguia se lembrar de quem havia lhe dado o baseado: surgira em meio à névoa que se seguiu à morte de Eliot. Liv fumava maconha sem muito entusiasmo na juventude, mas parara de vez quando estava tentando engravidar e nunca mais voltara. Na época, todo mundo fumava uns cigarrinhos molengas que ficavam nojentos e úmidos ao passar de boca em boca. Mas aquele objeto enrolado com toda a elegância parecia perfeito e tornava fumar um ato sofisticado ao extremo.

Liv o acendeu e tragou de leve. Era fácil. Serviu-se de uma taça de vinho, que acabou rapidamente, depois se serviu de outra. Aquele era um dos prazeres de beber em casa: sempre dava para se servir de uma taça caprichada. Mas o vinho mal a afetara, e a maconha, bem, não parecia estar funcionando nem um pouco. Sam chegaria em menos de meia hora, e ela ainda estaria com os nervos à flor da pele.

*Dane-se.*

Ela tragou, mais demorada e profundamente agora, depois repetiu, para garantir, desfrutando do modo como fazia sua garganta queimar e seus olhos lacrimejarem. Aquilo significava que estava funcionando.

*Relaxa*, ela instruiu a si mesma, levando a taça de vinho à boca. *Relaxa*.

# 57

A livraria Strand, que ficava na Broadway, estava cheia e movimentada quando Darlene e Zach chegaram. Zach não tinha confirmado presença, mas, depois de jogar um charme na mulher que cuidava da lista, o evento lotado já não estava mais lotado para ele. Estranhamente, aquilo deixo Darlene irritada.

Aquele lançamento não era um encontro. Era uma punição. E Zach não fazia ideia do motivo.

As coisas com Darlene tinham… esfriado um pouco. Talvez ele só estivesse sendo bobo e paranoico, mas ela parecera ter se distanciado enormemente dele depois do Beijo Significativo. O primeiro beijo que eles não tinham postado nas redes sociais (e aquela tinha se tornado uma ótima desculpa). O primeiro beijo em que Zach deixara que ela o tivesse, por completo, incluindo cada partezinha desesperada, motriz e necessitada dele… e então ela se afastara. Não desaparecera, porque ainda estavam naquela idiotice de relacionamento de mentira, que o irritava, mas a que ele era agradecido. Só que Darlene não pedia mais que ele a beijasse, com aqueles olhos escuros e lábios rosados entreabertos. Em vez disso, fora Zach quem implorara para acompanhá-la no lançamento de um livro. E não de um livro qualquer. Do livro de Charles, o babaca. O ex de Darlene.

— Ele vai conversar com *Rachel Maddow* — Darlene havia dito, depois que Zach vira o convite na porta da geladeira dela.

— A jogadora de tênis?

— Não! A jornalista. Da MSNBC. Você a conhece.

Talvez conhecesse mesmo.

— Eu não sabia que você ainda falava com Charles.

Darlene dera de ombros e se servira de um pouco do prato de camarão que ele havia trazido.

— Topei com Charles. Ele me convidou. Eu disse que ia.

— Por quê?

— Não posso passar o tempo todo com você.

— Por que não?

— Porque não somos um casal de verdade. — Ela se atrapalhou um pouco, mas logo recuperou o controle. — É saudável ter um círculo amplo de amigos que te estimulam intelectualmente.

*Com quem por acaso se esteve envolvida.* Então ali estavam os dois, na primeira fileira, nos assentos reservados para Darlene, que estava claramente impressionada. Havia duas poltronas no palco, uma projeção de quase cinco metros da capa do livro — *Erros foram cometidos: O paradoxo da revolução da classe trabalhista* — e uma foto de Charles, o babaca, exalando a confiança de uma estrela pop no corpo descorado de um gnomo de jardim.

— Olha! Aquele é o Jon Favreau — Darlene sussurrou, olhando de lado para um homem bonito de terno. — Aimeudeus, aquela é a Alexandria Ocasio-Cortez?

Perfeito: mais gente que Darlene sabia quem era e ele não.

Sua linda colega de banda era virginiana, e virginianos eram cautelosos com seus sentimentos, diferentemente de librianos como ele. Librianos estavam sempre apaixonados, e, sim, Zach já havia tido sua parcela de companheiras de cama. Mas ele nunca se sentira confortável em deixar que aquelas mulheres conhecessem seu verdadeiro eu. Elas viam o Zach divertido, o Zach da farra, em casos durante as férias e nada mais. Darlene o conhecia melhor do que ninguém: como músico, como filho, como seu colaborador na criação. Ela conhecia todos os defeitos de Zach. Ele se importava com ela. Respeitava Darlene e confiava nela. Mas tinha a sensação de que o macacão justo e os cachos naturais dela aquela noite não eram para ele. O olhar que ela dirigiu à camisa amassada dele foi quase zombeteiro. Zach olhou em volta.

— Não me diga que não tem bebida. Escritores não são todos alcoólatras?

— Charles não bebe.

— Argh. — Zach fez uma careta. — Claro que não.

Darlene estreitou os olhos para ele.

— Respeito a decisão dele.

— Ah, sim. Eu também.

— Mas acho que vão servir vinho no jantar depois — ela acrescentou, dando tapinhas no braço dele.

Zach se afundou ainda mais no assento. Agora, havia um *jantar* ao qual teria que comparecer, cheio de pessoas brilhantes e letradas, como Charles, o babaca, Jon Favreau e Alexandria Ocasio-Cortez — pessoas que faziam com que se sentisse tão inteligente quanto um pão de forma. Ele pegou a mão de Darlene e a puxou para si, com certa carência.

— Por que não vamos antes do jantar? Tem um *wine bar* bem legal nesta rua. A gente pode ficar altinho e ficar de mão boba por baixo da mesa...

Darlene tirou a mão da dele.

— Já disse que viemos como *amigos*.

A palavra foi como um tapa na cara dele.

— Por que você fica repetindo isso?

— Porque é verdade — ela respondeu, com frieza.

Zach controlou a vontade de gritar. Quando Darlene ia admitir que haviam sido feitos um para o outro, que estavam se apaixonando? Ela podia ficar com o dinheiro dele, a quantia toda. Darlene era seu futuro, e o dinheiro só era importante porque permitia que ficassem juntos tanto quanto possível. Por que ela insistia que eram só "amigos"?

Talvez porque, para ela, tudo se resumisse à grana. Talvez ela não sentisse a mesma coisa que ele.

As luzes se apagaram. Charles, o babaca, e Rachel Maddow apareceram no palco e foram aplaudidos com entusiasmo. Charles se pavoneava, insuflado pela multidão, o que Zach achava ao mesmo tempo familiar e nojento.

— Me acorda quando acabar.

Darlene não pareceu impressionada.

— Talvez você queira repensar esse seu lance anti-intelectual, Zach. Não é muito atraente.

Ele murchou como uma bexiga triste. Era definitivo: qualquer atração que Darlene pudesse ter sentido havia passado. Ela se dera conta de que ser aberto, bondoso e tudo de bom que dissera na outra noite, quando o defendera diante da família dele, *simplesmente não era o bastante*. Sua insegurança o enojou — ele sabia que insegurança era tão atraente quanto "seu lance anti-intelectual". Mas não conseguia controlá-la.

O coração de Zach se partiu quando os olhos de Darlene se fixaram em Charles.

# 58

Savannah abriu a porta da frente com tudo, sentindo-se como um brinquedinho com a corda recém-dada.

— Oiê!

Honey recuou um pouco, por instinto.

— Entra, entra. Nossa, você está linda. Está quente aqui? Posso ligar o ar, não consigo acertar a temperatura de jeito nenhum!

— Está bom assim. — Honey parecia confusa. Seu bronzeado havia escondido um pouco as sardas em seu nariz. Savannah sentiu vontade de tocá-las e ligar os pontos um a um. Honey franziu a testa para ela. — Tem alguma coisa no meu rosto?

— Quê? Não. Rá! É tão bom te ver.

Ela se lançou sobre Honey, em um abraço.

— Ah. — Honey se contorceu. — Está um pouco apertado demais.

— Desculpa. — Savannah a soltou, envergonhada. — Só estou feliz em te ver. Faz tanto tempo, e eu...

... *estou nervosa, animada, assustada e tudo o mais, porque acho que quero te beijar e não tenho ideia de como fazer isso!*

— Savannah. — Os olhos castanhos de Honey pareciam gentis e tinham possivelmente um toque de alegria. — Fica calma. Por que a gente não bebe alguma coisa e vê o filme?

— Sim. Claro. Ótima ideia.

Savannah se segurou para não proferir outras cinco afirmações.

Honey havia trocado o *jeans* com camiseta de sempre por *short* e camiseta. Savannah havia escolhido um macaquinho curto, passado brilho labial e um pouco de *blush*. Fazia calor demais para qualquer outra coisa.

Honey serviu duas taças do *rosé* que havia levado e perguntou se os colegas de apartamento de Savannah estavam. Arj estava no trabalho, Leonie tinha ido visitar os pais em Nova Jersey e Yuli fora a um café, para trabalhar em seu mais recente romance para jovens adultos.

— Somos só nós — Savannah disse, como se fosse uma coincidência, e não um plano bem executado.

— Legal.

O tom de Honey era tão descompromissado que Savannah não sabia o que significava. A conversa das duas no mês anterior ressoou na cabeça dela: *Não quero ter meu coração partido por uma mulher hétero.*

*Mas e se eu não for hétero?*, era o que Savannah queria ter dito. *Como vou saber?*

Savannah Shipley tinha aceitado que, sim, com certeza estava interessada em beijar uma mulher. Mais especificamente Honey. Mas ela havia investido toda a sua vida romântica na crença inabalável — no fato — de que um dia ia se casar com um homem. Assim como todo mundo à sua volta. E voltar atrás naquela ideia seria tão esmagador e impossível quanto pedir a alguém que demolisse uma casa com uma colher de chá. As fundações eram sólidas demais. A estrutura era grande demais.

No entanto, ali estava ela: *Eu só gostava porque todo mundo gostava.*

Seu mural de Nova York, com um bonitão de *smoking* no centro, fora enfiado debaixo da cama havia semanas.

Honey se sentou no sofá.

— O que vamos ver?

Em pânico, Savannah começou a duvidar de sua escolha. Era sem dúvida convidativa. O primeiro golpe da colher de chá contra a solidez dos tijolos.

— Achei que a gente podia ver uma série chamada, hã, *Feel Good*.

Honey não conseguiu esconder a surpresa.

Savannah se ocupou passando os salgadinhos para uma tigela.

— Não sei, pareceu divertida, mas se você já tiver visto não tem problema.

Honey se aninhou na ponta do sofá. Ela olhava para Savannah, curiosa.

— Já vi. Mas posso ver de novo.

O celular de Savannah vibrou. Era o pai ligando. Ela sentiu uma pontada de culpa, mas não estava fazendo nada de errado. Savannah desligou o celular.

— Então vamos lá.

*Feel Good* era sobre uma comediante canadense chamada Mae Martin que morava em Londres e começava a sair com uma moça chamada George, que nunca havia namorado outra garota. Elas já se beijavam nos primeiros dez minutos, então iam morar juntas e se descobria que Mae tinha sido viciada, o que não importava, porque àquela altura Savannah já estava apaixonada por Mae e por George, e pela ideia de Mae e George juntas. Aquilo parecia familiar e diferente ao mesmo tempo, e Savannah experimentou um chacoalhão desorientador ao reconhecer uma versão de si mesma em George, uma personagem ficcional em um mundo diferente. Com regras diferentes.

Quando o episódio terminou, ela colocou o segundo na mesma hora. Depois o terceiro. Depois o quarto.

— Savannah?

— Hã?

Ela se assustou, já com o dedo no controle remoto.

Honey se espreguiçou, parecendo achar graça.

— Podemos fazer um intervalo?

— Ah. Claro. — Savannah conferiu as horas e ficou vermelha. — Desculpe.

Honey se levantou para pegar o vinho na geladeira. Ela serviu mais uma taça para cada uma, acabando com a garrafa.

— Então você está gostando?

Savannah confirmou com a cabeça, e as palavras se atropelaram para sair.

— Minha nossa, é incrível. Engraçado, inteligente e *sexy*, claro. Adorei a George, e a Mae é muito linda. Ela é meio que um menino bonito e uma menina bonita, o que me agrada *muito*.

Honey riu. Quando ela voltou para o sofá, sentou mais perto de Savannah. Suas bochechas estavam coradas, por causa do vinho. Ela apoiou a cabeça na mão, enfiando os dedos nos cachos escuros.

— Acha que ela é o seu tipo? Ou você está interessada em mulheres de modo geral?

Savannah se aproximou um pouco. Parecia que ia compartilhar um segredo. Um segredo ilícito e estimulante.

— Talvez... de mulheres em geral?

O céu havia escurecido com a passagem das horas, e já era noite. Todas as luzes do apartamento estavam desligadas. A única iluminação vinha da TV, que estava pausada nos créditos. Honey perguntou, baixo:

— Mulheres como eu?

Os olhos de Savannah se concentraram na boca de Honey. Em seus lábios que pareciam um botão de rosa, carnudos e entreabertos. Ela queria senti-los. Tocá-los. Savannah assentiu e disse, com a voz ao mesmo tempo baixa e, de alguma forma, estrondosa:

— Sim.

Honey chegou mais perto. Seus olhos indagavam quando ela estendeu a mão para pegar a de Savannah.

Os dedos das duas se encontraram. Uma onda de eletricidade subiu pela espinha de Savannah. Aquilo foi tanto para ela que por um segundo aterrorizante Savannah pensou que ia chorar. Então a sensação se amenizou, transformando-se em algo mais administrável, e as duas ficaram de mãos dadas. Como Imogene e Mina. Ela estava de mãos dadas com Honey.

E queria mais.

O ar entre as duas estalava, carregado de possibilidades.

Savannah se inclinou para Honey, diminuindo a distância entre a boca das duas. Honey fez o mesmo. Era agora. Estava acontecendo. Savannah sentia o hálito de Honey. Seu coração batia desvairado, martelando a caixa torácica com uma ferocidade até então desconhecida. Tudo dentro dela a empurrava para a frente, para a frente, para a frente, até que os lábios de Honey encontrassem os dela e as duas estivessem se beijando.

As duas estavam se beijando.

De repente, tudo fazia sentido.

Todas as músicas de amor faziam sentido.

Todos os filmes românticos faziam sentido.

Todos os poemas, todos os quadros, todas as letras da Taylor Swift, tudo no mundo todo fazia sentido, porque era assim, *assim*, que deveria ser. A sensação do amor deveria ser aquela, a sensação do beijo deveria ser aquela. Era daquilo que todo mundo falava.

Foi um beijo doce, um beijo *sexy*, o primeiro beijo em que Savannah não ficou pensando se estaria com mau hálito ou quanto de língua deveria usar. Foi o ato mais natural, mais simples e mais empolgante de sua vida inteira.

Quando ela se afastou, tinha lágrimas nos olhos. Honey acariciou seu rosto e seu sorriso se transformou em preocupação.

— O que há de errado?

Savannah apertou os dedos de Honey contra sua bochecha e balançou a cabeça.

— Nada — ela conseguiu dizer. — Não tem absolutamente nada de errado.

Porque tudo finalmente estava certo.

# 59

Sam subiu correndo os degraus da casa de Liv. Estava quase uma hora atrasado. A ex dele, Cláudia, tinha pego uma gripe, e ele precisara pedir à irmã dele que fosse passar a noite com Dottie. A menina adorava a tia, mas, desde o divórcio, estava um pouco sensível quanto a promessas quebradas e mudanças na rotina. Ele tivera que suborná-la com sorvete e uma fantasia de princesa para conseguir sair para sua "viagem de trabalho", sentindo-se absurdamente culpado. O pior de tudo era que ele tinha mentido para a própria filha, ainda que por um bom motivo.

Sam gostava de ordem. Embora ficasse feliz em improvisar na cozinha, preferia a satisfação de seguir regras estabelecidas para obter um resultado esperado. Mas não havia receita para aquilo: um pai divorciado saindo com uma mãe viúva. Sua vida era assim: confusa e caótica, nunca saindo como ele esperava.

Ele tinha mantido Liv atualizada com mensagens. As últimas dela tinham sido um pouco... estranhas.

**Sam, 18:50:** Problemas com Dottie, vou me atrasar um pouco.
**Liv, 18:58:** Sem problemas!!!!
**Sam, 19:25:** Resolvendo aqui. Desculpa.
**Liv, 19:35:** Tudo bem!!!! Ha ha, KKK. 😊
**Sam, 19:45:** A caminho, finalmente! Chego às oito.

**Liv, 19:47:** !!!???!!! UAU. Eu acho
**Liv, 19:48:** Desclpa mandei tb
**Liv, 19:49:** TO SUSSA!!! 😈😈😈
**Sam, 19:50:** Você tá bem?
**Liv, 19:55:** HA HA HA!

Dava para ouvir Fleetwood Mac tocando lá dentro. A mistura de *rock* e *blues* suave o levou de volta a uma época em que usava cabelo comprido e levava uma vida fácil, sem filha e sem esposa. Uma época em que não havia consequências, em que o futuro não era nada além de possibilidades e prazer. Sam se reservou um momento para bagunçar o cabelo e depois ajeitá-lo de novo. Tinha dormido com algumas mulheres depois do divórcio, mas nenhuma de quem realmente gostasse. Houvera um momento quando os dois tinham se conhecido, com Liv empunhando uma banana, em que o roupão dela se abrira e ele quase vislumbrara um mamilo. Sam havia pensado naquele momento muitas vezes. Liv era complicada, às vezes espinhosa e às vezes até maldosa — e ele gostava daquilo. Parecia perigoso. Sam desconfiava que ela era incrível na cama. Não que fosse definitivo que rolaria sexo aquela noite: os dois estavam indo devagar. Não importava o que acontecesse, iam se divertir.

E, com sorte, iam transar.

Sam tocou a campainha.

Ele ouviu passos irregulares se aproximando do outro lado da porta. Depois, não ouviu mais nada.

— Liv?

Sam identificou um guinchinho abafado vindo de dentro, depois risadinhas.

Ele sorriu.

— Oi?

A porta se abriu com tudo. Liv estava usando um robe preto de seda por cima da calça *jeans*. Seu cabelo estava todo bagunçado. Seus lábios estavam manchados de vermelho-escuro. Parecia uma bruxa, o que era um pouco esquisito. Mas não chegava a ser desagradável. Ela apoiou uma mão de cada lado do batente.

— Oi. — Sua voz estava rouca. — Sr. Sam.

Uma onda de excitação percorreu o corpo dele. Aquela era uma Liv que Sam nunca tinha visto. O fato de que aquela mulher complicada e atraente continuasse se abrindo para ele era ótimo.

— Oi — Sam respondeu. — Sra. Liv.

Ela jogou a cabeça para trás e riu.

Sam riu também, então se dera conta de que não dissera nada de engraçado. Havia algo de errado? Ou ela só estava nervosa, como ele? Sam a seguiu para dentro.

— Você parece muito, hã, descontraída.

— E estou. — Liv parecia lânguida e etérea. — Estou relaxada. Não tenho nenhum pepino a resolver. — Ela girou e levou as duas mãos sobre a cabeça, como se pusesse um chapéu. Então começou a falar, com a voz aguda e estridente: — Oi, sou um pepino. Me colocam na salada.

— Sei...

Liv passou para a sala e começou a dançar ao som de "Dreams". Bem, dançar não era o termo certo. "Debater-se" seria mais preciso.

Havia uma garrafa de vinho pela metade na mesa de centro. E, ao lado dela, um baseado pela metade.

*Ah.*

— Ei, linda, você andou fumando?

— Um pouquinho. — Liv piscou, devagar. — Muito?

Felizmente, ela não podia ter uma overdose de maconha. Mas a combinação tinha claramente levado Liv ao limite. Sam tirou o baseado e a garrafa de vinho da mesa de centro. Liv ficou olhando enquanto ele saía, dizendo, com uma vozinha triste:

— Nãããão...

Sam guardou a garrafa de vinho que havia levado na despensa, tampou com a rolha a garrafa de vinho aberta e encheu um copo de água.

— Bebe isso.

Liv tomou um gole e fez uma careta.

— É água.

— Pois é.

— Eca.

Ela virou o rosto, como uma criança se recusando a comer couve-de-bruxelas.

— Por favor? Por mim?

Suspirando como se aquilo fosse a coisa mais irritante que já tivessem lhe pedido para fazer, Liv tomou alguns goles. Ela se recostou no sofá, apoiando a cabeça de um jeito que seria *sexy*, se não fosse desleixado.

— Por que não mostra o pepino que tem aí dentro da calça, Sammy?

— Eita. — Sam riu. — Melhor não. Hoje, não.

— Mas temos Sexo Marcado — ela choramingou. — Fiz depilação. *Doeu*.

Sam inspirou, oscilando entre ficar preocupado e achar graça.

— Foi muita consideração sua, linda, mas você está um pouquinho alta.

Liv se jogou em cima dele, seus dedos já tentando abrir a calça dele.

— Quero ver.

Sam recuou.

— Não, Liv!

— Quero ver seu pepino!

— Não, linda.

— *Sim!*

Ela lutou para abrir o botão da calça.

— *Não!* — Sam afastou as mãos ávidas dela da braguilha, mantendo a voz gentil, embora firme. — Vamos, linda. É hora de ir pra cama.

Com muito esforço, Sam conseguiu fazer com que Liv se deitasse e tomasse outro copo de água.

— Amanhã de manhã, você vai me agradecer — ele disse, indo apagar a luz. Os quadros na parede eram ousados e interessantes, e ela tinha uma cama *king size*. Era um quarto em que em geral Sam gostaria de transar.

— Sam?

A voz de Liv já saía embalada pelo sono.

— Sim, linda?

Ela estava de olhos fechados. Ele se preparou para ouvir alguma confissão. Talvez "Gosto de você. Gosto muito de você". Talvez "Obrigada". A voz de Liv soou doce na penumbra.

— Acabei de peidar.

Ele apertou um lábio contra o outro para não rir e apagou a luz.

— Boa noite, Liv.

# 60

O jantar em sequência ao lançamento do livro de Charles seria servido em um restaurante próximo, em um salão privado, iluminado por lustres que oscilavam. Zach ficou feliz ao descobrir que a mesa comprida tinha pelo menos sessenta lugares marcados. Talvez os dois ficassem longe de Charles e acabassem desfrutando de um jantar agradável. Mas ele não teve sorte. Charles estava sentado na frente deles. Darlene ficara ao lado de Jon Favreau. O cartãozinho com o nome "Zack L" — escrito à mão, provavelmente porque ele não tinha confirmado presença — o colocava ao lado de Darlene, mas também de Rachel Maddow.

— Que sorte a sua. — Darlene deu uma olhada para Charles e passou a língua pelo lábio superior.

Aquele era o tique nervoso *dele*: Darlene fazia aquilo quando ficava toda fofa e tímida *com ele*.

— É — Zach respondeu, tenso. — Que sorte a minha.

Tigelas de salada foram colocadas na mesa. Zach revirou a mente atrás de algo para dizer a Rachel. Já havia se misturado com muita gente impressionante na vida, e costumava se sentir confortável em praticamente qualquer situação social. Mas aquela noite era diferente: a frieza de Darlene tinha acabado com seu traquejo social de sempre. E Zach não entendia de política tanto quanto entendia de música, sexo ou humor. Coisas que se sentiam, e não coisas que se sabiam.

— A salada está muito boa — foi o que ele conseguiu dizer.

Rachel sorriu com delicadeza.

— Deliciosa.

— Sempre acham que salada é fácil de fazer, mas não é. Você tem que acertar a proporção de molho e folhas. — *O que ele estava fazendo? Por que continuava falando de salada?* — Usando muito pouco, não fica muito gostoso. Usando demais, fica úmido e, hã, empapado.

Rachel franziu a testa. Zach sabia que ela devia estar se perguntando se ele era maluco.

— Empapado?

*Não fala empapado de novo. Não fala empapado de novo.*

— Fora que folhas diferentes ficam empapadas de um jeito diferente. Tipo, rúcula fica empapada. Mas couve não fica tão, hã, empapada.

— Charles. — Rachel chamou a atenção dele. — Fiquei pensando no que você disse sobre a falsa consciência.

O rosto de Zach pegava fogo. *Idiota.*

Perto dele, Jon Favreau fazia Darlene gargalhar. Em geral, ele amava aquele som, mas no momento parecia agudo como unhas arranhando uma lousa. Quando aquele pesadelo ia acabar? Cada minuto que passava destacava o fato de que Zach não pertencia àquele lugar.

— Então, Zach... — Charles falava com ele, do outro lado da mesa. — Não achei que esse tipo de coisa interessasse a você.

*Vai se ferrar, cara.* Ele sabia que Charles o considerava um idiota nível Zoolander, como muitos homens menos atraentes achavam.

— Gostei muito.

Na verdade, ele gostara de algumas partes da conversa, quando Charles não estava fazendo pose e se comportando como o babaca convencido que era. A vivacidade e o caráter imprevisível do debate o tinham lembrado da improvisação do *jazz*.

Charles tomou um gole de água.

— Imagino que você ainda toque com Darlene.

— Sim, tocamos juntos.

Zach sorriu para Darlene de um jeito que ameaçou ultrapassar o limite da paixão secreta e platônica.

Ela o rebateu como num arremesso fraco.

Charles observou a troca entre os dois com uma preocupação evidente. Sua boca enrijeceu.

— Estou curioso, Zach. O que achou da discussão que meu livro aborda?

Zach sentiu um leve pânico.

— Considerando que está sendo lançado hoje, ainda não tive a chance de ler.

— Claro — Charles disse. — Mas por que você acha que a classe operária vota contra seus próprios interesses?

Para horror de Zach, ele sentiu Rachel Maddow se inclinando mais para perto, curiosa quanto ao que ele ia responder.

— É uma questão bastante complexa. Não estou qualificado a dar uma opinião a respeito.

Charles assentiu, devagar. Irônico.

— Verdade, você não é muito politizado, não é mesmo? — O escritor retornou à comida, cortando o peixe no prato. — Quantas pessoas pesquisaram "O que é a União Europeia?" depois de votar no Brexit? Milhões, não foi?

Zach tinha votado para que o Reino Unido permanecesse na União Europeia. E ele sabia o que era a União Europeia, pelo amor de Deus. Charles podia ser progressista, mas também era um provocador que adorava o som da própria voz.

— Racismo é um problema no Reino Unido tanto quanto aqui — Charles continuou falando, com a voz crescendo como a de um político —, não é, Darlene?

Ela piscou.

— Sei mais sobre o racismo nos *Estados Unidos* — ela disse, demonstrando um controle que Zach considerou admirável. — Considerando que mulheres negras ganham 39% a menos que homens brancos, posso dizer que aqui o racismo continua prosperando.

— Falou como uma verdadeira ex-aluna de Princeton — Charles disse, com um sorriso que parecia um pouco condescendente.

Zach tinha a impressão de que, para Charles, ter Darlene como namorada não havia sido prova de que ele podia ficar com uma pessoa mais bonita que ele, e sim que ele era capaz de ignorar a diferença racial — o que ele queria que todo mundo na mesa visse. Aquilo era simplesmente *péssimo*.

A conversa pareceu chegar ao fim. Mas Zach ficou surpreso ao se dar conta de que ele ainda não havia terminado.

— Obviamente o racismo é um problema no Reino Unido, como aqui nos Estados Unidos e em todo lugar — Zach disse. — Mas o voto para deixar a União Europeia não se deveu apenas às questões de imigração. Foi um voto em protesto. Como o voto em Trump.

A atenção de Charles fora despertada. Ele estava surpreso que Zach ousasse dar sua opinião.

— O que tem o Trump?

Zach começou a duvidar de si mesmo no mesmo instante. Mas já era tarde.

— Bom, a eleição dele também foi um protesto. Não foi?

Charles ergueu a voz.

— Donald Trump é uma infâmia que deve ser apagada da história.

Zach quase riu.

— Como assim? Com censura? Cuidado, Charles, daqui a pouco você vai estar queimando livros.

A raiva passou por um instante pelo rosto de Charles, antes que ele pudesse escondê-la atrás de uma postura nobre.

— O Brexit foi uma questão de raça e classe, assim como Trump.

— Isso é óbvio — Zach disse. — Mas você faz parecer que as pessoas votaram assim, *contra os próprios interesses*, porque são idiotas.

— Não saber o que é a União Europeia até depois de votar para sair dela não é só idiota, Zach — Charles disse. — É desrespeitoso, vergonhoso e antipatriótico.

— Claro — Zach disse. — Acho que concordo com isso também. E, olha, definitivamente não sou da classe trabalhadora. Mas eu era músico em Londres, e tocava e bebia com muitos caras do norte. E a coisa está bem ruim por lá.

— Ruim como? — Darlene perguntou.

— Falta trabalho, rola muita droga, é um lugar perigoso — Zach disse. — Eles veem como é para a elite, para alguém como eu, como você, Charles, como todo mundo nesta mesa, e ficam putos. E com razão.

Todo o mundo em volta ouvia, incluindo Rachel.

— Então, sim — Zach disse —, algumas dessas pessoas votaram pela saída.

— Você é amigo dessas pessoas? — Charles perguntou. — Pessoas que apoiaram uma das mudanças culturais mais racistas da história moderna?

— Acho que Zach falou em colegas — Darlene apontou. — Mas faria diferença se fossem amigos? Estamos sempre falando sobre como precisamos ouvir todos os lados, sair da nossa bolha.

— E não estou dizendo que aprovo — Zach disse. — Só estou dizendo que entendo por que as pessoas votaram em Trump ou no Brexit. Não foi porque se enganaram, foi... uma reação. Automática.

— Mesmo que dirigida ao alvo errado — Darlene disse. — A mídia de direita...

Charles continuou falando com Zach:

— As pessoas votaram no Trump porque...

Zach falou por cima dele:

— Ela ainda não tinha terminado.

A ideia de dar um soco na cara de Charles passou brevemente pela cabeça de Zach, e ele gostou.

— A mídia de direita — Darlene repetiu — faz um ótimo trabalho convencendo as pessoas de que imigrantes e pessoas racializadas estão tirando seus recursos, e não o 1% das pessoas que detém 40% da riqueza do país.

— Com certeza — Zach disse. — E, para ser sincero, acho que é uma fantasia liberal condescendente pensar que foi tudo um grande erro. As pessoas precisam ser ajudadas e respeitadas, e não que lhes expliquem quais eram suas verdadeiras intenções.

Ao lado dele, Rachel Maddow assentiu.

— Bom, talvez você devesse escrever um livro a respeito — Charles disse. — Ah, não, você é um músico, e não um grande pensador.

— É isso que você é? — Zach fingiu estar surpreso. — Esse tempo todo, vim usando a expressão "sabichão pretensioso".

Alguém engasgou tentando segurar a risada. Charles comprimiu os lábios, então fez um esforço enorme, virou-se para a pessoa ao lado dele e começou uma conversa.

Darlene olhou para Zach. Antes que ele conseguisse descobrir se ela estava impressionada ou irritada, Jon Favreau voltou a falar com ela.

Rachel Maddow se inclinou para Zach.

— Ficou claro que você não é um fã — ela murmurou. — O que te trouxe aqui?

Zach olhou para os agora distraídos Charles e Darlene.

— Vim por amor, sra. Maddow.

Para surpresa dele, ela pareceu intrigada.

— Conta tudo.

# 61

Liv acordou se sentindo um pouco pior que um monstro do pântano fedido. Sua língua parecia um tapete peludo de segunda mão. Seu cérebro parecia estar sendo apertado por um torno. A luz do sol atravessava as cortinas, de maneira cruel. Era tarde. Muito tarde.

— Ben! — O nome dele saiu como um suspiro engasgado. Escola. Ben. Atrasado. Ela se sentou na cama e acidentalmente acertou um copo com a mão. Caiu com um leve baque.

Era domingo.

E Ben... Ben estava com a mãe dela.

A noite anterior voltou à mente dela em um fluxo nauseante.

Sam.

Sexo Marcado.

Maconha.

Pepino.

Ah, *não*.

A porta do quarto se abriu com um rangido.

— Bom dia, dorminhoca.

Liv entrou debaixo das cobertas, rezando para que houvesse um alçapão ali. Ela ouviu Sam recolher os cacos de vidro e depois se sentar ao lado dela na cama.

— E a cabeça?

Ela mal conseguia olhar para ele. As palavras saíram ásperas e baixas:
— Me diz que... não.
— Que não o quê?

*Que não fiquei me debatendo ao som de Fleetwood Mac. Que não pedi que me mostrasse seu pepino.* Ela abriu um olho para Sam. Ele parecia ótimo. Onde havia dormido? No sofá? No quarto de Ben? *Ah, meu Deus.*

— Tudo.

Ele riu.

— Bom, você ficou um pouco fora de si.

— Eu fiquei catatônica? — O estômago dela aproveitou a oportunidade para roncar audivelmente. Aquilo era tão *sexy* quanto um papanicolau. — Que horas são?

— Hora do café. Espere aqui.

Não havia a menor chance de ela ir a qualquer lugar.

Sam serviu o café na cama. Batata rosti, ovos e *bacon*. Tudo quentinho, salgado e delicioso. Quando Liv tinha 20 e poucos anos, podia virar uma garrafa de vinho e acordava se sentindo ótima. Agora, ela precisou de duas xícaras de café, uma aspirina e um banho quente e demorado para que finalmente melhorasse da dor de cabeça. Ela desceu, de roupão. Sam estava na cozinha, limpando tudo. Como no dia em que haviam se conhecido. Só que, agora, ela conhecia o homem que estava lavando a tábua de corte. E gostava *muito* dele.

Os dois se acomodaram no sofá, com os pés de Liv sobre as pernas dele. Ainda não era meio-dia. Ben só voltaria para o jantar.

— Então — Sam disse. — O que aconteceu ontem?

— Ah, é que eu curto ficar muito louca antes de transar — disse Liv, sem expressão, e Sam riu. — Sério, sinto muito. Fiquei nervosa. E aí acho que exagerei no relaxamento.

— Também fiquei nervoso. — Ele estava massageando os pés dela, o que a fazia sentir certo formigamento. — Já faz um tempo, e eu não tinha certeza se, hã, o foguete — ele apontou para o próprio colo — ainda estava totalmente funcional.

— Aparentemente, sim, a julgar pelas noites no sofá da sua casa...

O sorriso dela era sugestivo.

Sam sorriu de volta, delineando com os olhos o corpo escondido embaixo do roupão.

— Houve algumas poucas tentativas bem-sucedidas de lançamento.

— Muito bem-sucedidas...

Talvez o Sexo Marcado ainda pudesse acontecer.

Liv engatinhou pelo sofá até ele. Subiu no seu colo e beijou sua boca.

— Oi — Sam disse, surpreso, mas gostando. Ele olhou para baixo. — E oi! Parece que estamos decolando.

Ela deu uma risadinha.

— Já gastei a piada? — Sam perguntou.

— De jeito nenhum — ela disse, e o beijou de novo. Daquela vez, Sam retribuiu o beijo, com uma mãozorra no maxilar dela e a outra em suas costas. Liv ainda estava de ressaca, mas aquilo só a fazia se sentir preguiçosa e lânguida. Capaz de relaxar com a sensação desconhecida e familiar ao mesmo tempo de fazer amor com alguém. Ela pegou o lóbulo da orelha de Sam entre os dentes. — Que horas você precisa ir pra casa?

— Dottie foi a uma festa de aniversário com a tia.

Liv abriu o roupão.

Os olhos de Sam ficaram vidrados diante dos seios de Liv. Ele a virou no sofá, beijando seu pescoço, seus corpos colados. O peso delicioso dele a imprensava contra as almofadas. Liv fechou os olhos e agradeceu a sua sorte. Por que tinha ficado preocupada? Aquilo seria *fácil*.

— Ao infinito — ela murmurou — e além.

## 62

— O que você tem?

Zia piscou algumas vezes. Layla a encarava com os olhos estreitos. As olheiras escuras faziam com que parecesse mais cansada que o normal.

*Conta pra ela. Conta logo pra ela!*

Os sobrinhos não paravam, choramingando, querendo atenção. A televisão estava ligada nos desenhos de domingo. Layla insistiu.

— O que foi? Brigou com Tom ou algo do tipo?

— Na verdade, eu queria mesmo falar com você sobre, hã, Tom. — Eles ainda não tinham vindo a público, mas Zia sabia que só estava usando aquilo como desculpa para não dizer a verdade. Talvez Layla ficasse feliz por ela. Animada para conhecer um cara que realmente se importava com a irmã. — Na verdade...

Mateo passou correndo, bateu na mesinha lateral e derrubou o abajur, que se estilhaçou ao chegar ao chão. Layla ficou de pé num pulo.

— Meu Deus! Mas que droga!

Mateo murmurou um pedido de desculpas. Tinha tirado o gesso na semana anterior e estava compensando o tempo perdido.

Layla pisou nos cacos, furiosa.

— Que beleza, Matty. Que maravilha!

— Calma. — Por que Layla estava tão nervosa? — A gente compra outro.

— Como se eu pudesse pagar — Layla resmungou.

Zia recolheu os cacos e os jogou no lixo, enquanto a irmã se servia de um copo cheio de vinho bem barato e mandava a criança para o quarto que os três dividiam. Layla massageou as juntas das mãos, fazendo uma careta.

— Bom, o que você ia falar do Tom?

— Ah, fica pra depois.

— Vou fazer turno duplo a semana toda.

— Tá bom, tá bom. — Zia tirou o som da televisão. Ela sentiu suas axilas e o buço suando. Não esperava ficar tão nervosa. — Então, é uma história meio maluca, na verdade. Tom não se chama *Tom*.

— Como assim? É algum ex meu?

— Não! Nossa, Layla, não. Bom, eu estou meio que saindo com... — *Fala logo. Fala logo!* — Clay Russo.

Layla piscou. Franziu a testa.

— É o primo do Pablo?

— Não. Clay Russo. Ele é ator e ativista.

— Sei quem é *Clay Russo*.

— Bom, é com ele que estou saindo. Não com um jardineiro — ela acrescentou, como uma boba.

Layla parecia confusa.

— Rá?

— Não é brincadeira.

— Acho que eu teria escolhido, tipo, Jesse Williams. Ele é incrível.

Layla tomou o vinho, sem achar graça naquela piada ruim.

— Não estou inventando isso. A gente se conheceu em um casamento em maio. Ele foi como convidado. A gente se deu bem. Até o momento, temos sido discretos, mas...

— Zia...

— Ele é meu namorado, quero que vocês se conheçam e...

— Opa, Zia! — Layla deixou o copo de lado. Sua expressão agora era de legítima preocupação. Uma antiga ternura emergia, a que nascera em consequência ao término com Logan e ao processo judicial. — Você parece acreditar nisso mesmo.

Sem saber o que mais fazer, Zia pegou o celular. Layla a viu destravá-lo e abrir as fotos. Os dois ainda não tinham fotos juntos, mas na outra noite tinham bebido *cabernet* demais e feito a maior bagunça na cozinha. Zia, meio tonta, tirara uma foto de Clay todo sujo de molho, rindo. Ela mostrou a foto que tinha dele para a irmã.

— Viu? É a cozinha dele.

Layla olhou para a foto.

— Você pegou da internet?

Zia exalou, frustrada, apontando para a foto.

— Olha a minha sacola ali. Estou falando sério.

A expressão de Layla começou a se desmanchar. Seus olhos se alternavam entre a foto e Zia, sem parar.

— Você está namorando *Clay Russo*. Sério mesmo?

— É.

— Jura pelo túmulo da *abuelita*? Pela vida dos meus filhos?

Zia olhou nos olhos dela.

— Eu juro. Estamos namorando, mas ainda não viemos a público. O que na verdade é péssimo, porque...

A irmã dela começou a chorar.

— Layla! — Zia se aproximou dela, assustada. Esperava diferentes reações, mas não aquela. Layla devia estar em choque. Zia acariciou as costas da irmã, que continuava chorando. — Layla, meu bem...

— *Gracias a Dios, gracias a Dios.* — A irmã balançava o corpo para a frente e para trás. Agora rindo. — Eu rezei. Rezei por isso.

— Pra que eu arranjasse um namorado?

— Não. — Layla soltou uma risada meio maníaca. — Ah, Zia. Isso resolve tudo.

Zia sentiu a pele esfriar.

— Resolve o quê?

— Zia. — A irmã enxugou o nariz na manga da blusa. Parecia em êxtase. — Há alguns meses, o seguro deixou de cobrir o Humira. Você sabe o que é, né?

— O remédio pra artrite?

— Isso. O custo é de, tipo, cinco mil. A cada *quinze dias*.

Zia arfou. Aquilo explicava a cobrança que vira no lixo. Não tinha nada a ver com Mateo. Era por causa de Layla.

— Quê? Por que você não me falou?

— Ah, meu bem. — Layla beijou as mãos da irmã. — Você já dá tanta coisa pra gente. E não tem 5 mil sobrando. Mas agora...

— Agora?

Os olhos de Layla brilhavam, febris.

— Vamos, Zia. Dez mil por mês não é nada para esse tipo de cara. *Nada*.

Zia não conseguia acreditar no que estava ouvindo.

— Não posso pedir dinheiro a Clay, Layla. Vou te ajudar o máximo que puder, pegando turnos extras e tal, mas...

— Olha só pra essa cozinha! — Layla estourou, apontando para o celular de Zia. — Esse lugar deve ter custado um milhão!

*Ou 10 milhões*. O coração de Zia batia acelerado. Ela balançou a cabeça, tentando assumir o controle da situação.

— De quanto você precisa?

Layla lambeu os lábios.

— Tipo, uns cinquenta mil. Para pagar a dívida dos cartões de crédito e sobreviver ao ano.

O pânico tomou conta do peito de Zia. Ela se imaginou pedindo 50 mil a Clay. *Ei, lindo, contei sobre a gente pra minha irmã e ela ficou se perguntando se não tem um jeito de...* Zia fechou os olhos, horrorizada.

— É que ele tem todo um trauma de ser usado e...

— Ele tem um *trauma* de ser *usado*?

— Layla, não posso pedir 50 mil dólares a Clay! Você tem ideia da maluquice que é pedir isso?

— Então pega uma jaqueta de couro "emprestada" e eu coloco à venda no eBay. Sei que pagam caro por essas coisas, li a respeito na...

Zia se pôs de pé na hora.

— Você é inacreditável.

— Não, você é inacreditável. — Layla também se levantou. — De colocar um riquinho acima da sua própria *família*.

A culpa atingiu Zia com tudo.

— Não estou colocando Clay acima de vocês! Só não posso pedir dinheiro a ele!

— Eu tenho *dor*. Todos os dias!

— Layla, Clay não é um caixa eletrônico!

— E por que não? — Os olhos dela estavam desvairados. — Não consigo acreditar nesta discussão. Você é tão egoísta, Zia. Sempre teve tudo e eu nunca tive *nada*.

— Não vou ficar ouvindo isso.

Zia pegou a bolsa e correu para a porta da frente, com lágrimas nos olhos.

— Claro, lá vai você — Layla a provocou. — Foge como sempre faz. Você não se importa com ninguém além de si mesma.

Zia bateu a porta da frente com tudo. Lágrimas subiam por dentro dela, como se fosse um gêiser prestes a explodir.

# 63

Quando Savannah tinha 11 anos, era obcecada por uma série de livros chamada Sweetwater Girls. Contava a história de três irmãs: a espirituosa e ambiciosa Hope (que tinha 14 anos e era morena), a impulsiva e encrenqueira Faith (que tinha 15 e era ruiva) e a bela e estudiosa Grace (que tinha 16 e era loira). Elas moravam na cidade de Sweetwater, cuja localização era incerta, mas que ficava à beira de um lago. Os livros giravam em torno da vida amorosa das meninas, de seus amigos e dos dramas escolares, e eram cheios de suspense e emoção, além de ser picantes o bastante para dar a impressão de ilícitos. Savannah havia tido seu primeiro orgasmo depois que Grace deixara que o *bad boy* da cidade, Chase Daniels, tocasse seu seio (a irmã mais velha havia batido a cabeça e mudado completamente de personalidade, fenômeno médico perigoso que foi revertido quando ela batera a cabeça de novo). Não havia emoção maior que abrir as páginas do volume vinte e três, *Hope para presidente da turma*, ou cento e sete, *Os dois amores de Grace*, ou qualquer outro, e se perder no mundo sempre ensolarado de Sweetwater, com as três belas irmãs. Por mais de um ano, aquele foi o único foco de Savannah, constituindo um vício por ficção dos mais fortes. Savannah acabou ficando velha demais para a série, mas ela nunca encontrou uma paixão que a consumisse tanto, fosse tão prazerosa e cativante quanto aquela.

Até beijar Honey.

Honey e Savannah não saíram do quarto por cerca de cem anos. Ou pelo menos a sensação foi aquela. Leonie, a descolada, chamava aquilo de *sopa de amor*: a sensação de estar completamente submersa em outra pessoa. Savannah estava na sopa, e era uma delícia.

Foi só depois de beijar uma mulher que Savannah percebeu o quanto precisava de — ou ansiava por — suavidade. Pele, lábios, cabelos, voz suaves. O quanto ela vinha tentando desfrutar da rigidez masculina, simplesmente porque devia gostar daquilo. Agora, uma *galáxia* de possibilidades se abria. E tudo começara com uma morena linda que não saía da cama de solteiro de Savannah. Uma morena independente como Hope, atrevida como Faith e bondosa como Grace.

— Estou louca por você — Savannah vivia repetindo, enquanto as duas rolavam na cama. — Estou *louca* por você.

— Eu falei — Honey dizia, rindo. — Eu sabia.

Agora, ao fim de uma tarde de sexta, Savannah admirava como Honey estava fofa, com uma camiseta emprestada sua dos Kentucky Wildcats e uma calcinha tipo shortinho, enquanto dava uma olhada na geladeira.

— O que a gente vai jantar? Se eu comer mais *pizza*, vou virar uma.

— Eu sei — Savannah gemeu. — Preciso fazer compras. Ando... distraída.

— A gente pode sair.

Sair. Savannah estava com dificuldade de sair — na verdade, de sair do armário.

Elas tinham saído algumas vezes, para buscar uma *pizza* ou tomar um vinho. Mas Honey queria ficar de mãos dadas e se beijar, e, embora Savannah fingisse que por ela tudo bem, na verdade não era o caso. Parecia um pouco demais. Como se estivessem numa vitrine. Ficar de mãos dadas com uma mulher em público, ter uma *namorada*, a marcaria como diferente. Fora da norma. E, acima de tudo aquilo, ainda havia a fé dela. Savannah estava mais ou menos segura de que Deus a amava e a aceitava por quem era, sem ressalvas. Mas não estava totalmente segura. As igrejas *hipsters* do Brooklyn tinham a mente aberta. As igrejas do Kentucky eram muito mais tradicionais. E a ideia de ser alienada da sociedade ou de sua fé por causa da pessoa com quem estava saindo a deixava assustada. Motivo pelo qual era mais fácil não pensar naquilo.

Savannah se aproximou de Honey na cozinha.

— Não quero ir lá fora. Fica muito longe da cama.

Honey riu e se sentou na bancada da cozinha.

— Vamos passar um fim de semana fora. Meus amigos estão loucos pra te conhecer. Você vai adorar todos, são muito engraçados.

Savannah já tinha lido sobre como os relacionamentos lésbicos evoluíam rápido. Mas aquilo era rápido demais.

— Você contou sobre mim aos seus amigos?

— Claro. Estava até pensando que já estava na hora de a gente oficializar no Insta.

Honey falou como se estivesse brincando. Mas Savannah sabia que não estava. Aparentemente, o espírito empreendedor dela também se estendia aos relacionamentos.

— Ei — Honey disse —, lembra quando a gente se conheceu e você me perguntou quando comecei a sentir que Nova York era minha casa?

Savannah estava nervosa demais quanto a tudo aquilo para fazer qualquer outra coisa que não mentir.

— Hum, lembro.

— Me senti em casa quando conheci você.

Honey olhou bem nos olhos de Savannah. Intensamente. De maneira exagerada.

— Estou morrendo de fome — Savannah soltou. — Vamos comprar alguma coisa. Que tal comida tailandesa?

Antes mesmo que se desse conta, ela já estava do outro lado da rua, fazendo o pedido. Nova York disponibilizava um milhão de opções de restaurantes com comida do mundo todo em um único quarteirão.

As duas ainda não tinham discutido a sexualidade de Savannah. Honey parecia acreditar que era um ponto pacífico, tão relevante quanto discutir teorias conspiratórias alienígenas depois de ter sido sugado por uma espaçonave prateada. E Savannah não tocara no assunto, porque não tinha ideia do que tudo aquilo significava. Sim, ela gostava de Honey. Mas era *gay*? Bi? *Queer*? Estava se descobrindo? E gostava de mulheres em geral ou só de Honey? Estava só experimentando? Ou era algo mais permanente?

Savannah começava a compreender que a sexualidade era um espectro. Ela tinha a impressão de que descobrir onde se encaixava nesse espectro era como se pela primeira vez que diferenciasse cores já lhe perguntassem qual era sua preferida. Honey era lésbica, e se sentia em relação a sexo com homens tal qual Savannah se sentia em relação a usar flanela: de jeito nenhum. Mas Savannah era incapaz de dizer com absoluta certeza que não teria sentimentos por um cara *pelo resto da vida*. Ela sabia que não precisava se definir, e, se outras pessoas queriam que ela o fizesse, aquilo não era problema dela. Mas o fato era que, por razões que conseguia nomear e razões que não conseguia, não estava confortável avançando no mesmo ritmo que Honey.

Savannah voltou ao apartamento se sentindo apreensiva quanto à conversa que se aproximava. Mas, conforme chegava à porta da frente, a apreensão se transformou em algo estranho e desorientador. Ela ouvia vozes lá dentro que não eram de seus colegas ou dos amigos deles. Quando virou a chave na fechadura, teve a sensação surreal de que estava entrando em seu antigo apartamento no Kentucky, atravessando camadas do espaço-tempo.

As duas pessoas que estavam lá dentro se viraram e sorriram para ela.

— Oi, docinho!

Seus pais.

Em Nova York.

Com Honey. Com quem haviam conversado até então. A mãe usava tênis e um colete acolchoado, muito embora fizesse vinte e seis graus. O pai usava uma camisa havaiana. O coração de Savannah começou a martelar no peito. Ela precisou de uns bons segundos para recuperar a fala.

— M-mãe. Pai. O q-que estão fazendo aqui?

— Uma visita! — Sherry sorria tanto que seus olhos estavam quase fechados. — Você disse que era uma ótima ideia!

Savannah recordou um *e-mail* de semanas antes. *Papai conseguiu uma passagem de última hora de Louisville para Nova York! Será que a gente compra?* Ela mal havia lido e respondera distraída: *Claro, pode ser, ótima ideia.* Os dois não tinham comentado mais nada. Savannah presumira que tinha sido só uma ideia.

— É um bairro legal, né? — Terry olhou pela janela e franziu a testa. — Bem descolado.

— É, é muito… urbano, não acham? — Sherry acrescentou.

Honey cruzou os braços. Tinha colocado uma calça de moletom de Savannah. Comportava-se como quando servia bêbados idiotas no bar: por fora, parecia agradável, mas por dentro era feita de aço.

Terry olhava o apartamento como se quisesse tocar fogo nele.

— Você disse que tem quatro pessoas morando aqui?

— Estávamos conversando com Honey — Sherry comentou, virando-se para ela. — Você mora aqui também?

— Não — Honey disse, olhando para Savannah.

— Ela é minha… — Savannah retribuiu o olhar de Honey. Ela se imaginou dizendo "namorada". *Essa é minha namorada.* Os pais dela nem ouviriam aquilo, iam presumir que havia dito "amiga", e Savannah teria que se explicar. *Não, ela é minha namorada. Estamos saindo.* Ela imaginou o silêncio a seguir. As expressões vazias. Os comentários do tipo *Isso é uma piada?*, ou *Desculpa, mas o que está acontecendo?* O choque. A confusão. As risadas nervosas, a necessidade repentina de se sentar. E então, depois que a verdade do que ela dizia fosse absorvida, o espanto. Não tanto por Savannah estar namorando uma mulher, o que certamente não seria uma boa notícia. Espanto que, ao longo dos seis curtos meses desde que Savannah saíra de casa, a única filha deles tivesse se tornado alguém que nem reconheciam.

Alguém que não conheciam. Ou — o que talvez fosse pior — que ela mentira para eles. Por anos. Enganara-os conscientemente quanto a quem era.

— Amiga.

Honey piscou, uma única vez.

Sherry se dirigiu a Savannah:

— Reservamos um hotel na Times Square, é melhor a gente pegar um táxi? Vamos passar só o fim de semana, mas pensei em ver uma peça na Broadway e papai quer ver um jogo de beisebol...

— A porta da frente é à prova de fogo? — o pai de Savannah perguntou, abrindo-a e fechando-a.

— Também queremos pegar aqueles ônibus que passam em todos os pontos turísticos. — A mãe de Savannah assoou o nariz. — Tem que comprar ingresso pra ir na Ellis Island?

— Preciso ir pro trabalho — Honey mentiu, seguindo para a porta da frente. — Foi bom conhecer vocês. Divirtam-se. — Sua simpatia era totalmente profissional. — Tchau, Savannah.

— Espera — Savannah disse, mas Honey já tinha ido embora.

Assim, em vez de ficar na cama com Honey o fim de semana inteiro, Savannah se viu turistando com os pais pela cidade. Era a primeira vez dos dois em Nova York. Eles demonstravam boa vontade, mas Savannah sabia que estavam achando a cidade caótica, lotada e sem qualquer charme. Os comentários deles — "Tem bastante lixo aqui, né?" ou "Eu não fazia ideia de que podiam cobrar tão caro por um café!" — eram todos críticas mal disfarçadas. O pai gostou de assistir a um jogo de beisebol e a mãe achara o Central Park bonito, mas a viagem levara a mais perguntas do que respostas. Principalmente: *Por que você gosta tanto daqui?* O amor dela pela cidade, para eles, era uma decepção. Savannah sempre acreditara que seus pais tinham a mente aberta e eram permissivos — nunca a haviam pressionado para fazer determinada faculdade ou lhe haviam dito como se vestir. Mas agora ela compreendia que tinham expectativas em relação à vida dela, porque estava relacionada à deles. E ter uma filha com uma namorada e morando em Nova York definitivamente não fazia parte de suas fantasias de pais.

No táxi, a caminho do aeroporto no domingo à noite, a mãe de Savannah apertou o joelho dela e agradeceu por ter lhes mostrado a famosa Nova York.

— Mas você deve estar ansiosa para voltar para casa.

Savannah visualizou passar o resto da noite na cama com Honey, ou mesmo se divertindo com os colegas de quarto, tomando vinho de caixa.

— Estou mesmo — ela admitiu.

A mãe sorriu, aliviada.

— Também estamos ansiosos para que você volte.

Mas elas tinham ideias de *casas* diferentes em mente.

Savannah levou o fim de semana inteiro para conseguir que Honey fosse na casa dela. Quando ela finalmente apareceu, a tranquilidade que sempre houvera entre as duas era coisa do passado. Assistiram a um episódio de *Schitt's Creek* na cama, no *laptop* de Savannah, mas, quando nenhuma das duas riu, ela soube que havia algo de muito errado. Savannah fechou o computador.

— Você está brava comigo?

Honey franziu a testa.

— É claro que não.

— Mas age como se estivesse.

— Não estou brava. — Honey puxou as pernas para o peito. — Só senti... estou sentindo... umas coisas. Coisas que não esperava sentir. — Ela enrolou um cacho de cabelos nos dedos. — Olha, entendo o lance dos seus pais. Você não vai contar pra eles que estamos juntas. É recente, não faz nem um mês. Beleza.

— Mas?

— Mas eu demorei demais para sair do armário, Savannah. E não quero voltar. — Honey saiu da cama e ficou andando de um lado para outro do quarto. — Fiquei pensando a respeito a semana toda, e o que concluí foi: preciso de tudo às claras. Tudo aberto. Quero conhecer os pais da minha namorada, marcar seu perfil no Instagram, andar de mãos dadas em público, e um dia no futuro não muito distante me casar, de vestido e tudo. E sei que é muita coisa pra jogar em cima de você. Mas sei o que quero, e sei o que não quero. Não posso ser sua *amiga*, Savannah. Sua "colega", sua "companheira de viagem". Não por muito tempo, pelo menos.

A pulsação de Savannah acelerou, devido ao pânico. Aquilo soava como um ultimato.

— É só que... isso tudo é muito novo. Não sei o que eu sou. Hétero e um pouco lésbica? Lésbica e um pouco hétero? — Ela fez uma pausa. — Provavelmente isso, mas ainda não cheguei lá.

— Você não precisa de um rótulo — Honey disse. — Esse é meio que o lema da nossa geração.

— Não é uma questão de rótulo — Savannah disse. — É uma questão de me conhecer. Ainda estou tentando entender quem eu sou.

— Eu entendo — Honey disse, compreensiva. — Mas eu sei quem sou. Sou *supergay*, e estou muito a fim de você. Então, ou fazemos isso direito ou vou ter que pensar seriamente em encontrar outra pessoa por quem me apaixonar. — Honey olhou para Savannah com firmeza e uma certeza férrea. — Alguém que esteja pronta para me amar de volta.

# 64

Zach jogou uma pilha de livros na mesa do café. O chá de Imogene transbordou da xícara de porcelana fina.

— Mas o que...?

— Você sabia que a cada dois dias geramos tantas informações quanto desde o início da civilização até *2003*? — Zach tirou os fones de ouvido. — Nunca tivemos tantas informações ruins, isso é uma séria ameaça à democracia americana!

— Na verdade, eu sabia. — Era uma tarde de domingo ensolarada no West Village, e os irmãos iam se encontrar para tomar chá e discutir o discurso de padrinho de Zach, ou seja: garantir que ele não ia improvisar. A irmã de Zach deu uma olhada na pilha de livros. *Relações raciais nos Estados Unidos hoje, Capitalismo x marxismo: Novas ideias sobre antigos sistemas,* uma coletânea de ensaios de Roxane Gay. — Ah! *Erros foram cometidos: O paradoxo da revolução da classe trabalhista.* Acabei de ler a crítica no *New York Times*.

— E o que achou?

— Picante.

— Rá. — Zach enfiou o livro de Charles embaixo da pilha. — Você ouve *podcasts* sobre política? Estou achando incrível, e aprendendo muito...

Zach parou de falar ao notar uma mulher com um carrinho de bebê, tendo dificuldade para abrir a porta do café. Ele correu para ajudá-la, depois juntou duas mesas para que ela tivesse mais espaço.

Imogene ficou olhando impressionada enquanto o irmão voltava a se sentar.

— Então agora você ouve *podcasts* e abre a porta para as pessoas?

— Sou parte do problema, Genie. Estou tentando.

Imogene cruzou os braços.

— Isso é por causa da Darlene.

— Como você sabe?

— As pessoas só fazem mudanças radicais na vida quando estão amando ou morrendo, e você parece muito saudável.

Zach se ajeitou na cadeira, de repente se sentindo muito britânico.

— Bom, acho que falar em amor pode ser um pouco de exagero, Genie...

— Zachary! — Imogene gritou. — Você está apaixonado!

— Tá bom, tá bom! Talvez eu esteja. — Zach tirou o cabelo dos olhos. — Eu *estou* apaixonado.

Ele nunca havia dito aquilo em qualquer situação além do pós-sexo ou sob influência de drogas psicoativas.

— Estou apaixonado. — A constatação o preencheu por completo, como uma ária sublime e ilustre que chegasse ao ápice. — Estou apaixonado. — Zach riu alto. — Eu...

— Você anda um tremendo de um chato ensimesmado, então, sim, está claramente apaixonado. — Imogene levantou a xícara de chá, em um brinde. — Parabéns. Mamãe e papai vão adorar. Acho que a ousadia de Darlene está ajudando os dois a se comportar mais como aliados.

— Não fala assim, Genie, é tão colonialista. E não vai começar uma lista de presentes pro nosso casamento. É tudo um pouco... complicado.

— Em que sentido?

Depois que ela jurou que guardaria segredo, Zach contou tudo à irmã mais velha, sobre o contrato e os 25 mil dólares, o namoro de mentirinha e seus verdadeiros sentimentos.

— Eu sabia. — Imogene parecia ao mesmo tempo encantada e satisfeita. — Tentei fazer com que ela falasse mal de você no jantar em que ganhou na canastra. Te chamei de desastre ambulante.

— Eu sou mesmo um desastre ambulante — Zach gemeu.

— Ela não mordeu a isca. Defendeu você. Mas eu *sabia* que tinha algo acontecendo.

— E tem. Estou apaixonado, como já concordamos. — Zach olhou para a irmã, desanimado. — O que eu faço?

— Não é óbvio?

Zach jogou um cubo de açúcar no chá.

— Mato Charles enquanto ele dorme e uso o cadáver dele como capa?

Imogene pegou o irmão pelos ombros.

— Fale a verdade pra ela, seu tonto. Fale pra Darlene que você a ama.

— Como assim? Agora?

— Não, espere até ela voltar com o Charles, ou ficar famosa e começar a dormir com fãs. — Imogene deu um tapa no braço dele. — É, agora!

Zach visualizou aquilo, e pensou em Darlene se encolhendo, horrorizada.

— E se ela não sentir o mesmo?

— Aí vocês vão até o fim desse contrato ridículo, recebe a grana e encontra outra pessoa com quem trabalhar.

Foi a vez de Zach se encolher.

— Não quero ter que encontrar outra cantora com quem trabalhar.

— Você deveria ter pensado nisso antes de enfiar a língua na garganta dela. — Imogene gesticulou, alegremente. — O amor é uma coisa maravilhosa, mas também é um pé no saco. Pode fazer picadinho do seu coração e servir no café da manhã. Você não quer se sentir assim toda vez que for tocar em um casamento com a mulher que um dia quer ver entrando na igreja para se casar com você. Se não vai acontecer, é melhor saber agora e manter o que resta da sua dignidade, que é cada vez menor.

Jesus Cristinho: Imogene estava certa. Ele precisava contar a Darlene como se sentia. E, se ela não se sentisse da mesma maneira, teria que cortar laços com ela, perder sua colega de banda, sua namorada (ainda que falsa) *e* sua amiga (talvez sua melhor amiga). Por que ela andava tão distante? Ainda não estava respondendo às mensagens de Zach. Talvez ele tivesse feito papel de palhaço com Rachel Maddow. Acabara ficando bêbado com ela, mas só porque aquilo irritara Charles.

Zach afundou na cadeira, mal conseguindo botar as palavras para fora:

— E se ela achar que não sou inteligente o bastante?

— Ela vai estar certa. — Só então Imogene se deu conta de que ele não estava brincando. — Ah, Zach. Não seja bobo. Você é muito inteligente.

— Não tão inteligente quanto Darlene.

— Eu não sou tão inteligente quanto Mina. E ela me ama mesmo assim. Essas diferenças podem ser positivas. — Imogene tomou um gole de chá. — Minha futura esposa toma *café*. — Ela baixou a voz. — O que eu meio que curto.

Zach olhou para a rua, para todas as pessoas levando cachorros para passear e empurrando carrinhos de bebê, com uma vida feliz e normal. Ele já fora como elas, não fazia muito tempo. Distraído e despreocupado. Mas agora tudo parecia complicado, arriscado e terrivelmente *adulto*.

— Nunca estive desse lado da coisa. Nunca me partiram o coração.

Imogene deu um peteleco na orelha dele.

— Constrói caráter. Mas vamos torcer para que ela sinta o mesmo.

Zach reuniu sua pilha de livros e se pôs de pé.

— Só tem um jeito de descobrir...

— Espera aí. — Imogene o segurou pela manga. — Ainda temos que falar do seu discurso de padrinho.

O amor podia ter mudado o coração de Zach, mas não alterara sua personalidade. Ele havia esquecido completamente que estava ali porque tinha responsabilidades.

— Verdade — ele disse, voltando a se sentar. — Tive várias ideias de piadas, todas *sujas*.

# 65

Darlene não tivera a intenção de ir parar na vizinhança de Charles no Brooklyn. Mas, quando escolhera um lugar para fazer a mão para o casamento de Imogene e Mina, ela saíra um pouco de seu caminho e fora até Cobble Hill, onde era cliente quando namorava Charles. Uma tempestade caiu enquanto Darlene tirava as cutículas. Quando ela saiu para a rua, havia um arco-íris no céu, e o ar úmido parecia esperançoso. Darlene limpou um banco para se sentar e retornar uma ligação do pai. Os dois iniciaram uma conversa interessante sobre dois bons artigos que haviam lido pouco antes (um perfil sobre Elon Musk e uma história da imprensa negra). Mas, quando o pai perguntou como estava indo a música, em vez de listar algumas boas notícias, como costumava fazer, ela se viu sem palavras. O pai então perguntou se havia acontecido algo com Zach.

— Não, não — Darlene respondeu, automaticamente; depois fez uma pausa. Ela queria ficar mais próxima do pai. E aquilo exigia honestidade. Ser mais aberta. — Na verdade, aconteceu, sim. A gente... ultrapassou os limites.

Silêncio. Darlene se retraiu enquanto esperava uma resposta.

— Bom — ele disse, devagar. — Se você estiver dizendo o que acho que está dizendo...

— Acho que estou.

Silêncio de novo.

— Bom, vou te apoiar independentemente de qualquer coisa, mas preferiria que você namorasse alguém... mais como eu.

Darlene endireitou o corpo na hora. Ela sabia que ele não queria dizer alguém acadêmico.

— Ah. Bom, a gente não está namorando. — O que fazia parecer que estavam só se pegando. — Não temos nada. Não se preocupe, pai. Tenho que ir. A gente se fala.

Ela desligou, certa de que havia feito tudo errado e se sentindo decepcionada, irritada e culpada com a resposta do pai.

Para se acalmar, Darlene se regalou com um café descafeinado gelado e o caderno de artes do jornal. Depois foi até a Books Are Magic, uma livraria independente na Smith Street. Dar uma volta na loja graciosa e bem-organizada a deixou ainda mais relaxada. Charles havia recomendado alguns livros no momento das perguntas no lançamento. Ela tinha acabado de encontrar um, *Capitalismo x marxismo*, e estava lendo a contracapa quando seu celular vibrou.

Zach.

Era estranha a montanha-russa de emoções pela qual passava por causa dele. Um ano antes, Darlene seria cautelosa e estaria sempre pronta para quando ele viesse com uma desculpa ou a decepcionasse. Três meses antes, o nome dele teria provocado a mesma palpitação de pânico que pular de *bungee jump*. No momento, era uma mistura de ambos. Ela não sabia se podia confiar nos sentimentos dele, ou nos dela, ou se o relacionamento dos dois era real de algum modo. Se eram realmente compatíveis, se o relacionamento sobreviveria à família de cada um, se ela queria aquilo. Mas não podia negar que seu coração pulava quando ouvia o nome dele ou pensava em seu rosto. Zach não era perfeito. Mas era dela. De acordo com o contrato, Darlene fez questão de se lembrar.

— Oi, Zach.

— Ei! Oi. — Ele parecia agitado. — Não sabia se você ia atender.

Ela o visualizou passando a mão pelo cabelo, vestindo uma camisa branca que precisava ser passada. Fazia dias que não ouvia sua voz. Ainda achava o sotaque dele fofo.

— E aí?

— Olha, desculpa pelo jantar com Charles.

— Não precisa pedir desculpa. Acho que Charles foi um pouco antipático.

— É, ele é um babaca pretensioso — Zach murmurou. — Mas desculpa se fiz alguma coisa pra você não responder mais minhas mensagens...

— Suas mensagens não eram de trabalho. Eram GIFs do Monty Python. — Que na verdade a tinham feito rir. — Só estou tentando ser profissional.

— Certo. *Profissional.*

Ela não sabia dizer se ele achava aquilo engraçado ou exasperador.

— Posso te levar pra jantar?

— Bom, a gente vai se ver na sexta — ela respondeu, um pouco surpresa com o pedido. — Ainda vou de carro até os Hamptons com você pro jantar antes do casamento da sua irmã, né?

— Sim, mas a gente não pode jantar antes? Tipo hoje à noite? Eu de paletó, você de vestido. Queria conversar... na verdade, tenho uma coisa pra te dizer.

Ele parecia nervoso. Não, animado. Ele não ia dizer *aquilo* para ela, ia? Em relação a eles? O coração de Darlene bateu forte. Ela serpenteou rumo aos fundos da livraria.

— Podemos jantar.

— Ótimo. Excelente, fantástico, muito bom. Quer me encontrar no...

— Charles!

— Em outro evento do Charles? Nossa, não. Seria um pouco demais pra mim.

— Não, Charles está aqui. — Bem na frente dela, na livraria. A umidade havia deixado os cachos ruivos dele arrepiados. — Te ligo depois. — Darlene jogou o celular dentro da bolsa. Agora era ela quem estava agitada. — Oi!

— Oi, Darlene. Você está ótima, como sempre.

— Nossa, sinto como se estivesse falando com uma celebridade.

Darlene levou a mão à bochecha, de repente nervosa. Charles sempre fazia com que ela — e talvez todo mundo — se sentisse com os nervos à flor da pele.

— Bom, acabei de ser convidado para ir ao *Daily Show* — Charles comentou, com um sorriso afetado. — O que está fazendo aqui?

— Estou dando uma olhada em alguns livros que recomendou. E você?

— Vim autografar alguns livros. — Charles indicou os exemplares na mesa da frente, antes de se virar para ela com a expressão de quem tinha uma ideia fixa. — Você tem que acabar com a minha angústia. Por favor, me diz que não tem nada acontecendo entre você e *Zach*.

Por sorte, Charles tinha parado de segui-la depois que haviam terminado, e com certeza não seguia Zach. Provavelmente não havia visto todas as fotos em que Zach a tinha marcado.

— É complicado.

Foi a resposta mais simples e verdadeira que Darlene conseguiu dar.

O ex-namorado dela fez uma careta.

— É tão frustrante...

— O quê?

— Zach Livingstone é como um boneco inflável! — Charles soltou. — Olha, eu entendo. Os prazeres da carne e tudo o mais. Mas, se um dia eu receber um convite para o casamento de vocês, vou ter que desafiar o cara para um duelo. Estou falando sério!

Ainda que não estivessem mais juntos, Darlene sentia uma forte necessidade de impressionar Charles. Aquilo a lembrava de conversas típicas com o pai, a satisfação de uma conversa erudita e fluente com alguém que ela considerava uma autoridade. No fim das contas, tinha sido o motivo pelo qual Darlene e Charles não haviam dado certo como casal, mas o velho instinto se mantinha. Ela revirou o cérebro atrás da melhor maneira de retrucar.

— Não se preocupe: não tenho nenhuma ilusão quanto a Zach Livingstone. *Tu tens tanto cérebro quanto meus cotovelos.*

Charles recompensou o esforço dela com uma risadinha extremamente rara.

— Shakespeare era mesmo o rei dos insultos.

Darlene corou diante da aprovação dele. Aquilo fez com que se sentisse meio frívola e imprudente.

— Eu preferiria casar com um asno a namorar Zach Livingstone!

Ela se arrependeu do comentário cruel assim que lhe escapou dos lábios. Tinha sido maldoso e, o mais importante, não era verdade.

Charles deu risada. Ele notou que a pessoa à frente no balcão o observava e se recompôs.

— Bom, tenho que ir.

Ela deu um abraço rápido nele.

— Obrigada, Charles. Por sempre ver o melhor em mim.

Ele lhe dirigiu um sorriso satisfeito e foi embora, dizendo por cima do ombro:

— Não esqueça: um duelo.

Darlene se forçou a rir e tocar o próprio cotovelo. Quando Charles virou o rosto, seu sorriso se desfez. Aquilo não a deixara tão satisfeita quanto gostaria.

Charles de fato via o melhor nela? Ele raras vezes a elogiava. E, quando o fazia, elogiava sua aparência, nunca sua inteligência. Darlene o via como um professor, e a si mesma como a aluna ávida. Agora enxergava que o havia posto num pedestal.

Darlene pensou na exposição de Cindy Sherman a que havia ido com Zach algumas semanas antes. A fila para entrar era longa, o que em geral a irritava ou entediava. Zach não se importara nem um pouco, e iniciara uma conversa animada com o casal à frente deles, turistas alemães de meia-idade. Charles nunca falava com desconhecidos, ou melhor, com "a gente comum".

Zach não precisava nem fazer esforço para se relacionar com as pessoas: gostava de gente nova. Claro que ele nunca tinha ouvido falar de Cindy Sherman, alguém cuja biografia Charles seria capaz de recitar dormindo. Mas Zach tornara a espera e o dia como um todo divertidos.

E ela tivera a chance de ensinar a ele sobre Cindy Sherman.

Ela tivera a chance de ensinar a Zach muitas coisas. E a disposição dele em aprender a relaxava de um modo que aprender com Charles não fazia. Com Zach, ela ficava… feliz. Com Charles, sentia-se ansiosa e carente. Darlene raramente se sentia ansiosa com Zach — ou, pelo menos, não antes de começarem a se pegar. Por mais que Charles a ensinasse, ela nunca sentia que os dois eram iguais.

*Mas sinto que eu e Zach somos iguais.*

O sol entrava pela claraboia da livraria, aquecendo sua pele. De repente, tudo ficava claro.

Eles estavam se apaixonando.

Não.

Ela já estava apaixonada.

Era aquilo: tão claro e simples que parecia um mistério não ter sido assim sempre.

Darlene amava Zach Livingstone. E ele a amava. *Claro que sim.*

A constatação fez uma energia disparar dentro dela, chegando a seus membros e deixando-a flutuante, com uma sensação vertiginosa e meio tola. Ela amava Zach. Os dois se amavam. Desde o primeiro beijo ele nunca lhe dera razão para achar que não era digno de confiança: aquilo era tudo coisa da cabeça dela. Darlene sentiu um desejo desesperado de correr atrás de Charles e alterar a conversa que haviam acabado de ter — mas não importava. Charles era um ex, e o que achava dela e de Zach não tinha nenhuma importância.

Os olhos azuis de Zach. Seu cabelo bagunçado e seu sorriso torto. Era tudo dela.

O casamento de Mina e Imogene aconteceria no próximo fim de semana. Seria o lugar ideal para se declarar e finalmente consumar a história de amor que os dois vinham construindo havia dois anos.

*Eu te amo, Zach. É você. É só você, sempre.*

Sentindo-se uma rainha, Darlene pôs os óculos escuros e saiu para a rua.

Só agora, a sete quilômetros de distância, na ilha de Manhattan, Zach Livingstone fez o que Darlene não havia feito quando se deparara com Charles.

Ele encerrou a ligação.

Por um longo momento, ficou sentado na beira da cama, olhando para o carpete.

Sem fala.

Sem conseguir respirar.

*Eu preferiria casar com um asno a namorar Zach Livingstone!*

Era como se um trem de carga o tivesse atingido, jogando-o a trinta metros de distância e esmagando cada osso de seu corpo. Ele acabou largado no chão do quarto, engasgando com o ar. *Agora eu sei*, Zach pensou, com a cabeça nas mãos. *Agora eu sei o que é ter o coração partido.*

# 66

Liv e Sam tinham concordado que não iam contar aos filhos que estavam saindo juntos. Todos os *blogs* certinhos sobre paternidade insistiam que qualquer data que se tivesse em mente era sempre cedo demais, demais mesmo, e uma apresentação precoce poderia causar dano permanente e completo na criança em questão. Antes de se tornar mãe, Liv considerava que a ideia de se preocupar com o que outras mães pensavam de seu estilo de criação era um absurdo. Quanto mais mães da internet, que ela nem conhecia. Liv ainda se sentia assim, mas, secretamente, queria a aprovação das mães da internet que julgavam todo mundo. Não queria errar na hora de apresentar Sam, ou prejudicar Ben. Parte dela se preocupava que o filho já tivesse aguentado coisas demais, com a morte do pai, a criação imperfeita dela, as expectativas dela. Não havia sido fácil ter Ben, e a princípio Liv planejara ter um filho tão divertido e carismático quanto o pai. Mas Ben era do tipo sério e sensível. Ela precisava se esforçar para abandonar suas expectativas e conhecer aquele serzinho independente que talvez não fosse adorar conhecer o novo namorado da mãe.

Por isso, ela e Sam continuaram se encontrando em segredo, contornando a programação dos filhos como *concierges* bem-treinados. Aquilo era por Dottie e Ben… mas também era meio divertido. As escapadelas e os olhares roubados esquentavam o relacionamento ainda mais. E, de um modo um tanto perturbador, também davam a Liv certa perspectiva em relação ao caso do falecido marido com sua atual sócia. No mundo carne-com-batatas tedioso dos adultos, casos eram doces e viscosos como doce de leite.

Benny conhecia Sam, por isso não havia problema caso se vissem: Sam era um colega de trabalho de Liv, assim como Savannah. Os dois gostavam de jogar beisebol debaixo do chorão ou fazer o jantar juntos. *Pizza* de tortilha e sanduíche de carne moída eram os pratos que o filho de Liv mais gostava de fazer com o paciente *chef*. Depois de um tempo, Ben começou a mencioná-lo com alguma frequência. *Sam disse que bananas boiam na água. Sam acha que os Mets têm chance este ano.* Sam foi um dos vinte convidados para o sabá uma sexta à noite, e não só porque se oferecera para fazer peito bovino.

Mas Liv nunca havia conhecido a filha de Sam, Dottie. Ele falava sobre ela, mas nunca perguntara se Liv queria ver uma foto. A ex-esposa de Sam tinha uma política firme de não expor a filha nas redes sociais, de modo que a menina de cinco anos estava ausente da cidade-fantasma que era a página do Facebook dele, nunca atualizada. Liv presumira que ele ainda não estava pronto para compartilhar aquela parte de sua vida com ela — talvez a parte mais importante e sensível —, ou sentia que ela mesma não estava pronta para aquilo. Assim, estava mais do que consciente da importância do momento quando, uma tarde, Sam se recostou no sofá onde haviam feito amor e perguntou:

— Quer ver umas fotos?

O coração de Liv saltou do peito.

— Eu adoraria.

Só agora, com Sam mexendo no celular, a realidade de um futuro juntos foi plenamente vislumbrada. Uma família mista. Os quatro sob o mesmo teto. Morariam ali mesmo, na casa dela? Sam no quarto que ela havia dividido com Eliot, Dottie no quarto de hóspedes, hóspedes no sofá, se fosse o caso? Sam não teria problema com Ben sendo criado como judeu? E o que Ben acharia se começassem a comemorar o Natal? Era cedo demais, demais mesmo, para pensar naquilo tudo, e a introdução precoce de todas aquelas questões deixou Liv com uma leve dor de cabeça. *Ah, merda*, ela pensou, meio tonta, enquanto pegava o celular que Sam lhe oferecia. *Estou prestes a conhecer minha... enteada?*

Um calor frio percorreu seu corpo. Ela fechou os olhos e respirou fundo. Depois focou na foto no celular de Sam, ao mesmo tempo em pânico e animada com o que ia revelar.

Os filhos dos outros nunca inspiravam em Liv a mesma adoração que o dela. Antes de ser mãe, bebês lhe pareciam máquinas de babar se remexendo, com olhos brilhantes. Ben, por outro lado, era uma criança *fofa* e *perfeita*, o rei dos bebês, o melhor bebê do mundo! Mas aquela mudança de perspectiva não se aplicou a todos os outros. Seu filho era incrível. Os filhos dos outros eram normais.

Então Liv Goldenhorn pôs os olhos em Dottie Woods.

Uma nova parte de seu coração, até então desconhecida, foi revelada. Na foto, uma menina loira de maria-chiquinha fazia careta para a câmera. Usava um casaco de chuva amarelo e pisava numa poça. Seu rosto rechonchudo estava sujo de lama. Ela estava absurdamente feliz, em êxtase.

Dottie Woods era perfeita.

Também tinha síndrome de down.

— Descobrimos quando Cláudia estava grávida. Podíamos ter... — Sam não concluiu a frase. — Mas não fizemos isso.

De repente, Liv queria saber tudo a respeito de Dottie. Ela tinha um filme preferido? Quem eram seus amigos? Como era sua rotina antes de dormir? Era do tipo tímida ou sociável? Cuidadosa ou sempre causava problemas?

O que significa ter uma filha com necessidades especiais?

A voz de Sam, contando a Liv como Dottie era uma criança incrível, que não era definida pela síndrome de down, pareceu oscilar ao percorrer aquela curta distância.

— O sorriso dela ilumina a sala. Ela é apenas uma menininha comum.

Um desejo há muito dormente despertou depressa, com tudo, como alguém que irrompe na superfície da água em busca de ar.

*Eu sempre quis uma filha.*

Liv começou a chorar. Aquilo a pegou completamente de surpresa. Sam ficou preocupado.

— O que foi? O que aconteceu?

Liv era incapaz de responder. Ela levou a cabeça às mãos e chorou.

Sam soltou um ruído de preocupação e se aproximou, esperando por uma explicação. Ela pressionou o rosto contra sua camisa de flanela. O cheiro do amaciante — o cheiro de limpeza, doce e doméstico — a tranquilizou. Os motivos de estar emocionada começaram a surgir.

Ela não havia tido uma filha.

Seu casamento havia fracassado e Eliot tinha partido.

Ela amava o filho, intensamente.

Ela estava se apaixonando pelo homem ao seu lado.

Ela ia se apaixonar pela filha dele e tudo mudaria, nada seria igual. E aquilo ia ser difícil, muito difícil, inacreditavelmente difícil.

Mas também podia ser bom. Também podia ser bom.

— Liv — Sam tentou outra vez. — O que foi?

Ela olhou nos olhos cor de caramelo de Sam, levando uma mão à bochecha dele. A verdade era que o impossível se tornava realidade.

— Estou tão... *feliz.*

# 67

Zia não queria falar sobre o dinheiro de que Layla precisava com Clay. Talvez pudesse pedir aquilo a ele algum dia, mas no momento era impossível.

A principal fonte de financiamento de *Nossa selva* tinha se retirado. Estavam tendo problemas com as autorizações para filmar no Brasil. A pessoa responsável pelo roteiro estava demorando para entregar a última versão, o estúdio estava começando a temer uma importante cena de sexo *gay*. A lista era longa. Como um dos produtores executivos, Clay fazia tudo o que podia para ajudar a apagar os incêndios. E o pior de tudo: a conversa entre Zia e Darlene no estúdio de ioga havia virado notícia, sem que suas identidades fossem reveladas. *Que estrela do cinema mantém a namorada praticante de ioga escondida de seus muitos fãs? Nossos espiões dizem que a beldade de cabelo escuros está implorando para que seu homem das selvas assuma o compromisso!*

Zia leu o texto do *blog* três vezes para absorver totalmente as palavras.

— Mas foi uma conversa particular!

Clay passou as mãos pelo cabelo. Fazia semanas que ensaiava e treinava catorze horas por dia.

— Não importa.

Uma vaga lembrança de duas mulheres vestidas com a mesma estampa de oncinha veio à mente de Zia. Tinham-na espionado?

— Foi uma conversa com Darlene. Tomei cuidado.

— Não o bastante. Eu só... — Clay soltou o ar, frustrado. — Olha, não é nada demais...

Zia soltou o celular na bancada da cozinha de Clay. A vergonha fez seu estômago se contorcer.

— Então por que está chateado?

— Porque você precisa ser mais discreta, Zia! Privacidade é uma proteção para nós dois.

— Eu *fui* discreta.

— Não foi, não.

— Eu preciso poder falar com minhas amigas sobre meu namorado! — Zia levantou a voz, embora não tivesse a intenção. — Isso é *normal*, é o que as pessoas normais fazem.

— Então acho que não somos normais.

— Bom, isso está começando a me parecer muito, muito errado.

O silêncio que preencheu a cobertura era pesado como concreto. O coração de Zia batia forte sob o sutiã novo, apertado demais. Era para ser uma noite tranquila e *sexy*.

Clay apoiou uma mão na bancada da cozinha, com cuidado. Sua voz saiu contida.

— O que você está querendo dizer?

Parecia um convite ao término: *Estou dizendo que isso não está funcionando. Estou dizendo que acabou.* Era aquilo que ele queria? *Ele* estava terminando com *ela*? Não. Os dois não iam terminar por causa de um errinho. Em dois dias, Clay iria ao Brasil: não era o momento de negociar novas regras ou pior: dar um tempo. Ele estava estressado, com o sono atrasado e, no fim das contas, o que havia dito antes estava certo. Aquilo não era importante.

Zia conseguiu ter compaixão e pegou a mão dele.

— Me importo com você.

Clay olhou nos olhos dela. Com aqueles olhos dourados que Zia conhecia tão bem. Tinha baixado a guarda.

— Também me importo com você.

— Desculpe. Vou ser mais cuidadosa.

— Me desculpe também. — Ele baixou a cabeça, fazendo uma careta. — Sei que sou um pé no saco. Sei que isso é péssimo pra você. É só que... tenho minhas questões.

— Eu sei.

Zia levou a testa à dele, tentando um realinhamento.

— Depois do filme... — Ele balançou a cabeça, parecendo sobrecarregado, como se não conseguisse imaginar sua vida depois daquele filme. — Quero que isso dê certo. De verdade.

E, ainda que Zia soubesse que havia um desequilíbrio de poder entre eles, ainda que não estivesse certa se um dia Clay ia se dar conta de que sua necessidade de privacidade era apenas uma maneira de mantê-la emocionalmente distante, ela respondeu, com sinceridade:

— Eu também quero.

— E tenho uma boa notícia. — Ele pareceu quase encabulado. — O livro de Michelle não vai sair.

O livro da ex-namorada dele. O livro revelador, que contava tudo.

— Isso é ótimo! O que aconteceu?

— A editora desistiu. Acho que meu pessoal deixou claro que entraria com um processo, e a editora preferiu se poupar.

— É uma ótima notícia.

Ela o beijou, depois o beijou de novo, e de novo, até que seu corpo despertou e a conversa entre os dois se encerrou.

A delicadeza cedeu lugar à paixão que sempre houvera entre eles e à qual tinham acesso fácil. Zia e Clay fizeram sexo no chão da cozinha. Zia montou nele, movimentando os quadris rápido e com força para conseguir gozar. Naquele momento, ela se sentiu forte, vital e completamente no controle.

Mas era só sexo.

Logo cedo na manhã seguinte, a cabeça de Zia se enchia de perguntas enquanto ela observava Clay dormindo a seu lado na cama.

O que eles tinham? Era real? Ela estava fazendo as concessões que todo relacionamento exigia, especialmente um tão complexo quanto aquele? Ou a balança pesava demais a favor de Clay? Ele era mais rico, mais poderoso e homem. Eles se sentiam iguais fazendo o jantar, assistindo a filmes antigos juntinhos. Mas eram iguais? O fato de que ela dominava no quarto não era só uma distração e uma justificativa para a desigualdade da vida real?

Ele estava cedendo tanto quanto ela?

Ele era dela tanto quanto ela era dele?

As pálpebras fechadas de Clay estremeceram, em meio a um sonho. O corpo dela havia se acostumado ao dele: ao seu cheiro, ao seu toque. Com frequência, os dois pensavam a mesma coisa ao mesmo tempo.

A habilidade de Zia de ser camaleônica tinha suas vantagens. Mas ela também tinha uma tendência a mudar de acordo com quem namorava.

Clay tinha suas necessidades, e Zia tinha as dela. Não poderia ser tudo nos termos dele. Mexendo-se devagar, para não o acordar, ela pegou o celular da mesa de cabeceira e o segurou acima da cama. Na tela retangular, havia dois amantes emaranhados nus nos lençóis cinza. Delineados e suavemente iluminados pelo sol que começava a aquecer o quarto enorme, tão dourado quanto o colar que ela sempre usava. Zia tirou uma foto, em silêncio, sentindo ao mesmo tempo um alívio e uma rebelião se revirando dentro dela. Era assim que ia mantê-lo por perto nas próximas seis semanas. Era assim que ia mantê-los vivos: com aquela lembrança, aquele momento.

Um segredo, como tantos outros.

Depois que os dois se despediram, Zia foi de bicicleta até Astoria, pegou Mateo e Lucy na escola e voltou andando com eles até o apartamento. Quando Layla chegou do trabalho aquela noite, Zia já havia limpado todo o lugar. Tagine de frango era cozido na panela. Zia estava à flor da pele, torcendo para que a irmã não escolhesse a raiva fácil em vez de algo mais razoável. Mas, quando ela pediu desculpas, Layla não olhou em seus olhos, muito embora pedisse desculpas também.

— Ele vai ensaiar até tarde e vai para o Brasil amanhã logo cedo, para passar seis semanas — Zia disse a ela. — Quando voltar, talvez possa vir aqui comigo.

— Seis semanas?

A expressão de Layla parecia venenosa. Ela deu as costas para a irmã.

O pequeno banheiro da casa estava cheio de brinquedinhos velhos de banho. Era muito diferente da ducha vertical e da banheira com que Zia tinha se acostumado. Agora que ela passaria um mês e meio longe de lá, tudo parecia um sonho. Como se a relação entre Zia e "a estrela de cinema" Clay Russo fosse um delírio bizarro. Pelo menos ela tinha uma foto. E o colar. Seis semanas não eram tanto. Talvez ela pudesse aproveitar o tempo para planejar uma viagem para os dois — para algum lugar menos badalado, em que pudessem fazer trabalho humanitário, contribuir de verdade com a comunidade. Zia precisava retornar a si mesma, a seus sonhos, suas paixões, seus valores. Talvez aquele tempo separados fosse uma bênção disfarçada.

Ela lavou o rosto, perguntando-se se a imagem que via no espelho era de alguém que sempre seria a sombra de Clay Russo.

Algo dentro dela se encolheu sussurrando: *Fuja*.

# 68

Gorman ficou olhando para Henry olhando para Gilbert no palco do centro de artes.

Nos últimos meses, Gorman havia imaginado a noite de estreia de *Lágrimas de uma lesma recalcitrante* de maneira extrema: como um sucesso absoluto ou um fracasso retumbante. Ou, com uma fila dobrando a esquina para ver a peça esgotada, críticos brigando para conseguir os ingressos reservados à imprensa. Ou com apenas ele próprio, Henry e o pai idoso de alguém, no sono ferrado, na plateia. A realidade, claro, acabou sendo intermediária. Os ingressos realmente esgotaram, mas o teatro era pequeno. Os críticos não tinham brigado para conseguir entrar — todos os três estavam sentados na segunda fileira. Ninguém pegou no sono.

Teoricamente, tudo correra bem. Ninguém perdera sua deixa ou se atrapalhara com a fala. Havia uma eletricidade no palco que vinha faltando nos ensaios. Mas Gorman não conseguia se concentrar na peça. Estava focado em Henry. Na solidez tranquila de seu perfil. Em suas mãos cruzadas sobre as pernas. Em como assistia à peça com uma atenção constante.

— Depois da peça falamos sobre isso — Henry havia dito.

*Isso* era a possibilidade de sexo com Gilbert.

Talvez fosse porque Gorman havia esquecido como era quando Henry dormia com outra pessoa, ou talvez fosse porque o conceito de casamento já não lhe parecia tão sufocante e mais como um rascunho inicial com o qual ele podia trabalhar. Independentemente do motivo, Gorman não estava gostando da ideia de Henry com Gilbert. Nem um pouco.

Quando a cortina se fechou, o público aplaudiu de pé. Todo o elenco apontou para a cabine de som, depois para o diretor, depois para Gorman. Henry assoviou alto. Gorman inclinou a cabeça como a rainha, em reconhecimento a seus súditos leais. Ele devia estar curtindo o momento: havia fantasiado com aquilo a vida toda. Mas apenas representava o papel de artesão das palavras, humilde e grato. Tudo em que Gorman conseguia pensar era se Henry gostava de Gilbert, quão terrível aquilo seria e, sinceramente, quão irritante.

— E aí? — Gorman perguntou, quando todos já começavam a pegar os casacos.

— Querido, foi excelente! — Henry parecia genuinamente entusiasmado. — Muito mais engraçado do que eu esperava. E a cena em que Egor sai do armário para a mãe? — Ele balançou a cabeça, deslumbrado. — Fiquei todo arrepiado.

— Não — Gorman disse, com uma estranha urgência. — Estou falando de Gilbert.

Henry pareceu surpreso. Todo mundo já estava de pé, dirigindo-se para o pequeno bar do teatro. Alguém colocou uma bebida na mão dele, querendo falar sobre a peça.

— Henry — Gorman insistiu. — O que foi...

— Gor! — Henry riu. — É a sua noite. — Ele sinalizou para as pessoas em volta, todas olhando para Gorman. — Aproveite. É uma ordem.

Como Henry costumava estar certo em relação a tudo, Gorman deixou a questão de lado e se viu no centro de um grande e encantador círculo de elogios e adoração: *Foi muito engraçado!*, *Minha mãe agiu igualzinho*, *Não consigo acreditar que estou falando com o dramaturgo!* A validação o preencheu como hélio, fazendo-o se expandir em todas as direções. De repente, tudo era verão em Paris, camarotes na ópera, drinques à beira de uma piscina com vista para o Pacífico.

Quando o bar anunciou que era a última rodada, Gilbert apareceu na frente dele, corado e feliz.

— Vamos sair pra dançar. — Ele indicou um trio de jovens atores. — Você e Henry têm que vir.

Gilbert nunca o havia convidado para dançar. Aquilo *estava acontecendo*. Gorman esperava que Henry torcesse o nariz — sair para dançar, numa terça-feira? —, mas ele arregalou os olhos e concordou, animado.

Eles acabaram numa fila em uma casa noturna do West Village de que Gorman nunca tinha ouvido falar. Gorman se lembrava vagamente de esperar tanto para entrar em um lugar quando tinha a idade de Gilbert. De ficar fofocando e fumando cigarros enrolados à mão com seus amigos lindos e maldosos, sentindo-se ansioso e expansivo quanto à noite que tinham pela frente. Na época, o dia seguinte não era uma preocupação. Mas aquilo tinha sido muito tempo antes.

À frente deles, Gilbert tragou um cigarro eletrônico, soltando fumaça cheia de sacarina. Ele o ofereceu a Gorman e Henry. Os dois negaram e trocaram um sorrisinho. *Jovens.*

Henry enlaçou o braço de Gorman, chegando mais perto.

— E aí, sobre o que vai ser sua próxima peça, bonitão?

— Ah, não sei se vou escrever outra.

*Um raio não cai duas vezes no mesmo lugar, certo?*

Henry lhe deu uma cotovelada.

— Como assim? Você tem que escrever!

— Tenho?

— Você não quer?

Gorman ficou estranhamente tímido. Aquela noite toda parecia inacreditável.

— Quero.

— Então faz acontecer.

— E quanto à loja?

Os olhos de Henry estavam brandos e cheios de orgulho.

— A loja me faz feliz. Isto aqui te faz feliz. — Ele deu de ombros. Vamos dar um jeito.

A gratidão tomou conta de Gorman. Ele beijou a boca de Henry e sentiu o cheiro do xampu dele, de manjericão e limão. Nunca enjoava daquele cheiro. Gostava sempre que o sentia.

A fila andou, mas ainda havia umas vinte pessoas na frente deles. Por que estavam esperando? Para entrar numa casa noturna barulhenta que tocava músicas que eles não conheciam e vendia bebidas a preços exorbitantes, cheia de gente três décadas mais jovem? Para que Gilbert dançasse com Henry? Beijasse Henry? Levasse Henry para o apartamentinho maltrapilho em que morava?

— Você quer mesmo entrar, Choo-Choo?

— Não muito — Henry disse. — Achei que você quisesse.

— Vamos pra casa. — Gorman pegou a mão de Henry. — Só quero ficar com você.

# 69

Na manhã seguinte, Zia voltou da casa da irmã de bicicleta, sem pressa, desfrutando da sensação do ar fresco nos braços e nos pulmões. Sempre que ela e Clay saíam de carro, era num Chevrolet Suburban monstruoso e preto, com os vidros filmados, do qual entravam e saíam apenas em estacionamentos subterrâneos. Ela se sentia voando naquela bicicleta. Clay já devia estar no aeroporto, e ela já desfrutava daquele tempo sozinha. Tinha feito compras num mercadinho e comprado um maço de flores coloridas para Darlene, num capricho. Ela colocou a trava na bicicleta, desviou de alguns turistas com câmeras profissionais e outros olhando para o celular. *Olhem em volta*, ela queria dizer para eles. *O mundo é lindo, e vocês nem notam.*

Zia destrancou a porta da frente e a abriu com o quadril. Aquela noite, ia cozinhar e colocar os assuntos em dia com Darlene. Talvez pudessem fazer uma máscara facial, ouvir um *podcast*, pintar as unhas do pé de vermelho…

— Zia! — Darlene saiu do quarto e avançou correndo pelo corredor, em pânico. — Te liguei um milhão de vezes!

Zia largou as compras no chão, com a adrenalina a mil. A mãe dela. Layla. Os pais de Darlene. Zach.

— O que foi? O que aconteceu?

Darlene colocou o celular na cara de Zia.

— Sei que você não faria isso… não foi você, né? Está em toda parte. Acabou de sair, faz uns cinco minutos.

O celular de Darlene era maior que o de Zia. O que significava que a foto dela com Clay — a foto que tirara na manhã anterior — parecia ainda mais brilhante nele. Ainda mais bonita. Alguém tinha cortado e aproximado e acertado as cores, para valorizar a luz dourada e oblíqua da manhã sobre as formas dos dois. Ela olhou para seus próprios olhos, de modo que a Zia na tela parecia encará-la, o que era impossível. Seus seios, cobertos pelo lençol cinza, pareciam grandes e volumosos, suas pernas estavam recolhidas de lado. Ao lado dela na cama, Clay continuava dormindo.

Completamente nu.

O horror se apoderou de seu peito e a rasgou por dentro.

Zia não havia dado muita atenção ao fato de que o pênis de Clay aparecia na foto. Os dois muitas vezes dormiam nus, e a forma impressionante dele se tornara familiar a ela, já não provocando a mesma excitação vertiginosa de meses antes. Mas, agora, o pênis de Clay era terrivelmente destacado. Uma estrela preta havia sido colocada sobre as partes íntimas do namorado, cujo tamanho indicava o tamanho de Clay.

Mas aquele não podia ser o celular de Darlene. Porque aquilo significaria que... Zia tocou na tela, rolando-a freneticamente até abrir um *site* de mau gosto de fofocas de celebridades. *Exclusivo! Clay Russo e a sexy Zia Ruiz, sua nova namorada, pegando fogo em casa!* Zia não ouvia nada enquanto passava os olhos pelo texto, registrando apenas fragmentos. *Foto exclusiva... o impressionante, hã, físico do ator... Ruiz, 27, que conheceu em um casamento em que ela trabalhava... claramente um casal bonito e caliente!* Ao fim do artigo, havia alguns botões de compartilhamento pelas redes sociais. O texto havia sido publicado havia sete minutos, mas já tivera 23.400 compartilhamentos no Facebook. Só enquanto Zia olhava, o número mudara para 23.500.

Vinte e três mil e quinhentas.

Pessoas.

Que tinham visto aquela foto.

*Todo mundo* tinha visto aquela foto.

Clay estava pelado naquela foto.

Alguém agarrou o braço dela. Zia reprimiu um grito. Ela estava no apartamento, no apartamento que dividia com Darlene. Darlene estava gritando:

— Me diz que você não vendeu essa foto do Clay, Zia!

— Não, não! — Zia revirou a bolsa atrás do telefone. A adrenalina se espalhou pelo seu corpo, tornando tudo mais rápido e frenético. — Não, isso foi um erro, tenho que ligar pra alguém, pra um advogado, preciso de um advogado...

— Quem mandou então? — Darlene perguntou. — Clay?

Clay ia ver aquilo. Aquela *violação*.

Alguém bateu na porta da frente. Uma voz masculina rouca disse:

— Oi, Zia? Sou Harry Garbon, do *New York Post*. Há quanto tempo você e Clay Russo estão juntos?

Zia e Darlene olharam uma para a outra, respirando forte.

Harry Garbon prosseguiu:

— Algum comentário sobre as alegações de que você só está com ele pelo dinheiro?

Darlene foi até a janela.

— Tem fotógrafos lá fora.

Havia meia dúzia de homens, incluindo os dois "turistas" com câmeras profissionais por quem Zia passara, reunidos na rua lá embaixo. Quando notaram que Zia os olhava, começaram a gritar e chamá-la pelo nome. Zia gritou e recuou.

Harry Garbon bateu na porta.

— Só preciso de uma foto, querida, uma só.

Darlene correu até a porta e se certificou de que estava trancada.

— Nenhum comentário — ela afirmou. — Esta é uma propriedade particular. Vou ligar para a polícia.

Em seguida, ela puxou Zia pelo corredor e a levou até o quarto.

Zia sentia que seu corpo parava de funcionar.

— Eles sabem. Todo mundo... a foto. Eu não...

— Então quem foi que vazou?

Zia fechou os olhos com força. A verdade era excruciante. Não só por causa do que significava para ela e Clay.

Layla tinha agido estranhamente a manhã toda — irritada e na defensiva. Quando Zia se despedira, a irmã parecera incomodamente arrependida. Havia cinquenta ligações perdidas no celular de Zia. Dezenas de mensagens. Uma gerente de restaurante com quem ela trabalhara anos antes escrevera: *Zia!!! Meudeus, você e Clay!!!! Parabéns, menina, ele é LINDO!!! Por favor, venha quando quiser, a* chef *adoraria...*

Zia deletou a mensagem. Assim que o fez, outra mensagem chegou, de uma voluntária de quem ficara amiga no Camboja. *Puta merda!! Hahaha! Te conheci antes, hein? E parece que seu namorado tem um pau enorme* 😁*.*

Zia passou o celular para Darlene.

— Liga pra minha irmã.

— Vai ficar tudo bem, Zia, eu prometo.

— Liga pra ela!

Por que Zia havia tirado a foto, por que não a havia deletado, por que não perguntara nada ao ver o estranho comportamento de Layla, por que...?

Layla atendeu o telefone.

Zia ouvia sua pulsação rugindo em seus ouvidos.

— Me diz que não foi você.

Seguiu-se um doloroso silêncio.

— Zia, eu não queria que...

— *Não.* — Zia teve que morder a mão para não gritar. — Por quê? Como pôde?

— Não era para... era um *site* australiano, eles disseram que você nem ficaria sabendo...

— Layla! — Zia gritou. — Como você pode ter vendido uma foto minha com Clay? Uma foto que *roubou* do meu celular?

— Você está tão envolvida com ele! Nem tem mais tempo pra gente...

Zia desligou, incapaz de aguentar. Sua própria *irmã*.

— Tenho que ligar pro Clay.

Ela sabia que Layla tinha a senha do celular dela. Por que não a havia mudado depois que contara à irmã a respeito dele?

— Oi, aqui é o Clay. Deixe uma mensagem.

Zia desligou e atirou o celular na cama de Darlene.

— Merda. *Merda.*

Ela podia ligar para Dave, que talvez estivesse com Clay no aeroporto, ou já dentro do avião. Precisava ver Clay, tinha que explicar...

— O que Layla fez é ilegal — Darlene disse, lendo a respeito no celular. — É ilegal vender uma foto que não se tirou, principalmente uma assim. Ela deve ter mentido, falsificado sua assinatura ou fingido ser você. Layla pode se encrencar por conta disso.

— Bom, então talvez eu processe minha irmã — Zia soltou, sarcástica. — Minha irmã falida, com dois filhos pequenos. Talvez eu deva mandar Layla pra cadeia.

Ela pegou o celular — *Zia, oi, meu nome é Phoebe North e sou subeditora da US Weekly* — e ligou para Dave.

Ele atendeu ao primeiro toque. Sua voz soava atipicamente enérgica.

— Não faz nenhum comentário.

— Dave! Graças a Deus. Não fui eu, juro.

— Onde você está?

— Em casa.

— Fica aí. Não atende a porta.

— Preciso falar com Clay.

Houve uma pausa.

— Acho que não é uma boa ideia.

— Caralho, Dave, preciso falar com meu namorado! Ele está no avião? Cadê ele?

Silêncio.

— Onde você está? — Zia estava gritando. — Onde ele está?

— Estamos na casa dele...

— Estou indo.

Ela pegou o moletom mais largo que tinha e disparou para a porta da frente. A foto original, sem a estrela preta, provavelmente já tinha caído na rede também. Ia ficar eternamente ali, a uma busca no Google de distância: *Clay Russo nu*. Clay não mostrava nem a bunda em seus filmes. A palavra "viral" adquiriu outro sentido para ela. De infecção. Espalhar-se e multiplicar-se além do controle, sem que se pudesse impedir.

Clay sofreria uma humilhação em escala global. A dor daquilo comprimiu seu peito e seus pulmões e dificultou sua respiração. Parecia terrível.

E era 100% culpa dela.

Foi um erro deixar o apartamento sem um plano, e ainda sozinha. O pequeno grupo de fotógrafos a rodeou, gritando perguntas e acusações. *Zia, é verdade sobre você e Clay Russo? Como ele é na cama?* Ela conseguiu chegar até a bicicleta, mas com o caos à sua volta e as lágrimas em seus olhos, foi incapaz de soltar a trava. Alguém puxou o capuz dela. Zia quase gritou.

— Zia! — Darlene gritou da janela, apontando para um carro que se aproximava. — Chamei um Lyft pra você!

Zia lutou para conseguir entrar no banco de trás. Pelo espelho retrovisor, o motorista a examinou. Tentando descobrir se ela era uma celebridade. *Não, mas dormi com uma, e agora todo mundo sabe.* Ela puxou ainda mais o capuz e mandou uma mensagem para Darlene com o endereço de Clay, para que ela mudasse o destino da corrida.

Ali, havia mais fotógrafos aguardando, mas o porteiro experiente conseguiu segurá-los. O saguão de mármore pareceu imenso e silencioso como uma cripta. Uma jovem atriz razoavelmente famosa que tinha um apartamento no prédio a viu entrar correndo. Era alguém com quem Zia havia batido papo enquanto tomava sol no terraço. Agora, havia uma leve expressão de desconfiança em seu rosto.

O porteiro ligou para cima. Zia rezou para que a deixassem entrar. Por sorte, deixaram.

As portas do elevador se abriram para o apartamento de Clay, revelando uma mulher que parecia rude e que Zia imaginou que fosse Lana, a relações-públicas de Clay, flanqueada por duas mulheres mais jovens, um cara de terno e Dave, todos reunidos em volta da ilha da cozinha, que estava lotada de *laptops* abertos. Ouvia-se uma vozinha saindo de um celular.

— ... uma violação das leis e uma invasão absoluta, mesmo considerando as expectativas reduzidas de Clay. Ainda estamos tentando definir se entra como pornografia de vingança, mas talvez nem importe, se...

— Aguenta aí, Ken — Dave disse, cortando a voz.

Cinco pares de olhos se voltaram para Zia. Cinco pessoas cujo trabalho agora era administrar aquela cagada épica e imperdoável. Ela sentia como se tivesse dez anos de idade.

Por um longo momento, ninguém disse nada. Depois, Lana apontou para ela.

— Preciso falar com você.

Clay chegou, vindo do quarto, vestindo *jeans* preto e malha também preta. Assim que viu Zia, parou na hora.

— O que ela está fazendo aqui?

A frieza atingiu o peito de Zia com tudo. *Ela.* Tinha sido reduzida a "ela".

Dave hesitou.

— Deixei que ela entrasse.

— Podemos conversar? — Zia implorou a Clay. — Por favor?

Todo mundo olhou para Clay. Ele passou uma mão pelo cabelo, com a boca tensa.

— Tá, beleza — acabou dizendo, de um jeito que soava muito como: *É melhor acabar logo com isso.*

Clay fechou a porta da sala de TV, que não tinha janela. Havia um sofá de couro formando um C diante de uma tela do tamanho de uma sala de jantar. Ali era a toca dele. O espaço dele. Zia estremeceu. Mesmo de moletom, estava congelando.

Clay a encarou com uma expressão que ela nunca havia visto. Descrença. Desprezo. Ele abriu bem os braços, teatral.

— O que foi isso, Zia?

Ela se aproximou dele no mesmo instante, carente de contato.

— Clay, eu...

Ele levantou as duas mãos e recuou um passo. *Não encosta em mim.*

Zia ficou no meio do cômodo, mexendo na bainha do moletom. Lágrimas escorreram por suas bochechas.

— M-minha irmã...

— Sua irmã, se fazendo passar por você, vendeu a fotografia por 50 mil dólares. É, a gente já sabe disso. — Seu tom era rude. Aquele Clay não era bondoso e gentil. Era poderoso e estava puto. — Por que tirou uma foto minha pelado?

— Desculpa. Eu não queria... eu não pensei...

— Tem mais?

— O quê?

— Fotos — ele esclareceu, sem paciência. — Quantas outras você tem? E estão com ela?

— Não. — Zia balançou a cabeça, surpresa com a pergunta, que na verdade fazia todo o sentido. — Não, foi... não tenho nenhuma outra foto do tipo.

Ele estreitou os olhos para ela, com os braços cruzados. Incerto quanto a acreditar nela.

— Então o que aconteceu? Você queria vender e sua irmã foi mais rápida?

— Quê? Não!

Ela deu outro passo adiante.

Clay ergueu as mãos de novo.

— Não chega perto de mim.

A raiva tomou conta dela.

— Nossa, Clay. Sou sua namorada e tirei uma foto nossa. Uma foto *minha*. Minha irmã *roubou*. Eu não *mostrei* pra ela. Você ia passar seis semanas fora. Eu queria ter uma recordação nossa, algo que nos mantivesse em segurança.

— Em segurança? Algo que nos mantivesse em segurança? — Clay estava gritando. — *Meu pau está na internet.* Pra sempre. Tem ideia de como isso é degradante? Qualquer pessoa pode ver meu pênis a hora que quiser. É um *crime sexual*.

Zia começou a chorar de vez, dominada pela repulsa e pela humilhação. Ela era uma *sobrevivente* de um relacionamento abusivo. Mas Clay estava certo: aquilo era mesmo um crime sexual.

— Desculpe. Você não sabe como tem sido d-difícil. — Ela estava tremendo. — Com você me mantendo sempre à distância.

— A gente passa o tempo todo juntos!

— Mas eu não posso falar de você pra ninguém. Não posso ir a lugar nenhum com você. Nunca falamos do futuro. Procuro me manter sempre disponível pra você. Planejo minha vida de acordo com você, suas necessidades, seus horários, suas regras. Você tem total controle sobre mim.

Foi só quando ela disse aquilo em voz alta que se deu conta de que era verdade: Zia estava repetindo seu comportamento anterior, deixando que um homem mais poderoso resolvesse tudo e dizendo a si mesma que não havia problema, porque os dois se amavam.

Amor.

Eles ainda não haviam dito "eu te amo". Mas ela o amava, e achava que Clay a amava. Era um péssimo momento para se dar conta daquilo.

— Eu precisava de algo em troca. Por isso, tirei uma foto. Pra mim, só pra mim.

— Uma foto que agora o mundo todo viu. — Clay se sentou no sofá, com a desconfiança ardendo nos olhos. — Parece meio… calculado.

Zia tentou engolir em seco. Era como se reconhecesse tudo aquilo de um pesadelo: a desconfiança, as acusações.

— Calculado?

— É. Você sempre diz que a família vem em primeiro lugar. Aposto que 50 mil ajudaram bastante sua irmã.

O horror daquela insinuação a fez ofegar. Sua vergonha se transformou em ultraje.

— Você não acredita em mim? Estou dizendo a verdade, Clay. *Sempre* disse a verdade.

Ele a encarou com os olhos frios, e o fato de que ainda desconfiasse dela fez com que Zia tivesse vontade de quebrar alguma coisa. Quando ele falou, sua voz saiu baixa e grave:

— Sinto muito, Zia. Não posso fazer isso.

— Fazer o quê?

— Preciso me rodear de pessoas em quem confio. E não confio mais em você.

Aquilo era tão dolorosamente absurdo que ela quase riu em descrença.

— Você está terminando comigo?

— Sinto muito. Adeus.

Ele abriu um sorriso triste, marcado pelo remorso. E definitivo. Sem dizer mais nada, Clay deu as costas e foi embora.

# 70

> O SR. E A SRA. MARK LIVINGSTONE
> FICARIAM HONRADOS COM SUA
> PRESENÇA NO CASAMENTO DE
>
> *Srta. Imogene Elizabeth Livingstone*
> E
> *Srta. Mina Yoona Choi*
>
> SÁBADO, VINTE E CINCO DE SETEMBRO,
> ÀS QUINZE HORAS
> PROPRIEDADE DOS LIVINGSTONE
> WATER MILL, SOUTHAMPTON
> *Traje fino*
> *(traga calçados para dançar)*

Assim que Darlene passou a se permitir o prazer de fantasiar um futuro com Zach, foi difícil parar. Era tão fácil de imaginar.

Começariam fazendo sexo em um quarto de hotel luxuoso nos Hamptons. Sobre uma montanha de travesseiros, o corpo dele em cima do dela, as pernas dela em volta dele, os dois se movimentando de maneira ritmada, os olhos fixos nos do outro.

— Eu te amo, Zach — ela soltaria, perto do clímax.

— Ah, Dee — ele meio que grunhiria, meio que gemeria. — Também te amo.

Eles iriam morar juntos, ela casaria de branco, teriam bebês gordos e de pele morena: tudo era impossivelmente *possível*.

Mas não havia como negar o fato de que o namorado de mentirinha dela estava se comportando de maneira muito estranha.

Darlene ligara para Zach logo depois de sair da livraria em Cobble Hill, para terminar de combinar o jantar com que ele parecera tão animado. Mas caíra direto na caixa postal, e só depois de ela ter mandado mensagem duas vezes ele respondeu dizendo que ia antes para os Hamptons e que os dois se encontrariam no casamento. Ele nem daria carona para ela.

Era uma coisa ele ter parecido distante e distraído durante o jantar na véspera do casamento, mas tratava-se de um evento com oitenta pessoas em um restaurante em Southampton. Tanto os Livingstone quanto os Choi tinham inúmeros familiares na cidade, e Zach precisava ser simpático, circular e tirar fotos com primos distantes. Mas, quando ele decidiu ficar na casa dos pais e não com Darlene num hotel, a confusão e a decepção tomaram conta dela. Tudo deveria começar no hotel. Ela havia reservado um quarto com duas camas, mas com a impressão de que ambos sabiam o que ia acontecer. Meio que gemidos e meio que grunhidos. *Te amo, Zach.*

Mas agora ele estava dando para trás.

O jantar terminou, mas a noite ainda era uma criança. Zach olhou para alguém por cima do ombro de Darlene e fez alguma piada interna que ela não entendeu. Depois se virou para a namorada de mentirinha e disse, mecanicamente:

— Vou dormir no sofá. Acho que é hora de ficar com a minha família.

No sofá? A relutância de Zach quando se tratava de dormir com desconforto era páreo para a da protagonista de *A princesa e a ervilha*. Algo azedava na cabeça de Darlene. Algo que ela não estava preparada para encarar. A decepção, que a deixava à flor da pele, pareceu penetrar sua corrente sanguínea.

— Bom, todo mundo está falando em continuar a festa. A gente vai?

— Oliver, seu safado! — Zach gritou para um cara desgrenhado mais ou menos da idade dele. — Você nem ficou bêbado, molengão!

— Vai se ferrar, cara! — Oliver se aproximou e prendeu Zach em um mata-leão. Os dois brigaram como crianças, quase derrubando Darlene.

Ainda preso no mata-leão, Zach se dirigiu a Darlene, com o rosto virado para o quadril de Oliver.

— Te vejo amanhã, tá, linda?

— Claro, lindo, te vejo amanhã — brincou Oliver. Os dois deram risadinhas, trocaram empurrões e fizeram sinal para um táxi que passava.

Darlene tentou desfrutar do fato de que tinha um quarto enorme de hotel só para si. Ela botou uma música para tocar e tomou um banho de banheira. Zach tinha ficado um pouco bêbado e estava animado ao ver velhos amigos, era só aquilo. No dia seguinte, no casamento em si, as coisas seriam diferentes.

Teriam que ser.

O dia amanheceu bem frio, mas à tarde a temperatura já estava perto dos vinte graus. Uma van deixava os convidados num jardim lateral, que desembocava num quintal do tamanho de um campo de futebol americano, onde seriam servidas bebidas antes da cerimônia. Darlene chegara em uma das primeiras vans. Estava orgulhosa de sua aparência. Zach já tinha visto todos os vestidos que ela usava para se apresentar em eventos finos, por isso ela havia feito um esforço considerável para conseguir um emprestado para o primeiro casamento *black-tie* a que comparecia como convidada. O vestido de seda verde-floresta ia até o chão. Era tomara que caia e tinha uma saia rodada que farfalhava quando ela andava. Darlene tinha ficado impressionada ao se ver no espelho do hotel. Agora, estava louca para que Zach tivesse a mesma reação. Ela se aproximou de uma garçonete com uma bandeja de aperitivos e ficou pasma ao constatar que aquela era Zia. Sua camisa estava ligeiramente amassada. Parecia que fazia dias que não dormia. Darlene a arrastou até um canto.

— O que está fazendo aqui? Você não precisava trabalhar hoje.

Zia respondeu sem emoção na voz:

— Ficar sozinha seria pior. E preciso do dinheiro.

Darlene procurou pegar leve. Queria muito consertar o que Zia havia feito de errado.

As filmagens de *Nossa selva* tinham sido adiadas para que Clay pudesse administrar o prejuízo indo a uma série de programas de entrevistas, onde tivera que suportar piadas ruins com um sorriso no rosto. Só as pessoas que o conheciam melhor sabiam o quanto aquilo o magoava. A história que ele contava era de que se tratava de uma foto roubada de um celular *hackeado*, e de que Zia era só alguém com quem tivera um caso rápido meses antes. Zia conseguira convencer a equipe jurídica de Clay de que não tivera intenção de divulgar a foto, um ato que constituiria pornografia de vingança, uma contravenção classe A em Nova York. Aquilo fizera com que a equipe focasse seus esforços em processar o *site* que havia comprado a foto, deixando Zia e sua irmã de lado.

Agora Clay estava a mais de 6 mil quilômetros de distância, no Brasil.

Darlene tocou o braço da amiga.

— Você não está falando sério em fugir para fora do país, né? — Zia tinha falado de aceitar outro cargo de coordenação, em algum lugar distante de tudo e de todos. — Agora que me acostumei a dividir o apartamento com alguém.

Zia olhou para a festa, sem emoção. Um mar de homens de terno e mulheres de sapatos de salto alto e vestidos longos.

— Não tem nada pra mim aqui.

A mãe de Zach, Catherine, notou Darlene e gesticulou para ela, com a mão cheia de anéis de diamante.

— Não seja dura consigo mesma — Darlene disse para Zia. — Eu te amo.

— Também te amo — Zia respondeu. — Só gostaria de estar dizendo isso para...

As palavras murcharam e morreram no ar.

O lugar começou a encher. Cinquenta convidados se tornaram cem, depois duzentos. Era tanto o costume coreano quanto o costume dos Hamptons ter uma lista de convidados considerável. Darlene não desempenhava mais o papel de namorada devotada — ela sentia mesmo que era namorada de Zach: ficava orgulhosa das realizações dele e era grata por estarem ligados. Ela conversou rapidamente com Liv, que andava muito mais feliz nos últimos tempos. Já Savannah não parecia tão corada quanto antes. Darlene a notou olhando para dois casais de mulheres lésbicas mais velhas e descoladas e saindo correndo para dentro.

Quando Darlene estava começando a achar que não veria Zach antes da cerimônia, a porta do pátio se abriu, e ali estava ele. O queixo dela caiu.

— Minha nossa.

Zach ficava simplesmente espetacular de *smoking*. Alto, moreno e bonito de dar água na boca. Parecia James Bond, o modelo de uma propaganda da Rolex, um argumento a favor da dupla cidadania. O *smoking* de três peças era do mesmo tom de azul dos olhos dele. Fazia seus ombros parecerem largos e seu corpo, forte. O cabelo castanho em geral bagunçado estava penteado para trás, revelando sua pele lisa e maçãs do rosto que Darlene nem sabia que ele tinha. A coisa toda o fazia parecer o próprio Príncipe Encantado. Como ela pudera ter duvidado daquilo? Darlene estava, e talvez desde sempre, desesperadamente, loucamente, desvairadamente apaixonada por ele. Por aquele homem engraçado, sensível e surpreendentemente fofo. Seu namorado de mentirinha. O verdadeiro dono do seu coração.

Zach abraçou uma loira esbelta usando um vestido vermelho justo e a cumprimentou com um beijo. Darlene teve que se esforçar para ignorar o ciúme borbulhante — não tinha importância; era um casamento. Depois que a loira foi embora, ele finalmente notou Darlene. E, sim, teve a reação que ela esperava: sua boca pendeu e seus olhos brilharam enquanto ele a olhava de cima a baixo. Darlene se aproximou, tonta de desejo, e levou a boca à dele. De alguma forma, seus lábios encontraram a bochecha dele.

Zach recuou um pouco, deixando espaço entre os dois.

— Oi. Você está ótima.

Ótima? Não linda, maravilhosa? Onde estava o Zach língua solta para dizer "Você está muito *sexy*, Dee"?

— Você está fantástico. — Ela se aproximou um pouco e pôs a mão no peito dele. — Podemos conversar?

Ele resistiu.

— Tenho que cumprimentar umas pessoas.

Darlene ignorou aquilo e o puxou para longe dos outros convidados, para o extremo do pátio. Seu coração batia acelerado, temendo a perspectiva da honestidade emocional sem censura. Mas ela não podia mais esperar.

— Zach.

— Darlene. — Sua voz estava fria. — Tem algo que você precisa saber.

— Eu primeiro, por favor. Olha, sei que nenhum de nós esperava por isso. Mas os últimos meses foram...

— Zach, desculpe... que banheiro é melhor eu usar?

A loira esbelta de vestido vermelho estava de volta.

Zach se iluminou, como se fosse uma árvore de Natal.

— Bitsy! Você sabe que não pode cheirar antes da cerimônia... e não me convidar.

Ele se aproximou dela, afastando-se de Darlene.

Darlene tentou não pensar aquilo, mas foi incapaz: Bitsy era exatamente o tipo de Zach.

Bitsy riu e bateu nele com a bolsa.

— Não seja bobo, Zook. Só quero saber se posso usar o banheiro do quarto de Imogene ou se ela está se arrumando lá.

Zach passou o braço por cima dos ombros de Bitsy e a puxou para mais perto.

— Se estiver, há uma boa chance de que tenha um monte de madrinhas bêbadas lá também. Então melhor eu ir com você.

Bitsy voltou a rir e estendeu a mão para Darlene, simpática.

— Bitsy. Sou amiga da família.

— A queridinha da família — Zach a corrigiu. — Esta é Darlene. A gente... trabalha juntos.

*Quê?* Ele estava bêbado? Drogado? Ela olhou nos olhos dele, que pareciam completamente normais.

— E sua namorada — Darlene acrescentou. *Não?*

— Ah. — Bitsy ficou séria. Parecia confusa.

As duas olhavam para Zach.

Ele riu, como se Darlene tivesse dito algo idiota e hilário.

— De mentirinha. — Ele abriu um sorriso travesso para Bitsy. — Você guarda um segredo? — Então Zach começou a explicar todo o esquema para uma Bitsy muito interessada: o contrato, o dinheiro, a parte de Darlene. Era como ver atores quebrando a quarta parede no teatro e discutindo o desenlace da história com o pessoal da primeira fileira. — Só precisamos fingir que gostamos um do outro por mais algumas semanas. — Zach parecia estranhamente, quase assustadoramente, frio. — Para ser sincero, vai ser um alívio quando acabar.

Bitsy abriu um sorriso escandalizado para Darlene.

— Ai, meu Deus. Você é a própria *Uma linda mulher.*

As palavras atingiram Darlene como um soco no estômago, deixando-a ainda mais confusa e enjoada. Ela não conseguiu retribuir com um sorriso falso.

— Zach, podemos conversar?

— Congressista! — Zach estendeu a mão além dela para uma mulher negra muito distinta usando um vestido azul. — Venho querendo falar com a senhora sobre sua proposta recente relacionada à mudança climática. É excelente, mas será que faz o bastante para reduzir as emissões da produção de aço? Quero sair daqui convencido!

*O que estava acontecendo???*

A cerimônia foi linda, mas Darlene não ouviu uma palavra. O jantar estava delicioso, mas Darlene não comeu. O DJ foi ótimo, mas Darlene estava ocupada demais — vendo Zach ficar muito louco e se remexer na pista de dança, como um espantalho senciente — para ouvir uma única nota das músicas. Sempre que ela tentava encurralá-lo, Zach encontrava uma maneira de ignorá-la ou, pior, dava em cima de outra mulher bem na frente dela. Darlene ficaria furiosa se não estivesse tão perplexa. O que havia mudado? Zach não podia simplesmente ter acordado e decidido retornar a seu velho modo solteiro, sem motivo. Uma grande parte dela queria ir embora. Voltar ao hotel, assaltar o frigobar e entrar no Tinder, ou algo igualmente imprudente.

Mas uma parte maior dela — a parte que, para o bem ou para o mal, ainda se importava com aquele cara — precisava descobrir o que estava acontecendo. Analisar o que ele quisera dizer em seu discurso com "É um pequeno milagre encontrar alguém que te ame e te aceite como você é. Em quem se possa confiar totalmente".

Darlene podia jurar que ele havia se dirigido a ela naquele momento, com os olhos gelados.

Ela o encontrou no bar perto da piscina. Seu traje imaculado era coisa do passado: Zach não usava mais o paletó, a gravata-borboleta estava torta, a camisa estava metade para fora da calça. O cabelo antes arrumado voltara a despentear e desgrenhar. Ele ria com uma moça bonita que atendia no bar. Darlene foi para o seu lado e cruzou os braços.

Zach a notou, então piscou devagar, com desdém.

— Estou ocupado.

— Não vou embora até a gente conversar.

— Afe... — Ele revirou os olhos. — Se toca.

Darlene não se mexeu.

— Tá. — Ele se virou para encará-la. Seu desprezo parecia ter ido embora. No lugar, só havia dor. — Ouvi você. Falando com Charles. Na livraria. Você não encerrou a ligação comigo.

Aquilo que azedava na cabeça dela se espalhou por todo o seu corpo. Tudo ficou em silêncio.

— O que você ouviu?

Zach pigarreou, de forma dramática e sombria.

— "Eu preferiria casar com um asno a namorar Zach Livingstone." E uma frase espertinha de Shakespeare. — Zach pegou uma taça de champanhe pela metade e a virou. — Parece um cara interessante, tenho que pesquisar mais a respeito dele.

A mente de Darlene ficou estática de horror. Ela pegou o braço de Zach.

— Eu não quis dizer isso.

Zach se soltou.

— Mas disse.

— Eu não quis dizer isso — Darlene insistiu, desesperada, horrorizada. — Só estava tentando impressionar Charles.

Zach não parecia bravo ou amargo. Só arrasado.

— Mas disse.

— Zach! — Era Bitsy se aproximando. De alguma forma, ela ainda parecia totalmente composta.

Todas as emoções foram varridas do rosto de Zach e transformadas em pura felicidade. Era assustador quão rápido ele conseguia erguer um muro de distanciamento, tornar-se o bobo da corte, o palhaço. Naquela mesma casa, apenas dois meses antes, Darlene havia desafiado a família de Zach a vê-lo de um modo diferente. Ela o defendera, e em troca ele vinha sendo um amigo leal. Mas fora daquele modo que ela retribuíra: arrastando o coração bondoso nele na lama para impressionar seu ex-namorado pretensioso. Suas ações tinham sido patéticas, e Zach tivera que conviver com aquilo durante a semana que antecedera *o casamento da irmã*. Darlene faria qualquer coisa para consertar a situação. Mas, antes que um simples gesto ou um sacrifício ficasse claro em sua mente, Bitsy já estava no bar e Zach se jogava em cima dela.

— Querida — ele ronronou, com uma mão na cintura da loira. — Essa sua sobriedade é decepcionante.

Bitsy abriu um sorriso enorme e inclinou o corpo na direção de Zach.

— Não posso fazer sexo consensual se estiver apagada.

Os dois riram, como amantes conspirando. Era uma punição para Darlene, e estava funcionando. Mas ela ainda conseguia ver a diferença entre o modo como seduzia Bitsy e como agia com ela própria. Sempre havia uma vulnerabilidade nos olhos de Zach quando os dois estavam juntos, atestando a profundidade dos sentimentos dele por ela. Com Bitsy, Zach voltava a parecer um apresentador de *game show*.

— Zach — Darlene disse. — Podemos conversar, *por favor*?

— Vai curtir a festa, Mitchell. Tem um monte de gente inteligente aqui. — Ele foi subindo os dedos pelo braço nu de Bitsy. — Você é tão incrível, Bits. Quanto tenho que pagar para que me beije?

Bitsy voltou a inclinar o corpo para ele, encantada.

— Tudo aqui é de graça, meu bem.

O único jeito de impedir aquilo era sendo sincera. Por mais que tudo dentro de Darlene gritasse "Não, não faz isso!", ela forçou as palavras a saírem de seus lábios.

— Zach, eu gosto de verdade de você.

Bitsy olhou para ela.

— Oi?

Darlene se aproximou.

— Gosto de verdade de você, Zach. Muito. — Ela olhou desesperada para Bitsy e pediu, de mulher para mulher: — Por favor. Cinco minutos.

Bitsy deu uma olhada na expressão de Zach e recuou.

— Não gosto de drama nem de ser usada para fazer ciúme em outra pessoa. — Ela foi embora, mas parou e murmurou no ouvido de Darlene: — Só pra você saber, Zach é uma Disneylândia adulta. Cuidado.

E, muito embora aquilo devesse ser um alerta, só fez com que Darlene visse Zach com mais clareza — como alguém que tratava suas inseguranças com sexo casual porque não achava que merecia nada melhor.

Darlene o afastou das luzes fortes e das conversas gritadas, na direção de algumas árvores com folhas avermelhadas nos limites do terreno. A festa era um borrão meio distante — os dois estavam a sós. Uma coruja piou. Um animal escondido fez as folhas farfalharem no chão. Sombras cobriram o rosto de Zach enquanto ele bebia vinho tinto direto da garrafa, que escorreu para a camisa e deixou uma mancha que parecia de sangue.

— O que eu fiz foi errado, Zach — Darlene começou a falar. — Desculpe, desculpe mesmo. Eu estava tentando impressionar Charles sendo maldosa com você. Charles sempre fez com que eu me sentisse intelectualmente inferior, e ainda fico insegura quando estou perto dele. Fui maldosa, imatura e cruel. E o que eu disse era mentira. Eu menti.

— Sou uma piada pra você? O idiota do Zach Livingstone, só um palhaço que está sempre disponível...

— Não! Não, Zach...

— Um asno? — Ele levantou a voz, furioso, devastado, falando apaixonadamente. — A porra de um asno? — Zach abriu bem os dois braços. Vinho tinto pulou da garrafa, caindo no chão. Ele gritava. — Meu Deus, eu *idolatrava* você. Passei meses completamente, *ridiculamente*, apaixonado por você. *Meses.* — A expressão dele era de pura dor. — Agora tudo o que eu vejo é alguém que me acha um idiota.

— Eu não te acho um idiota.

— Não consigo entender. Não consigo entender nada disso. — Ele afundou a base das mãos nos olhos e esfregou com força. — Por que você se afastou depois do casamento no Harvard Club? Você estava no mesmo clima que eu, sei que estava, e aí *puf!* Se fechou. Por quê?

— Eu precisava... estabelecer limites.

— Por quê? — Zach estava frustrado e gritava para as estrelas. — Fala comigo, me diz o que você sente, *afe!*

— Eu não tinha certeza de que, se cedesse e me permitisse... se permitisse que a gente fosse alguma coisa, você não ia, tipo, simplesmente fugir com outra menina algumas semanas depois.

— E o que foi que eu fiz pra te fazer pensar assim? — Zach estava tão perto que ela sentia o cheiro do vinho tinto no hálito dele. — Eu não pensava em outra coisa além de você. Só tinha você. E aí você vai lá e diz... *aquilo*. Pro *Charles*.

— Mas *não era verdade*. — O coração dela martelava dentro do peito. Não era daquele jeito que Darlene se imaginara se declarando. Mas, agora, talvez fosse a única maneira de salvar os dois. — Zach, eu... eu me importo com você.

Nada. Silêncio, a não ser pelo som grave dos alto-falantes a distância. Zach ficou imóvel, de repente alerta. Seus olhos encontravam os dela e se desviavam, sem parar.

— Se importa?

— É. — Ela confirmou com a cabeça. Uma lágrima escorreu por sua bochecha. — Me importo muito com você.

— Se importa? — ele repetiu, como se soubesse que era um código para o que ela não conseguia falar, nem mesmo agora. — Sério, qual é o seu problema? Por que não pode falar o que sente?

— Porque não sou você, Zach! — Darlene explodiu, sentindo-se culpada e furiosa, com suas defesas ruindo. — Não posso ser como você. Minha vida não é fácil como a sua. Não posso cometer erros. Não tenho uma rede de segurança. Minha vida é muito complicada, de um milhão de maneiras que você nunca vai entender, e eu estraguei tudo. Estraguei tudo mesmo, e sinto muito.

Zach a ouviu, surpreso. Envergonhado. Ele assentiu, coçando a testa.

— Tá bom. Beleza, isso foi justo. — Zach deixou a mão cair ao lado do corpo. — Mas como me considerar tipo o Bisonho do Ursinho Pooh se encaixa nisso?

— Não sei. Não se encaixa. Só quero que você saiba que, apesar de tudo, eu gostava... *gosto*... muito... de você.

Zach a encarou. Fixamente.

— Você me ama, Darlene? É isso?

Sim, era aquilo. E ele precisava ouvir. Mas nenhuma palavra saiu da boca dela. Darlene não era de uma família muito amorosa, e ela não conseguia entender aquela briga embriagada que estavam tendo. Não era assim que se dizia aquele tipo de coisa. O medo, a raiva e a tristeza calaram a verdade. Como muitas vezes acontecia.

Zach limpou a boca com a manga da camisa, parecendo arruinado, perdido, tragicamente romântico.

— Então o quê? Tudo isso foi por causa do dinheiro?

Uma onda de raiva tomou conta dela.

— Não, não tem nada a ver com dinheiro, não quero seu dinheiro, quero que você vá à merda por ter contado pra Bitsy. Ela basicamente me chamou de prostituta. — A verdade naquilo fez Darlene ferver por dentro, cada vez mais furiosa. Ela só estava piorando as coisas, mas não conseguia parar. — Então só porque não dei pra você no mesmo instante, que nem *o milhão* de meninas que você comeu em Nova York, isso significa que você me *comprou*? Tem ideia de como isso é absurdo? Cara, por que eu pensei que você tinha mudado? Você não é nada além de um menino privilegiado que não tem coragem nem de enfrentar os próprios pais.

Algo na expressão de Zach desabou. Ele cedeu, estremecendo, como se tivesse acabado de levar um soco no estômago. Depois tomou outro gole de vinho, deixando uma boa parte lhe escorrer pelo queixo.

— Uau. Agora você me disse o que realmente pensa.

O arrependimento a consumiu na mesma hora. Darlene deveria estar tentando consertar as coisas.

— Merda. Desculpa.

— Não precisa pedir desculpa. Parei.

— Parou com quê?

— Com a gente. Com isso. Com a banda. Você e eu. — Ele começou a cambalear de volta para a festa. — Te mando o cheque pelo correio.

— Zach, espera. Eu não queria...

Ele gritou por cima do ombro, cada palavra mais amarga e dura que a anterior.

— Mas muito obrigado, Mitchell. Por sempre ver o melhor em mim.

Era como Darlene tinha se despedido de Charles na livraria. Mas Charles nunca via o melhor nela. Quem via era Zach.

# 71

Liv, Sam, Ben e Dottie subiram correndo os degraus da entrada, gritando e ensopados. A tempestade tinha começado do nada aquela tarde.

— Ai, meu Deus! — Liv ofegava, abrindo a porta da frente. — Estamos parecendo um bando de pintos molhados!

Poças se formaram no piso de madeira debaixo deles enquanto entravam, todos conversando e rindo ao mesmo tempo. Sam secou o cabelo de Ben e limpou com cuidado os óculos dele enquanto Liv improvisava um vestido confortável para Dottie, com uma camiseta cor-de-rosa antiga.

— Rosa é minha cor preferida — a filha de Sam disse a Liv.

— Semana passada você me disse que era azul — Liv disse, prendendo uma mecha de cabelo loiro atrás da orelha da menina.

Dottie sorriu como se tivesse sido pega na mentira mais engraçada possível.

— Rosa também!

— Você pode ter duas cores preferidas — Liv disse, beijando o topo da cabeça dela. — Pode ter tantas cores preferidas quantas quiser.

Não fora assim fácil desde o começo. Na verdade, talvez aquele fosse o primeiro dia em que estava sendo fácil.

Ben havia recebido com certa tranquilidade a notícia de que Sam e Liv estavam namorando.

— Eu já tinha imaginado — ele dissera.

Haviam tido algumas dificuldades, mas, no geral, o filho dela está muito melhor. Dormia a noite toda e agora tinha mais confiança com desconhecidos. Dottie dera mais trabalho. Ela queria saber se Sam e Liv iam se casar, se Liv ia morar com eles, se aquilo significava que veria menos sua mãe de verdade. Eles deram conta das perguntas e das preocupações dela, mas Dottie só pouco antes havia deixado que Liv brincasse com ela. Consistência e paciência tinham sido a chave. Um interesse em fantasias de fada não atrapalhara. Devagar, as crianças haviam se acostumado com a nova rotina de todos jantando juntos quando Dottie não estava com Cláudia, que sempre abria um sorriso simpático e tinha um estilo de criação relaxado que Liv admirava.

Aquele dia... aquele dia tinha sido quase perfeito. Eles haviam alimentado os patos no lago sujo do parque, jogado um pega-pega barulhento em meio às pilhas de folhas amarelas no chão, depois feito um piquenique elaborado, levado por Sam. Sanduíches de presunto e queijo *gruyère*, limonada com gengibre e a grande surpresa: um bolo de dois andares de chocolate com cereja, com cinco velas. Liv as apagou de uma vez só.

Por muito tempo, ela se sentira ambivalente quanto a fazer 50. Na maior parte daquele ano, simplesmente morrera de medo daquilo. Ela não seria mais jovem. As coisas ficariam mais difíceis: no que se referia a saúde, carreira, rugas e pele caída. Mas, sentada no cobertor xadrez que haviam estendido para o piquenique, no ar fresco do outono, com roupas quentes e rindo com as pessoas que amava, Liv nem pensara no que se encerrava — desfrutava do que começava.

Agora, em casa, a cacofonia dos chuveiros quentes, da troca de roupa, de "Quem quer chocolate quente?" e "Eu, eu, eu quero!" a lembrava de anos antes, quando eles recebiam os pais descolados do bairro e seus filhos para noites de sexta sem celulares. As crianças subiam no chorão do quintal, que na época era bem-cuidado, os adultos abriam cervejas e falavam sobre a política nacional ou contavam fofocas locais. Quando Eliot estava em seu melhor e as coisas entre ele e Liv pareciam ótimas. Quando aquele lugar era um lar, e não só uma casa. Quando eles eram uma família, e não só os dois, livres e tentando encontrar seu caminho. Agora, enquanto via Sam ajudando as crianças a vestir os pijamas, Liv reconheceu que "família" e "felicidade" podiam ser algo raro, estados transitórios, e não garantias. Aquilo a fez valorizar ambas as coisas ainda mais.

O mato que tomava conta do quintal estava sendo castigado pela chuva. Sam espiou lá fora, de braços cruzados.

— Aquele chorão tem que sair dali, sabe?

Era como se ele estivesse propondo que ela arrancasse os dentes e passasse a usar dentadura.

— É o que você sempre diz.

Sam coçou o pescoço.

— Não, falando sério, você precisa mesmo fazer isso. Estamos na temporada de furacões e...

— Eu sei. — Ela o tirou dali. — Por que não bota uma pipoca no micro-ondas?

— Homens de verdade não põem uma pipoca no micro-ondas. Fazem *na panela*.

Ele foi para a cozinha. Liv continuou à porta do pátio. O chorão estava morrendo. O que Sam não sabia era que ela e Eliot haviam plantado aquela árvore. No ano em que se casaram e compraram aquela casa, mais de vinte anos antes. O chorão estivera ali em todos os momentos importantes: os aniversários de Ben, o shivá depois da morte do pai de Liv, as noites quentes de verão vendo os vaga-lumes piscarem em verde e dourado, como pedacinhos de magia flutuante. Muito embora o casamento de Eliot e Liv tivesse acabado, ela tinha mais lembranças boas que ruins do relacionamento no geral. E o chorão, aquela árvore grande e bagunçada que mais parecia um personagem dos Muppets, estivera lá em todas elas.

Aquela era sua casa, aquela era sua árvore, e ela ia ficar.

Depois que estavam todos secos, eles se acomodaram para ver um filme. *O Mágico de Oz* estava começando a passar na TV a cabo. Dorothy encontrando os *munchkins*, o mundo todo em tecnicolor. Sam pegou um punhado de pipoca.

— Adoro esse filme — ele disse.

— Eu também — Liv concordou, pondo uma manta sobre os joelhos deles e beijando sua boca deliciosamente salgada.

Ben e Dottie fingiram estar com nojo.

— Eeeeca!

— Ah, para com isso — Liv disse, cutucando os dois até que começassem a rir.

Quando o filme chegava ao fim, Ben já estava aninhado na mãe e Dottie, no pai, corados e dormindo profundamente. Liv se aconchegou em Sam, e o braço comprido dele a envolveu.

— Adoro isso — ele murmurou.

Um filme antigo, chocolate quente e os filhos seguros, quentinhos e felizes. Todo mundo seguro, quentinho e feliz.

— Também adoro.

Ele se virou para ficar de frente para ela, com os olhos de repente brandos e sérios.

— Feliz aniversário, linda. Espero que tenha gostado do dia.

— Foi o melhor do mundo.

Lá fora, a chuva caía forte. Aquilo não a preocupava. Porque o homem ao seu lado seria o último em pé depois de uma tempestade que devastasse toda a rua. Quando ele falou, suas palavras soaram baixas, mas seguras:

— Eu te amo, Liv.

Ela sabia que aquilo estava por vir. Nas semanas e meses anteriores, ficara preocupada que tais palavras fossem fazer com que se sentisse ansiosa ou culpada. Em seus votos durante o casamento com Eliot Max Goldenhorn, Liv prometera amá-lo para sempre, e ninguém mais. Ela nem considerara a possibilidade de amar outra pessoa. Mas a vida tinha outros planos. Agora, ali estava ela, com outro homem, e o filho dela, e a filha dele. Todos juntos, preenchendo-a de satisfação e tranquilidade de uma maneira que Liv mal acreditava ser possível. Ela não poderia não lhe dizer a mais pura verdade:

— Também te amo, Sam.

Dorothy bateu seus sapatinhos de rubi, que a levaram para casa, para as pessoas que amava.

Mas Liv já estava ali.

Mais tarde, depois que Sam e Dottie haviam ido embora e Ben dormia na cama, Liv estava colocando a louça na máquina quando ouviu ruídos no escritório.

Savannah estava à escrivaninha, trabalhando. Seu cabelo loiro e molhado caía como uma cortina em volta do seu rosto.

Liv bocejou.

— O que está fazendo aqui a essa hora?

— Estou só amarrando algumas pontas soltas do casamento Livingstone-Choi — Savannah respondeu, vaga.

— Foi um casamento lindo, não? — Liv se recostou na moldura da porta, com as mãos nos bolsos do roupão. — As fotos ficaram ótimas.

Savannah ergueu a cabeça na hora.

— As fotos já chegaram?

Um minuto depois, Liv clicava nas selecionadas. Ela parou na do primeiro beijo. Era uma foto incrível, dinâmica. Confetes multicoloridos voavam contra o céu cerúleo. A primeira fileira, da família, estava toda de pé, aplaudindo. As duas noivas se abraçavam de maneira romântica e apaixonada. Liv sorriu.

— Essa é pra emoldurar.

Uma gota de água caiu no teclado. Liv olhou para o teto na mesma hora.

— Ixi, é um vazamento?

Savannah fungou.

— Liv — ela disse, com a voz estranhamente tensa. — Tenho algo pra te dizer.

Vazamentos saíam caro. Muito embora a empresa estivesse indo bem, Liv definitivamente não tinha dinheiro para trocar o telhado.

— Hum?

— Eu… bom, acho que sou… um pouco… talvez muito… lésbica.

— Ah. Legal. É, acho que eu estava começando a ficar com essa sensação.

Savannah nunca se impressionava com nenhum dos noivos. E sempre achava as noivas maravilhosas.

— Eu experimentei na faculdade, durou um minuto — Liv acrescentou.

— Não rolou. — Ela apertou os olhos para o teto. — Você notou se entrou água ultimamente? Faz um tempo que não chove, posso não ter percebido…

Savannah irrompeu em um choro alto e histérico.

*Ah.* Não era um vazamento.

Liv fez chá de hortelã. Ela nunca precisara fazer o papel de conselheira e confidente de Savannah. Seis meses antes, aquilo a teria revoltado. Agora, estavam as duas sentadas lado a lado no sofá rosa-claro, com os joelhos se tocando. Savannah contou tudo: nunca tinha conhecido o cara certo, sempre tivera amizades *muito próximas* com mulheres, a série *Feel Good*, seus pais, Honey, o ultimato dela.

— Gosto de Honey. Muito. Mas acho que não estou pronta para ser a namorada de alguém, e é isso que ela quer. É isso que ela merece.

— O momento certo é tudo num relacionamento — Liv disse. — Talvez só não seja o momento certo. Não é fácil, fazer o que fazemos — ela acrescentou. — Trabalhar todos os dias com os sonhos de outras pessoas, fazer com que se tornem realidade. Encontrar o amor pra nós mesmas e sustentar isso no longo prazo, quando não há nenhum roteiro… é difícil.

O rosto de Savannah estava molhado das lágrimas.

— Seja sincera. Você acha que eu... que tudo isso... é meio... estranho?

— Estranho?

Savannah baixou os olhos para o chá. Uma palavra saiu, sussurrada:

— Errado.

A onda de amor materno desesperado pegou Liv de surpresa. Ela ergueu o queixo de Savannah para poder falar com ela cara a cara.

— Não tem nada de estranho ou errado no tipo de pessoa por quem alguém se sente atraído ou por quem se apaixona. A heterossexualidade só é mais *comum*. Não é mais *normal*.

Savannah abriu um sorriso triste.

— Não sei se meus pais concordariam com isso.

— Pois é. Você não sabe. Depois que contar pra eles, se decidir contar pra eles, vai saber. — Liv deixou o chá de lado para se concentrar em Savannah. — Mas lembre-se de uma coisa: dizer às pessoas a verdade a seu respeito, mesmo que não seja o que estão esperando ouvir, é um jeito de aprofundar o relacionamento. De permitir que conheçam você melhor, e te amem ainda mais. E, falando como mãe — Liv sentiu um nó se formando na garganta —, esse seria o melhor presente que meu filho poderia me dar, sinceramente. Me dar acesso dessa maneira, permitir que eu o ame ainda mais completamente.

Liv se viu abraçando Savannah. Por um longo momento, segurou a jovem que chorava baixo.

Ela nunca teria imaginado que a jovem decidida que lhe entregara uma cópia do testamento de Eliot do lado de fora de sua casa acabaria ali, em seus braços, chorando porque era um pouco, ou talvez muito, lésbica. E que Liv realmente fosse se importar com aquilo.

# PARTE QUATRO

## AMOR EM NOVA YORK

## 72

Na semana anterior ao Halloween, os magos do Google finalmente enviaram a Liv a senha do *e-mail* de Eliot: *Benny123*.

Por cinco longos dias, Liv a evitara. A caixa de Pandora que aquilo poderia abrir fazia com que se sentisse como se alguém tivesse mergulhado sua espinha no gelo. Por isso, ela passou a senha a Savannah.

— Só dá uma olhada nos últimos meses — Liv instruiu. — Vê se tem algo que eu preciso saber.

Savannah hesitou.

— Não sei se me sinto confortável fazendo isso, Liv.

O pavor fechou a garganta de Liv.

— Bom, eu não consigo. Por isso preciso que você...

Ela movimentou os dedos sobre o teclado do *laptop*.

Savannah acessou o *e-mail* com a senha. Ela rolou a tela e clicou por alguns minutos, passando metodicamente pelas páginas cheias de lixo. Então franziu a testa.

— O que foi?

Liv já estava em cima dela, incapaz de manter distância.

Era uma mensagem do advogado sobre a alteração do testamento de Eliot. Duas semanas antes da morte dele. Foi só a última frase da comunicação formal que chamou a atenção de Savannah. *Sinto muito pelo motivo da mudança pedida e lhe desejo sinceramente tudo de bom.*

Liv leu e releu aquilo.

— Será que ele estava falando do nosso casamento?

Savannah fincou os dentes no lábio inferior, pensando.

— O que mais poderia ser?

Então Liv teve uma ideia estranha e assustadora.

Ela procurou pelo nome do médico dele na caixa de entrada.

Havia três consultas confirmadas. Três consultas a que Liv definitivamente não sabia que Eliot havia ido. Em geral, ela precisava insistir para que ele fizesse exames de rotina. Não havia nada demais naqueles *e-mails*. Nenhuma outra pista.

Liv se recostou na cadeira. Seus dedos estavam dormentes.

Ela nunca recebera uma cópia da autópsia de Eliot.

Precisaria ter requisitado uma ao legista, o que na época lhe parecera bobagem. A causa da morte havia sido um ataque cardíaco comum — o que mais havia para saber?

*Sinto muito pelo motivo da mudança pedida.*

Com um distanciamento tranquilo, Liv se viu seguindo os passos para pedir oficialmente o resultado da autópsia do marido. Dias depois, estava sozinha no escritório quando recebeu uma mensagem com um PDF anexado. Era uma tarde nublada de sexta-feira. Savannah estava fazendo algumas devoluções. Ben estava na escola. A casa estava em total silêncio.

Nervosa demais para se sentar, ela ficou andando de um lado para o outro do escritório, tentando criar coragem para abrir o PDF.

O paciente era um homem branco de 49 anos...

Liv respirou fundo, de maneira entrecortada, e desviou os olhos. Ela precisou de alguns minutos para se recompor e voltar ao relatório. Passou os olhos depressa pela prosa fria — depressa demais.

coração apresentava hipertrofia assimétrica e concêntrica
vasos sanguíneos com formol a 10%
cardiomiopatia hipertrófica
paciente com alto risco de parada cardíaca súbita

Liv afundou no sofá rosa-claro, sem chão.

Alto risco. Parada cardíaca súbita

    Nas horas que se seguiram, o passado de Eliot alcançaria o presente. Seu estranho comportamento nos meses anteriores à sua morte faria sentido de um jeito horrível. Sua dissimulação. A alternância entre excesso de carinho e distância bruta. As consultas médicas. O caso.
    Eliot vinha levando a vida com uma bomba-relógio no lugar do coração. E sabia daquilo.

## 73

O público do Zinc Bar estava de pé e ombro a ombro quando Darlene começou a música com que costumava fechar o set:

— *They tried to make me go to rehab, I said, No, no, no.*

Embora os estudantes, turistas e locais cantassem junto, dançando com taças de vinho barato na mão, algo faltava.

Eletricidade.

Química.

Zach.

O que estava faltando era Zach. Ninguém dançava em cima das mesas, se pegava ou virava *shots*. A energia dionisíaca que ele emprestava àquilo, e a tudo, estava ausente.

Darlene encerrou a música. Os músicos muito capazes, ainda que não especialmente carismáticos, fizeram uma mesura rápida. O público aplaudiu. Mas não vibrou. Ou gritou. Ou bateu os pés. Darlene não podia culpá-los. Era doloroso admitir, mas era verdade: Zach a tornava uma profissional melhor. Ele a tornava uma pessoa melhor, e ponto final. Mas ele tinha desaparecido. Retirara-se por completo da vida dela. Tinha se embrenhado tanto, por tanto tempo, que Darlene nem acreditava que sua ausência era possível. Só que era. Ele não respondia a suas mensagens e não atendia suas ligações.

Enquanto Darlene guardava o equipamento, o atendente no bar sinalizou para que ela se aproximasse e ofereceu uma dose. Darlene negou com a cabeça: não via graça em se embebedar sem Zach. O cara deu de ombros e bebeu ele mesmo.

— Ei, fiquei sabendo do Zach — ele disse. — Que pena.

A adrenalina percorreu seu corpo.

— Ficou sabendo o quê?

— Que ele largou a música ou coisa do tipo.

Zach tinha largado a música? *Largado a música?*

Quando Darlene foi ao apartamento de Zach, o porteiro sorridente a reconheceu e ligou para ele na hora. Então seu sorriso se desfizera.

Ela tentara se perder no EP, que deveria ser o motivo de tudo aquilo. Em vez de usar os 25 mil de Zach, que ela definitivamente não ia aceitar, Darlene usara todas as suas economias para pagar o adiantamento do produtor, dizendo a si mesma que, quando fechasse um contrato para gravar, aquilo se compensaria.

Mas aquela fora outra decepção gigantesca.

Darlene mandara dez músicas ao produtor. Eles tinham ouvido todas no estúdio dele no Harlem. A animação inicial dela se transformara em pânico quando, música após música, só recebia um reconhecimento contido dele, sem qualquer entusiasmo real. "Segredinho" era a última. Ela precisara reunir todas as suas forças para manter o controle enquanto tocava.

*Ele é meu maior segredo. Acho que é pra valer.*
*Gosto de correr, mas com ele fico imóvel.*
*Quando se trata de guardar segredos*
*Sou simplesmente a rainha*
*Tranco com a chave e guardo na bainha*
*Mas você me faz baixar a guarda*
*Faz com que eu fique toda atrapalhada*
*E foi o único que fez com que me sentisse em casa.*

— Essa — o produtor disse. — Essa tem potencial.

— Ah — Darlene disse, com uma surpresa dolorida. — Meio que escrevia essa com alguém. Com um... antigo amigo.

O produtor perguntou se o "antigo amigo" havia assinado um contrato garantindo que a música pertencia aos dois.

Claro que não era o caso. Aparentemente, ele tinha "largado a música".

Sem contrato, o produtor não estava disposto a trabalhar com "Segredinho". Sem aquilo, ele não tinha nenhum interesse em Darlene.

Ela saiu do estúdio atordoada e deu com o tumulto da rua, com carros buzinando, uma mulher discutindo ao celular, música saindo de uma janela à distância e cachorros latindo. Uma confusão sem ritmo de ruídos aleatórios.

# 74

Zach olhava para o teto em silêncio, sozinho no apartamento. Sua cama estava coberta de livros de política — seu mais novo remédio. Ele lia, ouvia *podcasts*, via as notícias perturbadoras e distópicas na TV. Não ouvia música, não tocava e nunca pensava a respeito. Porque música era Darlene. E, quando se estava naquele estado de espírito, *todas* as músicas eram sobre amor, mulheres ou ter o coração batido no liquidificador. Zach não conseguia suportar aquilo.

Lembranças de coisas que ela havia dito ou feito o atacavam a qualquer hora do dia. Estranhamente, um momento continuava voltando à cabeça dele, daquele casamento em maio, no qual Zia havia conhecido Clay. Algo que Darlene dissera então e em que ele não conseguia parar de pensar.

*Não quero que o sucesso me seja entregado de bandeja. Quero fazer por merecer.*

Zach tinha se juntado a um grupo ativista local que pretendia registrar mais pessoas para votar, o que era bom, fazia com que se sentisse produtivo. Quando uma ativista bem fofa o convidara para sair para beber alguma coisa, Zach recusara educadamente. Ele arrastava seu coração partido e inútil consigo como uma pilha de lixo, torcendo para que o tempo fizesse o que o ditado garantia e curasse aquela ferida.

Mas ainda não tinha curado. Zach sentia saudade dela. E como! Tinha feito parecer que não a amava mais, só que não era verdade. Ele seria incapaz de descartar seus sentimentos, mesmo que quisesse. Sentia falta da colega de banda. Sentia falta da melhor amiga. Sentia falta da namorada. Simplesmente sentia falta dela. Mas toda vez que Darlene escrevia — *Por favor, por favor, me liga* — ele ouvia as tais palavras: *Eu preferiria casar com um asno a namorar Zach Livingstone.* Sua garganta se fechava, seu estômago começava a se revirar e ele atirava a porcaria do celular do outro lado do cômodo. Darlene não se importava com ele: só havia dito aquilo porque se sentia mal por ter sido pega no pulo. Beijar era fácil, mas amar não era, e havia tanta coisa que Zach não compreendia sobre ela, sobre o mundo dela e suas lutas. E que nunca poderia compreender. Porque era um cara branco idiota com o cérebro de um animal qualquer.

— Posso ter a atenção de todos, por favor?

Mark Livingstone batera o garfo de sobremesa contra a própria taça de vinho. O ruído claro e alto atravessou o cômodo lotado. A festa de aniversário de 27 anos de Zach tinha sido originalmente planejada como um piquenique no domingo, mas a chuva congelante que castigava a Costa Leste transferira os planos para o salão formal à entrada da propriedade. Parentes e amigos da família beliscavam sanduichinhos e *petit fours*, enquanto se ouvia a melodia contida do *Concerto para violino no 1 em lá menor*, de Bach. Os amigos músicos de Zach, todos desalinhados e de diferentes estratos sociais, pareciam perplexos ou irônicos quanto à elegância que os cercava. Zach andara melancólico demais para recusar os planos da mãe, e agora era o convidado de honra de um chá da tarde ridículo. Ele não tinha vontade nem encher a cara.

Mas só um asno seria ingrato em relação a todo o privilégio que o cercava, e àquelas pessoas que genuinamente se importavam com ele. Zach tentou ser agradecido às muitas bênçãos que havia recebido — e conseguiu. Mas a única coisa que ele realmente queria, a única mulher que ele realmente queria, o considerava um idiota. De modo que provavelmente era aquilo que Zach era mesmo. Seu peito doía. Não tinha parado de doer desde o casamento da irmã. Zach se jogara em um sofá nos fundos do salão, só para que sua mãe tocasse seus ombros — *Olhe a postura, meu bem* — e se sentasse ao seu lado.

— Silêncio, por favor — Mark pediu, com a voz estrondosa, e todos se calaram. Tinham feito três discursos bem mais ou menos até então: primeiro a tia-avó dele, depois um dos sócios do pai, depois um amigo da família de quem Zach nem gostava. Por sorte, o do pai dele foi o último. — Foi um grande ano para a família Livingstone — começou Mark. — Catherine está fazendo um excelente trabalho no conselho da Save the Children — a mãe de Zach abaixou a cabeça diante dos aplausos contidos — e muitos de vocês estiveram presentes no casamento da minha filha, Imogene, com a adorável Mina, no mês passado. — Os aplausos aumentaram. Imogene beliscou a bunda de Mina. Mina deu uma cotovelada nela, escondendo um sorriso. — Mas estamos aqui hoje para celebrar meu filho, Zachary Bartholomew Livingstone, em seu aniversário de 27 anos. — Zach conseguiu abrir um sorriso sem graça. Imogene olhou para ele, com uma expressão empática. Ela e Mina eram as únicas que sabiam do verdadeiro sofrimento pelo qual passava o aniversariante do dia. — Como muitos de vocês sabem — Mark prosseguiu —, Zach passou a juventude… na farra.

Ouviram-se risadinhas nervosas — porque todos sabiam daquilo.

— Mas, este ano, começamos a ver uma mudança real nele. Na verdade, este verão, Zachary passou a se interessar enormemente por política. E fico feliz em informar que vai começar um estágio remunerado com uma congressista local.

A multidão aplaudiu, surpresa.

— É só um dia por semana — Zach resmungou, constrangido.

A mãe fez "xiu" para ele, sussurrando por cima dos aplausos:

— Sei que as coisas não deram certo com Darlene, mas estamos muito impressionados com você este ano. — Ela se aproximou mais dele no sofá desconfortável. — Você vai receber seu dinheiro.

Aquilo o irritou. Se não fosse por aquela história do dinheiro, talvez ele e Darlene acabariam ficando juntos naturalmente, e ela estaria ali ao seu lado, segurando sua mão e trocando sorrisinhos secretos com ele.

— Obrigado, mãe, mas pode ficar com tudo. Eu me viro sozinho.

O pai dele começou a dizer algo sobre o valor do trabalho duro.

A testa de Catherine tentou se franzir.

— Zach, estou dizendo que você pode ficar com o dinheiro.

— E eu estou dizendo que não quero — ele falou. — Vou ganhar dinheiro eu mesmo. Sou plenamente capaz disso. Pode doar tudo para a União Americana pelas Liberdades Civis ou algo do tipo.

A mãe dele pareceu simplesmente embasbacada.

— Este ano, tivemos um vislumbre do homem que ele vai se tornar — Mark continuou falando. — Responsável. Maduro. Sério. E eu não poderia estar mais orgulhoso. — Mark ergueu sua taça. — Ao meu filho. Feliz aniversário, Zachary.

— Feliz aniversário, Zachary — ecoaram os convidados.

— Obrigado. — Zach ergueu uma mão sem energia em reconhecimento. — Muito obrigado.

— Muito bem, pessoal. — A mãe dele já estava de pé. — Vamos para a cozinha cortar o bolo.

O barulho das conversas voltou a se elevar. Zach se determinou a enfrentar o fim da festa. Quanto mais cedo acabasse, mais cedo estaria de volta a Manhattan, com a cabeça debaixo do edredom, onde poderia ficar até...

— Eu gostaria de dizer alguma coisa.

Zach congelou. Ele conhecia aquela voz. Aquela voz clara, musical, *linda.*

Os convidados abriram espaço para que Darlene Mitchell avançasse.

# 75

O tempo não tornou a perda de Clay mais fácil. A única coisa que fez foi desviar a obsessão nacional pela infame foto dele pelado do centro das atenções. O ciclo de notícias se movia com o ritmo e a responsabilidade de um motorista bêbado. O corpo nu de Clay Russo fora uma breve distração de novas estatísticas assustadoras relacionadas a poluição e discussões sobre o sistema de saúde. Mas Zia continuava pensando naquilo. E nele.

Ainda estaria bravo quanto ao que havia acontecido?

Ainda pensaria nela?

Tinha ouvido as mensagens de voz que ela havia deixado?

Zia não fazia ideia. Assim, tentou esquecer Clay.

A princípio, trabalhar em um casamento da Amor em Nova York na Brooklyn Winery pareceu uma boa ideia. Ficava perto de casa, ganharia um bom dinheiro e trabalharia com pessoas que eram mais suas amigas que colegas de trabalho. Mas, enquanto brinde após brinde celebrava o casal feliz, as defesas de Zia começavam a fraquejar. Quando teve início a primeira dança do casal, o luto tomou conta do peito dela, com força total. Ela se viu em um beco lateral, atordoada e sem fôlego, tentando não chorar. Alguém chamou seu nome. Era Liv.

Zia se assustou.

— Desculpe, eu estava só... — Os dois acordados até tarde, vendo filmes antigos. — Precisei de um momento, mas... — Fazendo sexo no chuveiro.

— Só, hã... — Conversando sobre tudo e sobre nada, abraçados na cama, a cidade como um sonho cintilante a distância.

Era demais. Zia deixou o rosto cair nas mãos e começou a chorar.

Liv a abraçou e procurou tranquilizá-la.

— Shhh. Está tudo bem.

— É que... tenho tanta... saudade dele — Zia disse, entre soluços de choro.

— Eu sei, querida. Ah, eu sei. — E Liv sabia mesmo. Era uma viúva. — Você não tem família aqui, tem?

— Não.

Zia ainda levava os sobrinhos ao parque uma ou duas vezes por semana. Mas, toda vez que olhava para a irmã, tudo o que enxergava era uma venalidade fria e cruel.

Liv ofereceu um lenço a Zia e tirou o cabelo da outra da frente do rosto.

— Por que não vem jantar amanhã? Sam vai cozinhar. Aí podemos falar sobre isso, ou não. Como quiser.

— Obrigada, Liv — Zia disse. — Vou adorar.

— Ótimo. Fica aqui mais um minuto, depois volta, tá?

— Tá.

Liv voltou lá para dentro. Zia se recompôs. Ela ia seguir em frente. Sabia que precisava fazer aquilo. Mas, pelo menos uma vez por dia, não conseguia evitar pensar nele. Sozinho em seu *trailer*, com a mandíbula tensa, os olhos dourados parecendo reflexivos. Arrependido. Com saudade dela.

# 76

Quando a intensidade das gravações de *Nossa selva* finalmente chegou ao fim, Clay se viu retornando a uma realidade amarga e solitária.

Ele tinha dificuldade de se reconhecer no homem que havia tido uma reação tão exagerada à fotografia que viralizara. Pareciam ações do Clay da ilusão, do Clay inventado. Aquilo que mais temia que acontecesse — o Clay da ilusão assumir o controle da sua vida — havia acontecido.

Ele havia sido um babaca controlador. Tinha estragado tudo.

Mas já fazia semanas. Ainda que sentisse falta de Zia, a melhor coisa que poderia fazer por ela era deixá-la em paz. Quando a maquiadora que vinha dando em cima dele pôs uma mão em sua coxa durante a festa de encerramento, Clay se inclinou para ela, fingindo interesse. Então se lembrou de quando Zia fingira ser maquiadora para devolver sua carteira. Como tinha sido fácil entre os dois, e empolgante. A faísca que havia entre ele e a maquiadora, a qual Clay esperava que se transformasse em um fogo purificador, se apagou na mesma hora.

De volta a Nova York, o apartamento na cobertura parecia imenso e vazio. Um assistente — um estudante ansioso que haviam mandado para buscá-lo no aeroporto — o ajudara com a bagagem e agora falava sobre a programação de reuniões, ligações, aparições e convites daquela semana. Clay nem ouvia direito enquanto via o que tinha dentro da geladeira. Nada além de condimentos. A perspectiva de pedir mercado e cozinhar só para si lhe pareceu deprimente. Lá fora, a cidade parecia cinza. Antes, a chuva parecia aconchegante, com velas e abajures acesos, e o cheiro dos óleos essenciais dela...

— Posso fazer mais alguma coisa pelo senhor?

O assistente já estava à porta do elevador, piscando atrás dos óculos fundo de garrafa.

— Não. Obrigado.

— Se precisar, é só chamar. Ah, isto chegou — ele acrescentou. — Entrega especial. Da lavanderia.

O coração de Clay parou na mesma hora.

*Da lavanderia.* Era a piada que sempre faziam, os dois!

Ele se virou tão rápido que quase perdeu o equilíbrio.

O assistente estava segurando um *smoking* no cabide, envolto no saco plástico fino da lavanderia.

Ah. Claro. O *smoking* que havia usado no casamento de Dave. Clay finalmente o havia mandado para a lavanderia. Tratava-se mesmo de uma entrega especial da lavanderia.

O assistente olhou para o traje.

— O senhor estava esperando outra coisa?

Quando conhecera Zia, Clay estava usando aquela roupa. Os dois quase tinham se beijado pela primeira vez enquanto ela abotoava sua camisa, que havia sido manchada de vinho. Clay pendurou o *smoking*, sem saber se ria ou chorava. Só havia uma pessoa para quem gostaria de contar aquela história. Alguém com quem não falava há longas seis semanas.

Alguém cujas mensagens de voz de partir o coração ele havia ouvido pelo menos umas cem vezes.

Algo mais forte que desejo crescia dentro dele, chegando ao peito. Ele ligou.

— O número para o qual você ligou não existe mais.

Ele sentia seu coração batendo até na ponta dos dedos. Entrou nos contatos do celular e encontrou o número de Darlene. Ela atendeu no segundo toque, parecendo surpresa e ligeiramente desconfiada.

— Clay.

— Oi, Darlene. Quanto tempo. Eu estava, hum, procurando por Zia. Parece que o número dela não existe mais.

Houve uma pausa.

— Ela acabou de sair daqui.

Ele sentiu uma lufada de alívio. Zia ainda existia. Darlene tinha acabado de vê-la.

— Quando Zia volta? Você tem o número novo dela?

— Zia acabou de ir para o aeroporto.

Uma sirene soou dentro da cabeça de Clay. Ele parou de andar de um lado para o outro, fixando-se num ponto.

— Pra onde ela vai?

Darlene hesitou.

— Papua-Nova Guiné.

Ele perdeu o chão.

— Quê? Quando? Por quê?

— Não sei se posso te contar.

— *Por favor.*

Houve outra pausa excruciante.

— Ela aceitou um trabalho de coordenadora lá. Houve um furacão. Nossa, seu *timing* é péssimo, Clay.

— Me manda o número do voo dela por mensagem, por favor.

Silêncio. Parecia que Darlene estava dirigindo. Ele ouvia o ruído molhado do limpador se movendo de forma rítmica contra o vidro e Jimi Hendrix tocando baixo.

— Darlene, eu estraguei tudo. Deixei que o Clay da ilusão... é difícil explicar, mas preciso ver Zia. E pedir desculpas. Por tudo.

Darlene suspirou.

— Eu te mando uma mensagem. Mas, se magoar Zia assim de novo, vou acabar com você.

— Combinado. — Clay desligou e deu meia-volta. Precisava colocar os sapatos, chamar o motorista, pegar um casaco...

*Espera.* Ele parou. Balançou a cabeça. Respirou fundo.

Não podia estar fazendo aquilo. Ia mesmo fazer aquilo? Correr para o aeroporto para recuperar a mulher que amava?

E ali estava: *a mulher que amava.*

— Russo — Clay grunhiu, batendo na testa com a palma da mão. — Você é um completo *idiota*. — Ele ligou para o novo assistente. — Preciso de uma passagem de avião. Para qualquer lugar. Que saia do... — ele verificou a mensagem que Darlene havia mandado. — Sei lá. De onde quer que o voo HA51 vá sair.

O assistente fez algumas perguntas.

— Não sei o aeroporto! — Clay enfiou o pé no tênis, pulando em uma perna só. — Eu te repasso a mensagem. Quê? Se eu o quê?

O assistente continuava falando.

— Não me importo com milhas! — Clay havia posto o sapato no pé errado. Quase perdeu o equilíbrio quando tentou trocar, pressionando o celular com o ombro contra a orelha. Então percebeu o absurdo cômico daquilo, e sentiu uma vontade inesperada de rir. — Não, não preciso de malas! Não, não volte aqui!

Nos três filmes em que Clay havia feito uma cena em que corria atrás do amor de sua vida, nunca houvera problemas de logística. Mas era daquilo que ele queria se lembrar: da emoção das trapalhadas, da confusão, das tolices. As partes de sua vida que eram só dele. E só dela.

# 77

Ver Darlene foi como ver água caso fosse um homem morrendo de sede. Seus cachos estavam naturais e ela estava vestida de maneira simples, de *jeans* e uma blusa amarela. Era a mulher mais bonita da festa, dos Estados Unidos, do planeta todo. E estava ali. Na casa dos pais dele. Com os olhos plenos e expressivos voltados para ele. Sentindo o antídoto para seu estado atual, o coração de Zach começou a bater contra a caixa torácica como um presidiário exigindo comida.

— Meu... meu nome é Darlene. Sou a...

Zach não a culpava. O que ela era dele? O que ele era dela?

— Ex-namorada de Zach — foi o que Darlene escolheu. — Mas também tocamos... *tocávamos* juntos. E, embora fique encantada, e um pouco surpresa, para ser sincera, que ele esteja começando uma carreira política, acho que temos que reconhecer o talento único de Zach Livingstone.

Alguns dos amigos músicos de Zach — na verdade, amigos músicos dos dois — gritaram:

— Boa!

— Zach fez um teste para mim há uns dois anos — Darlene disse. — Ele chegou quarenta e cinco minutos atrasado — todos deram risada, porque aquilo não os surpreendia —, então eu já estava bem irritada. Tinha certeza de que não trabalharia com alguém tão pouco profissional. Só que aí ele começou a tocar. E eu nunca havia visto nada igual. Sem partitura, sem aquecimento. Zach simplesmente se sentou ao piano e tocou como se a música *fluísse* dele. Perguntei se tocava algum outro instrumento. Zach disse: "É, um pouco de guitarra".

A imitação que Darlene fez de Zach rendeu risadinhas coletivas. A expressão de Mark parecia sombria, mas Catherine riu também. Zach não conseguia tirar os olhos de Darlene. Uma sensação estranha e calorosa se retorcia dentro dele.

— Então Zach pegou a guitarra e começou a tocar "Voodoo Child", do Jimmy Hendrix. Que, pra quem não sabe, é uma música bem complicada, que o Zach parecia tocar com os pés nas costas.

— Eu só estava tentando te impressionar — Zach disse, e todo mundo riu.

— Funcionou — Darlene confirmou, e o sorriso dela transformou as entranhas dele em uma bagunça derretida e agitada. — Zach tem uma carreira incrível como músico profissional pela frente, se for o que quiser fazer. E espero que seja, porque, bom, preciso dele. Digo isso sem querer ser desrespeitosa, sr. Livingstone, mas se Zach se tornar alguém apenas responsável, maduro e sério, o mundo vai acabar perdendo a pessoa mais carismática, engraçada e divertida que já conheci.

Os mais jovens irromperam em aplausos. Zach sentiu que sorria pela primeira vez em muito tempo.

— Então vamos todos brindar a Zach. — Ela olhou para ele. — Exatamente como ele é.

Os convidados brindaram, depois a mãe de Zach insistiu que era hora do bolo. Todo mundo se dirigiu à cozinha.

Zach não havia tirado os olhos de Darlene. Ela fez um sinal de cabeça, indicando um canto vazio do cômodo.

— D-Dee — Zach disse, quando os dois estavam a sós. — Foi muito legal da sua parte...

— Desculpe, Zach — Darlene falou por cima dele. — Desculpe pelo que eu fiz. Você não tem nenhum bom motivo para acreditar em mim. Mas espero que acredite. Preciso de você.

O mundo em volta dele pareceu parar.

— Por quê?

— Porque... — Os olhos dela brilhavam de emoção. — Porque você é o homem pra mim.

Alguém o chamava na cozinha, para que ele assoprasse as velas do bolo. Zach nem ouviu.

Darlene continuou falando:

— Essas semanas separados foram as piores de toda a minha vida. — Sua voz saía trêmula. — Eu tinha medo de me permitir amar alguém. De permitir que alguém me amasse. Agora não tenho mais. — Darlene olhou para ele, e só havia os dois ali, Darlene e Zach. — Eu te amo, Zach. Tanto que isso me deixa louca.

Zach soltou o ar. A dor em seu peito cessou, substituída por um calor puro e pacífico. Ele sorriu, sentindo como se tivesse escalado um muro. Darlene sorriu de volta, e, nossa, como ela era linda! Zach a abraçou e a puxou para mais perto. Ela soltou um ruidinho aliviado e enlaçou o pescoço dele. A sensação de Darlene em seus braços era tão boa, tão certa. Ele nunca a perderia. Nunca.

— Eu também te amo, Dee. Sempre amei.

Zach pressionou os lábios contra os dela, então Darlene retribuiu o beijo, repetidamente, até que estivessem ambos rindo, de repente um pouco sem graça e um pouco fora de si.

Alguém estourou o champanhe.

*Bum.* O começo de uma nova vida.

— Boa! — Zach sorriu para a namorada. — Vamos encher a cara.

— Esse é o meu homem — Darlene disse, e era verdade. Ele era dela, e ela era dele.

Imogene botou "Voodoo Child" para tocar, e todo mundo começou a dançar. A festa ficou deliciosamente febril, celebrativa, *divertida*. E tudo no mundinho de Darlene Mitchell e Zach Livingstone, em meio a um planeta grande e complicado, estava exatamente como deveria ser.

# 78

— O voo HA51 para Honolulu está pronto para embarque geral. Todos os passageiros devem estar com o cartão de embarque em mãos.

Zia pegou a mochila e entrou na fila de passageiros aguardando para embarcar no primeiro de três voos que a levariam a Porto Moresby, em Papua-Nova Guiné. O tempo total de voo estimado era de 59 horas e 45 minutos. Ela havia se esquecido de separar uma almofada de pescoço. E comida.

Em geral, enquanto esperava para embarcar, mesmo quando a fila era longa, Zia ficava animada. Mas deixar Nova York nunca tinha sido tão difícil. Seus dedos encontraram a corrente de ouro que ela ainda usava no pescoço. Com o ideograma japonês para luz. Todo dia, ela acordava e se dizia que aquele seria o dia em que ia tirá-lo. E toda noite Zia ia para a cama sentindo seu calor contra a pele.

A fila andou.

Quando fora a Tóquio com Clay, eles não tinham pego fila. Quinze minutos depois que o motorista o deixara em um pequeno aeroporto de Nova Jersey, o avião dos dois já decolara. Não tinham precisado passar na alfândega, no controle de segurança ou fazer *check-in*. Parecera menos com viajar de avião e mais com relaxar em uma sala pequena mas confortável. O comissário de bordo simpático (um só para três passageiros) havia pedido tudo do restaurante preferido de Clay. Eles comeram macarrão *cacio e pepe* e peixe-espada grelhado, servidos com talheres de prata e harmonizados com vinhos. Mas não eram os luxos passados que faziam seu coração doer, e sim a companhia. Clay fora tão fofo naquela viagem. Tão atencioso. E ficara tão feliz. Assim como ela. Os dois estavam no estágio inicial da paixão.

*Esquece o cara*, ela se instruiu, com firmeza. *Você está indo ajudar pessoas que realmente precisam. Vai ser muito gratificante.*

A fila andou mais um pouco. Zia acenou para que uma comissária de bordo apressada se aproximasse.

— Como é a comida no voo?

— Nada digno de nota — a comissária respondeu, irônica.

O que quer que aquilo significasse. Zia olhou em volta, procurando um lugar onde pudesse comprar uma salada a um preço exorbitante.

Foi então que ela viu. Algum tipo de... comoção do outro lado do aeroporto. Um homem. Correndo para o portão dela, seguido por uma multidão considerável. Zia sentiu uma pontada de pânico no peito — terrorismo? — antes de ouvir as risadas. As pessoas vibrando.

Havia algo de familiar naquele homem...

Tudo em volta de Zia se deformou e desacelerou. O cartão de embarque tremulou em seus dedos.

— Zia! — Clay gritou, acenando. — Zia, espera!

O rosto dele estava vermelho, molhado de suor ou chuva, e a camisa estava ensopada. Havia *centenas* de pessoas atrás dele, como se fosse um festival ou uma rebelião. Seguranças frenéticos do aeroporto tentavam dispersar a multidão, mas ela era grande demais, e estava focada demais em Clay. Ninguém queria perder aquilo.

O que quer que fosse.

Ele parou a uns seis metros dela, ofegante e com os olhos arregalados.

— Zia — Clay disse, arfando. — Oi.

A fila para embarcar tinha se transformado num aglomerado em torno deles. Alguém empurrou Zia de leve pelas costas, fazendo com que ela avançasse alguns passos. Como Clay podia estar ali, em público? Como havia conseguido chegar até o portão dela — tinha uma passagem também? Para um voo que não ia pegar? Todo mundo sussurrava, apontava, filmava com o celular. *É ela, a mulher da foto.*

Finalmente, Clay recuperou o fôlego. Ele passou uma mão pelo cabelo e, meu Deus, como estava lindo. Não por causa do bronzeado, dos músculos sólidos, da barba por fazer cobrindo o maxilar. Por causa do seu sorriso. Um sorriso iluminado por muitos *megawatts*.

— Ei — Clay disse a Zia. — Está indo a algum lugar?

— Hum, é — ela conseguiu dizer, e a multidão riu.

Clay apertou os olhos para ela e fez uma careta. Estava *curtindo* aquilo.

— Que pena. Ia ver se você estava livre para jantar.

Risadas, suspiros e vários "ai-meu-deus" chegaram da multidão cada vez maior.

— Bom, você chegou tarde — Zia disse a ele, incapaz de reprimir um sorriso.

— Pois é, imaginei. Imaginei que você diria isso. — Clay deu alguns passos na direção dela, e a multidão se moveu junto, como se por mágica. Ele usou um tom mais brando para dizer: — Zia, fui um babaca sem tamanho. Nunca deveria ter te afastado. Desculpa, linda.

Ela sabia, pelo brilho consciente nos olhos dele, que Clay tinha noção de que estava usando os clichês de todas as cenas de aeroporto dos filmes — mas, ao mesmo tempo, estava sendo totalmente sincero. De modo que aquilo não era nada clichê.

— Fui uma babaca também. Nunca deveria ter...

Zia olhou em volta, pouco à vontade. Havia milhões de celulares apontados para ela.

Clay fez um gesto alegre de mão.

— Pode falar. Você nunca deveria ter tirado uma foto do meu pau.

A multidão irrompeu em risos. Cada centímetro da pele de Zia ardia. Era *impossível* que ele estivesse ali, em *público*.

Clay deu de ombros e gritou por cima da multidão inflamada:

— Todos cometemos erros.

— E seu pau é incrível! — alguém gritou.

Clay riu. Ele *riu*.

— Viu? Meu pau é incrível.

Então o rosto dele ficou sério e a multidão ficou em silêncio. Clay deu outro passo adiante, totalmente focado em Zia.

— Zia — ele disse, tão baixo que ela mal o ouviu. — Antes que você embarque, preciso te dizer uma coisa. Algo que deveria ter dito meses atrás.

Parecia que todo mundo num raio de dez quilômetros prendia o fôlego. Incluindo Zia. Ela mal conseguiu falar.

— O quê?

Os olhos dele continuavam fixos nos dela. Olhos da cor do pôr do sol. Olhos que Zia conhecia tão bem.

— Eu te amo.

Zia nem ouviu a multidão arfando e gritando. Nem viu os *flashes* das câmeras. Só viu Clay. E assentiu, com os olhos cheios de lágrimas.

— Também te amo, Clay.

Antes que os joelhos dela cedessem diante da insanidade daquilo tudo, ele a pegava nos braços e levava os lábios aos dela, abraçando-a e beijando-a.

Ao redor, a desordem era total e absoluta. Mas tudo o que Zia sentia era que aquilo era certo, com toda a clareza e tranquilidade.

Ela se afastou um pouco para olhar para ele. O embarque do voo continuava em andamento. Mas, se Zia ia a algum lugar, era para casa, com Clay.

— Você é maluco.

— E você é a mulher certa para mim — ele murmurou. — Sempre vai ser.

No que dizia respeito àquilo, Clay Russo estava totalmente correto.

# 79

Henry chamou Gorman.

— Querido, você viu minhas chaves?

— Acho que não. — Gorman passou a cabeça para fora da porta do banheiro. Ele passava um produto no cabelo. — Fico pronto em cinco minutos.

Era um domingo frio e chuvoso em Nova York. Em vez de ficar vegetando no sofá de calça de moletom, vendo *Dancing with the Stars*, Henry e Gorman iam sair para jantar no Frankies. Tinha sido ideia de Gorman.

— O que vamos comemorar? — Henry havia perguntado, enquanto cortava os espinhos de um maço de rosas cor de vinho. Embora a alta temporada de casamentos tivesse passado havia muito, com o verão, a Flower Power, Meu Bem! continuava cheia de clientes. — Terem prorrogado a temporada da peça?

*Lágrimas de uma lesma recalcitrante* ia ficar mais duas semanas em cartaz. Eles haviam recuperado o investimento e até tido algum lucro. Gorman tentava esconder, mas Henry sabia que ele estava orgulhoso.

Gorman só havia dado de ombros, girando uma rosa caída entre os dedos.

— Preciso de motivo para jantar com o amor da minha vida?

E, simples assim, Henry se decidira.

Ia pedir Gorman em casamento.

Por que esperar? Não estavam presos a normas arcaicas de gênero. E, desde que Henry decidira não ir adiante com Gilbert, as coisas tinham mudado para o casal. Os dois estavam mais propensos a perdoar. Mais amorosos. E discutiam menos. Certa abnegação se embrenhara no relacionamento. Henry se dera conta de que estava tão preocupado com a passagem do tempo e com sua lista de afazeres que perdera Gorman de vista. Não só alguém que ele amava, mas alguém com quem curtia a vida. Alguém que admirava. Agora, Henry estava desfrutando de seu relacionamento de maneira renovada, sentia seu comprometimento retribuído na mesma medida. Ele não ia desistir de seu futuro ideal: na verdade, estava se permitindo aproveitar a beleza do compromisso com todo o seu *potencial*.

Era hora. E Henry estava certo — 98% certo — de que Gorman aceitaria.

Ainda assim, as semanas anteriores com os nervos à flor da pele o tinham deixado um pouco atrapalhado. Agora, por exemplo, perdera as chaves, o que nunca fazia. Henry procurou em sacolas, na tigela que ficava à entrada do apartamento, entre as almofadas do sofá. Procurou em todos os bolsos de seus casacos, e depois no bolso do casaco de Gorman que estava pendurado perto da porta.

Seus dedos roçaram algo rígido e macio. Uma caixinha de veludo.

Um sorriso descrente se espalhou pelo rosto de Henry. O anel de ouro brilhou para ele.

Não era exatamente o mesmo que Henry tinha em seu próprio bolso no momento. Mas era parecido em tudo o que importava.

— Encontrou? — Gorman perguntou.

Henry devolveu a caixinha. Teve vontade de rir e chorar, estava eufórico e meio bobo. Mas se recompôs e gritou de volta:

— Não. Vamos com a sua chave mesmo.

Gorman entrou na sala. Henry perdeu o ar ao vê-lo. Alto e distinto. Seu homem. Seu grande amor. E, logo, seu marido. Gorman foi pegar o casaco.

— Está pronto?

Henry puxou Gorman para mais perto e deu um beijo demorado e amoroso na boca dele.

— Parece que ambos estamos.

## 80

Elas se encontraram em território neutro: um café orgânico perto do Prospect Park. Tarde, em um domingo chuvoso, Savannah e Honey eram as duas únicas sentadas à janelas que dava para um quintal alagado. A garçonete bonitinha — de camiseta sem manga e cabelo loiro-acinzentado, enrolado e volumoso — definitivamente deu uma secada em Honey enquanto servia os dois chás de gengibre, para depois deixá-las a sós.

Savannah não tinha certeza se aquilo tecnicamente era um término. Mas com certeza se sentia como se fosse. Ainda que partisse seu coração, ela sabia que não estava pronta para dar a Honey o que ela queria.

— Não quero estragar a chance de ter você na minha vida — Savannah disse a ela. — Você me ajudou a perceber tantas coisas em que quero pensar melhor agora. — Ela esticou o braço sobre a mesa e tocou a mão de Honey, hesitante. — Queria estar em um momento diferente. Sua clareza quanto a quem é e o que precisa são uma inspiração pra mim. Sua coragem me dá coragem.

Honey assentiu, desviando o rosto.

— Não vou fingir que não fico decepcionada. Gosto muito de você, Savannah. Muito. Mas estou pronta para namorar. Tipo, superpronta. Prontíssima.

As duas riram. Honey enxugou os olhos com um guardanapo de papel.

— Você vai conhecer alguém — Savannah disse. — Alguém que veja como você é maravilhosa.

A garçonete apareceu para repor os chás.

— Têm certeza de que não querem mais nada? — Ela passou os dedos pelo cabelo basto, os olhos se demorando em Honey. — Nada mesmo?

Savannah enrolou um cacho de cabelo no dedo. Talvez devesse usá-lo mais curto. Fazia muito tempo que tinha o mesmo corte.

— Ah, você vai ficar bem *mesmo*. — Savannah disse para Honey depois que a garçonete foi embora. — Ela estava dando em cima de você!

— Estava? — Honey virou o pescoço, procurando a garçonete com um sorriso tímido no rosto. — Talvez eu deva levar fora mais vezes.

Savannah se forçou a dar uma risada animada, até aliviada — mas saiu principalmente triste. Era cedo demais para falar da vida amorosa de Honey de maneira independente da dela. Mas era o que acontecia depois que se abria mão de alguém.

As duas se abraçaram debaixo do toldo do café, e Honey disse a Savannah para aparecer no restaurante, para tomar um uísque em nome dos velhos tempos. Savannah disse que faria aquilo, mas desconfiava que algo terminava ali. Honey subiu a rua depressa, pulando as poças e usando uma capa de chuva de um amarelo vívido. Então desapareceu.

Savannah pegou o celular. Tinha duas coisas que seus pais precisavam saber. Primeiro, que ela não ia voltar para casa. Continuaria em Nova York. Precisava viver sua vida, ainda que aquilo significasse decepcionar outras pessoas. Depois, Terry e Sherry precisavam parar de presumir que ela só tinha interesse por homens. Porque, quanto mais pensava a respeito, mais sentia que aquela não era a realidade. Savannah sabia que os dois iam se preocupar com ela. Queriam que fosse feliz. Por isso, tinha que dizer a eles que estava feliz. Apesar do término, estava mesmo.

Terry atendeu ao primeiro toque.

— Oi, docinho! Você ligou na hora certa. Estou fazendo hambúrguer de peru.

— Pai, você pode chamar a mamãe?

— Claro. Está tudo bem?

A chuva começou a diminuir. Era sempre gostoso sair depois de um dilúvio. Com as ruas molhadas e o cheiro terroso no ar, de brotos frescos. De uma nova vida. Savannah passou o celular para a outra orelha.

— Está. Está tudo ótimo.

# 81

Liv continuou tocando a vida. O outono foi movimentado, ainda que não como o verão. A Amor em Nova York se concentrou em se reunir com clientes em potencial, iniciar o planejamento dos casamentos do ano seguinte e acertar a contabilidade. Mas Eliot nunca ficava muito distante da mente de Liv.

Ele estivera doente.

O que o empurrara para Savannah fora o medo da morte. A constatação assustadora de que os papéis aparentemente eternos que as pessoas criam para organizar sua experiência — tornar-se esposa ou marido, mãe ou pai, dona ou dono de um negócio — eram só maneiras de esquecer nossa própria mortalidade. A transitoriedade e aparente insignificância de tudo o que é feito na Terra. Confrontado com isso, o homem com quem Liv havia se casado não pudera mais levar a mesma vida.

E ele não confidenciara nada daquilo a ela. Sua *esposa*.

Em retrospectiva (Liv andava passando a maior parte de seu tempo no passado), houvera um momento em que talvez ele tivesse pensado em contar. Mais ou menos na mesma época no ano anterior, quando a temperatura começara a cair. Eliot chegara tarde em casa e pendurara o casaco, ofegante. (Sem fôlego depois de uma caminhada de cinco minutos desde o metrô. Ela nem havia notado.)

— Oi — ele a cumprimentou com um beijo leve.

— Onde você estava? — ela perguntou, em vez de cumprimentá-lo. Tão fria quanto os lábios dele.

Eliot não respondeu, preferindo bater papo com Ben sobre a lição de casa até que Liv mandasse o filho subir para tomar banho. Eliot abriu uma garrafa de vinho tinto e se serviu de uma taça. A casa estava fria e silenciosa.

— Liv.

Ele disse aquilo de um jeito meio... inflamado.

Ela estava olhando os *e-mails*, distraída.

— Hum?

— Você nunca pensa no seu legado? — Eliot puxou uma cadeira da sala de jantar e se sentou onde Ben antes estivera. — Em como vai ser lembrada?

Liv nem tirou os olhos da tela.

— Não.

Ele ficou em silêncio por alguns minutos.

— Não sei direito como dizer isso...

— Ah, merda. Os Robinson querem agora o Hyatt em vez do Marriott! *Afe!*

— Liv...

— Não tenho tempo para essa história de legado agora. — Ela se afastou da bancada da cozinha e apontou para a frigideira. — Sobrou comida, mas depois você limpa, por favor? Isto não é um hotel.

Ela foi para o escritório e fechou a porta.

Tinha sido aquele o momento? O momento em que o homem com quem estava casada havia 22 anos tinha tentado lhe contar sobre uma questão de vida ou morte, e Liv o dispensara sem nem pensar?

Por problemas burocráticos? Por nada?

Ele estava sofrendo, e ela nem sabia. Tinha morrido sozinho em um quarto de hotel simples no Kentucky. A última coisa que vira provavelmente tinha sido a cortina bege e sem graça ou a luz do banheiro que ficara ligada.

Aquilo não isentava Eliot de culpa por tê-la enganado. Mas explicava por que o fizera. Sua ausência se expandiu. E ela teve saudade dele. Teve saudade dele como não vinha tendo havia meses. Teve saudade de como ele adorava picles e balas azedas em formato de minhoca. Teve saudade de como ele contava histórias em jantares e fazia todo mundo morrer de rir. Teve saudade até de suas alterações de humor. Ela teve saudade dele.

Sam e Dottie começaram a passar metade da semana na casa de Liv. Sam passou a televisão maior para a sala de TV, e a luz bruxuleante da tela chegava até mais adiante no corredor. Meias cor-de-rosa e calcinhas cheias de frufrus começaram a aparecer em meio à roupa para lavar. Algumas manhãs, Liv sentia o cheiro dos caldos e marinados que Sam preparava na cozinha. Aquilo era gostoso, mas estranho.

Uma noite, Liv estava cortando cenouras para as crianças levarem para a escola no dia seguinte quando visualizou Eliot, abrindo a porta do pátio e dando uma olhada lá dentro. Reconheceria o que havia visto? Ficaria aliviado por Liv ter seguido em frente? Ou bravo por ter sido substituído?

O clima passou de fresco a frio. Estava chegando. Passara-se quase um ano sem Eliot.

Foi na semana antes do Dia de Ação de Graças. Sam, Liv, Ben e Dottie estavam fazendo *pizza*. Ventava lá fora. O ar frio assoviava ao entrar pelas frestas das janelas.

— Vamos colocar abacaxi. — Liv procurou na despensa. — Deve ter uma lata aqui.

— Eca — Dottie fez. — De jeito nenhum.

Sam riu e fez uma careta.

— É, acho que não vai rolar, amor.

— A gente gosta de abacaxi. — Liv recorreu a Ben: — Não é?

O filho dela só deu de ombros, focado em acrescentar os tomates-cereja.

— Sam, é verdade que tomate é uma fruta, e não um legume?

O vento uivava. Uma emoção sombria subiu pela garganta de Liv.

— Você gosta — ela disse, mais alto. — Todos nós... papai e eu... a gente *gosta* de abacaxi.

— Tá bom, tá bom — Sam disse, surpreso. — A gente coloca em metade da *pizza*.

— Não — Liv disse. — *Em toda.*

Eles ouviram um estrondo do lado de fora, seguido por um baque. Todos pularam, virando na direção do quintal.

Um dos galhos do chorão havia caído na janela próxima da porta do pátio, estilhaçando o vidro. Uma lufada de ar soprou na cozinha. Dottie gritou.

— Está tudo bem, querida. — Sam a abraçou. — Foi só um galho que caiu. Ben, por que vocês não vão ver TV enquanto eu e sua mãe damos um jeito nisso? Agora, por favor.

As crianças saíram, aturdidas, mas também animadas por poderem ver mais TV.

Liv já estava lá fora.

Um ramo de tamanho considerável do chorão havia se quebrado. Um galho menor havia atingido a janela ao cair. Liv ficou ali, muda, com o vento batendo no cabelo.

— Não se preocupe. — Sam verificou onde o ramo havia caído e gritou por cima do vento: — Não fez muito estrago. Eu ligo pro cara pra ver o que a gente pode fazer.

Liv se sentou no galho. Era do tamanho do dorso dela, e aceitou seu peso cedendo apenas levemente. Ela cruzou as pernas. Tão perto do chão, sentia-se como uma criança.

— Querida? — Sam assomava sobre ela. — Acho melhor entrarmos.

As lágrimas fizeram os olhos de Liv arderem. Ela cruzou os braços. Gravetos e terra esvoaçavam pelo quintal escuro, machucando suas bochechas. Do outro lado da porta do pátio, uma luz amarela e quente iluminava a casa. Liv não se mexeu.

— Liv — Sam tentou de novo.

— Me deixa sozinha.

Liv o dispensou com um gesto, com medo de que fosse começar a chorar de verdade. Sua pele estava toda arrepiada. Ela tremia.

Sam ficou imóvel, com a expressão neutra, como se a convidasse a se explicar.

— Era a *nossa* árvore. — Os olhos dela passaram de galho a galho, tentando encontrar um lugar onde aterrissar. Os ramos sacudiam ao vento, uma confusão de sombras muito acima de sua cabeça. — Eu e Eliot plantamos esta árvore. E ele... ele... ele também estava morrendo.

Depois de Sam conseguir levá-la para dentro e fazer com que vestisse um casaquinho, Liv contou tudo para ele: o e-mail do advogado, o diagnóstico de Eliot.

— Eu não sabia — Liv disse, com raiva, de coração partido, envergonhada. — Ele não me contou.

— Tudo bem, amor — Sam continuava dizendo, acariciando seu braço. — Está tudo bem.

— Não sei se estou pronta. Não sei se...

— Está tudo bem, Liv. O que quer que você decida, não tem problema.

Sam continuou tentando reconfortá-la, mas tudo o que Liv ouvia era o vento assolando o jornal que ele usara para tapar o vidro quebrado.

Depois de uma longa conversa com um arborista local, Sam achou que era seguro passarem a noite ali.

— Ele vai vir amanhã cedo — Sam avisou, com delicadeza, e Liv assentiu.

Ela acordou antes do sol nascer. Sam a encontrou sentada no pátio. O quintal parecia uma zona de guerra. Folhas e lascas de madeira cobriam os canteiros fora de controle. A terra estava ferida.

Sam colocou uma manta sobre os ombros de Liv e se sentou ao seu lado. Ela se virou para ele.

— Não é como se eu estivesse apaixonada por ele nem nada do tipo. Mas não posso simplesmente apagar Eliot. Ele ainda é parte de mim. Parte de nós. De tudo isso — ela disse, indicando a casa e tudo dentro dela.

Sam assentiu, com as mãozorras cruzadas à frente do corpo.

— Eu te amo, Liv. Mas ainda estou lidando com o fim do meu casamento também. Não exijo que tenha superado Eliot para ficar comigo.

— Nossa — Liv murmurou, apertando a manta em torno do corpo. — Você é tão maduro.

Sam abriu um sorriso torto.

— Isso é outro modo de dizer "chato"?

— Não. — Liv soltou uma risadinha. — É um modo de dizer… maravilhoso.

Sam a abraçou, e ela se aconchegou nele. O ar frio da manhã cheirava a serragem. A limpeza e madeira. A Sam.

Eles deviam passar mais tempo ali. Reivindicar o quintal. Liv apontou para o ramo caído.

— Talvez a gente pudesse fazer uma mesa com essa madeira. Algo longo e sólido, que suporte algumas tempestades. Para jantares…

O rosto de Sam se iluminou.

— E aniversários.

Liv visualizou Ben e Dottie de beca e capelo. Jovens adultos com os olhos brilhando e seus próprios sonhos e esperanças. Um nó se formou em sua garganta, de emoção, depois se desfez.

— Formaturas.

— E outras comemorações nossas?

Os olhos de Sam pareciam fazer uma pergunta. Se ela queria aquilo. Ela queria.

— Isso — Liv respondeu. — E outras comemorações nossas.

Havia apenas uma estrela no céu acima deles, brilhante como um diamante no céu brando e cinzento.

# EPÍLOGO: AMOR EM CASA

**DOIS ANOS DEPOIS**

## Liv & Sam
### VÃO SE CASAR

Sábado, 24 de junho
Às 16h
No quintal
A cerimônia será seguida de jantar
na mesa de madeira

*"Amarei como se nunca tivesse
esquecido como amar."*
F. D. Soul

Não eram muitas noivas que passavam a manhã do casamento no cemitério. Mas Liv Goldenhorn não era uma noiva comum.

A lápide havia sofrido desgaste ao longo dos anos, e ficava melhor assim. Uma lápide novinha em folha era algo deprimente. Agora tinha personalidade, autoridade. Eliot finalmente estava envelhecendo bem.

Ben colocou um vidro de picles e um exemplar da seção de esportes do *New York Times* no túmulo do pai. Ele atualizou Eliot quanto a seus vários interesses e realizações: uma nota máxima em um prova recente sobre o sistema solar, como os Yankees estavam se saindo e a composteira que Sam havia construído no quintal, que era ao mesmo tempo nojenta e legal. Ben crescera vinte centímetros nos três anos desde a morte do pai, perdera a gordura infantil e não era mais uma criancinha.

— Teve uma chuva de meteoros semana passada. Mamãe me deixou ficar acordado até tardão pra ver. — Ele empurrou os óculos mais para trás no nariz. Seu pomo de adão, que vinha crescendo, se movimentou quando ele engoliu em seco. — Queria que você estivesse lá.

Sam colocou a mão no ombro de Ben.

— Por que a gente não vai dar uma volta e dá um tempinho pra sua mãe? — Ele tirou um saco de papel pardo da sacola que carregava no ombro. — Estão com fome?

Dottie olhou para o saco.

— Se for almoço, não. Se for doce, sim.

Liv e Sam se olharam, achando graça.

— Pra sua sorte, formiguinha, são rosquinhas de maçã — Sam disse.

O trio desapareceu atrás de um leve morro. Liv olhou para as palavras e datas gravadas na lápide, relendo tudo pela milésima vez. Mesmo depois de todos aqueles anos, ainda parecia inacreditável que ele tivesse partido.

— Bom, vou me casar hoje. — Dizer isso em voz alta fez com que ela não conseguisse se segurar e tivesse que rir. Liv ficou de joelhos e se acomodou na grama, respirando o ar quente de junho. — Você ia gostar dele, acho. Ah, vamos encarar: você provavelmente agiria como um babaca ciumento em relação a tudo isso. Mas ele é bom pra mim. E pro Ben. Ele ama a gente. E a gente o ama.

Ela arrancou uma folha de grama do chão e examinou a extremidade esbranquiçada. Era tranquilo ali. Agradável. Liv se recostou na lápide aquecida pelo sol, sentindo-se incrivelmente próxima do ex-marido.

Alguns minutos se passaram antes que ela voltasse a falar.

— Não guardo nenhuma mágoa. Quanto a nós, digo. Ah, tem coisas que gostaria que tivéssemos feito diferente. Eu poderia ter sido uma esposa melhor. Provavelmente deveria ter trabalhado menos. Provavelmente poderia ter iniciado o sexo mais vezes. Mas aprendi com tudo isso. Me tornei uma pessoa melhor. Vou ser uma esposa melhor dessa vez. Não revira os olhos pra mim, seu cretino — Liv acrescentou, apoiando-se na lápide para levantar. — Vou mesmo. Sei que vou.

A uma curta distância, Sam entrou em seu campo de visão. Dottie estava nos ombros dele, e Ben corria à frente. Os três conversavam e riam. Era um som caloroso e feliz.

— Não estou me despedindo para sempre. Você sempre vai ser o pai de Ben. Sempre vai ser meu primeiro amor. Mas não deixa de ser uma despedida, meu bem. Porque estou dando meu coração a outra pessoa, e tenho que dar todo ele para que a gente tenha uma chance. Espero que não tenha problema. — Ela franziu a testa, pensando melhor a respeito. — Por que estou meio que pedindo permissão? O coração é meu. Faço o que quiser com ele.

Liv inspirou fundo pelo nariz. Sentiu o cheiro quente e fragrante da terra e o aroma adocicado das flores. Considerando que aquele era um lugar onde se honrava os mortos, parecia estar cheio de vida. Porque sempre havia a vida, sempre havia movimento, impulso. Quem não estava morto estava vivo. Uma certeza tranquila a preencheu por dentro. Liv abriu um sorriso breve para a lápide e virou-se na direção de sua família, então voltou a dar meia-volta.

— Ah, e não vai pirar por causa disso, mas Savannah Shipley está namorando uma mulher.

Liv ria enquanto andava em direção ao noivo e aos filhos, imaginando o espanto e a descrença de Eliot.

Quando Sam e Liv tinham ficado noivos, a primeira coisa que Savannah dissera fora:

— Você tem que me deixar organizar o casamento.

— Você não quer dizer "parabéns"? — Liv provocou, feliz como uma criança.

— Ai, meu Deus, claro. Parabéns, vocês são perfeitos um pro outro, por favor, por favor, por favor, me deixa organizar o casamento. — Ela parecia ao mesmo tempo esperançosa e determinada. — Sozinha. Por conta própria.

Savannah nunca havia feito um casamento sozinha, do começo ao fim. Os fornecedores brincaram que aquela seria sua apresentação à sociedade da assessoria de casamentos. Por meses, Savannah se esforçara para aperfeiçoar cada detalhe.

— Vai mesmo deixar que ela faça *tudo*? — Gorman perguntara a Liv, enquanto voltava a encher a taça dela e os dois brindavam (de novo) a como Sam era *sexy*. — Isso não está te deixando louca, sua controladora?

Liv negara com a cabeça. No quintal cheio de folhas, Ben lia sobre viagem espacial enquanto Dottie corria usando um tutu de bailarina.

— Confio nela.

Gorman girava a aliança no dedo, distraído.

— A vida não é fascinante? — ele murmurara. — O modo como tudo se acerta.


Agora, quando Liv chegara do cemitério, Savannah a *vendara* para que subisse a escada até o quarto dela e de Sam, onde a noiva ia se arrumar.

— Não olha!

Em seu primeiro casamento, no templo Emanu-El, no Upper East Side, Liv apostara tudo em um vestido Vera Wang do tamanho de um pequeno planeta, e fora acompanhada por seis madrinhas usando seda roxa. Agora, seria diferente. Assim que pusera os olhos no vestido longo de renda creme que vira em um brechó do bairro, soubera que era aquele. Simples e elegante, o vestido evocava o glamour do Velho Mundo, e a manga três-quartos cobriria seu braço gordo.

Liv cuidou ela mesma de cabelo e maquiagem. Não usou cílios postiços, aplique ou pintura elaborada. Seu rosto era aquele. Ela preferia parecer alguém de 50 e poucos anos que alguém de 50 e poucos anos tentando parecer ter 30. Liv não queria ter 30. Queria estar exatamente onde estava.

Lá embaixo, o som dos convidados chegando preenchia a casa. Seus nervos estavam à flor da pele.

— Toque, toque. — Gorman enfiou a cabeça dentro do quarto. Ao vê-la, seus olhos se arregalaram. Depois ficaram embaçados. Ele levou uma mão aos lábios.

— Está assim ruim? — Liv brincou.

Ele deu um tapa nela.

— Para com isso.

Henry estava atrás dele, com as mãos atrás das costas.

— Sei que você queria tudo simples, mas...

— Toda rainha precisa de uma coroa — Gorman concluiu por eles. — E a gente entende bem disso.

Os dois revelaram uma coroa de flores elegante. Com rosas cor-de-rosa e lisases, e hastes douradas canadenses.

— Tudo do seu jardim — Gorman disse, orgulhoso. — Que está absolutamente...

Henry deu uma cotovelada nele.

— Não estraga a surpresa!

Liv se maravilhou com a criação deles.

— É linda. — Ela abraçou os dois, enxugando uma lágrima. — O dia já está perfeito. Como pode ficar ainda melhor?

Gorman ofereceu o braço a ela.

— Por que não se casa com um *chef* lindo para ver?

Savannah estava à porta. Seu rosto brilhava. Liv havia precisado de alguns dias para se acostumar com o novo cabelo. Mas o corte bob platinado combinava com a mulher que Savannah havia se tornado em Nova York.

— Estamos todos prontos pra você.

Plantas serpenteavam pela escada e seguiam pelo corredor. Liv se sentia a rainha das fadas, flutuando pela casa.

Quando ela viu o quintal, perdeu o fôlego. Estava todo florido. Centenas de garrafas transparentes com uma ou duas hastes coloridas suspensas ao longo da cerca nos fundos e nas laterais. Mais flores cobriam um caramanchão de madeira, com uma tira de seda marfim frouxamente amarrada. A multidão reunida, bem-vestida segundo a indicação "traje de verão elegante", ficou em silêncio. Com sua bela e clara voz, Darlene começou a cantar "Here Comes the Sun". Seu namorado, Zach, a acompanhava no violão.

— *Little darling, it's been a long, cold, lonely winter. Little darling, it feels like years since it's been here...*

Os dois planejavam excursionar pela Costa Leste para lançar seu álbum de estreia, *Segredinho*, mais ou menos na época do casamento. A banda estava estourando, mas eles não perderiam aquilo de jeito nenhum. Sam e Liv também eram parte de sua história de amor.

Ben e Dottie, parecendo angelicais vestidos de branco, espalhavam flores pelo corredor entre os convidados. Uma onda de risos irrompeu da multidão quando as flores de Dottie acabaram, e ela começou a jogar as que estavam na cesta de Ben. O coração de Liv inchou com a maneira graciosa como Ben deixava a futura meia-irmã ficar com os holofotes.

Gorman entrou com Liv em meio aos convidados reunidos. Todos os olhares estavam fixos nela, mas ela só via Sam. Seus olhos bondosos, seus ombros largos, suas mãos grandes. Grandes o bastante para pegá-la se — *quando* — caísse. Mas Liv se sentia forte o bastante para pegá-lo também. Só tirou os olhos dele quando chegou o momento de ler seus votos.

— Sam Woods — Liv começou. — Eu te amo. De maneira terna e desvairada, de todo o coração. Porque é muito fácil amar você.

Zach já estava com os olhos cheios de lágrimas. Darlene sorriu e o puxou para mais perto.

— No dia em que nos conhecemos, achei que você era um entregador tarado, por isso apontei uma banana na sua direção e ameacei te jogar na cadeia.

Todos riram.

— Você lidou com aquilo como lida com tudo na vida: com graciosidade impecável, um humor generoso e uma empatia infinita.

Sam enxugou uma lágrima.

— Uau, você nunca chora — Liv murmurou. — Acho que estou fazendo um bom trabalho.

Ele fez sinal de positivo para ela.

A um canto, Savannah riu em voz alta. Tudo corria *muito* bem.

Liv prosseguiu:

— Não somos jovenzinhos, nem eu nem você. Somos adultos, com uma vida grande e tumultuada, um coração grande e tumultuado. Não prometo um casamento perfeito, porque não acredito em casamentos perfeitos. Mas acredito em nós. Como companheiros. Como pais. Como seres humanos, tentando encontrar sentido nesse mundo também grande e tumultuado. Hoje, te escolho para ser meu marido porque você me faz feliz. Prometo te amar e respeitar. Prometo não trabalhar demais, não beber demais e não fazer você comer minha comida horrível.

Zia cutucou Clay, que sorriu e beijou a bochecha da esposa. Eles haviam se casado no Havaí, no ano anterior, em um evento de três dias com um grupo de salsa, muita comida italiana e duzentos convidados, entre familiares e amigos. A lua de mel fora numa praia privada. Para recordar a feliz ocasião, tiraram fotos de Polaroid.

— Sam Woods — Liv prosseguiu —, você é o cara certo para mim.

Sempre que me lembro da primeira vez que nos beijamos, nos degraus da entrada desta casa, uma palavra vem à minha mente: *lar*. Você é meu lar. Mal posso esperar para seguir em frente nessa grande história de amor, como sua esposa, sempre ao seu lado.

A multidão irrompeu em aplausos.

Gorman se desfazia em lágrimas. Henry passou um lenço a ele.

— Seu sentimental.

O marido dele enxugou os olhos.

— Você adora.

Henry apertou a mão de Gorman. Tinham acabado de receber a última visita da assistente social. Estavam prontos para adotar. Gorman tinha pintado o quarto do bebê com as próprias mãos.

— Adoro mesmo — Henry disse.

Depois do coquetel, o jantar foi servido. Sam tinha mesmo feito uma mesa comprida com a madeira do salgueiro que Liv e Eliot haviam plantado, em torno da qual haviam desfrutado de inúmeros jantares ao ar livre e tardes pintando com as crianças. Savannah alugara algumas mesas extras para acomodar todos os convidados. Todas estavam decoradas com velas brancas e compridas, louça de barro *vintage* e vasos de flores vívidas. O cardápio era de verão: salada de melancia e queijo feta, milho grelhado besuntado na manteiga com sal, batata assada. Lagosta do Maine e costelinhas com molho foram servidos em pratos para dividir. As crianças corriam umas atrás das outras, por baixo da mesa. Todo mundo bebia *aperol spritz*, vinho *rosé* e champanhe. Em grande quantidade.

Darlene e Zach estavam sentados perto de Clay e Zia. Depois de ser indicado a (mas não ganhar) um Oscar de melhor ator por *Nossa selva*, Clay tinha garantido seu lugar entre os principais atores dramáticos de Hollywood. Mas, no casamento de Liv e Sam, ele era apenas o marido de Zia, amigo de Zach e Darlene, olhando orgulhoso para a esposa enquanto ela anunciava as últimas notícias.

— Vou ser diretora de serviços voluntários no Sudeste Asiático — Zia disse a Darlene e Zach, sentindo um calor subir por dentro do corpo. — Vou supervisionar todas as equipes da região. — Zia tinha voltado a estudar, para concluir um mestrado em saúde pública. Quando abrira vaga para um cargo melhor na Global Care, ela passara por umas quatro rodadas de entrevistas e finalmente fora escolhida. — Vou ficar em Bangcoc por cinco meses, começando no outono. Vou poder expandir os programas da região e iniciar outros no Laos e em Mianmar. Estou superanimada!

— Bangcoc. — Zach se dirigia a Clay. — É bem longe de Los Angeles.

— Vou com ela — Clay disse, e acrescentou que Layla e os filhos iam ficar cuidando da casa em Los Angeles no período em que ficassem fora. A irmã de Zia tinha passado um ano implorando pelo perdão dos dois, e doara todo o dinheiro da venda da foto para a Global Care. — Está na hora de colocar a carreira de Zia como prioridade.

Zia e Clay trocaram um sorriso compreensivo, com os dedos entrelaçados.

— Vocês não sentem falta de ter uma casa? — Zia perguntou a Zach e Darlene, enquanto experimentava a lagosta fresquinha. — Parecem estar sempre em turnê agora. Do sul ao sudoeste, Los Angeles, Portland...

Zach e Darlene olharam um para o outro e deram de ombros, sorrindo.

— Só estou feliz que as pessoas queiram ouvir nossa música.

Ele apertou a coxa de Darlene. Mesmo depois de tanto tempo, aquilo fez uma faísca preguiçosa disparar deliciosamente pela espinha dela. Zach ainda usava a camisa ligeiramente amassada, mas agora penteava o cabelo para trás, deixando o rosto à mostra. Aquilo lhe dava uma aparência mais madura e igualmente fofa.

— É como a Liv falou nos votos dela — Darlene disse. — Onde quer que a gente esteja, desde que estejamos juntos, é nosso lar.

Mais tarde, as mesas foram afastadas, e Sam e Liv cortaram um bolo de baunilha de três andares com cobertura de mel e lavanda. Ben e Dottie comeram dois pedaços cada e foram levados para a cama antes de conseguir um terceiro. Liv estava apreensiva em relação ao DJ — seus dias dançando bêbada ao som de "Party in the USA" tinham definitivamente ficado para trás. Então Darlene e Zach começaram a tocar uma versão doce e mais para o *jazz* de "It Had to Be You", e ela se deu conta de que aquela pista de dança seria diferente. Enquanto o sol mergulhava atrás da cerca, Liv tirou os sapatos e deixou que Sam a girasse. Sentia-se plena, um pouco tonta e completamente feliz.

— *It had to be you* — Darlene cantou, fazendo as velhas palavras soarem inevitáveis e românticas, clássicas e totalmente novas. — *It had to be you.*

Liv e Sam estavam cercados de casais apaixonados em Nova York. Gorman e Henry, Darlene e Zach, Clay e Zia, Savannah e Sophie (a estudante de moda inglesa um tanto excêntrica com quem vinha saindo), e algumas dezenas de amigos e familiares, todos dançando no jardim, no qual haviam sido estendidas luzinhas brancas.

— *For nobody else, gave me a thrill...* — Os olhos de Darlene se fixaram em Zach enquanto os dois cantavam juntos, sem se dar ao trabalho de esconder que sorriam. — *With all your faults, I love you still...*

Liv pensou em como amar significava demonstrar tudo a alguém, cada partezinha escondida, vergonhosa, desconfortável de si, e a graça sublime e a liberdade de ter essas partes aceitas e valorizadas. Como, no fim das contas, aquele era o segredo de ser amado e de amar os outros. Ver e ser visto.

— *It had to be you, wonderful you, it had to be you.*

— Como me saí? — Savannah sussurrou, enquanto Sam se despedia de alguns amigos cujos filhos dormiam.

— Nem acredito que vou dizer isso — Liv respondeu —, mas fico muito feliz que você e meu marido tiveram um caso.

Savannah corou.

— Fico muito feliz que isso tenha nos unido.

Ela olhou nos olhos de Sophie, incapaz de parar de sorrir. As duas haviam se conhecido na internet, alguns meses antes. Sophie era meio pateta, doce e fazia Savannah rir mais que qualquer outra pessoa no mundo. Liv e Sam tinham saído para jantar com as duas e com os pais de Savannah quando eles visitaram a cidade, algumas semanas antes. Os seis haviam ido a um restaurante novo em Bushwick, codirigido por uma grande amiga de Savannah e de Sam. Haviam tido sorte de conseguir uma mesa: o Frango Frito da Honey era o restaurante de frango frito mais popular da cidade no momento. Ao fim do jantar farto, que mesmo os dois moradores do Kentucky tinham considerado fantástico, Honey fora à mesa deles. O motivo de seus olhos brilharem era o fato de estar apaixonada por Natasha, uma crítica gastronômica que acabara se enamorando não apenas da comida do lugar. As duas haviam ficado noivas pouco antes.

— Acho que acabou dando tudo certo — Honey dissera a Savannah, e Liv pensara "Ahhh", encaixando as peças.

Agora, Savannah dizia a Liv:

— Você mudou minha vida.

Liv retribuiu com um sorriso amplo.

— Você também mudou a minha.

As duas se abraçaram, com força. Depois Liv apertou os braços de Savannah.

— Muito bem. Agora volta pra sua namorada.

Os lábios de Savannah se curvaram num sorriso. Liv precisou de um momento para se dar conta do motivo pelo qual a outra estava tão bonita. Savannah Shipley não usava nada de maquiagem.

Sam se aproximou.

— Quer dançar comigo?

— Oi, marido — ela disse, aceitando a mão dele.

— Oi, esposa — ele disse. — Ah, gostei disso.

— Eu também. — Liv se acomodou nos braços dele. — Bom, conseguimos. Nos casamos.

— Este é o primeiro dia do resto de nossas vidas.

— Não sei quanto a isso — Liv disse, com um sorriso. — Acho que já estamos vivendo nossas vidas. Só que agora podemos viver juntos de vez.

— Me parece ótimo. — Sam a girou devagar, e os pés descalços dela se viraram na grama macia. — Quer saber a melhor parte?

— Qual é a melhor parte?

Sam a beijou. Sua boca tinha gosto de uísque e cobertura de bolo.

— Já estamos em casa.

# AGRADECIMENTOS

Se você está lendo isto, ou terminou o livro e está experimentando uma variedade de fortes emoções, ou está folheando este volume na livraria e sabe que os agradecimentos são uma janela para o mundo interior de qualquer autor. De qualquer maneira, oi!

Este romance realmente foi um esforço coletivo. Pareceu o planejamento do meu próprio casamento, o que eu de fato estava fazendo durante uma boa parte da escrita. Ambas as coisas exigem orquestrar um evento ambicioso e empolgante que constituísse uma celebração significativa do amor verdadeiro, regado a muita bebida.

Há pouquíssimas pessoas por quem eu jogaria fora um ano de trabalho e recomeçaria tudo, e minha agente, **Allison Hunter**, é uma delas. Seguindo seu conselho, deletei a amostra de 25 mil palavras com a qual vendemos este romance e comecei a reescrevê-lo do zero. Estou muito feliz por ter feito isso. Allison, obrigada por me incentivar a fazer o necessário e por acreditar em mim: isso significa muito, de verdade.

**Sarah Cypher**, da Threepenny Editor, você é muito mais do que minha editora frila, você é minha professora de escrita criativa. (Já trabalhei com ela em quatro romances: suas contribuições são transformadoras e simplesmente assombrosas.) Trabalhar com você é como fazer um curso de mestrado, Sarah, e eu não poderia ser mais grata.

**Emily Bestler**, minha editora na Simon & Schuster e uma lenda do mundo editorial, muito obrigada por seu apoio inabalável ao meu trabalho. Agradeço a **Lara Jones**, **Megan Rudloff**, **Isabel DaSilva**, **Sonja Singleton** e todo mundo na Simon & Schuster.

Um salve para meus entusiasmados representantes da UTA no mundo cinematográfico: **Addison Duffy** e **Jason Richman**. Estou visualizando um filme ou seriado incrível baseado neste livro: vamos fazer acontecer!

Acabei envolvendo muito mais gente na leitura do livro do que é meu costume, em uma tentativa de criar uma visão coletiva do amor e do romance modernos. Foi um tanto estressante compartilhar o primeiro rascunho com tantas pessoas (algumas das quais eu nem conhecia: só tinham respondido a uma convocação na minha *newsletter*), mas o *feedback* sincero que recebi foi inestimável. Agradeço a **Danielle Brennan, Lisa Daniels, Natalie Edwards, Melissa Epifano, Emily Klein, Melissa Kravitz Hoeffner, Jen McManus, Kari Schouveller** e meu velho amigo de Showtime **Adam Waring**. Um agradecimento especial à sempre vivaz **Megan Reid**.

Amo aprender coisas com meus amigos e com pessoas para quem escrevo *e-mails* do nada. Este romance foi trazido a vocês por:

**Amy Shack Egan** e sua equipe na **Modern Rebel**, assessoria de casamento em Nova York. Amy respondeu a todas as minhas perguntas sobre o tema e até me deixou fazer um bico de assistente em um evento, para ter uma visão dos bastidores. As assessoras **Meredith Falk, Emily Love** e **Madison Sanders** também deram dicas cruciais nos primeiros estágios do manuscrito, e eu conheci todas elas através da fotógrafa de casamentos **Alea Lovely**, que por sua vez conheci no Uber Pool e que topou sair para almoçar comigo.

**Keisha Zollar, Clare Mao** e **Hala Maroc** me ajudaram a iluminar a história de jovens mulheres racializadas. Eu não poderia ter dado vida a Darlene e Zia sem vocês três. Muito obrigada por serem guias tão generosas.

**Jill Lamoureux**, colega de quarto da minha esposa na faculdade e cantora da banda Scavenger Hunt: muito obrigada por me ajudar a fazer de Darlene e Zach músicos de verdade. Você é muito legal.

Ao fantástico **sr. Dan Fox**, um dos meus melhores amigos no mundo todo: obrigada por ter aprovado o livro em questões judaicas. E por ser um dos meus maiores fãs (o sentimento é mútuo).

Meu advogado, **Sam Mazzeo**, me aconselhou em aspectos legais. **Jocelyn Brewer** me ajudou na parte de saúde mental. **Richard Cooke** me ajudou com Charles, o babaca. **Neil Collier**, pai da minha grande amiga Ally, cuidou de toda a parte médica. Mandei uns *e-mails* bem esquisitos a ele, que nunca se abala.

Trabalhei neste romance durante uma residência artística no **Spruceton Inn**, em 2018, e durante o **Rowland Writers Retreat**, em 2019, que foi escandalosamente agradável. E o concluí no **Writers Room**, em Nova York, no começo de 2020. Por isso, agradeço a todos que dão a escritores um lugar onde sonhar.

Um salve para todos os meus amigos, estejam por perto ou não: a turma do **Brooklyn**, o pessoal de **Sydney** e a galera de **Los Angeles**.

Agradeço à família do **Salão do Autor de Nova York** (especialmente à coapresentadora **Amy Poeppel**). Pelas conversas, pelo incentivo e por todo o queijo.

As comunidades **Generation Women** e **Funny Over Fifty** são muito importantes para mim (junte-se à nós! Generationwomen.us e funnyoverfifty.com). Obrigada a **Jessica Lore** por ser a melhor colaboradora possível.

Muito amor para minha família, os **Clark** e os **Ratowsky**, principalmente minha **mãe**, meu **pai** e **Will**. É muito importante para mim deixá-los orgulhosos e fazer parte dessa família amorosa e vigorosa.

Finalmente, agradeço à minha esposa, **Lindsay Ratowsky**, a quem dedico este romance. Estou escrevendo estes agradecimentos em maio de 2020, quando (ainda) estamos de quarentena no Brooklyn. Não há ninguém com quem eu preferiria ficar isolada a não ser com você, meu amor. Nosso casamento foi uma das inspirações deste romance, por isso compartilho esta história com você, assim como todo o resto. Te amo pra sempre.

Foi uma alegria criar esta história com todo mundo que a leu antes que chegasse às suas mãos (e, se ainda estiver lendo isto numa livraria, esta é sua deixa para comprar este livro).

**SUA OPINIÃO É MUITO IMPORTANTE**

Mande um e-mail para **opiniao@vreditoras.com.br** com o título deste livro no campo "Assunto".

1ª edição, out. 2021

FONTES   Minion Pro 10,75/16,3pt
              Hello Sunshine Marker Regular 30/16,3pt
PAPEL   Ivory cold 65g/m$^2$
IMPRESSÃO   BMF Gráfica
LOTE   BMF149295